PPCPPSU
中国人民公安大学出版社
·北 京·

图书在版编目（CIP）数据

藏锋／袁锐著．—北京：中国人民公安大学出版社，2010.4
ISBN 978－7－5653－0016－5
Ⅰ．①藏…　Ⅱ．①袁…　Ⅲ．①长篇小说—中国—当代　Ⅳ．①I247.5
中国版本图书馆 CIP 数据核字（2010）第 057166 号

藏锋
CANGFENG
袁锐　著

出版发行：中国人民公安大学出版社
地　　址：北京市西城区木樨地南里
邮政编码：100038
经　　销：新华书店
印　　刷：北京兴华昌盛印刷有限公司

版　　次：2010 年 4 月第 1 版
印　　次：2010 年 4 月第 1 次
印　　张：18
开　　本：787 毫米×1092 毫米　1/16
字　　数：280 千字

书　　号：ISBN 978－7－5653－0016－5/I·0007
定　　价：30.00 元

网　　址：www.cppsup.com.cn　www.porclub.com.cn
电子邮箱：cpep@public.bta.net.cn　zbs@cppsu.edu.cn

营销中心电话（批销）：（010）83903254
警官读者俱乐部电话（邮购）：（010）83903253
读者服务部电话（门市）：（010）83903257

公安文艺分社电话：（010）83903973
杂志分社电话：（010）83903239
电子音像分社电话：（010）83905727

目录
CONTENTS

目录
CONTENTS

第一章 初露头角

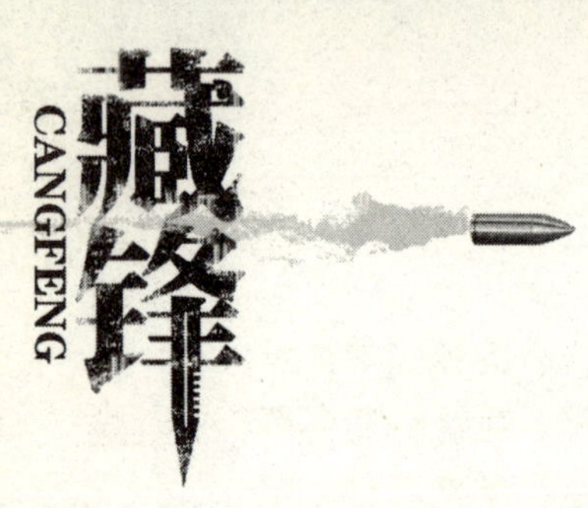

“今天上午十点一刻，七名持枪悍匪在长沙湾道的坤记金铺进行抢劫，并挟持了一名人质，接到报警后，西九龙重案组立即到达了现场，但是匪徒有人质在手，加上围观群众的骚乱，重案组对匪徒束手无策，眼看匪徒抢劫成功就要撤离之际，一名巡警突然趁机开枪，成功救下人质，并在重案组成员的配合下顺利制服七名悍匪……根据警方消息透露，这名巡警隶属于九龙深水埗第一小队。”

电视中，都市追击栏目绘声绘色地对上午发生在九龙的一起持械抢劫案件进行了报道，让人奇怪的是，当电视台记者向警方询问开枪巡警的平时表现时，警方人员却支支吾吾。

“小警察意外开枪立大功，众悍匪抢劫伤人两落空。”同一天中，以这二十个字为标题的报纸杂志充斥了香港的大街小巷，毫不吝啬地对这名巡警英雄进行了赞誉。

网上也迅速地流传着这名巡警的英雄事迹，但是，不和谐的声音很快出现了。

一个叫鹰飞的网友把这名巡警的姓名、年龄、性格、生平事迹等诸多不为人知的资料都公布了出来，根据该网友的帖子，在深水埗开枪制服七名持械悍匪的巡警名叫张楚凌，现年二十八岁，他性格懦弱，胆小怕事，在警署里是同事使唤的对象，入警以来从来就没有开过枪，该网友甚至质疑，在深水埗开枪的巡警可能不是自己熟识的巡警张楚凌。

鹰飞的帖子立即引起了众网友的公愤，大家把他骂得狗血喷头。

但是，随着好几名自称是张楚凌的同事出来指证，众网友的心开始动摇，他们经过人肉搜索，通过各种途径证实了鹰飞所发资料的真实性。

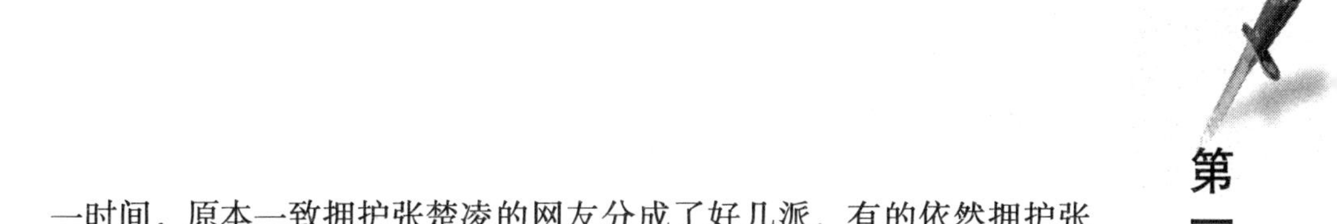

一时间，原本一致拥护张楚凌的网友分成了好几派，有的依然拥护张楚凌，觉得他关键时刻能够挺身而出，无愧于英雄的称号，应该得到英勇勋章；有的却说张楚凌撞了狗屎运，只是因为过度紧张才会突然开枪，要是他脑袋清醒的情况下，绝对会绕路而走；更有内行的人说这次张楚凌每发子弹都击中了劫匪的关键部位，认为他是深藏不露的高手，平时只是低调行事……

“哥，你醒醒啊。”迷迷糊糊中，张楚凌听到一个声音在耳边呼唤着。

“凌仔，你一定要坚持住，老爸还等着你来喝我熬的汤呢。”另一个苍老而疲倦的声音也在耳边响起。

周边有点嘈杂，听声音围在自己身边的人不少，而且一个个还对自己是发自内心的关心。

张楚凌头很痛，脑子一片混乱。他的眉头皱了起来，双手紧紧地握着，牙关紧咬，脸上呈现出痛苦的神色。

“凌仔，你一定要挺住啊，爸一直教你做一个坚强、勇敢、正直的人，今天你面对七个持械悍匪不但没有逃跑，反而果断地开枪，成功制服了那几个劫匪……”

张楚凌紧咬牙关，几分钟过后，又仿佛过了好几个世纪，他的脑子终于清晰了。

张楚凌有一个温馨而幸福的家庭，老爸张向光是一个退休老警员，对他疼爱有加；大妹张若男在投诉及内部调查科上班，长得漂亮善于持家，在警署对他也极为照顾；小妹张若娴在交通部上班，文静懂事。虽然一家挤在一套不足80平方米的小房子里，日子倒也过得有滋有味。要知道，在寸土寸金的香港，大多数人连房子都没得住，只能住廉租房，靠政府救济金过日子呢。

很快，张楚凌内心生出了一丝内疚。从父亲的话中可以听出，他对大儿子寄予了厚重的希望，自己一定要做一个完美的张楚凌，保护好父亲和妹妹们。

想到这里，张楚凌努力地睁开了眼睛，出现在他眼前的是一张无瑕的脸庞，只见她螓首低垂，眉若春柳，眸如明珠，一头又黑又长的秀发随意地批在肩后，给她增添了几许柔媚，这个漂亮的女孩是自己的大妹张若男。

“哥，你醒了啊，我去叫医生。”见到张楚凌睁开眼睛，张若男高兴地说道，同时朝房外跑去，不知道她是太累了还是兴奋的缘故，出门的时候差点就撞到了门。

“凌仔，来，喝一口乌鸡补血汤，可以补气益血的。”话音刚落，一根调羹就出现在了自己的嘴边，张楚凌抬头一看，首先映入眼帘的是一双慈祥的眼睛，然后才是一张写满了沧桑的脸，只见这张脸瘦弱而憔悴，上面爬满了皱纹。

“哥，你昏迷后，我们都很担心。特别是爸爸，都一夜没合眼了。”一个甜腻而柔弱的声音突然在耳边响起。

听到声音，张楚凌就知道这个女孩是小妹张若娴，只见她脸蛋清秀，细细的眉毛勾勒出两轮弯月，肌肤白里透红，挺秀的鼻梁下的嫣红樱唇微启时露出一小片洁白的贝齿。

张楚凌一边享受着嘴中的美味，一边悄悄地打量着房间。

房间四周和屋顶都是白色，屋子里的摆设很简单，除了自己躺的这张床，还有一张破旧的木桌和一条长长的靠椅，桌子上有一个暖水壶，还有几束鲜花，花色鲜艳，刚换过的样子。

“林督察和你的同事都来看望过你了，他们见你没醒，把东西放下就走了。林督察让你好好休养身体，工作的事不用担心。”见儿子的眼睛落到了鲜花上，张父连忙说道。

父亲提到的林督察是自己的顶头上司，姓林名婧，年方二十八岁。人长得很漂亮，对工作也极为认真，只是平时对自己似乎很少在意，她怎么会来看自己呢?

不一会儿的工夫，医生和张若男的脚步声就在门口响起。

张楚凌的身体本来就没有什么大碍，只是手臂上受了点轻伤，脑袋被碰撞了一下。医生查看了张楚凌受伤的手臂，又给他做了一个脑部检查，发现没什么问题，却拗不过张父的坚持，还是给张楚凌做了一个全身检查，在看到张楚凌确实没问题后，全家人才放下心来，一个劲儿地对主治医生表示了感谢。

见自己的身体没什么大碍，张楚凌提出了回家修养的要求，医生也没怎么坚持就给他开具了出院证明。

“哟，这不是我们的张大英雄么，这么快就出院了啊，该不会是装伤

博取大家同情吧?”

刚走出医院大门，一个刺耳的声音在背后响起，张楚凌顺着声音看了过去。

丑，实在太丑了。头上顶着一小撮短发，小眼睛眯成了一条缝，塌鼻子都快找不到鼻孔，大嘴巴占了半张脸，身子肥得跟水桶没两样。看到这个夸张的造型，张楚凌忍住呕吐的冲动，把眼睛望向了别处。

“胖子，你有口臭啊，难道没人告诉你么?”张若男听到有人侮辱自己的哥哥，立即给予了还击。可能是长期在调查投诉科上班的原因，张若男的口齿变得越来越伶俐，而且说话时有一股凌人的气势，那个胖子居然在她的逼视下没敢吱声。

张楚凌只是淡淡地扫了来人一眼，一声不吭径直朝家的方向走去。

这个声音的主人叫徐忠，是张楚凌的邻居，仗着家里有几个钱，有事没事喜欢在张楚凌面前炫耀，以打击张楚凌为乐。

正准备欣赏张楚凌难堪脸色的徐忠看到张楚凌视他如无物的情景，脸色青一阵白一阵的，仿若在玩变脸，嘴巴张开了半天，手臂指着张楚凌等人离开的方向，看到张若男怒目圆瞪的样子，终于无力地放了下来。

时间过得飞快，转眼间到了张楚凌上班的日子。

“哥，你动作快点啊，不然我可不等你了。”张楚凌正跟父亲告别呢，外面就响起了摩托的喇叭声和张若男的喊声。

张楚凌慢悠悠地下了楼，屁股还没坐稳，哈雷摩托就“嗖”的一声窜了出去，“哥，坐稳了啊。”

张若男的声音在空气中飘荡，摩托车有如离弦的箭一般，在人海中穿梭。

“喂，你注意点，别撞到人了。”见张若男开车时满脸兴奋的样子，张楚凌关心道。

“我技术好着呢。”为了证明自己，张若男一个甩尾拐了个漂亮的急转弯。

不得不说，张若男开车的技术还真不赖，不到十分钟的样子，车子就到了警署，还一个劲儿地说不过瘾。

张楚凌所在的警署是深水埗警署，辖区虽然面积不大，却是香港的娱

乐中心，该辖区内商业中心及娱乐场所林立，所以各种违法犯罪活动也比较多，可以说深水埗辖区是西九龙任务最重的警署了。

“唉，要是垃圾张在就好了，现在什么事情都得我跑来跑去，腿都快断了。”张楚凌刚走到办公室门口，就听到了一个抱怨声。

本来准备一脚跨进办公室的张楚凌脚步悬在了半空。

说话的人叫张萍，是警署的文职人员，主要负责警署的后勤工作。她身体有点肥胖，圆脸大眼，四十岁左右，一张嘴从来就没闲过。

张楚凌知道她嘴中的垃圾张指的就是自己，当初自己追捕一个疑犯，结果却被疑犯绊倒，掉进了垃圾沟里。他臭烘烘地回到办公室后，就落下了那么个绰号。这个绰号同时也有影射自己一无用处的意思。

张楚凌虽然胆小懦弱，却也为这个绰号跟很多同事闹翻过脸，老实人发起脾气来是很可怕的，现在警署也只有张萍一个人有时还死性不改地叫着这个绰号，其他的同事都直接叫他全名或称呼他阿凌了。

“张萍，阿凌不喜欢这个绰号，你就不要老这样叫人家了，说什么人家也是男孩子，总得给他留点面子是吧。”办公室的同事似乎听不下去了，出声道。

说话的人是常标，高高瘦瘦的，已接近退休，挺和蔼的一个人，警署的人都称呼他为标叔。

“我这么叫也没错啊，他本来就笨手笨脚的，什么事情都干不好，一无用处。”张萍没想到办公室人缘最好的标叔会站在张楚凌一边，她声音一扬，不服气地朝其他同事说道：“你们说说看，那个张楚凌哪点像男人了。”

“张萍，要摸着自己的良心说话，阿凌在的时候可帮你干了不少重活啊，而且大家有什么不方便的，也都是叫他。”似乎很不满意张萍的态度，刘俊熙出口道。

刘俊熙刚进警署不到一年，身高1米80，长得高大威猛，在警署里面得到众多师姐的青睐。他是张楚凌巡逻时的搭档，虽然看不惯张楚凌的懦弱，却也看不惯别人任意侮辱他。

“你们说张楚凌这一次立了这么大的功，有没有可能升职啊?”见办公室安静了下来，“李大嘴”又挑起了另外一个话题。

李大嘴四十几岁，真实姓名叫李涛，长相普通，属于扔进人群里就找

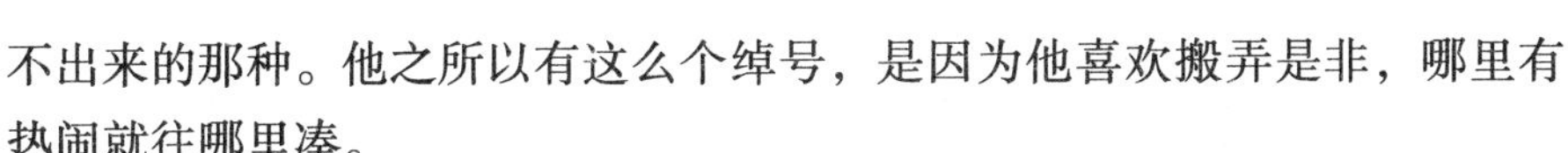

不出来的那种。他之所以有这么个绰号，是因为他喜欢搬弄是非，哪里有热闹就往哪里凑。

“他立大功，我看完全是撞了狗屎运。”

“就他那贪生怕死的性格，怎么可能敢开枪呢，要知道他的配枪有着仁慈之枪的称号啊，估计是心里一紧张枪就走火了……”

“要是他都爬到了我们上面，我们还用得着混么?”

见到自己的话成功地挑起了众人的嫉恨，李大嘴讨好地朝张萍笑了笑，张萍也风情万种地抛了一个媚眼给李大嘴，把他乐得合不拢嘴。

见到李大嘴和张萍眉来眼去的样子，警署里闹哄哄地乱成一团，标叔和刘俊熙对望了一眼，同时摇了摇头。他们也知道，虽然张楚凌这次立了大功，却并没有让大家对他刮目相看，反而让一些人对他嫉恨起来，估计他以后的处境也好不到哪去。

“上班时间，认真做事!”林婧刚到办公室，就发现请假好几天的张楚凌面无表情地站在门口，正准备招呼他进去呢，却听到了屋内众人的话，脸色突然沉了下来。

“Yes，Madam!”见到顶头上司面色铁青地站在门口，她的身边还站着一脸冷色的张楚凌，大家这才意识到刚刚自己说的闲话全都落进了别人的耳中，而且这个“别人”还有一个是自己刚才讨论的主角。

一时间，大家噤若寒蝉，慌忙回到了自己的座位上。

“张楚凌，你来我办公室一下。”经过张楚凌身边时，林婧轻声道。

一身白色的职业女装将林婧那玲珑有致的娇躯包裹得紧紧的，长长的秀发随意地披散在背后，宛如黑色的瀑布，精致的瓜子脸，一弯柳月细眉，嘴唇上涂抹了淡淡的紫色唇膏，完美地配合着她樱桃般的小嘴。

进了办公室后，林婧的脸上表情变得柔和起来，美丽的双眸关心地看了一眼张楚凌：“你身体完全康复了吧?”

张楚凌点了点头，女上司对自己态度的突然改变让他有点不习惯，她以前不是从来不正眼看自己么?其实张楚凌刚才在办公室门口也察觉到林婧在他身边了，只是他知道林婧一向无视自己，为了不讨没趣，他才没有说话，而且装着没发现林婧的样子。

“别站着，坐下谈话。”见张楚凌一声不吭地站在自己面前，林婧觉得气氛有点紧张，微笑着对他说道。

不得不说，林婧的微笑有一种神奇的感染力，张楚凌感觉屋里顿时变得像春天一般温暖，而巧笑嫣然的林婧，就是屋里鲜艳夺目的百合花。

张楚凌在林婧的注视中慢慢坐了下去。

“前几天你在长沙湾的表现很棒，回头警务处长会亲自给你颁发英勇勋章和奖金，同时公共关系科会召开一个记者招待会，希望你做好发言准备。”林婧高兴地说道，仿若是她自己得了奖励一般。

看到林婧眉飞色舞的表情、听着她关心的话语，张楚凌的脑海中却不由自主地想起了外界关于林婧的谣言：只关心有用的下属，只为自己向上爬做事。对比了一下她以往对自己的态度和今天对自己的态度，似乎的确是这么回事。

“发言的事情……可不可以不让我上场……或者 Madam 你替我发言就可以了。”心里想了一下自己一贯的表现，张楚凌为难地说道。

张楚凌的话让林婧一愣，不过想了想张楚凌内向的性格，她点了点头：“那就这样吧，你先回办公室，我等下有事情要宣布。”

回到办公室时，大家还在交头接耳地议论，只是见到张楚凌出来时，大家的声音小了很多。

默默地坐到自己的座位上，张楚凌清洗了一下空置了好几天的茶杯，给自己泡了满满的一杯茶，然后从档案柜里面取了最近几天的卷宗坐在椅子上翻阅起来。

“啊，我的电脑怎么了?”张楚凌正看案宗入神时，一个恼人的声音打断了他的阅读。

顺着声音望去，张楚凌发现说话的正是刚才那个说自己坏话的张萍，只见她瞪着自己的电脑，脸上白一阵红一阵的，好像在玩变脸，右手更是急促地点着鼠标，慌乱而羞愧的眼神显示了她内心的无助。

“怎么了，怎么了?”办公室只有三台电脑，张萍一台，其余两台是公用的，方便大家查阅资料和学习，此时大家一听张萍的惊呼，自然同时涌了上去。

“你们不要看。”见到大家都朝自己这边走了过来，张萍的脸一下变得惨白，慌忙站起来，想用身子挡住电脑，可惜的是，慌忙之下她的高跟鞋却不争气，只听“哎哟”一声她就摔倒在了地面。

大家此时却没有心思去扶她了，一个个眼睛都瞪得老大，都被张萍电

脑里正在播放的内容给震撼住了，只见屏幕上闪过一幕幕不堪入眼的肉戏，夹杂着男子的喘息声和女子的呻吟声。

很快，大家便反应了过来是怎么回事，先后用鄙视的眼神从张萍身上扫过，有的甚至发出了轻轻的嘘声，张萍不禁低头哭了起来。

张楚凌虽然没有起身凑热闹，但是从众人的脸上，他还是读懂了一些内容。对于张萍这样尖酸刻薄的女性，他内心并不同情。

“啊，这台电脑怎么也这样了……”

“这台也是……”

办公室的另外两名警员大呼道，原来他们正在使用的电脑也出现了跟张萍电脑同样的症状。

惊呼声、尖叫声此起彼伏，办公室乱成了一团，张楚凌凑到其中一台电脑看了看，发现电脑里正上演着一出盘肠大戏，那丑恶的面孔和低俗的做爱技巧让他看了直想吐。

张楚凌知道，肯定是办公室的某个家伙登陆黄色网站中了病毒，而整个办公室又是共享一个网络，自然而然地，大家的电脑同时遭殃了。

一眼扫过去，只有赵伟的反应有点异常，他神色慌张地东张西望着，碰到张楚凌凌厉的眼神时，立即心虚地低下了头。

赵伟跟张楚凌同时进入的警署，今年二十九岁，长脸、长发，性格阴柔圆滑，对女孩子的话题特别感兴趣，警署里每进一个新的女警员，他必定要上去搭讪。

“你们谁懂电脑？”林婧看着乱成一团的办公室，皱了皱眉头，焦急地问道，看样子她的电脑也未能幸免病毒的波及。

“阿伟，我看你平时最擅长弄这些网络上的东西了，要不你帮忙看下？”标叔出声道。

听到有人叫自己的名字，赵伟差点吓得灵魂出窍，半天才回过神来是叫自己修电脑，连忙说道：“我……我也不懂这些的。”

警署的人平时用到网络的机会并不多，大家一般也就借助电脑登陆一下警署的内网、查看一下值班安排或者浏览下新闻、打印一点资料，不懂电脑技术很正常。

办公室的气氛顿时有点尴尬，喘息声和呻吟声恣意地充斥着房子。

“或许我可以看看。”张楚凌见大家都大眼瞪小眼，有点不忍心看下去

了，最主要的是，他忍受不了电脑里低劣的A片。

听到张楚凌主动请缨，林婧疑惑地看了张楚凌一眼，可是现在没人肯站出来，她犹豫了一下点了点头。

在大家疑惑的目光中，张楚凌走到了主机旁边。他首先断开网络连接，办公室里尴尬的声音立即消除了，然后他把主机重新启动，进入了DOS系统界面，手指飞快地在上面敲了几行代码，利索地一个回车键，重新连接网络。

“好了。”迎着大家怀疑的目光，张楚凌站直了身子，嘴里轻轻地吐出两个字。

“有这么神奇么，两分钟时间不到，不会是吹牛的吧?”赵伟自言自语地走到一台电脑旁边，随意点开了一个网页，发现网页打开的速度比以前快多了，他疑惑地看向张楚凌。却正好看到张楚凌目光复杂地瞪着他看，赵伟的心立即吊到了嗓子眼，生怕张楚凌说出他是罪魁祸首，接下来的话他也就咽进了自己肚子里面。

“真的好了吗?”张萍根本就不相信张楚凌两分钟不到就把难题给解决了，张萍在自己电脑上操作了一会儿，没发现任何毛病，心里却不愿意承认张楚凌的本事，嘴里叨咕道：“狗屎运真好，这都能弄好，赵伟，你刚才要是动手说不定比他还快呢。”

赵伟难得地没有吭声，也没敢看张楚凌一眼，心里却在纳闷不已，张楚凌的电脑技术什么时候这么厉害了。

因为问题解决得太快，大家也没看出个所以然出来，还真以为张楚凌是撞运气把电脑给弄好了，毕竟以前没听说过张楚凌的电脑技术很厉害。

大家的反应在张楚凌意料之中，冰冻三尺，非一日之寒，大家对他的印象不是说改变就能改变的，而且张楚凌也没想过要刻意去改变什么。他一直就渴望低调的生活，对于现在平静的生活他非常满意。

第二章 暴龙搭档

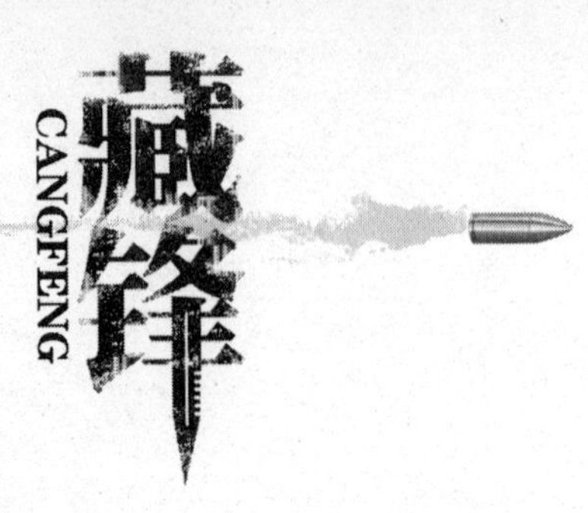

“谢谢。”经过张楚凌的身边时，林婧轻轻地说了一句，别人看不到张楚凌做了哪些动作，林婧却看得一清二楚，张楚凌在DOS界面下敲下的那两行指令，她知其然，却不知其所以然，正因为如此，张楚凌在她的心中突然变得神秘起来。他什么时候有了这么高深的电脑技术了？

如兰似麝的香味传入了鼻端，张楚凌的心情突然变得舒畅起来，他低头朝林婧笑了笑，却正好看到林婧修长白皙的脖子，还有脖子下面那精致的锁骨，贪恋地看了一眼，张楚凌赶紧收回了目光，停留在林婧两个甜甜的酒窝上面，微笑着点了点头。

看到张楚凌的目光迷离地扫过自己饱满的胸部时，林婧的脸颊爬上了两片醉红，不过随着张楚凌眼光迅速地离开，她的脸色也迅即恢复了正常。

“Madam林，WPC13955向你报到。”一个响亮而清脆的声音突然在办公室门口响起，吓了林婧一跳。

整个办公室的人也都被突然而来的声音给吸引住了，他们齐齐把脸转向了门口，张楚凌也不例外。

出现在大家眼前的是一张美妙的脸庞，修长的睫毛，翡翠般明亮的眼眸，再加上小巧的鼻子，红润而不失性感的嘴唇，使得她那张微晕着浅红的脸蛋儿显得嫣然迷人。她穿着蓝色而严谨的女警外套，腰间的皮带上挂着一个枪套和两具闪亮的手铐，使其充满了权威与严厉。

看到这个女警的瞬间，有了刹那间的失神。张楚凌被这个女警绝色的容颜和尊贵的气质所吸引了。女警可能是大量运动的关系，身材极其完美，细而有力的柳腰找不出半点赘肉。丰臀却又饱满而弹性十足，平板的

警服，根本遮掩不住那几乎呼之欲出的饱满酥胸和丰满翘臀。而肩上的警徽与肩章，更是让人心生凛然。

“我给大家介绍一下，从今天开始，你们就多了一名新的伙伴，她就是田妮警员，大家掌声欢迎！”看到警署人员的眼光都迷离地停留在田妮身上久久不肯离开，林婧心里隐隐有点不舒服，直觉告诉她，田妮的容貌远在她之上。

掌声歇了，林婧严肃地说道，“WPC13955，你知不知道自己今天迟到了？”

“Sorry，Madam。”田妮没想到进巡逻队的第一天就被新上司来了个下马威，闷闷不乐地认了错。

办公室很快就响起了对田妮的议论，作为西九龙辖区的警员，谁都知道西九龙重案组有一个田妮，那脾气是出了名的火爆，凡是遇到她的歹徒，没有一个不躺着进医院的，她这次之所以会下放到巡逻队，就是因为在抓捕一个强奸犯的时候，直接把人家下体给踢爆了。

田妮的回答让林婧肚里憋了一口气，她原以为田妮会为自己的迟到找个理由，那样自己就有机会对她教训一番了，却没想到对方很干脆地认错了。

“张楚凌，从今天开始田妮就是你的新搭档，你带她熟悉一下环境。”林婧扫了田妮一眼，她也知道自己的生气来得毫无理由，见巡逻的时间差不多到了，只好调整好心情安排任务。

“Yes，Madam！”张楚凌没想到新来的女警居然会跟自己分在一组，他愣了一下连忙应声。

“才走了狗屎运，马上又走桃花运，看来阿凌最近吉星高照啊。”

“是啊，我怎么就没这么好的运气呢，这个新来的师姐好正点啊，可惜了……”

听到新来的女警跟张楚凌分在一组，那些瞪着田妮眼睛发光的男警员同时嘟囔起来，声音虽小，却没能逃过张楚凌的耳朵，只是张楚凌却懒得计较，就当是狗在叫了。田妮自然也听到了那些声音，冰冷的眼神扫过那些人，右手甚至无意间放到了枪套上，那些声音立即消失无踪。

就这样，在同事或羡慕或嫉妒或害怕的眼光中，张楚凌和田妮双双出

门了。

张楚凌两人今天负责巡逻的是第一分区。一路上，张楚凌不时地跟田妮讲解一些巡逻时注意的事项，他话并不多，只是点到为止。他看得出来田妮的情绪不是很高，而且对方既然是重案组下来的，肯定曾经干过巡警的工作，要是自己说得多了，反而会引起对方的误会和反感。

一路上，张楚凌算是充分体会到了美女的吸引力，他好几次都看到路人撞电线杆，有的人甚至故意跟随在自己后面，要不是他观察力够敏锐，肯定会以为有人要对自己不利。

不过闻着田妮身上散发出的若有若无的芬芳，偶尔一瞥扫过她的绝世容颜，张楚凌觉得今天的巡逻也是一种享受。

田妮今天心情很是烦闷，本来从重案组下放到巡逻队就够憋屈的了，第一天到巡逻队报到却遇到了一个职业诈骗团伙围着一个老太太实行诈骗，成功赶走那几个诈骗分子跑到警署，没想到却迟到了，而且新上司一点都不留情面地给了自己一个下马威。

服役的第一天起，她就告诉自己要严格遵守《警察守则》，所以她并不想为自己的迟到解释什么，即使被人误会。

对于今天自己的这个搭档，本来她也没什么好感，第一，张楚凌长得实在太普通了；第二，张楚凌的身体实在太差劲了，她觉得张楚凌瘦弱的身体连自己一招都接不下；第三，张楚凌没有男人的骨气，她刚进巡逻队都能感觉到警署的那些同事对张楚凌的轻视。

可是慢慢地她发现了这个搭档的不同之处，他一路上没有借机跟自己攀谈，更没有色迷迷地打量自己，偶尔眼光落在自己身上，也只有欣赏的成分，看不到那种赤裸裸的欲望。而且，他似乎不喜言语，偶尔说的几句话，正好是自己记忆模糊的地方，仿佛能看清楚自己的内心似的。

“在深水埗制服七名持械劫匪，真的是你？”张楚凌的英勇事迹，不但被各种媒体炒得沸沸扬扬，网络上也传得神乎其神，田妮想不知道都不行。可是她却怀疑，电视上播放的那个枪法入神、英勇不凡的巡警，真的是自己身边的这个其貌不扬的男人么？

一路上张楚凌早就感觉到了田妮对自己的防范和轻视，此时见她主动挑起话题，张楚凌微笑着点了点头。

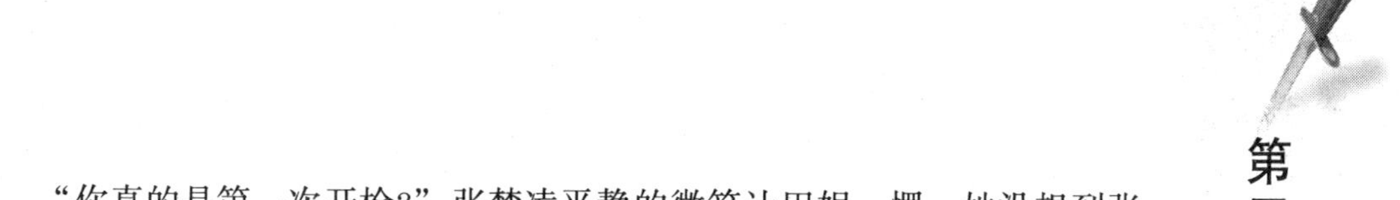

“你真的是第一次开枪?”张楚凌平静的微笑让田妮一愣，她没想到张楚凌的笑容会这么吸引人，短暂的失神后，她继续问出了心中的疑问。

通过金铺的录像和金铺附近银行的录像，张楚凌开枪的全过程被录了下来，张楚凌的每一枪都开得那么随意自然，从他的脸上看不出丝毫的紧张，仿若在干一件微不足道的小事一般，可是他每射出一颗子弹，必然会有一个匪徒倒下。而且事后对劫匪的伤口检验却发现，每一发子弹都只是让劫匪暂时丧失行动能力，却不足以致残。

整个过程中，人质没有受一点伤，唯一的遗憾是，当劫匪对着他开枪时，他虽然迅速地闪开，结果还是受伤倒地，估计还是因为他身体太差的缘故。

“你看我像会骗人的样子么?”张楚凌憨厚地笑了笑，反问道。

张楚凌虽然有着 1 米 87 的个子，身体却有点瘦弱，而且脸色有点苍白，加上他的胡须也没怎么修理，整个人看起来给人一种柔弱老实的感觉。

“七发子弹，七个劫匪，而且枪枪都那么准确到位，鬼才会相信你是第一次开枪，只有外行才会相信那是撞运气。”田妮心里不满张楚凌的隐瞒，却也懒得点破，只是没了继续跟张楚凌说话的兴趣。

接下来的路程，因为两个人都没了说话的兴致，显得有点沉闷。

田妮的眼光，突然被一辆违规停泊的轿车吸引了。

那是一辆黄色的宝来，田妮快步走到宝来身边，仔细地看了一下车身，确认宝来是违规停放后，她从衣兜里掏出了告票。

“Madam，手下留情!”田妮手中的告票还没来得及放到车上，远远地就传来一声高呼。

远远地，张楚凌看到一群人浩浩荡荡地朝田妮走去，为首一人留着一头长发，走路一摇三摆的，他身后的那些人有的打着赤膊、有的染着金发、有的嘴叼香烟，一看就知道是一伙不务正业的混混。

这伙人是深水埗一个小帮派的，为首的长发青年是一个小头目，绰号细柳丁，为人尖酸刻薄，而且喜欢耍小聪明，张楚凌以前就吃过他不少亏，被他投诉了两次，要不是正好大妹张若男在投诉及内部调查科，他早就在警署的行为簿里留下了不良记录。

见到这些人朝田妮走去，张楚凌心里暗呼不妙，连忙快走几步，走到了田妮的身边，他倒不是担心这些小流氓能够欺负到田妮，而是怕这些人激起田妮的怒火，引起她动手，那样他们就会投诉田妮。而在以“优质服务”为理念的香港警署，要是遭到市民投诉的话，对警员的个人影响是非常巨大的，背负一个不良的记录，有可能一辈子升不了职。

张楚凌走到田妮的身边，并没有引起细柳丁等人的注意，他们此时的眼光，全都集中在了田妮的身上，有的吹着口哨，有的甚至出言调戏。

“这车子是你的么？”田妮强忍内心的怒气，大声地质问细柳丁。

“车子当然是我的啦，怎么，Madam 喜欢这款车，有空我可以带你兜兜风啊……”细柳丁嬉皮笑脸地回答道，嘴都快凑到了田妮的脸庞。

看着眼前那张令人呕吐的脸，闻着对方嘴里散发出的恶臭，听着污秽不堪的调戏语言，田妮脸色一沉，就要动手。

张楚凌一个箭步就插到了田妮跟细柳丁的中间，同时对田妮使了使眼色，让她冷静点。

“哟，什么时候张 Sir 也学会英雄救美了啊，怎么，以前的教训还不够？”看着一向不怎么吭声的张楚凌，细柳丁眼中充满了不屑。

“你的车违规停泊了也不知道么？”张楚凌并没有搭理细柳丁，而是沉静地问道。

“哈哈……”听到张楚凌的问话，细柳丁笑得差点直不起腰，在深水埗，所有的警员都对他们退避三舍，谁会就违规停车这么点小毛病找他麻烦呢。“张 Sir，我马上就把车开走也要开告票么，我才停留了一小会儿啊。”

不等张楚凌回话，他不屑地围着张楚凌转了一圈，做出恍然大悟的样子，“哦，我知道了，阿 Sir 肯定是觉得这辆车漂亮，所以忍不住多看两眼。”说到这里，满脸同情地看着张楚凌，“可是阿 Sir，你只是一个新丁啊，没有条子，也没有‘花’，别说是买汽车，供款能力也没有，即使看上了也买不起啊。”

细柳丁的一番话惹得他身后的一帮混混大笑，田妮在张楚凌身后也气得脸色发青。

可是张楚凌本人却一点都没生气，好像什么事也没发生一般，对着细

柳丁说道，“你这辆车的颜色，似乎跟行车证上登记的颜色不合，麻烦你解释一下。”

“阿 Sir，换颜色是看我的心情啦，我报知了运输署，还付过钱，只是新的行车证还没寄回来。”细柳丁不耐烦地说道，对于张楚凌关键时刻打扰自己泡妞非常不爽，“你还像根木头一样站在这里干什么，赶紧上报中心去查啊。”他对张楚凌大声地吼道。

张楚凌只是粗略地打量了一眼车的颜色似乎重新刷过，却没想到细柳丁居然舍得花钱换新的行车证，此时他也没有时间去证实细柳丁话中的真假，对于细柳丁一再的挑衅，他脾气再好，此时也来了气。

“我怎么做用不着你来教，请你出示一下身份证。”张楚凌不卑不亢地说道。

“小子，你想要花样是吧？你凭什么查丁哥的身份证，他口臭？他长得难看？你有熟读警察守则么，抓人看情趣，告人讲证据，你凭的是哪一样？”细柳丁的身后站出了一个穿着破烂牛仔衣服的青年，吊儿郎当地问道。

牛仔青年的一番话又引起了一阵哄笑，只是他们的笑声很快就戛然而止，“你们还是有自知之明的啊。”声音来自张楚凌的身后，原来是田妮凌厉的声音。

这句话要是张楚凌说出来的话，细柳丁肯定立即就叫嚷着要投诉了，可是从美女嘴中出来的话，他却不好意思计较，狠狠地瞪了牛仔青年一眼，他走到张楚凌的身边咆哮道，“就算我口臭、我长得难看，并不代表我犯法了啊，你这样滥用职权，小心我投诉你啊。”

张楚凌后错一步，避开了细柳丁的口臭，平静地说道：“先生，根据现行的刑事罪条例、公安条例及入境条例，我都有权要求你出示身份证明文件，另外在合理怀疑情况下，我可以利用搜查权对你进行搜查。”

张楚凌，为了达到父亲的要求，把警署所有的警察守则和条例都熟悉了，这样才能保证自己不在行为簿上留下不良记录，而且办案时也不会过于被动。

一听说张楚凌可能还要搜身，细柳丁吓出一身冷汗，他身上可是有几包违禁物品，要是被搜出来了，肯定要被带进警署，他连忙换了一副面

孔，笑着对张楚凌笑道："阿 Sir，看我们的样子就知道我们是良好市民啦，一定会跟警方合作。你既然喜欢看我的身份证，我给你看就是了。"

细柳丁一边说话，一边从裤兜里掏出了身份证递给张楚凌，只是他的眼中却闪过一丝不为人察觉的阴狠神色。

张楚凌正准备伸手去接身份证，细柳丁却故意把身份证"掉"到了地上。

其实以张楚凌的眼力，又怎么可能发现不了细柳丁眼色的异常呢，所以眼睁睁地看着身份证从眼前掉落，即使可以毫不费力地接住，他也懒得动手。

"阿 Sir，对不起，身份证掉了，昨天晚上我跟女朋友乐极忘形，闪了腰，没法弯身捡起身份证，麻烦你警民合作，把身份证捡起还给我。"细柳丁斜眼看着张楚凌，懒洋洋地说道。

"老套。"张楚凌心里不屑地说道。他现在几乎可以预料接下来会发生什么事情了，假如自己弯腰去替他捡起身份证，对方肯定会趁机狠狠地踩一下自己的手，然后"诚恳"地道歉；要是自己坚持让细柳丁自己捡起身份证，他会装着弯不下腰而用头狠狠地撞向自己的肚子，一旦自己推开他，他就会向警署投诉自己打人。

不得不说，警察受到的约束实在太多了，全是站在保护市民方便市民的角度去考虑问题，很多时候警署办案都显得很被动。

张楚凌假装弯腰去捡身份证，却一个踉跄，脚不小心碰到了细柳丁的身份证，于是那张原本在张楚凌脚边的身份证远远地飞到了污水沟的旁边，差点就掉了下去，"先生，不好意思啊，我昨天晚上睡的是硬床板，现在腰还痛着呢，你的身份证只有麻烦你朋友帮忙捡了。"

张楚凌的这一举动，不但众混混看得目瞪口呆，他身后的田妮也是惊愕得合不拢嘴，他是真的腰痛，还是故意捉弄那些混混的，网上那些资料不是都说他脑袋不灵活、人很老实么，难道他身体真的不舒服？想到这里，田妮心里一阵感动，张楚凌身体都那样了，还过来替自己挡灾。

"小子，你耍我是吧，我要报警。"细柳丁见张楚凌不但没上自己的当，反而用一个侮辱性的动作让自己大失面子，他大吼一声就掏出了手机。

“先生，报警很麻烦的，你看都到午饭时间了，我要赶时间到荔枝角道147号去尝尝那里的私房菜呢。”张楚凌看了看手腕上的时间，轻轻地说道。

听到张楚凌的话，细柳丁拿电话的手无力地垂了下去，他的顶头上司大炮黄此时正在荔枝角道147号豪赌，要是真让警察找上门，然后身后的这帮小弟还说是自己报的警，以后自己就别想在九龙混了。

“我们走。”他泄气地看了张楚凌一眼，不敢再找张楚凌的晦气，先前的嚣张气焰消失无踪，垂头丧气地带着一帮小弟走开了。

这样也可以？本来还担心张楚凌遭到这帮混混投诉，田妮心里正愧疚呢，却没想到一直盛气凌人的混混因为张楚凌莫名其妙的一句话就立即灰溜溜地走人了。

“谢谢！”田妮沉默了一会儿，从她的嘴里吐出了这两个字，她很清楚刚才张楚凌如果不是替她出面，以自己的脾气这几个流氓混混肯定没有好下场，不过那样一来自己想重回重案组就遥遥无期了。

“我们是搭档，这是我应该做的。”张楚凌没想到田妮主动跟自己搭腔，连忙回应道。

田妮美目扫了张楚凌一眼，虽然还是先前那副模样，却不再是那么讨厌，反而显得有点可爱，“你刚才说荔枝角道147号的私房菜很好吃是真的么？”

说这句话的时候，田妮的眼中闪过一丝狡黠。直觉告诉她，张楚凌绝非表面上看起来那么简单。

“咳……咳……”张楚凌没想到田妮会突然提到这个问题，他尴尬地咳嗽了两声，荔枝角道147号哪有什么私房菜，私家赌场倒是有一个，他也是偶然一次解决家庭纠纷的过程中知道有这么一家赌坊，而且听赌坊的邻居说大炮黄经常在里面赌博，他看到细柳丁好像是从那个方向出来的，所以就大胆地赌了一次，没想到被他押对了。“你要是真的饿了，我请你下馆子。”

从见面到现在，张楚凌在田妮的面前一直表现得不卑不亢的，仿佛什么事都跟他无关。更重要的是，跟张楚凌巡逻了半天，他都没正眼看自己一下，赞美的话更是半句也没有，这让田妮气馁的同时也在怀疑，这个张楚凌到底是不是男人。

现在好不容易看到张楚凌被自己一句话弄得尴尬不已的样子，田妮心里竟隐隐有点兴奋，仿佛自己打赢了一场小仗似的。却没有听清楚张楚凌嘴中说的什么话了，连张楚凌不知不觉地转移了话题她也没发现。

张楚凌问了半天，却没听到回音，他疑惑地转头看向田妮，却发现她美丽绝伦的俏脸正泛着醉人的光晕。似笑非笑的眸子散发着智慧的色彩，精致的脸蛋有着让人屏息的美丽。而那连绵起伏曼妙迷人的娇躯让张楚凌不敢眨一下眼睛，生怕错过眼前美景。

张楚凌炙热的目光瞪得田妮的脸直发烧，心里却是少有地没有生气，而是低着头问道，“你刚才说的什么，我没听清楚，可以再说一遍么?”

声音有若蚊鸣，张楚凌却是听得清清楚楚，他很快就意识到了自己的失态，回过神来又重复了一遍自己的话。

“你要是真的饿了，我请你下馆子。”张楚凌回答道。

张楚凌没有发现田妮的异常，两个人就这样一前一后慢慢地走着。

“快到了。”走到一个广场雕塑前面，张楚凌说了一声，突然停住了脚步，指着前面的一家餐厅说道。

“砰”的一声，没提防之下，张楚凌被撞了个趔趄，田妮更是不堪，她感觉自己像是撞在了一堵墙上面，巨大的反弹力让她的身子迅速后仰，眼看就要四脚朝天地摔倒在地，不由自主地就想一个鹞子翻身稳住身体。

又是“砰”的一声，田妮痛得眼泪都快流出来了，她睁开眼睛一看，却发现此时自己跟张楚凌嘴巴对嘴巴、鼻子对鼻子、眼睛对眼睛，两张脸竟是完美地重合到了一块儿。

原来却是张楚凌眼看田妮要摔倒在地，一时间忘记了她是重案组出来的高手，情急之下就探手去扶，结果田妮也没料到张楚凌会突然间出现在自己的正前方，一个鹞子翻身正好翻到了张楚凌的身上，于是，两个人在几秒钟之内连着发生了两次亲密接触。

感觉到自己的屁股被一双充满了热力的大手抱着，田妮娇嫩的身子下意识地颤了一下，一张俏脸红得要渗出血来，清澈明亮的眼睛瞄了张楚凌一眼，只见张楚凌更是目瞪口呆地看着自己。一股男人气息扑面而来，让她竟是暂时地失去了力气。

手中感觉到惊人的弹力，鼻息间闻着如兰如麝的处子幽香，张楚凌也是心神摇曳。

良久，田妮才意识到这是大街上，她用那洁白的编贝重重地咬了一下樱唇，强力挣扎着站了起来，嘴里同时轻轻喝道，“还不放开我?”

张楚凌脑子立即清醒过来，心里暗呼一声糟糕，双手迅速地离开了田妮的身体。

吃完午饭，两个人又开始了下午的巡逻。

一路上田妮算是领教了张楚凌的闭口禅。上午的时候张楚凌还不时地跟自己说两句话，下午的时候可能是该说的说得差不多了，恰好又没什么事情发生，他居然一声不吭，田妮有点怀疑自己在张楚凌的眼中是不是隐形的。

不过田妮对张楚凌的好奇心也越来越重，她觉得张楚凌这个人好像被重重迷雾包围了一般，让人看不透彻。

你说他普通吧，他在制服劫匪时偏偏表演出了一手出神入化的枪法；你说他胆小吧，面对一人帮混混，身体瘦弱的他也敢挺身而出；你说他脑子有问题吧，三言两语间便把几个身强力壮的混混给弄得狼狈而逃；说他聪明吧，他一再惹自己生气。

不得不说，巡逻的工作非常枯燥和辛苦。大热天的，头上顶着烈日，腰上还挂着十几斤重的手枪、枪套、手铐等东西，一走就是八九个小时，偶尔遇到小偷或疑犯什么的，还得拼命地去追。

在重案组时虽然有时也要出去办案，但一直顶着烈日晒的时间毕竟很少，大部分时间还是坐在办公室吹空调的，现在猛然间被太阳一烤，她发现自己居然有点支撑不下去的感觉。只是看着前面一直以标准的军姿前行的张楚凌，她实在不服气自己比不过张楚凌这个小巡警，于是憋着一口气涨红着脸在后面努力地跟着。

虽然张楚凌经过这段时间的努力训练体质改变了很多，但是跟一直坚持训练的田妮比起来还是有稍许差距的，他之所以在田妮面前会占有优势，主要还是因为适应环境，还有就是他坚强的毅力。

田妮现在已经没有力气去琢磨张楚凌到底是什么样的一个人了，也没了跟张楚凌比拼脚力的心情，她只是一个劲地在心里腹诽张楚凌没男人

风度。

正当田妮准备喊住张楚凌歇息一会时，她却看到张楚凌身子一晃，拐进了一家超市。

“这个家伙，当值的时候居然敢逛商场，回头我一定投诉他。”田妮对张楚凌一声不吭就跑进超市非常生气。

“拿着，送给你的。”田妮正撅着嘴巴生气，犹豫着要不要进去寻找张楚凌呢，张楚凌已经出来了，而且他的手上多了几样东西。

“这些东西女警都用得着的，又称女警三宝。这个是超级防晒霜，能够有效防止太阳的暴晒。”见田妮疑惑地看着自己，张楚凌解释道，“这是冬青柔软膏，有什么腰酸背疼和腿发软时，擦上一点点就可以健步如飞了，还有这个，是太空鞋垫子，放在皮靴里，走路会轻松很多，而且不容易脚臭。”

张楚凌每拿出一样东西，就给田妮介绍一番，全部介绍完了不由分说地把东西塞到了田妮的手中，“虽然这三样东西不是很值钱，不过真的很管用。”

“谢谢。”看着张楚凌真诚的眼神，听着他关心的话语，田妮心里的怨气突然间烟消云散。

不得不说，田妮被张楚凌的这个小动作给感动了。在她心中，男人丑点笨点无所谓，但是一定要懂得疼女人，要是让她知道张楚凌之所以能够这么快就帮她买齐这三样东西，是因为他以前经常给警署的那帮女警员买这三样东西而熟能生巧的话，不知道她心里会怎么想。

第二章 黑客事件

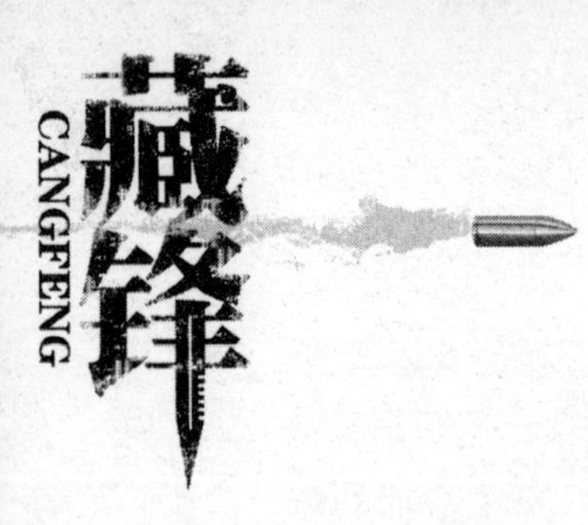

张楚凌下班回家后打开了电脑，搜索了和自己有关的网络新闻。花了差不多一个小时的时间，张楚凌终于把新闻、帖子包括回复都看完了。在脑海中过滤掉那些没用的东西，张楚凌发现在众多帖子中起关键作用的是那个发帖的人“小白”、“水天一色”以及公布自己真实资料的“鹰飞”。

小白是一个资深网虫，论坛上到处有他的影子，他把张楚凌制服七名持械悍匪的录像弄到论坛并加以注释只是一种客观行为，并没有发表自己的任何主观看法。

“水天一色”这个号注册的历史也很老了，但却是个万年潜水艇，他一出来居然有无数人跟在他后面遥相呼应。

而那个鹰飞则是自己的同事，他在网上一直极力贬低自己，关于在警署浏览黄色网站和巡逻时跟美女接吻的内容就是他补充上去的。

至于在网上形成的对自己不同看法的三个阵营，张楚凌不禁付之一笑。以小白为首的人一直以客观事实说话，认为自己关键时刻站出来了，是一名合格的警察；以鹰飞为首的一派则说自己是紧张状态下才开的枪，完全是狗屎运才打中了劫匪；以水天一色为首的一派则认为自己是深藏不露的高手。小白那个阵营还好，一直挺冷静的，水天一色和鹰飞两个阵营却闹得不可开交。

张楚凌又看了看论坛的在线人员和访问记录。有小白、鹰飞、水天一色、悠悠我心等十几个注册会员。张楚凌一面记下了他们的论坛昵称，一面迅速地分析着他们的这十几个人的真实 IP 地址，小白的 IP 更是张楚凌关注的重点。

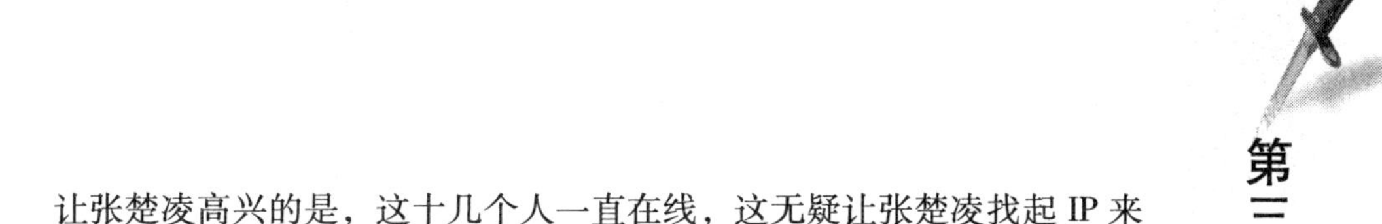

让张楚凌高兴的是，这十几个人一直在线，这无疑让张楚凌找起 IP 来方便很多。很快，张楚凌就攻破了这十几个人的电脑防火墙，迅速地浏览了一下他们电脑中的内容，把感兴趣的东西直接“拿”到了自己的电脑中。

小白的电脑正连着一个外接设备。“这个外接的设备不会就是摄像机吧，要是真是那样的话……”想到这里，张楚凌有点激动。此时张楚凌也顾不得小白到底在不在电脑旁边了，他直接远程控制了小白的电脑，鼠标迅速地点开了那个外接设备，当看到里面真的有自己的录像时，张楚凌感觉到自己真的是走了狗屎运了。

“小白，不要怪我太狠!”张楚凌心里默念了一句，把外接设备里面的录像删除了，同时把小白电脑里面的录像删除了，然后小白的电脑冒出了一阵青烟，他的电脑硬盘被烧了。

张楚凌这么做也是迫不得已，他拿不准小白的电脑技术到底怎么样，要是小白是电脑高手的话，即使删除了那些跟自己有关的录像，小白也可能把那些录像找回来。

解决完录像的问题，张楚凌又在论坛上放了一个“超容炸弹”，把论坛上的内容全部摧毁了。这样一来，小白不会因为那段录像的被删除而怀疑上自己，只会以为论坛被人下了重要的病毒。

完成这一切后，张楚凌开始坐在椅子上悠哉乐哉地喝茶，同时慢慢地欣赏着他从那十几台电脑拷贝过来的东西。

因为这个论坛名为警察之家，所以注册会员大部分是警察身份，只是大家不知道彼此间的真实身份而已。通过分析这十几个人的照片和简历等跟身份有关的东西，张楚凌发现有三个人居然是自己认识的。

其中鹰飞就是自己的同事赵伟，他的电脑中全是一些不健康的东西，不是 A 片就是跟女人视频的抓图，还有一些不同女人的资料，要不是看到电脑中有份简历是赵伟的，张楚凌简直不敢相信自己的同事业余生活会这么“丰富”。

让张楚凌讶异的是，他的顶头上司林婧居然也在上网，而且昵称就是 LJ，在论坛上她比较热情，乐于助人，大家都戏称她为老姐。当他慢慢地

翻看从林婧那拷贝过来的东西时，他的脸色慢慢凝滞了。

林婧生活在一个单亲家庭中，跟一个酗酒好赌的父亲相依为命，她对父亲非常孝顺，可以说是百依百顺，把父亲照顾得无微不至，然而父亲对她并不好，认为女孩子没出息，经常辱骂她。她为此感到非常困扰，并发誓一定要靠努力作出一番成绩证明自己不比男孩差，让张楚凌讶异的是，在林婧的日记中还提到过自己。

在看到自己差点被警署开除、林婧多次为自己求情时，张楚凌关掉了林婧的那个文件夹，看林婧的日记，张楚凌感觉自己是在犯罪，绝对地侵犯他人隐私，他敢肯定，林婧的这些心事，除了自己不会有第二个人知道。

至于张楚凌认识的第三个人，是昵称为悠悠我心的，从资料可以分析出她是投诉及内部调查科的袁景岚。

十几个人的资料很快翻完，张楚凌没再发现什么可疑的人，他觉得自己的平静生活应该不会再被打扰了吧。

张楚凌在慢慢地翻阅着那十几个人的资料时，不知道的是他对论坛的一番作为已经引起了极大的轰动。

一个满脸青春痘的年轻人兴奋地从卫生间走了出来，他就是小白，他坐到电脑前想看自己几分钟前发的视频到底有多火爆时，却讶异地发现自己的电脑已经关机了，看了下电源显示器，是亮的啊，在检查了十几分钟电脑后他哀嚎一声，“我拉屎为什么不关电脑呢?”

“妮妮，你来看论坛里有上次和你一起巡街的张楚凌的录像。”袁景岚喊着表妹田妮。

“好的，我来看看。”听到表姐的话，田妮又想起了张楚凌制服七名劫匪的录像。

袁景岚正准备动手时，却发现自己的屏幕一晃，然后电脑桌面就显示无法找到网页了。刷新，还是显示找不到网页；打开别的网页，一切正常。

袁景岚的眉头皱成一团，警察之家怎么可能被黑呢，要知道警察之家可是西九龙警署技术中心的人在维护啊，以他们的电脑技术居然还能被人

入侵？

警察之家被黑了，这个消息犹如一阵龙卷风，迅速席卷香港各个警署，引起了巨大轰动。怎么说警察之家也算得上是警署半个官方网站，网站维护人员更是警署里公认的技术高手，论坛怎么可能这么容易就被黑了呢。

是谁黑了警察之家呢？他又怀有什么动机呢？这两个问题缠绕着论坛的所有注册会员，也让负责论坛维护的几个技术人员寝食难安。

“我一定要抓到你！”一个年轻人握紧了拳头，涨红着脸说道，只是他满脸的青春痘实在让人不敢恭维。

这个年轻人叫田文松，是西九龙总区技术中心的计算机维护员，二十四岁，瘦高个，标准的电脑发烧友，没事就逛论坛，最喜欢逛的就是警察之家和骇客天空了，一直都以自己的黑客技术而骄傲，不但在骇客天空中地位不低，警察之家更是以他为主力。

田文松在论坛上有好几个马甲，小白就是他的马甲之一。

电脑硬盘被烧、摄像机被毁、论坛被黑，可以说，田文松被人狠狠地扇了一个耳光，这让他出离愤怒的同时，也感觉到了巨大的耻辱。

花了近两天的时间，田文松才和他的几个同事把论坛重新搭建起来，只是很多数据却在这次的破坏活动中丢失了，最近的一次备份，已经是一个月前了。

入侵论坛的凶手很狡猾，所有的犯罪痕迹都破坏掉了，也没有留下一个疑点，这让田文松想复仇也感到困难重重。

看到所有的注意力都转移到了那个神秘的黑客身上，再也没有人去关注自己时，张楚凌笑了，在论坛重新搭建后，他又盗用了一个注册会员的号登陆警察之家论坛，发现上面再也没有关于自己的录像和讨论，他才彻底放下心来，至于大家义愤填膺声讨那个黑客的声音，他直接选择无视。

神秘黑客的事情在警署传得沸沸扬扬，张楚凌却恍然未觉，依然过着他的平淡日子。每天巡逻、回家、再巡逻，偶尔也干点杂活，比如把警署的车送到车行去维修、比如给同事叫外卖什么的。

他干这些活不是自降身份，而是很享受这种感觉，同时通过这些活可

以假公济私地做自己喜欢做的事情，比如到港城车行找人聊聊天、比如叫外卖时可以顺便照顾林婧的饮食，干这些杂活，既不会让同事对他的突然改变不适应，自己也过得舒坦，何乐而不为呢？

自从看过林婧写在电脑中的私人日记后，张楚凌对这个“势利”的女上司就全然改观了，虽然林婧还是一如既往地不给他好脸色看，但是她的严加指责和冷言冷语听在张楚凌的耳中，却自动转化成了教诲。有时张楚凌甚至忍不住故意犯一些小错误，就是想感受一下林婧的另类教诲。

对于林婧的身世，张楚凌虽然同情，却也无可奈何，他只能在工作上尽量支持林婧，在饮食上也对她照顾一点。

“阿伟，你电脑技术那么厉害，你说是谁把警察之家黑了呢？”张萍一如既往地挑起了办公室的话题。

“萍姐笑话了，我哪有什么技术可言啊，只是一个老网虫，比你们懂得稍微多些罢了。”赵伟说这句话的时候很老实，而且他的目光不自然地扫向了张楚凌。

赵伟不是一个上进的人，所以在警署一直没干出什么成绩，当他看到张楚凌在很努力地付出却同样没有什么成绩，反而遭受大家的白眼时，他心里有一种变态的快感，可是张楚凌制服七名持械悍匪的事情发生后，他的心态就开始不平衡了，但是他一再安慰自己那只是张楚凌撞了狗屎运，而且张楚凌也承认了当时很紧张，这让他心里好受了一些。

第四章 持械劫匪

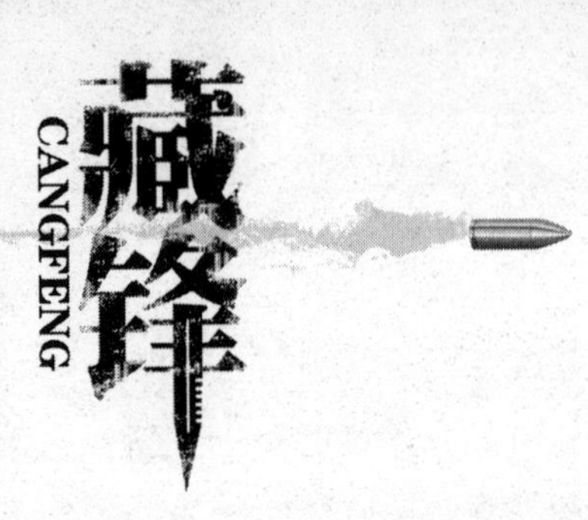

张楚凌跟田妮的关系还是不冷不热，对于田妮的千金小姐脾气，张楚凌还真懒得伺候了，“你愿意怎样就怎样吧，反正你迟早要调回重案组的。”心里有了这个想法，他自然不会去主动跟田妮示好，只是作为一个临时搭档，他也不愿意跟田妮把关系闹得太僵。

倒是田妮，自从看了张楚凌制服劫匪的录像后，彻底地被他的枪法折服了。心里认定了张楚凌是个深藏不露的高手，对他的态度不知不觉地也有了些改变，高手或多或少都有一些脾气的，这是田妮的看法。

“各巡逻请注意，有两个持枪杀人凶手正步行往深旺道方向逃窜，其中一个凶手长发、独眼，身高 1 米 80；另外一个偏瘦、戴着眼镜，穿着褐色西装，请附近的警员提高警惕。”张楚凌和田妮腰间的呼叫器同时响起，打破了两个人之间的沉默。

“深旺道？那不是离我们很近么？”田妮自言自语道，眼睛却是看着张楚凌，希望他能拿主意。

两个人此时巡逻的是通州街，跟深旺道可以说是隔楼相望，真的跑起来，也就几分钟的路程，“你说歹徒有没有可能开车逃逸呢？”张楚凌开始在脑海中分析各种可能。

“应该不会吧，中心都说了是步行了。”田妮不是很肯定地说道。

对田妮的话张楚凌不置可否，既然凶手有枪，他们想抢一辆车实在太容易不过了。

“麻烦你等我几分钟，我去方便一下。”张楚凌的眼睛扫过前面一个公共厕所的路标，对田妮说道，不等田妮回答，他的身影已经远去了。

"猥琐。"田妮心里暗骂一声，在确认了张楚凌是个枪法高手后，她就尝试着重新认识张楚凌，想从他身上感受一下高手的风范，可是张楚凌的表现实在太让她失望了。什么脏活累活都抢着干，对同事的欺辱也听之任之，这样一个人怎么可能是高手呢？

田妮这几天的刻意接近，张楚凌其实已经发现了，只是他懒得点破，其实对于田妮能够放低姿态跟自己相处，他内心还是很高兴的，尽管他没弄明白田妮态度突然转变的原因。

张楚凌离开后，田妮集中了精神四处张望，毕竟刚接到中心的呼叫，现在是非常时期，万一自己不小心丢了小命就完了，要知道对方手中可是有枪的啊。

她的眼神很快就被一辆突兀出现的红色宝来车给吸引了，这辆车车身上有泡沫残渍，仿佛刚刚清洗过，但是没洗完，试问正常情况下谁会车子洗到一半就开走呢？

红色宝来的车速很快，眼看就要从自己身边开过，田妮迅速地掏出手枪对准驾驶员的位置，同时示意对方停车，只要对方没有停车的迹象，她会毫不犹豫地开枪。

"嘎吱"一声，车子在田妮面前紧急停刹。

"停车，熄火，下车，驾照、身份证拿出来。"田妮把枪指住了开车的司机，严厉地喊道。

"Madam，我妻子刚刚从楼上摔下来，我要赶紧去医院啊，我的身份证和驾照在这里，熄火下车就不必了吧。"司机的声音很焦急，同时非常配合地掏出了自己的证件递给田妮。

田妮打量了这个司机，见他穿着一套休闲服装，而且人也微胖，跟中心说的那两个凶手相貌特征一点都对不上，看他的表情似乎真的很焦急，田妮不由动了恻隐之心，伸手接过他的证件就查看起来。

"把枪扔下，举起手来。"田妮正低头查看司机证件的时候，一个阴沉的声音在自己耳边响起，顺着声音看去，她的心猛地一沉，只见一个独眼巨汉在后座拿着一把掌心雷指着自己，满脸的阴鸷。他的身边，坐着一个褐色西装的眼镜青年，望向自己的眼神满是嘲讽和不屑。

这一刻，田妮恨不得拿一块豆腐撞死，张楚凌都跟自己说过凶手有可能开车逃逸，而且自己也觉得这辆车可疑了，可还是被凶手给骗过了。

刚才正确的做法应该是用喊话器在被拦截检查车辆后喊话，命令车辆停止前进，靠边接受检查，然后依托车辆，拔出配枪，命令车上人全部下车，行至副驾驶一侧，防止其开车逃跑，再命令其高举双手放在自己所能看见的地点。而不是动了恻隐之心没让司机下车就去低头检查司机的证件，让对方有了可乘之机。

“怎么办，就这样扔下枪成为对方的又一个人质?”田妮心里刚冒出这个念头，突然又一个更强烈的念头在脑海中响起，“不行，我是重案组的人，我丢不起这个脸。”

田妮的脸色变得坚毅起来，脑海中思索着如何摆脱面临的危机。

“我叫你丢下枪啊，听到没有!”凶手似乎有点不耐烦了，朝田妮大吼了一声。

“Madam，不要试图玩什么花样，不然这个司机就先替你去探一下黄泉路了。”那个眼镜青年见到田妮的脾气似乎有点倔，而在这个地方自己的同伴一旦开枪，可能会立即招引更多的警察过来，所以他把主意打到了司机的身上。

面对指向自己的枪口，田妮可以不闻不顾，可是看到眼镜的枪指向司机时，她的脸色立即变得惨白，她知道，在这个眼镜凶手面前，自己彻底地败了。

双手无力地垂下，手枪也扔到了地上，她开始等待着命运对自己的宣判，同时也做好了被重案组同事嘲笑的心理准备。

当张楚凌上完厕所出来时，远远地，他发现有几个行人走得好好地，却突然间仿若看到了令人恐惧的怪物一般，立即转身朝另外一个方向跑了。

“他们前行的方向正是自己跟田妮巡逻的方向，难道田妮跟那两个杀人凶手对上了?”张楚凌猜测道，同时放慢了脚步，缓缓地朝田妮所在的方向潜去。

借着建筑物的掩护，张楚凌很快靠近了田妮所在的位置，然后田妮被

制服的一幕就落在了他的眼中。

田妮的脸上已经没有了往昔的红润，苍白的脸上镶嵌着一双绝望的眼睛，妙曼的身躯在凶手的手枪面前显得孱弱无比，修长的双臂无力地下垂着，完全失去了活力。张楚凌从来没有想到过，平时恶名在外的田妮还会有如此柔弱的一面。

当张楚凌的目光扫向坐在驾驶员位置上的司机时，他终于知道田妮为什么会束手就擒了，在警察守则中，人质的安全才是第一位的，至于逮捕凶犯归案反而排在其次了。

“怎么样才能化解危机呢?”看着两个持械凶犯一人手中一个人质，张楚凌有点犯难，击中凶手很容易，可是需要开两枪，万一匪徒中有人利用这两枪的空隙而伤了人质就麻烦了。

眼光再次扫过绕路而走的行人，张楚凌突然有了主意。

突兀的警车声突然在众人耳中响起，那个独眼凶手和眼镜青年显然一惊，他们没想到警察动作会如此之快。

听着警车的声音越来越近，而且警车的数量还空前的多，两个人的脸色终于变了又变，田妮的心里却是一阵欢喜，她刚才最害怕的就是人质没救出来，反而搭上了自己，既然此时重案组的人来了，自己自然有救了，只是想想马上就要被昔日的同事看到自己此时落魄的样子，她眼色又有点黯然。

“他妈的，条子的反应怎么这么快?”在警车声音出现之前，眼镜青年一直从容不迫的样子，此时他却有点害怕了，要知道为了迷惑警方视线，他让独眼龙假装往深旺道方向跑了很久的。

“大哥，这次我们不会被抓吧?”连绵不绝的警车声把独眼龙的胆都吓坏了，他朝眼镜青年问道。

“你他妈的给我闭嘴，早就叫你在外面脾气放缓点，结果还是惹出这么大的事情来，我看你回头如何交代。”眼镜不满地瞪了独眼龙一眼，脑子里飞快地盘算着如何摆脱眼前的困境。

“把这个臭女人拉上车，要不是她出现，我们早跑了。”眼镜青年的眼睛突然有如毒蛇一般瞪向了田妮，让她浑身一阵冰冷。

独眼龙闻言立即打开了车门，一把扯住田妮的手就往车里面拉，在他看来，一个柔弱的女巡警能有多大力气呢，可让他郁闷的是，田妮的脚下像生了钉子一般，怎么拉都拉不动。

“你他妈的能不能快点啊，拉个女人都拉不动，臭女人，不要给脸不要脸，不然我一枪打爆你的……”眼镜青年气急败坏之下哪还有先前的斯文，他见独眼龙拉不动女巡警，就知道这个女巡警身上肯定有点功夫，不由把原来对准司机的枪转而对准了田妮那对浑圆的乳房，嘴角淫笑道。

只是眼镜的话还没说完，就“啊”的一声惨叫，他感觉自己握枪的右手仿佛被针扎了一下，完全失去了知觉，枪也掉到了地上。

“有本事你倒是开枪啊?”一个声音淡淡地在他的耳边响起，转脸看去，不知道什么时候车子旁边出现了一个男巡警，高高瘦瘦的，貌不惊人，他一只手死死地钳制着独眼龙，另一只手捡起了掉在地上的手枪对准了眼镜。

让人感到诡异的是，警车声突然消失了，周围一个警察也没有出现。

田妮看了一下四周，又看了看神奇出现的张楚凌，心里很是奇怪，出来的不应该是自己的重案组同事么，怎么张楚凌一个人跑出来了，他怎么做到同时制服他们的?

“还傻站着干什么，这个独眼龙交给你了。”见田妮仿若傻了一般，张楚凌轻轻地拿下独眼龙手中的枪，同时把独眼龙推向了田妮。

一个踉跄，独眼龙倒在了田妮的脚下，正当独眼龙以为有机可乘准备逃跑时，田妮反应了过来，小腿一伸，皮靴重重地踩在了独眼龙的手上。

“嗷呜”一声惨叫从独眼龙口中发出，田妮的脸上重新焕发出了迷人的光彩，“张楚凌，怎么就你一个人，重案组的那些人呢?”发生这种事情一般是重案组直接接手的，也难怪田妮会有如此一问。

田妮到现在还没弄明白，刚刚明明听到了那么多的警车声，怎么现在就没看到车影呢?

张楚凌此时已经把眼镜青年从车里面拖了出来，他并没有搭理田妮，而是把枪对准了驾驶员位置上的司机，“停车，熄火，下车，驾照、身份

证拿出来。”

司机慢腾腾地下了车，让人感到诡异的是，此时他脸上的神色竟是镇定自若得很。

“张 Sir 是吧，你怎么看出我有问题的？”司机看着张楚凌，很是纳闷，自己明明掩藏得很好啊，怎么还是被发现了呢。本来他们今天三人是一同约好在通州街汇合的，中途眼镜和独眼龙下车办事去了，他闲着没事就去洗车，谁知道车洗到一半却接到独眼龙的电话说他杀人了，为了让独眼龙和眼镜脱险，他不得不立即开着洗了一半的车去接应他们。

“人质应该有人质的惊慌，你在被人用枪指着时的表情实在太不专业了。”张楚凌不满地瞪了田妮一眼，仿佛是在解释给她听一样。

“哈哈，没想到张 Sir 不但口技很厉害，观察力也很惊人啊，要是你的这位搭档有你一半的观察力，我们三个今天肯定栽了。”司机说这句话时，刚刚还懦弱怕事的样子已然不见，取而代之的是一副看戏的神态。

听到张楚凌和司机的话，田妮感到脸一阵阵地发烧，一阵前所未有的挫败感从心里升起，张楚凌一眼就能认出人质的真假，自己居然被匪徒利用了半天。在接到中心的呼叫后，自己好像就形成了一个定性思维，认为凶手只有两个，却没有料到会有第三个凶手出现，而这第三个凶手却被自己误会为人质，让自己束手束脚的。

“还好一切都过去了。”想起自己刚才被制住时的绝望和无助，她内心对张楚凌充满了感激，张楚凌不但逆转了形势，更是相当于救了自己一命。

而张楚凌神乎其神的口技表演更是让她感到由衷地佩服，在这么恶劣的情况下，他居然能够毫发无损地救出自己的同时还制服三个持枪匪徒，没有足够的智慧和矫健的身手是不可能办到的。

张楚凌并没有注意到田妮脸上神色的变化，司机异常的反应让张楚凌紧张起来，对方在被自己用枪指着的情况下还能这么镇定，肯定还有着自己所不知道的后招，而这个未知的后招，极有可能再次让自己和田妮陷入危机。

“啪啪啪……”几声零星的掌声突兀地在张楚凌身后响起，他回头望

去，却见从身后的房屋中走出了十几个人，他们零散地从房屋中走了出来，却迅速地占据了有利的位置，把自己和田妮包围了起来。

看着突然走出来的十几个荷枪实弹的匪徒，田妮还没来得及高兴的心再次沉了下去。这一次对方可不是三个人，而是十几个人。对方手中的武器也不仅仅是三把手枪了，而是有着 MP5 等好几种火力强猛的武器。

“张 Sir，你的口技还真是厉害啊，吓得我们差点没落荒而逃，可是，你认为就你们两个人可以对抗我们十几个人么？”从屋中出现的一个满脸络腮胡的人嚣张地笑道，同时他漫不经心地走到了那个司机面前。

“啪”的一声脆响，那个司机挨了重重的一巴掌，又是连着两个巴掌，独眼龙和眼镜青年倒在了地上。

司机、眼镜青年和独眼龙三个人口角全是血渍，脸上印着一个鲜红的巴掌，可是他们头都不敢抬起来，而是颤抖着匍匐在地上，就像三条死狗一般。

“你们他妈的就是一群废物，出去办一点小事也能弄出这么大的动静来，要是我的计划因此而耽搁的话，你们死一百次都不为过。”络腮胡很是郁闷，本来召集了一大批人手准备晚上采取一次大行动，没想到等了近一个小时还有三个人没到，楼下却突然响起了警车声，还以为自己的行踪暴露了，把他吓得差点跳窗而逃。

看着络腮胡教训手下，张楚凌一动也没动，只是眼睛一直缓缓地打量着周围，看到十几把黑溜溜的枪口瞄准着自己和田妮，他知道自己这个时候只要敢稍微动一下，身体肯定马上要被对方的枪打成马蜂窝。

“臭婆娘，居然还开着呼叫器，你们三个傻×，人家开着呼叫器居然还在这里啰嗦，等着警察过来抓你们么？”络腮胡的眼睛瞄到了田妮腰间的呼叫器是开着的，愤怒地扯下她的呼叫器，一脚踩得稀巴烂，同时嘴里没好气地斥骂着三个属下。

“张楚凌，张 Sir。”教训完三个属下，络腮胡又走到了张楚凌面前，他阴阳怪气地朝张楚凌喊了两声，又仔细地围着张楚凌转了两圈。

“砰”，毫无预兆地，络腮胡右手一甩就朝张楚凌的脚踝处开了一枪。接着他便肆无忌惮地哈哈大笑起来。

田妮不受控制地尖叫了一声，同时痛苦地闭上了眼睛。“是我，是我害了张楚凌。”想象张楚凌痛苦地倒在血泊中的样子，田妮的内心一片苦涩。

“你笑够了么?”张楚凌完好无缺地站在原地，脸上一阵寒霜，他冷冷地问道，张楚凌是真的怒了，今天要不是自己运气好，一条腿就交在这里了。

“呃……”络腮胡的声音戛然而止，就像喉咙被卡住了一般，他不可思议地看着张楚凌，自己明明击中了他的脚踝，怎么他还会好好地站在那里呢？不光是他，在场的所有人都愣住了，田妮猛然听到张楚凌的话，再看到他的脚一点事都没有，差点高兴得跳起来。

张楚凌的脚的确没事，是一直绑在他身上的负重为他挡住了子弹。

发生在张楚凌身上的变故让在场的所有人一时都没反应过来，为了把络腮胡这个团伙一举抓获，张楚凌并没有利用这个有利的时机制服络腮胡，而是突然问道，“我在深水埗制服的那七名持械劫匪跟你们是一伙的?”

张楚凌的话在络腮胡的心里掀起了惊天巨浪，他刚才之所以出其不意地朝张楚凌开一枪，一方面是真的被他上次出神入化的枪法给吓怕了，想先把张楚凌弄残再说；另一方面却是存了报复的心理，上次张楚凌制服的那七名劫匪，都是跟他同生共死多年的兄弟，眼前的这帮人只是最近拉拢的，拉拢这些人的目的也就是为了劫狱救人。

本来是一石二鸟之计，却没想到这一枪打在了张楚凌的身上却像没打中一般，张楚凌依然挺立在那里，连痛苦的表情都没有。而张楚凌突然问出来的话更是让他感到惊慌，这个巡警是怎么看出来自己身份的，那自己辛苦策划了近一个月的行动岂不要失败了?

本来张楚凌也不可能看出络腮胡的身份的，毕竟这次跟络腮胡等人撞上完全是偶然的，可是络腮胡看向自己时，眼中那深深的恨意却让他感到奇怪，他知道自己绝对不可能得罪什么人的，那么，络腮胡对自己的仇恨从何而来呢，制服七名持械劫匪的画面突然从他脑海中晃过，他忍不住就问出了自己心中的疑问。

络腮胡的脸色变化张楚凌尽收眼底，他此时已经可以肯定络腮胡的身份正如自己猜测的一样，不由开口问道，“你们的人全部在这里了么?”

张楚凌的跳跃性思维和不按常理出牌让大家都感到很诡异，他的问话显然又让络腮胡没弄明白。

“你这句话什么意思，难道你觉得你们两个人可以对付我们十几个人，就凭你们手中的两把破三八，能比得过我们手中的狙击?”络腮胡此时已经从张楚凌给他的震撼中清醒了过来，他觉得张楚凌的身上肯定戴了防弹的东西，虽然很奇怪一个步巡平时巡逻时身上怎么会带这玩意，但此时明显不是搞懂这些事情的时候，“我们的人还真就全在这里了，有本事你把我们都抓回去啊。”

田妮此时也发现了张楚凌并没有受伤，虽然有点好奇他怎么能抗住子弹的射击，却更是为张楚凌的这句话感到好奇。都这个时候了，他凭什么还这么镇定呢，难道他真的还有翻盘的本事?

自认为实力占有绝对优势的络腮胡哈哈大笑起来，他断定张楚凌不敢乱动，只要张楚凌动一下，他就会被打成马蜂窝，即使张楚凌身上穿了防弹衣，防弹衣也是不可能防住所有部位的。

“如你所愿。”听完络腮胡的话，张楚凌确认这个团伙的人全部在场后，他嘴里一声轻哼，同时捡起了田妮掉在地上的手枪。

“砰砰……”六声清脆的枪声响起，络腮胡和那五个手持MP5的匪徒轰然倒下，与此同时，张楚凌的身体动了，有如翩翩起舞的蝴蝶一般，迅速地在人群中穿梭，那依然呆滞的几个匪徒还没来得及反应，全被张楚凌制服，一个个软绵绵地倒在了地上。

此时，张楚凌自己枪中的子弹一颗都未发射。张楚凌走到神情依然呆滞的田妮身边，把田妮的手枪递塞到了她的手中。

“999中心，WPC13955和PC31465在通州街45号位置制服一群持枪悍匪，请求支援。”张楚凌拿起腰间的呼叫器喊道。

田妮恢复意识时，看到了满地哀嚎的匪徒，还有若无其事站在一边的张楚凌。

“发生什么事了，自己怎么会失去意识，怎么可能发生这么荒诞的事

情，难道自己真的在做梦?”想到这里，她偷偷地伸手在自己的肋部软肉掐了一把。

“哎哟。”一阵剧痛传来，田妮忍不住娇呼一声。

“你怎么了?”张楚凌疑惑地看向田妮，刚刚没人朝她开枪啊，怎么会满脸的痛苦状呢?

“没……没什么。”田妮见张楚凌疑惑地看着自己，一张俏脸变得绯红，指着满地哀嚎的匪徒问道，“这些人怎么就全部倒下了，是谁开的枪?”

“我的子弹完好无缺，你的子弹发射完了，枪不是你开的还是我开的不成?”张楚凌看着满脸疑惑的田妮，微笑着说道。

“可是……可是我怎么什么都不记得了呢?”田妮觉得很奇怪，自己开枪没开枪都不清楚么，检查了一下手枪，的确子弹没了。

看到地上的十几个人也都以恐惧的眼神看着自己，田妮也迷惘了，难道真的是自己开的枪?她不知道的是，这十几个人之所以恐惧地看着她，完全是被张楚凌的话给误导的。这里面只有张楚凌和田妮两个警察，既然张楚凌手中的子弹都没发射，肯定开枪的就是田妮了。

看着神情自如的张楚凌，田妮还是觉得不对劲，她失神仅仅是刹那间的事情，自己的手枪掉到了地上的事情她还是记得很清楚的，怎么手枪就突然回到了自己手上，而且自己还开了枪呢，要知道在被十几把枪指着的情况下，借自己十个胆也不敢开枪啊，可是事实发生在眼前，由不得她不相信。

田妮依稀记得自己脑子空白前的一刹那张楚凌说了一句“如你所愿”。等自己回过神来时，就是眼前这副情形了。想到这里，她怀疑地看向张楚凌，想从他脸上找出一丝不对。

“你看我干什么，赶紧想着怎么写报告吧。”听到周围隐隐响起的警车声，张楚凌对着一个劲瞪着自己看的田妮说道。

田妮知道是张楚凌再一次地力挽狂澜，救了自己的性命。

只是，张楚凌为什么要把这天大的功劳往自己身上推呢，要知道制服了这么多持械匪徒可是大功一件啊。

张楚凌走到了田妮的身边："要是你想早日回重案组的话，就一定抓住这次机会，记住，是你开的枪。"

张楚凌的话却让田妮怦然心动，重案组，自己不是一直想回重案组么？重案组才是自己能够大显身手的地方啊。想起自己刚被下放到巡警队时同事们一个个幸灾乐祸的样子，她的肚里就窝着一口气，只是，自己到底要不要利用这次机会呢，看着卓然而立的张楚凌，田妮犹豫起来。

"张楚凌，你太瞧不起人了。"内心挣扎了一会，田妮终于拿定了主意，要回重案组就凭自己的真本事，坚决不接受张楚凌的这种施舍性质的让功行为，想到这里，她大声地朝张楚凌喊道，"你自己开的枪你自己写报告去，想让我帮你写报告没门，我回重案组也不用你帮忙。"

"随便你怎么想了，你的同事来了，你跟他们说出事实的真相，看谁信。"张楚凌不屑地扬了扬眉头，看也不看田妮一眼。

田妮被张楚凌的话气得不轻，她双眼圆睁着正准备跟张楚凌理论时，重案组的人已经走到了田妮和张楚凌的身边，他们只是看了一眼张楚凌和田妮，立即把张楚凌丢在了一边，一齐围上了田妮。

"恭喜你了，田师姐，没想到你在巡警队也能立这么大的功劳。"一个重案组的男警走到田妮的身旁，由衷地感叹道，倒在地上的一大堆人，他们可不认为身体看起来瘦弱的张楚凌能够办得到，所以自然而然地，他们就把这些功劳归到了田妮身上。

"妮姐，你这次表现简直太棒了，我们整个行动小组追两个人都没追到，你却独自捣毁了一个团伙，这下看原来那帮老是狗眼看人低的人还有什么话要说。"跟田妮说话的女警活蹦乱跳的，看起来也就十七八岁的样子，整个一张娃娃脸，她说话的时候，小巧的鼻子发出一声轻哼，同时眼睛朝不远处瞟了一眼，很显然，她看向的人群就是跟田妮有矛盾的同事。

田妮没想到自己还没开口，同事就把所有的功劳都归到了自己的身上，她慌忙拉过一边的张楚凌说道，"我来给你们介绍一下，这是我在巡警队的搭档，张楚凌，你们还记得制服深水埗七名持械劫匪的事情么，就是他干的，今天制服群匪也全部是他的功劳。"

张楚凌笨拙地点了点头算是跟大家打过招呼，却也没有说辩解的话

语。对于田妮的话，他不以为然。她的同事要是凭着她的一句话就会相信今天制服群匪主要是自己功劳的话，那才是咄咄怪事了。

果然，田妮的那几个同事扫了其貌不扬的张楚凌一眼，有的鼻子里发出一声轻哼，更有的人直接说道，“妮姐，你什么时候还学会讲究团队精神了啊，难道这一次下放巡警队你吸取教训了？”

“这些人真的都是他开枪击倒的，还有，地上的人也是他一个人搞定的，你们怎么就不相信我呢。”看到张楚凌偶尔朝自己扮一个鬼脸，田妮简直就要抓狂了，难道自己的话就这么不可信么？

“妮姐，你不会喜欢上这个巡警了吧？”有的人看到田妮拉着张楚凌的手一直不肯放下，吃味地问道。

所有的重案组成员都开始取笑田妮，同时对她表示祝贺，就是没有一个人相信她说的话。

也难怪他们会有如此反应，警察之家论坛上关于张楚凌的帖子大家几乎都看过，而那上面鹰飞对张楚凌的看法成了那个帖子的主调，大部分人还是相信鹰飞的观点的。从这一方面来说，张楚凌还得感谢赵伟，虽然赵伟让张楚凌“出名”了，却更有利于掩饰张楚凌的能力。

对络腮胡这伙持械匪徒，西九龙重案组表现得特别重视，特别是听张楚凌汇报说他们跟前段时间被制服的深水埗金铺抢劫犯是一伙的后，警署对这群匪徒就更加是重点照顾了。

警署采用分开审讯，各个突破的办法，这群乌合之众很快就把他们嘴里的东西全吐了出来。据他们交代，他们本来是打算等人都聚齐了，明天晚上就开始劫狱，只是他们没想到独眼龙脾气会那么大，居然在聚集的路上还能惹出事来，让他们功亏一篑。

无意间就破了这么大一件案子，整个西九龙警署都充满了喜悦的气氛，要是真的让这些人进行了劫狱活动，无论是社会影响还是警署的损失都将是巨大的，能够把这场灾难消灭于无形，自然是再好不过的事情。

作为制服这伙持枪匪徒的田妮和张楚凌更是成了新闻媒体关注的焦点，张楚凌还是以不习惯发言为由推脱了公共关系科的记者招待会，而公共关系科本来也就把关注的重点放在田妮身上，所以对张楚凌也不是很

勉强。

田妮虽然在警署警长面前一再强调这次制服持枪匪徒是张楚凌的功劳，可是军械鉴证科在鉴定了枪的子弹和枪上的指纹后，坐实了她的功劳，让她写一份详细的开枪报告。就这样，在警署警长的监督下，她挤牙膏一般，艰难地编出了一份开枪的详细经过，心里却对张楚凌埋怨不已。

在这次记者招待会上，田妮的飒爽英姿可谓是出尽了风头，警署利用她的这次大功，把警察的形象推到一个新的高度，在市民心中留下了一个良好的印象。

看到电视上满脸自信的田妮，张楚凌一边吃着香蕉一边摇了摇头，田妮被独眼龙用枪指着脑袋时的画面又在他脑海中浮现，不由自主地，他把电视中这个神采奕奕的女警花跟那个脸色惨白的人质作了对比，电视中大吹大擂的记者何曾能够想到，他们眼前的英雄在两天前还是匪徒手中毫无反抗能力的人质呢?

“阿凌，这个就是你喜欢的那个重案组女警吗? 嗯，人长得不错，口才也可以，关键是有正义感。”张父虽然退休，对有关警察的新闻却是一件也不肯放过的，他此时瞪着都市追击栏目看得目不转睛，嘴里不停地对田妮评价着，好像电视中的田妮就是他儿媳妇一般。

“嗯……”听到父亲的话，张楚凌刚吃了半口的香蕉忘了吞下去，卡在喉咙中要上不下的，把他的眼泪都给噎了出来：“爸，我什么时候说我喜欢她了?”

张父不以为然地瞥了儿子一眼：“阿凌，我知道你脸皮薄不敢承认，不过这么好的女孩你可得主动点，不要让人家跑了你才知道后悔。你想啊，要是人家不喜欢你的话，面对十几个持枪匪徒，她怎么就敢挺身而出保护你呢?”

“我……”张楚凌感觉自己怎么跟父亲沟通起来就这么困难呢，好女孩? 就田妮那臭脾气还是好女孩? 她保护我，你儿子我用得着她保护? “爸，我的事情就不用你操心啦。”见跟父亲无法沟通，张楚凌泄气地说道。

“嗯，不用我操心就好，早点把这女孩带回家来。”很显然，张父又理

解错了儿子的意思。

张楚凌无力地翻了翻白眼，继续埋头消灭桌子上的零食。

“阿凌，你这次获得了银哨奖，回头你可得好好感谢田妮那丫头啊，爸已经炖好了参芪当归羊肉汤，晚上巡逻时你给她带过去。”张父并没有因为儿子的投降而打算放过他，继续说道。

这一次的立功，虽然田妮得了首功，但是在田妮的一再坚持下，张楚凌还是获得了丰厚的奖励，不但在行为簿上多了一个良好的记录，同时还获得了警署颁发的银哨奖，这让张父大为欣慰，内心也对田妮感激不尽，在张父看来，儿子脑子不好使，身手也不利索，不可能在匪徒的重重包围下还能够有什么作为，肯定是重案组的田妮搞定了一切。

没有一个人嫉妒田妮的功劳的，毕竟人家破获这起大案，是拿命换来的，换了他们任何一个人面对那么多的持枪匪徒，特别是当中还有火力很猛的 MP5 时，都没有把握能逃出生天，正因为如此，田妮在大家的眼中更加神秘和无敌起来，简直成了智慧和勇敢的代名词。

而一向在大家眼中表现得猥琐和无能的张楚凌继续成为大家鄙视的对象，依靠女人平白得了一个天大的功劳，是个人都会眼馋和嫉妒的。

“那个张楚凌最近运气还真旺啊，什么好事都能让他给碰上，这下他是发达了。”张楚凌到达办公室时，张萍的声音适时地传入他的耳中，她的身边还围着不少人，看他们一个个满脸兴奋的样子，似乎谈了不短的时间。

有这些聊八卦的时间还不如在家里多待一会儿呢，张楚凌的眼睛扫过这群每天没事就在办公室闲聊的同事，也没吱声就走到了自己的座位上。

看着张楚凌进了办公室，大家的声音小了下去，但还是在交头接耳地议论着，很显然，他们还意犹未尽，不想中断这么有兴趣的话题。

“我说你们这些人无聊不无聊啊，人家有了不良记录，你们就幸灾乐祸，人家立了功，你们就嫉妒，有你们这样的人么？”一个富有震撼力的声音突然在办公室门口响起，清脆而干爽，这个声音中气十足，盖过了办公室所有人的声音。

这个声音说出了张楚凌的心声，让他大是舒坦。抬头朝门口望去，却是一身便装的田妮。

办公室的人都习惯了田妮穿警装时的飒爽英姿，猛然间看到她换上便装时的时髦性感，一时没反应过来，不得不说，身材姣好的田妮就是一个衣架子，任何一件衣裳在她的身上就好像有了生命一般，把她映衬得大方迷人。

要是说唯一美中不足的就是，此时田妮无暇精致的脸庞上遍布寒霜，如黑漆的明眸中更是射出点点杀意，红润性感的嘴唇微微上弯，使得浅红的脸蛋显得煞气逼人。

田妮的一声责骂后，办公室顿时安静了下来，静得一根针掉到地上都能听到声音。也不知道大家是被田妮的话给镇住了，还是被她的美貌给迷住了。

说完这番话后，田妮也不理众人的表情，而是径直走到张楚凌身边，静静地站在他身边，两眼默默地瞪着张楚凌看。

田妮的心情很复杂，在张楚凌面前她更是不知道如何以对。要是换在半个月前，她对张楚凌这种人根本就不屑一顾，要是换在一周前，她肯定会直接斥责张楚凌的无能和懦弱，可是现在，张楚凌在她的面前犹如一座神秘的高峰，她怎么努力都看不到山顶，她发现自己根本就没有资格对张楚凌做任何评价。

“嗯，今天怎么换便装了，要回重案组了么?”看着田妮站在自己身边，张楚凌有点不自在，率先打破了沉默。

“是的，重案组那边缺人手，所以要求我现在回去，我今天是特意来跟你告别的。”见张楚凌一眼就看出了自己要调回重案组的事情，田妮一下省了好多口舌，她羞红着脸说道：“晚上下班后有空么，我请你消夜。”

田妮在张楚凌面前小鸟依人的样子让众人眼珠子都落了一地，什么时候女暴龙有这么温柔的一面了？要不是田妮刚进办公室时还吼了一声，大家肯定会以为自己眼花了。

“吃深井烧鹅呢，还是去中环希腊餐厅?”张楚凌看着田妮无暇的脸庞微笑道，比起凶巴巴的样子，他更喜欢看到她柔情似水的样子。

“你……你不介意的话，我请你。”听到张楚凌的话，田妮面上一窘。

看到田妮双颊绯红，就像抹了胭脂一般好看，张楚凌的眼睛不由在她的脸上多停留了片刻，“跟你开玩笑的呢，不要当真。”张楚凌一边说话一边把张父煲好的汤拿了出来，“这是我爸爸为了感激你对我的照顾，特意煲好让我带来给你喝的。”

盛着参芪当归羊肉汤的保温瓶一打开，一股浓浓的香味溢满了整个办公室，田妮觉得自己的双颊更红了，一双妙目都快要滴出水来，让办公室的人一个个目瞪口呆，想起田妮刚刚对他们凶巴巴的样子，现在对张楚凌又极尽温柔，心里大叹人跟人之间的差距。

“怎么，不喜欢喝么?”看田妮呆滞地看着自己，而办公室的那些人则愣愣地看着田妮，张楚凌有点尴尬，重重地咳了一声，把众人从呆滞中唤醒。

“不，我很喜欢喝，你替我谢谢伯父，要是没什么事我就先走了，以后有空了我再请你吃饭。”听到张楚凌拒绝自己的约会时，田妮心里还一阵失落，当听到张楚凌后面的话时，她甚至以为张楚凌是拿话在讽刺她抢占了他的功劳，可是她的眼睛接触到张楚凌面带微笑的真诚眼神时，她才知道张楚凌根本就没这层意思。

然后她就看到了警署的人一个个色迷迷地看着自己的样子，对张楚凌的那声咳嗽，她暗生感激的同时，内心也有一丝甜蜜，要是换在往常，她肯定对办公室的人又是一声斥责，可此时她似乎不愿意在张楚凌面前破坏自己的形象，端起盛汤的保温瓶就夺门而出了。

“张楚凌，你的报告写好了没?”警署办公室内，林婧询问张楚凌道。

三天前，林婧就给自己布置了这么一个任务。为了写这份报告，张楚凌没少死脑细胞。

虽然报告难写，张楚凌还是绞尽脑汁写了一份：“为了保护市民的生命安全和财产安全，为了做一个好警察……”

林婧接过报告后看了一下，神色有点怪异，不过她也没说什么，而是走进了简报室，那里有警务处处长和高级督察在等着她呢。

张楚凌的报告很快就在众人手中传阅完毕，大家脸上的神色都有点不自然。

“林警长，张楚凌作为你的下属，你最了解他，你觉得他这份报告属实吗?”警务处处长郭天霁率先打破了沉默。

“依他平时的表现，这份报告应该属实。”其实张楚凌这份报告并没有把自己写得多厉害，相反，他在报告中一个劲儿地贬低自己，把自己描述成了一个空有理想，却实力低下的警察，这几次立功，完全是因为紧张和运气使然。

“梁督察，你也觉得张楚凌警员的立功是出于偶然吗?”郭天霁又把目光放到了高级督察梁超的身上。

“张楚凌警员平时的表现从他的档案中可以体现出来，虽然他执行任务时偶尔失误，可是张楚凌警员的本质是好的，而且他有着一颗积极向上的心，所以他这一次的立功也可能是他心中的一腔热血所致，并非偶然，至于他表现出来的神奇枪法，也可能是他的真实本领，我们不能因为他的缺点而否定他的优点……”梁超说这句话的时候好像在念一首抒情散文一般，只是他的眼睛却不时地看向林婧，似乎想从她的表情看出点什么。

很快，梁超的朗诵就停了下来，因为林婧皱了皱眉头。

林婧之所以皱眉头，是因为她觉得这个梁超今天反应太不正常了。以前她帮张楚凌求情说好话时，梁超老是在一边不断地强调张楚凌的缺点，今天他却一反常态地替张楚凌说好话，难道他又有什么阴谋要针对张楚凌?

要是让梁超知道林婧此时内心的想法，估计他要被气得吐血。梁超跟林婧是同一所高中毕业的，不同的是林婧高中毕业后就考上了警校，而梁超读完了研究生才考的警校，所以他的职衔要比林婧升得快，但是他喜欢林婧却有很长的历史了。

以前梁超之所以说张楚凌的不是，是因为他觉得林婧对张楚凌太过关心了，而林婧却从来没关心过自己，这让他对张楚凌心生嫉妒。而今天他突然想通了一个道理，张楚凌根本不可能对自己构成威胁，而自己一直跟

林婧对着干却会引起她的反感，故而今天他一反常态。

“作为张楚凌的长官和上司，我希望你们对下属的认识能够一致，而不是存在分歧。林警长，你对梁督察的话有意见吗?”郭天霁自然看到了林婧皱眉头的样子，同时林婧认同了张楚凌的报告，以为林婧跟梁超有不同的看法呢。

林婧犹豫了一会儿，心里左右为难，认同梁超的话吧，又怕他要什么诡计，反对他的话吧，他却偏偏是在帮张楚凌说话。作为一个尽心尽职的警长，虽然她平时在警署表现得很势利，表面上好像只对做出成绩的警员关心，但内心里却是希望每个警员都有出息的。

“No，Sir。我对梁督察的话基本上认同。只是我个人觉得张楚凌警员的能力亟待加强，需要继续培养。”林婧大声地回答道，眼睛看都不看梁超一眼。

“很好，既然你们对张楚凌都这么看重，我决定这一期的PTU训练名单加上他的名字。”郭天霁见两人统一了意见，高兴地宣布了自己的决定，“同时，我会给他颁发一枚英勇勋章，以表彰他在这次深水埗抢劫案中的杰出表现。”

PTU就是机动部队的意思，在香港，任何一名巡警干满一年后，只要表现优异，同时得到长官的推荐，就能够进入PTU进行为期三个月的体能和战术训练，考试合格后还是回到原警署，但是可以被借调到别的部门协调处理一些案件，一旦再次立功而又没什么不良记录的话就可以升职。

听到警务处处长郭天霁的宣布，梁超和林婧都惊讶得合不拢嘴。这个奖赏也太丰厚了点吧，警务处处长亲自颁奖已经是作为警员的最高荣誉了，而PTU训练的机会更是所有巡警梦寐以求的机会，因为一旦进入PTU训练，就意味着升职和加薪的机会不远了。而现在，张楚凌居然同时获得了这两个机会，实在有点让人一时难以接受。

第一次，梁超对张楚凌有了危机感，也对自己刚才的行为感到了后悔。

张楚凌虽然脑子反应慢，但是他人并不懒惰，当警察后，他经常一个

人闷头学习，居然一不小心让他给读完了研究生课程，并拿到了研究生文凭。现在张楚凌机遇这么好，自然让梁超有点害怕了。

第二天早上，在父亲和妹妹们依依不舍的目光中，张楚凌踏上了去粉岭警察训练学校的汽车。

第五章 周Sir吃味

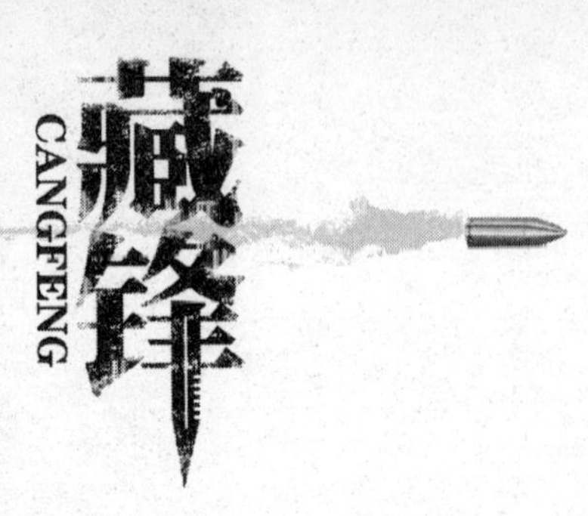

粉岭警察训练学院成立于1948年，由一位职级为总警司的校长掌管，主要负责为刚入职的警员及督察提供基本训练，并为警务人员提供大部分的在职训练。学校的训练经费全部由香港政府负责，学员个人不用交纳任何训练费用，学校可容纳1200名学员进行训练。

到达学校营房时，张楚凌微微一愣，因为他看到了两张熟悉的面孔，一个是他的同事刘俊熙，另外一个是曾经跟他有过一面之缘的旺角警署巡警，有点啤酒肚的那个。

张楚凌朝那个啤酒肚笑了笑，算是打过招呼，那个啤酒肚显然也认出了张楚凌，他憨厚地笑了笑，然后开始整理自己的东西。

“阿凌，想不到吧，我们又见面了。”刘俊熙见到张楚凌来了，热情地给了他一个拥抱，同时接过他手中的行李箱，“咦，怎么这么轻，你不会什么食物也没带吧?”

一边说着，刘俊熙好奇地打开了张楚凌的行李箱，当看到行李箱里面只有两套换洗的内衣和十几本书籍时，他傻了眼。“阿凌，你完了，听说警校的饭根本就不能下咽的，难道你就没听到一点风声?”

“你的意思是你带了很多食物了?”

“是啊，我带了整整一行李箱的食物，回头我分一些给你……”刘俊熙刚说完这句话突然发现有点不对劲，刚刚问话的好像不是张楚凌，回头一看，他的脸色变得惨白。原来不知道什么时候他的身后站了两个教官，他们正满脸严肃地瞪着自己。

“PC32580，你知道自己的行为触犯了什么条例吗?”其中一个白净的教官问道。

“知道……”刘俊熙结巴着把自己触犯的条例背了出来。

“那你知道自己现在应该怎么做了吧?”白净教官继续问道。

刘俊熙哭丧着脸把自己带来的食物都拿了出来，当然，其他正在兴高采烈展示自己丰富食物的警员们也未能幸免。两名教官这一趟的突袭可谓是收获甚丰，他们收缴的食品，居然堆满了房屋的角落。

“阿凌，你刚才面朝门口的，为什么教官来了也不提醒我一下?”待教官拿着收缴的食物离开营房后，刘俊熙掐住了张楚凌的脖子，大声问道。

张楚凌推开刘俊熙的双手，耸了耸肩，“我倒是想说啊，可惜你不给我开口的机会。”

“完了，这下肚皮要受苦了，整整三个月啊，我的天……”刘俊熙知道张楚凌说的是事实，也不跟他计较，而是哀嚎起来，与此同时，营房里抱怨声此起彼伏，好不凄凉。

张楚凌是一个优秀的刑警，什么时候该享受，什么时候不该享受他还是分得很清楚的，来 PTU 训练本来就是提升自己能力的，怎么还能贪图安逸呢。

“阿熙，别闹了，赶紧收拾吧，刚才教官都说了，两分钟后在训练场集训呢。”张楚凌简单地收拾了一下自己的床铺，把衣服和书籍放到个人铁柜里面，然后提醒还在发牢骚的刘俊熙道。

不得不说，张楚凌的这句话威力无穷。他的话音刚落，营房里立即乱成一团。食物没收了并没什么，警察学校又不是不提供食物，要是因为整理内务迟到而被教官训斥就丢人了。毕竟能够有机会来参加 PTU 训练，都是各个警署里面的精英分子，他们或多或少地有一些好强心理。

当张楚凌一行人急促地赶到训练场时，让他跌破眼镜的一幕出现了，训练场上站着几个教官，其中有一个身影张楚凌再熟悉不过了，因为她就是昨天才跟张楚凌见过面的田妮。

她怎么来了，她昨天不是说重案组人手不够，调回重案组帮忙去了么？不过想想田妮见习督察的身份，她来警察训练学校当一个临时的教官似乎也没什么。

在人群中搜索到张楚凌的身影，田妮的脸上绽开了甜蜜的笑容，眼色也变得柔和起来，让正慌忙赶往训练场集合的警员们差点就一个趔趄没有站稳。

平板的警服并不能掩盖田妮完美而性感的身材，平时她总是一副凶巴巴的形象，很容易让大家望而生畏，然而此时柔情似水的样子，却容易让人想入非非。她的嫣然一笑，让底下的警员们一个个看傻了眼，连最基本的对列都站了半天才站好。

“阿凌，你有福了，居然是田妮当教官，以后可得多在她面前替我美言几句啊，让她照顾我一下。”刘俊熙知道张楚凌跟田妮的关系，所以很快就从痴迷中清醒了过来。

“PC32580！”刘俊熙的话还没落音，就听到了一声严厉的点名，他抬头看去，看到出声的是田妮身边的一个男教官，他此时正板着一张脸看着自己，满脸的寒霜。

刘俊熙的脸立即拉得老长，慢腾腾地走出了队列，步操到了那名男教官前面，“Good Morning Sir，PC32580 刘俊熙，隶属深水埗警署第一支队。”

“PC32580，你从警校毕业几年了？”那名教官待刘俊熙行礼完毕后，冷冷地瞪了他两秒钟，才出声问道

虽然只有短短的两秒钟，刘俊熙站在众人面前就像过了两年一般，脸上火辣辣的难受，第一次集训就被教官当众批评，可以说脸面是荡然无存了。

“两年了，Sir……”

“两年？两年就可以忘记纪律了？”

“Sorry Sir！”

“你要记住，PTU是精英部队，而不是杂牌军。”那名教官冲着刘俊熙大声吼道，“还站在这里干什么，自己走到一边去原地步操十分钟。”

听到自己要在那么多警员面前原地步操，刘俊熙感觉颜面荡然无存，真是担心什么来什么，但是在那名教官的注目礼下，他不得不照办。感受到大家炙热的目光，刘俊熙只觉得自己的脚步特别沉重，脑子一片空白，来PTU训练的兴奋和喜悦心情突然之间全没了。

站在队伍中，张楚凌把一切都看得清清楚楚的，那名男教官的身影，始终不离田妮三步之遥，他的眼睛，也不时地扫过田妮的身体。

张楚凌不由冷笑，刘俊熙固然有错，但是底下交头接耳的人不止他一个，要怪就怪田妮的目光一直跟着自己的身影在动，而刘俊熙却跟自己站在一块，还傻乎乎地冲着田妮笑，那个男教官自然顺着田妮的目光看到了刘俊熙，至于身体瘦弱的张楚凌，很自然地被他无视了。

刘俊熙被训后，底下的警员老实了很多，再也不敢肆无忌惮地打量田妮，即使偶尔扫她一眼，也是迅速转移目光，男教官看到自己这招杀鸡儆猴起到了很好的效果，他也满意地点了点头。

“大家好，从今天开始，你们就是PTU的一分子了。”十分钟后，刘俊熙步操完归队，看到底下站得整齐而安静的队伍，教官里面一个年长的站了出来，“PTU一共分为新界北、新界南、东九龙、西九龙、还有港岛区五个大队，再加上我们训练的Foxtrot大队，一共是六个，在未来的十二个星期内，我们希望把大家训练成为有纪律、有自信和自发性的警务人员，大家有没有信心？”

“Yes，Sir！”底下齐声应道。

“课程方面分开六个方向，首先是学习Internal Security（内部保安）、第二就是人群管理、第三就是反罪恶战术、第四是反非法入境战术、第五是体能训练、第六是枪械训练，我现在给大家讲讲PTU的结构，PTU是一个大队，它下面有四个小队，每一个小队有41个人，我就是第三小队的第一指挥官郭军伟，大家可以叫我郭Sir……”

郭军伟大概四十几岁的样子，身材高大，相貌威严。他自我介绍完以后，又把他身边的三位指挥官一一给大家介绍了一番，除了田妮，另外两名指挥官分别叫周明强和费亚林。周明强就是刚刚叫刘俊熙步操的那个男教官。从外形上来看，周明强文质彬彬的，皮肤也很白皙，从他的身上似乎找不到警察的味道，费亚林则很粗犷，从他凸起的肌肉块就可以看出他的身体不是一般的强壮。

郭军伟介绍完后，周明强又出来重申了一遍《警队条例》和《警察通例》，无非是希望大家在训练期间能够遵规守纪，顺利完成培训计划，反正废话说了一大堆，搞得站在底下的人腹诽不已。

费亚林的话就显得简短了，他只是宣布了当天的训练内容，然后就把位置让给了田妮。

田妮清了清嗓子，刚性十足的声音在人群上空响起，“我知道你们曾经是各个警署的骄傲，但是，到了这里，你们都是普通的学员，我不希望你们把一些不良的习性带到训练中来，在这三个月中，我将对你们的行为进行严格考评……”田妮的话也挺简短，但是她的话却分量十足，大家都听进了心里，而且她的话似乎有一种神奇的功效，使得原本昏昏欲睡的众人突然间都变得神采奕奕的。

交代完训练的内容和注意的事项，众警员就进入了紧张的热身训练阶段，如仰卧起坐、俯卧撑、握哑铃、跑步等基本科目。

虽然在场的警员们在考入警校时都经历过类似的训练，但是毕业很长时间了，其中有些警员是办公室工作，习惯了有空调的环境，而有的警员则烟酒不拒，身子早就不复当年的健壮了，所以一番操练下来，竟有小部分人吃不消了。

可能因为被点名的关系，刘俊熙憋着一口气，无论什么动作都做得很标准，而且持久，给他身边的人也带来了压力，带动了整个支队的训练氛围。

“哎，第一天训练就这么辛苦，以后还怎么熬得下去啊？”回到营房

后，众警员一个个筋疲力尽地软倒在了床上，唉声叹气道。

机动部队有着“精英摇篮”的称号，从机动部队出去的人，各项素质都是绝对过关的。正因为如此，机动部队训练的严厉也是出了名的，随着第一天热身训练的结束，几个指挥官心里对众警员的体能已经有了一个大概的了解，而恰好第一天的体能训练因为刘俊熙的缘故，大家表现得过火了一点，也就注定了他们后面的日子不会那么好过。

第二天的训练，大家明显感觉训练强度又增加了一些。看着太阳升起又落下，一个个都是咬牙硬撑着。到了吃晚饭的时候，大家已经是饿得肚皮贴背心了，看着餐桌上那简单的几个菜和白米饭，他们就像几十年没吃过饭一般，一个个吃得比什么都香。

“快看，女神出现了”大家正吃得欢快的时候，也不知道谁突然怪叫一声，不由自主地，大家同时停下了手中的筷子，眼睛朝食堂门口的方向看去。

很快，大家就发现了田妮的身影，整个食堂的人都傻愣愣地看着一个方向，有的人口中还含着饭菜、有的人筷子还伸在空中、有的人甚至把菜送到了自己的鼻子里……

田妮的手中提着一个盛汤的保温瓶，脸上洋溢着灿烂的笑容，像是想起了什么趣事一般。她的笑脸把大家的眼睛都看直了，而她浑然没有意识到因为自己到来而引起的骚动。

周明强远远地看到了田妮，并微笑着站直了身子，不停地朝田妮挥手，想招呼田妮跟他一起坐。在他看来，田妮身为教官，肯定只会和教官坐在一块，而教官中，自己年轻又帅气，身世也不错，完全配得上田妮，其他两个教官一个已经有家室了，另一个根本就不解风情，根本不是他的竞争对手。

周明强一直待在粉岭警察训练学校，对于田妮并不是很了解，他唯一了解的，就是田妮是一个见习督察，立过多次大功，而且身手不错，更主

要的是，她的容貌实在太漂亮了。从见到田妮的第一眼开始，他就觉得自己以前的人生白过了，同时心里把田妮当作了自己的禁脔，这也是为什么刘俊熙仅仅冲田妮笑了一下，就立即被他找茬的缘故。

“真是一个贤妻良母啊!”看着田妮手中提着的保温瓶，周明强心里赞叹道，他的脸上一直保持着绅士风度的微笑，等待着田妮走到他的身边。

很快，周明强脸上的笑容凝滞了，同时身子也变得僵硬起来，脸上的表情看起来更是吓人，拳头握得咯咯直响。

因为田妮的身子已经在一张桌子前坐了下来，而且还亲热地跟那张桌子前的警员打了招呼，然后温柔地拿过那个学员的碗，一勺又一勺地替他舀着汤，那认真的样子，让本来就漂亮的田妮多了一份女人味。

不光是周明强呆住了，整个食堂的警员们都呆住了，田妮此时的样子，就像一个小妻子对丈夫一样，是那么认真、那么自然。

一时间，田妮身边的那个警员成了大家关注的焦点。普通，这是大家看到张楚凌后的第一个想法，实在太普通了，这是大家仔细观察过张楚凌后的又一次结论。为什么这么一个貌若天仙的女督察，偏偏坐在了一个其貌不扬的警员身边呢，为什么我就没有那么好的运气呢?

食堂里，众人百般心思，却是再也没心情吃饭了。

众人的神情，张楚凌自然都看在眼中，他的眼睛看了看刘俊熙，满脸的苦笑。

“怎么，这么不欢迎我?”田妮见自己坐到张楚凌的身边，张楚凌并没有表现出预料中的高兴，而是想要躲开自己一般，她脸上的笑容也没了，而是微带失望的口气问道。

“Madam，请坐，我们怎么可能不欢迎你呢，你只要看看周围羡慕而嫉妒的眼神，就知道此时我们是多么欢迎你了。”见张楚凌坐在那里没有开口的意思，害怕田妮生气的刘俊熙连忙说道。

田妮闻言朝四周看了看，终于明白张楚凌心里是什么感受了，想起他平时种种低调的行为，她不由责怪自己的孟浪。

说完那句话，田妮就飘然离去了，食堂里的众人看着田妮离去的身影，心里稍微平衡了一点，看向张楚凌的目光也收了回来，只是他们却开始纷纷猜测张楚凌和田妮的关系，跟他熟悉的，甚至直接走过来凑热闹问话。

“她只是还给我一个保温瓶而已。”面对大家的询问，张楚凌淡淡地回答道。

通过PTU训练清单上，周明强看得出张楚凌是来自深水埗警署的，“对了，自己的老同学梁超不是在深水埗警署做督察么?”想到这里，他打通了梁超的电话。

在周明强看来，能够进入警校接受PTU训练的，肯定立了不少功勋，而且在某一方面有过人之处，可是听完梁超的电话后，他鼻子都气歪了，因为梁超提起张楚凌时完全是一副不屑的语气，只说那是一个走狗屎运的家伙，他之所以能够参加PTU训练，完全是沾田妮的光。

周明强自然不知道梁超跟张楚凌的瓜葛，而梁超却迅速地从周明强的问话和语气中听出了一些端倪，梁超尽力诋毁张楚凌，就是为了让周明强对张楚凌有一个不好的印象，

“呵呵，狗屎运么，我倒想看看你的狗屎运能走多远。”

看着天气日渐变凉，张楚凌才发现进入警察学校的时间已经过去了两个多月，最后一个课程枪械训练也接近尾声。这两个月中，日子过得风平浪静的，周明强并没有找他什么麻烦，在张楚凌的刻意隐藏下，他所有的训练成绩都是勉强过关，并没有引起别人的关注。

张楚凌知道，事情绝对没有表面上看起来那么简单，除非田妮被周明强追到手，或者田妮跟自己完全疏远，周明强才可能收手

“阿凌，那个周明强是不是吃错药了，这两个多月什么事情都没发生，以前上理论课时还经常刁难你，现在居然也不对你特别照顾了。”刘俊熙提心吊胆地过了两个多月，此时也发现了异常，沉不住气地问道。

“不发生什么事情不是更好么，难道你还希望发生点什么不成?”看着

好友关心的面孔，张楚凌笑道。好友虽然格斗技巧可以，为人也仗义，可是有时也有点冲动，这也是张楚凌不敢把内心的担忧说出来的原因。

周明强越是沉得住气，就越是说明了这个人的可怕。他不动手则已，一动手的话，肯定会让自己无法承受。

“阿凌，你的体能什么时候这么好了啊，以前也没发现啊。”张楚凌正在想周明强对付自己可能用到的手段时，刘俊熙却打断了他的思绪，“这两个月下来，居然所有的训练强度你都跟上来了，我开始还担心周明强在这方面让你难堪呢。”

“要是你在平时多干些重活累活，你的体能也会锻炼出来的。”张楚凌回答道，虽然他经过这一段时间的训练身体迅速变得强壮起来，可是表面上看起来，他的身板还是跟原来差不多，增加的只是力量和柔韧度而已，也难怪刘俊熙会发出这样的疑问。

听到张楚凌这么回答，刘俊熙想起了张楚凌在警署“享受”的一些不公平待遇，他没有再继续接话，心里却在想着什么时候这个好友能够不在同事面前那么“忍让”就好了。

户外练靶场中，众PTU学员都在熟悉着各种枪支的性能，在警署，大家平时接触最多的也就是掌心雷手枪，哪有机会去接触这么多重火力枪械，所以此时大家都表现得特别兴奋，争先恐后地抢着有限的枪支观摩着。

张楚凌随手接过刘俊熙递过来的一支长枪，大致地扫了一眼，他不由摇了摇头，这枪无论是外观还是性能，都让他直皱眉头。

周明强敏锐地捕捉到了张楚凌摇头皱眉的样子，这一个月来他一直想找办法让张楚凌当众出丑，特别是在体能训练课程中，让他郁闷的是，张楚凌的表现虽然不出众，可是无论什么课程，张楚凌都能勉强过关，让他无机可乘。

此时好不容易见到张楚凌皱眉头，周明强自然不肯放过这个机会，他大声地问道，“张楚凌，你知道这款枪的特性么？”

听到周明强问话，大家都停止了手中的动作，而是一齐把目光对准了张楚凌和他手中的那支枪，大家这才发现，刚才周明强好像没有介绍这一款枪的特性，一时间，大家看向张楚凌的眼光有点同情。

这两个月来，大家把张楚凌、周明强和田妮三人的关系都看得清清楚楚的了，周明强喜欢田妮，而田妮却对周明强爱理不理的，田妮对张楚凌好像有点意思，张楚凌却像个榆木疙瘩一样，从来没给田妮好脸色看。而周明强很显然把矛头对准了张楚凌，这让大家不知道是应该羡慕张楚凌的桃花运呢，还是应该同情他的遭遇。

还好，到目前为止张楚凌还是顽强地挺了过来，让周明强根本奈何他不得，只是今天大家却有点替张楚凌担心了，这明显是周明强精心布置的一个局，目的就是让张楚凌出丑，而看张楚凌的模样，他似乎也对自己手中的枪没把握的样子。

在大家担心的目光中，张楚凌举起了手中的枪，“假如我记得没错的话，这应该是法德鲁寸半口径的防暴枪，这一支 Federal 有效射程是 50 至 75 米，发射时有五粒催泪烟弹头……”

看到张楚凌没有丝毫停顿地说出了这款枪的特性，底下的人纷纷称赞起来。

“没想到张楚凌对枪这么了解啊。”

“是啊，我以前都没听过这枪，让我来回答，肯定答不出来。”

听到大家都是褒扬的声音，刘俊熙面上的神色也松了下来，同时满脸佩服地看着张楚凌，脑海中不由浮现出了他开枪制服七名持械劫匪的事情，他对不常见的枪械都这么了解，难道他的枪法真的很厉害？不过刘俊熙很快就摇了摇头，虽然警署有专门的训练靶场，可是张楚凌每天下班后都是往学习班跑的啊，根本没练过枪，而且他不是也否认自己的枪法了么。

周明强此时后悔得肠子都青了，本来是想小小地刁难一下张楚凌，却没想到反而成全了张楚凌，他脸上却不动声色地接过了张楚凌手中的枪，

称赞道，“不错，你对枪械的性能很了解，以前接触过这款枪么?”

张楚凌能够说出这款枪的性能完全是运气使然，而以前的他也不可能接触到这样的枪械，他只是碰巧在网上看到了这么一款枪的介绍，凭着惊人的记忆力把它“复制”了下来而已。

所以张楚凌并没有在大家的赞扬声中飘飘然，而是平静地摇了摇头说道：“没，我只是对枪械知识比较感兴趣，平时比较留心而已。”

周明强点了点头，心里却像吃了苍蝇般难受。张楚凌的平淡反应让他感觉自己就像一个跳梁小丑一般，无论自己怎么努力，都无法让张楚凌动气，更别提让他丢人现眼了。周明强现在对梁超提供给他的消息有点怀疑了，从他的观察来看，张楚凌的基本功表现都很扎实啊，怎么可能是靠狗屎运才进入 PTU 训练的呢?

“我还就不信你真的是全能。”周明强压根就不相信张楚凌什么都拿手，而且张楚凌以前的表现虽然都过关了，成绩却差强人意。想到这里，他朝人群中使了一个眼色。

“阿凌，大家一直都说你枪法很厉害，我们来比试一下枪法怎么样?”人群中站了一个人出来，“你在深水埗制服七名持械劫匪时候表现出来的枪法可是让我们大开眼界啊。”

说话的人叫唐勇，来自油麻地警署，平时在营房时最喜欢炫耀自己的枪法，只是大家听得多了，慢慢地就有点反感他，只要他吹嘘他的枪法，就会有人把张楚凌制服持械劫匪的事情拿出来堵他的嘴。久而久之，唐勇也就对张楚凌心生不满了，要不是张楚凌一再解释那次只是运气使然，让唐勇心里好受了很多，他早就拉张楚凌出去比试了。

听到唐勇的请求，张楚凌心里疑惑不已，按理来说自己都跟他解释清楚了，而且跟他也没发生什么冲突，他不应该找自己比试才对啊，究竟是他的好胜心使然，还是他被人挑衅了?

“怎么，看不起我么，还是觉得我的枪法不如你啊，这样吧，我们加点赌注，要是你赢了，我立即退出 PTU 训练；要是我赢了，你只需给我两万港币。”

唐勇的赌注一提出来，底下的人立即就闹开了，他这么说明显是胜券在握了，两万元港币对张楚凌来说也就一个月的工资，可是PTU训练的机会却意味着升职和加薪，是个人都能看得出来这个赌注对张楚凌来说非常有利。

虽然有点担心张楚凌输掉两万港币，但是好热闹的天性却让大家开始起哄，纷纷叫嚷张楚凌答应唐勇的比试请求。

见唐勇迫不及待地提出了对自己极为有利的赌注，张楚凌已经确认唐勇和自己比试枪法并非他本意，至少不完全是他自己的意思，里面还掺杂着有其他的成分。

在众人期待的目光中，张楚凌微笑着摇了摇头，“对不起，我不能答应你的比试，用学校训练用枪私下赌赛违反了学校纪律，是要受到处分的，我想你应该明白这一点吧？”

听到张楚凌的话，唐勇脸色一变，他的眼神不由自主地就看向了周明强。他并不知道，用学校训练用枪私下赌赛违反了学校纪律，要是知道这么做会受到处分的话，他肯定不会挑起这场比试的。

看到唐勇疑问的眼光望向自己，周明强心里暗骂一声“白痴”，他本来还想找个机会开溜呢，这下在众人的注视下却是办不到了。

原来他在知道唐勇的枪法很厉害而且性格好胜后，就找唐勇谈了话，让他在枪械训练的时候找张楚凌比试枪法，并许诺给他好处。一旦唐勇真的找张楚凌比试枪法了，他就开溜，等他们比试完了后再突然出现，然后对张楚凌进行处罚，至于唐勇的生死就不是他考虑的范围了。

“周Sir，阿凌说的是真的么？”唐勇激动地问道，他看向周明强的眼光已经没有了先前的恭敬，而是脸上充满了愤怒。唐勇虽然好胜，并不代表他就是傻子，周明强唆使他跟张楚凌比试枪法，却故意隐瞒了会受到学校处罚的事实，这如何能让他不生气呢。学校的纪律条款并不是每个警员都会记在心上的，而唐勇显然就不知道校纪中有这么一条。

唐勇的表情和反应让准备看热闹的众人觉得奇怪，难道他跟张楚凌比试枪法跟周 Sir 有关，可是周 Sir 作为学校的教官，对学校的各项纪律应该很了解啊，他怎么可能叫唐勇跟张楚凌比试枪法呢，难道?

有心人已经看出了周明强的险恶用心，不由用可怜的眼光看了唐勇一眼，要不是张楚凌的提醒，估计他被人卖了还替人数钞票吧。想到这里，他们看向张楚凌的眼光都变了样，说到底，张楚凌才是最终被算计的对象，可是他却在这么短的时间内反应了过来，并成功地挑起了唐勇跟周明强的矛盾，而且使周明强陷入不利的处境。

见大家都目光灼灼地看着自己，周明强脸上不自然地笑了笑，回答唐勇道：“张楚凌是在跟你开玩笑呢，你们这怎么能算是私下赌赛呢，要知道大家可都是看着你们的啊，我也在场，要是你们会因此而受到处罚的话，我又怎么可能幸免?”

听到周明强的解释，大家心里都“哦”了一声，觉得自己错怪了周明强，唐勇更是不好意思地朝周明强笑了笑，然后把脸转向张楚凌，“阿凌，拜托你下次别开这样的玩笑，我差点都被你吓死了。怎么样，现在有周 Sir 和众多同事在场，应该不违反学校纪律了，你还比不比枪法啊?”

听到唐勇如释重负的话语，张楚凌讪然一笑，这个唐勇对枪还真是执著啊。不过看到周明强被自己用话挤对得不敢离开训练场了，张楚凌觉得自己的目的已经达到，至于跟唐勇比试枪法，他根本就无所谓。

“阿勇，比试枪法而已，没必要以退出 PTU 训练作为赌注，你说是么?”张楚凌瞪着唐勇的眼睛说道。他觉得唐勇这个人太自负了，他之所以提出那么个建议，是建立在他自己必胜的假想基础上的，要是他没有十成的把握，他绝对不会拿自己的前程来开玩笑。看在唐勇本性不坏的份上，张楚凌决定给他一个反悔的机会。

“这……”唐勇犹豫了，看张楚凌的神色，根本就没有丝毫害怕自己的意思，难道他的枪法真的很厉害，要是那样的话，自己还真就得考虑考虑了。

“张楚凌，你是不是怕了啊，要是怕了直接认输好了。”围观的人群中突然冒出来一个声音，张楚凌循着声音看去，却见那人鬼鬼祟祟地躲了起来。

知道这个人是被人当枪使的，装着没听到那人的话，张楚凌说道，“要是你觉得非要以退出 PTU 训练作为赌注的话，我拒绝这场比试，你就当我是认输好了。”

“这样好了，我们谁输了，晚上谁就请全队同事加餐，你看怎么样?”听到张楚凌不容商量的话语，唐勇着急了，连忙提出了新的赌注。

听着这不是赌注的“赌注”，张楚凌笑了，看样子唐勇还真是个枪痴啊，要是这个时候自己再拒绝他的话，就有点不近人情了，而且围在身边准备看热闹的那些同事估计也不会轻易饶了自己。

“没问题。”张楚凌点了点头，同时拿起了面前的一把掌心雷。

看到一切都没有朝自己计划中的进行，周明强早就想离开了，可唐勇似乎把张楚凌先前的话听到心里去了，眼睛不时地扫向他站立的位置，他不得不一直看着这场自己好不感兴趣的比试。

唐勇见张楚凌答应了跟自己比试枪法，他连忙从地上捡起一把掌心雷，仔细地抚摩了一遍，才说道：“我先开始了啊，就比六发子弹吧。”

100 米的靶，六发子弹，唐勇打出了 58 环的成绩，他高兴得搓了搓手掌，满脸兴奋地看向张楚凌。唐勇觉得今天已经发挥出了正常水平，他不相信张楚凌的枪法能够超过他，毕竟巡警很少开枪，枪法很难好到哪去。

在大家期待的眼神中，张楚凌开枪了，他就开第一枪的时候瞄了一下靶，然后微笑着盯着周明强看，只是大家紧张的眼神光顾着看靶了，只有少数的几个人看到了他的脸转向了一边。

“我赢了。”张楚凌打完六发子弹后，唐勇彻底松了一口气，大声地喊道，因为张楚凌只打出了 48 环的成绩。

“嗯，晚上我请大家加餐。”张楚凌放下手枪，淡然地说道。

听到有人要请客吃饭，大家心里都很高兴，嘴里对唐勇的枪法赞美不

绝，而唐勇脸上也是喜气洋洋的，只有周明强却是内心震惊不已。

六发子弹，每发都是8环，均匀地分布在8环的线上，这绝对不是运气可以解释的，他为什么打靶时眼睛一直看着自己呢，难道他看出了什么？

看着夹杂在人群中却显得有点格格不入的张楚凌，周明强心里涌起一种莫名的害怕，他觉得张楚凌就像是一件保护得很好的锐器，不惹他还好，一惹他就极有可能伤到自己。很快他就摇了摇头，“自己怎么会有这种想法呢？”

第六章 再服众人

自从张楚凌无意中露了一手后，周明强就收敛了很多，周明强是个聪明人，既然张楚凌知道了是他在其中捣鬼，而且又发出了“警告”，他觉得自己继续装神弄鬼也就没多大意思了，毕竟作为支队的负责人，要是因为不团结而闹出什么事的话，他也不好交差。

三个月的培训时间转瞬即过，所有的课程培训都已完成，等待他们的是最后的一次演习。

“这次的演习，是你们在 PTU 的最后一次大型演习，出了训练营后，每一场都可能是硬仗，希望大家争取机会把学到的战术好好运用……”宽敞的教室中，郭军伟洪亮的声音传入了每一个人的耳中，“另外，下个星期，我们将会举行一个解枪绳仪式。”

说这句话的时候，郭军伟的声音有点低沉，一种别样的气氛在教室中涌动，底下的学员也受到了感染似的，大家完全没有了往日的兴奋。

“Sir，什么是解枪绳?”底下一个学员问道。

“解枪绳是我们机动部队的传统，以前每一个警察都有一条枪绳，当在机动部队经过一段时间的培训后，代表大家可以掌握一定的水平，以后不用长官处处监督，就叫解枪绳。你们也被我们训斥多个星期，我希望你们不用再让我们操心。”郭军伟的眼光扫过众警员。

短短的三个月时间，虽然大家在学校流过太多的血汗，可是在即将离别的时候，大家的心中再也没有了芥蒂，有的只是不舍。三个月的时间，众警员不但技能得到了很大的提高，思想和行为也变得比以前成熟稳重了。

“好了，大家都是优秀的警察，不要太感性。”郭军伟突然提高了声音，把大家的注意力再次集中到他的身上，只见他指着投影机上的地图分析道，“现在我们来看一下地图，我们学校所处的位置是这里，东面有横山脚新村……连接沙头角，南面包括和合石……与大埔区为邻……‘凶手’可能从这几个方向靠近，大家的任务就是分头行动，在日落之前制服匪徒。”

看到地图上密密麻麻的地名，张楚凌皱了皱眉头，一个支队40多个人在短短的六个小时内要搜索这么大的一块地方，而且“凶手”身上还带有凶器，想制服“凶手”有点困难啊。

很显然，所有的人都意识到了这次演习的难度，一个个愁眉苦脸地思考着，都在想如何才能在规定的时间内完成这个任务。

“张楚凌、唐勇、刘俊熙……你们为第一组，周明强领队……”郭军伟把支队四十几个人分成每十个人一组一共四个组，分别从四个方位向大岭山中间包抄。

郭军伟任务分组完成后，田妮、周明强、费亚林、郭军伟四个人立即选择了自己负责搜索的范围，让人奇怪的是，周明强率先选择了北面的位置，大岭山的北面有恐龙坑、马头岭、松山、横岭及大砍笃，与打鼓岭相邻。

按理来说，北面地形最复杂，而且地势恶劣，搜索起匪徒来也是最危险和费力的。不过周明强这么做也有好处，因为地势险恶，匪徒也极有可能不会在那边出现，可谓有利有弊了。

到了马头岭的脚下时，周明强停下了脚步，他招呼大家站到一块，然后以商量的口气说道：“为了加快搜索速度，我决定把我们这一组的人分成两小组……”

“那样不好吧，我们本来就十个人，要是分成两小组的话，人数就更少了……”

“是啊，一共有四个‘凶手’，而且他们都带有凶器，我们万一跟他们遭遇上会吃亏的。”

周明强的话还没说完，组里的十个人就乱成了一团，但是很显然，周

明强在心中已经下定了决心这么做，“你们也知道，这边地势险恶，匪徒在这边出现的可能性为零，所以只要大家在搜索时能够互相照顾一下，注意脚下的地势，绝不会有什么危险的……”

听到周明强的分析，大家都纷纷点头，很显然，他的观点得到了大家的认同，连张楚凌都有点佩服周明强的演讲能力了，居然这么容易就做通了大家的思想工作。

当两组人员分好后，张楚凌终于知道了周明强的真正用心，因为周明强居然让张楚凌做另一小组的负责人，也就是说，一旦张楚凌小组内的成员出了什么事故，或者他们让匪徒从手中逃脱，张楚凌就得承担一定的责任。

“做，还是不做?”张楚凌犹豫了一会儿，在刘俊熙的怂恿下点了点头，他也不认为“凶手”会在这个方位出现，他就点了点头。

见张楚凌答应了自己的要求，周明强眉毛上扬，嘴角挂起一丝笑意，他迅速地把十个人分成了两组，其中刘俊熙和唐勇都是跟张楚凌一组，张楚凌的这一组另外两个成员分别是来自油麻地警署和旺角警署的，不过一个是女孩，叫翁晓玲，另外一个是有点啤酒肚的，叫李斌。

看着自己这组的成员，张楚凌不由苦笑，还好有刘俊熙和唐勇这两个大块头在，不然自己这一组人被不知情的人看到还以为是出来旅游的呢。

“阿凌，没想到你也当官了啊，快说怎么做，我们都听你的。”周明强率领着他们组的五个人离开后，刘俊熙捶了捶张楚凌的肩膀问道。

张楚凌指了指周明强离开方向的相反方向，“既然周 Sir 从那边搜索，我们就沿着这个方向展开行动吧，阿熙、唐勇，你们照顾好翁晓玲。李斌，你紧跟在我后面，山势险要，大家都注意脚下。”

见张楚凌指挥得当，原本有点担心张楚凌能力的四人同时放下心来，刘俊熙更是朝张楚凌投以赞赏的目光。一行五个人在张楚凌的牵头下，朝马头岭爬去。

马头岭的取名跟这座山的形状有关，整座山山势陡峭，远远地看去，跟一个马头差不多，地上多碎石、山沟，杂草众生。

仅仅爬了十几分钟，大家就感觉体力有点吃不消了，一个个气喘吁吁

地想坐下休息，而此时才爬了不到三分之一的山坡。

“大家再坚持一会儿，很快就到山顶了。”见大家期待的目光都看着自己，张楚凌知道自己此时的态度至关重要，他只要一松口，大家肯定立即就原地休息了，那样一来，想再继续站起来爬山就会更加困难。

张楚凌说完这句话，带头又往前走了几步，见他没有丝毫商量的余地，后面的人也没有开口，毕竟大家都知道任务的紧迫性，而且张楚凌的外形看起来也挺瘦弱的，翁晓玲又有刘俊熙和唐勇两人在一边照顾，所以心里都觉得自己不会输给张楚凌。

“哎哟……”李斌一不小心就踩到了一个小石头上面，脚下一滑身体就朝后面倒去。

“小心!”唐勇和刘俊熙两个人一左一右地夹着翁晓玲走在李斌的后面，突然看到李斌直挺挺地朝自己三个人倒了过来，心里大惊。

要知道此时是上坡路，要是真被李斌那庞大的身体压过来，肯定四个人得同时滚下山去，这一刹那，刘俊熙、唐勇和翁晓玲的脸色变得惨白，心里一阵绝望。

在听到李斌的那声“哎哟”后，张楚凌就暗呼一声不妙，看到后面四个人一个个张皇失措的样子，他知道此时要是自己也不作为的话，等待自己的就是四条人命。

眼睛迅速地打量了一下地形，张楚凌的头上也冒出一阵冷汗。他们现在身处一个陡峭的山谷，这条山谷太窄了，最多只能同时容纳三个人并行，而山谷周边又是怪石林立，连个着力的地方都没有。

“你们三人站成一条线让开。”十万火急的情形根本容不得张楚凌多想，他大喊一声，同时伸出左手抓住了李斌的衣领，而右手却在一边尖锐的怪石上抓过。

尖锐的怪石虽然有点突起，但是想依靠那些怪石的力量来止住下滑的身体显然不现实，不是怪石的坚硬度不够，而是突起的石块实在太小，张楚凌的手根本就没法着力。

痛，很痛，非常痛，火辣辣的痛。

手掌在石壁上留下一条鲜红的血印，张楚凌咬牙坚持着，死死地抓着

李斌的衣领。

虽然李斌的身体还在往下滑，速度却变缓了，而且上身被张楚凌给稳住了，想倒都倒不下去，但是上身的速度全部转移到了下身，所以他的脚步开始下滑。

张楚凌的动作把刘俊熙三个人吓呆了，他们没想到张楚凌会用这一招来救李斌，但是不可否认，这一招也是唯一能够奏效的一招，因为此时根本就没有外物可以依靠。

刘俊熙在张楚凌的一声怒吼中清醒了过来，迅速地把翁晓玲拉到了自己身后，唐勇此时也回过神来，侧过身子避过了正往下滑的张楚凌和李斌，但是让他们像张楚凌一样去抓住李斌的话，他们却没那个勇气。

见到后面的三人成功地让出了一侧，张楚凌身体一阵轻松，他抓住一个人已经很吃力了，要是再多添加三个的话，他也爱莫能助了。

还好李斌此时也知道情形严峻，他的双手也不乱抓了，情绪也平静了下来，只是他的头还是后仰着，根本没法看到张楚凌的眼神，更不知道张楚凌是如何能够让他的身体不倒下去的，不过他的情绪稳定在很大程度上降低了张楚凌救他的难度。

“沙沙……”

狭窄的山谷中，只听到急促的呼吸声和脚底下碎石的响声，大家的心都揪紧了，刘俊熙三人更是死死地瞪着石壁上那触目惊心的血迹，李斌似乎也放下了心，把自己的生死交给了张楚凌。

张楚凌感觉手指头都木了，双掌更是失去了知觉。此时，他已经没有了疼痛的感觉，但是，他和李斌的身体还在下滑，他甚至产生了一种松手的冲动，可是内心却有一个声音在告诉他，不能松手，自己手中掌握的是一条生命。

血，汩汩地从张楚凌的手上涌了出来，在石壁上留下了浓浓的腥味，刘俊熙三个人看得眼睛都红了，泪水不自觉地流满了面颊，但是他们没有发出声音，只是在内心默默地替张楚凌加油，同时从内心里开始佩服和尊重这个身体瘦弱的“组长”。

身体，急剧地下滑，张楚凌虽然右手已经麻木，但是他的头脑还是无

比的冷静，他的双眼，敏锐地打量着周边的地形，希冀能够找到可以着力的地方。

突然，地面出现的一块大石头引起了他的注意，那块石头大概有四五寸高，只是那石块并不在张楚凌和李斌下滑的这一侧，而是在另外一侧，就在这一刹那间，张楚凌一咬牙齿，做出了一个艰难的决定。

在身体滑过石块的一刹那，张楚凌用脚钩住了那块石头，虽然石块只有四五寸高，可是对他来说已经足够了。

“扑通”一声，张楚凌摔倒在地上，为了避免面门受伤，张楚凌用他那只早就被石壁划伤得不成样子的右手撑住了地面，剧烈的疼痛让张楚凌脸上的表情就抽搐起来，很快张楚凌就顾不得自己的痛了。因为他看到李斌也张着一口大门牙朝自己扑了过来，张楚凌迅速地挪动了身体，同时左手使劲托住李斌的身体，缓解了一下他倒地的速度。

其实从李斌踩到小石块下滑开始到他最终倒地，还不到一分钟的时间，可是在场的五个人却感觉过去了一个世纪一般，每一秒都是那么惊心动魄。光是看石壁上那长达十几米的一道血痕，大家就知道这段时间对张楚凌来说是多么残酷了。

“阿凌，你没事吧。”看到张楚凌和李斌两个人先后倒下，大家都没有搭理倒在一边脸色惨白的李斌，而是齐齐扶起了张楚凌，毕竟李斌虽然受了惊吓，可是自始至终他都没受一点伤，而张楚凌就不同了，他的右手手掌血肉模糊，根本就找不出一片完整的皮肤了。

因为流血过多的关系，张楚凌感觉到头有点眩晕，他摆了摆手，示意自己没事，同时挣扎着坐了起来。

翁晓玲连忙打开身上的百宝箱，用药水仔细地清理了一遍张楚凌的手掌，看着张楚凌手上惨不忍睹的伤口，站在他们身后的刘俊熙、李斌和唐勇三个人倒抽一口凉气，翁晓玲的手更是在轻微地颤抖着。

几分钟后，张楚凌的手才被包裹好，大家也同时松了一口气。

“阿凌，我李斌的命今天是你捡回来的，以后有什么事你尽管对我开口就是了。”回想起几分钟前的绝望，看着眼前这个瘦弱的“组长”，李斌庄严地说道。

李斌生于富豪之家，之所以来当警察，完全是他自己的意愿，他的父母一直持反对意见。要是今天突然把命交在这里的话，他不敢想象父母知道消息后会是什么样的反应，所以他对张楚凌的感激之情根本就没法用语言来表达。

张楚凌正准备说话时，大家腰间的呼叫器同时响起。

“各小组请注意，‘凶手’已经挟持第三小组组长田妮，正往马头岭方向逃窜……”

根据田妮腰间呼叫器传来的信息可以判断出，“凶手”有四个人，而且手中还有枪械，他们利用人质迫使田妮那一组成员全部放下了枪械，然后残忍地杀害了田妮的组员，并把田妮作为新的人质。

费亚林和郭军伟两组人马在知道“凶手”逃亡的方向后也正在往马头岭的方向赶来，当他们两组人听到周明强把队伍一分为二后，心里就别提多担心了，郭军伟更是在呼叫器里大声命令周明强和张楚凌两个人立即会合。

“大家现在打起精神，我们马上去跟周 Sir 会合。”听完郭军伟的传话后，张楚凌从地上站了起来，大声命令道。

要是换在爬山前，他用这种语气说话，大家心里肯定会反感，而且不一定会配合他。可是有了张楚凌刚才舍己救人的行为后，大家已经不知不觉地从心里认可了他。

张楚凌的话音一落，大家没有丝毫的犹豫，清点了一下装备就开始往山下面赶。还好下山比上山容易得多，所以大家也显得很轻松。

这一次的演习，并不是郭军伟所指挥的第三分队单独在行动，而是整个机动部队一共四支小队 120 多个人在一起执行这么一个任务，比赛的最终成绩，不但决定了各分队的排名，而且也决定了参加 PTU 训练警员的最终成绩。

所以这次演习，可以是教官担任指挥，也可以是教官从警员中选出指挥官，周明强临时任命张楚凌为指挥官就是其中一例，其他的小队中也有这样的情况存在。

虽然是第三分队最先发现凶手的行迹，但是“凶手”却极有可能在逃

窜的过程中被其他分队给碰上，从而抢了功劳，也难怪郭军伟这一小队会如此焦急。

不但郭军伟等人着急，“凶手”手中的田妮更是着急，她带领的小组成员刚到岭皮村附近时，就跟几个“凶手”遭遇上了，因为他们一行人戴着贝雷帽、穿着军靴、贝雷帽警徽下还有闪电徽号，所以“凶手”很快就认出了田妮一行人正是他们的这次任务的对手，他们以“人质”为要挟，要求他们放下枪支。

在反复衡量了得失之后，田妮自愿作为人质被对方挟持，而他们小组的十支“AR15”训练用枪也被缴械了。“凶手”很惊讶田妮的美貌和干脆，他们利索地用“枪”把田妮的组员一个个地放倒后，才把田妮给绑了起来，同时释放了人质。

因为这次任务假如要完美完成，不但得顺利制服“凶手”，还不能让人质有丝毫的损伤，而田妮这一组的人刚一现身就被“凶手”发现，根本不可能完美地完成任务，在田妮看来，只要自己作为人质，就随时可以知道“凶手”的行踪，即使“凶手”跟别的小队碰上了，自己也有把握把挟持自己的“凶手”制服，可以取得一些积分。就这样，田妮在“凶手”的挟持下朝马头岭方向缓慢地行进着。

田妮在一路上可谓是极尽温柔，把几个“凶手”迷得神魂颠倒的，这给她一路上留下记号创造了有利条件，要不是为首的“凶手”够理智的话，估计田妮单枪匹马就把这四个“凶手”制服了。

在田妮的刻意“安排”下，他们一行人顺利地避过了其他几个小队的警员，很快，他们就到达了马头岭脚下。因为这次的演习，要是“凶手”能够在六点之前不被 PTU 成员发现的话，演习任务就算失败，反之演习任务就算成功了，而马头岭绝对是一个藏人的好场所。

现在田妮在内心祈祷自己能够跟周明强那组人碰上，因为他知道周明强的那组人马就在马头岭附近，而且自己的呼叫器一直是开着的，呼叫器的另一端掌握在郭军伟的手中，他应该可以提醒周明强那组人马提前做好准备的，只是此时的田妮还不知道周明强的那组人马已经一分为二了。

张楚凌准备跟周明强会合时，周明强又何尝不想立即跟张楚凌五人会合，要是让郭军伟知道是因为他的指挥而导致了这次任务的失败，他也要承担责任。

不知道是周明强太倒霉，还是“凶手”幸运，当“凶手”走到马头岭山脚时，他们觉得有点累了，决定就地休息一会儿，于是一个人看着田妮，另外三个人分别盯着三个方向放哨，然后周明强一行人的行迹刚好就被“凶手”给发现了。

发现周明强的“凶手”看到对方只有五个人，他狰狞地笑了一声，然后轻轻地做了一个手势，招呼另外三个同伴过来，而此时田妮眼睛和耳朵都被蒙上了，嘴巴也被封上了，根本就没发现“凶手”的异常。

当周明强突然发现自己的大腿一侧多了一个枪印时，他才知道自己中伏了，按照游戏规则，他已经是伤员，已经没有了继续开枪的资格，只能倒在地上，看着自己这一小组的其他四个组员一一中枪倒地。

演习至此，周明强知道自己算是可以出局了，当他看到被捆绑得结结实实的田妮时，他知道第三小队有一半的人马折损在“凶手”的手上了，现在他唯有希望张楚凌能够力挽狂澜，不过想了想张楚凌那一小组的人马，他还真就很难有太大的期望。

“慢着!”下山远比上山容易，张楚凌一行人很快就到达了山脚，观察力敏锐的他突然发现了路旁杂草的不同，因为这些杂草每隔两米左右，就会折断几根，而且会留下一个很轻的脚印，要是一个人在杂草里面行走的话，每步之间的差距不可能那么大，那么就只有一个可能了，这是有人故意留下的记号。

“阿凌，有事么?”李斌紧跟在张楚凌的身后，没想到张楚凌会突然停了下来，猝不及防之下差点就跟张楚凌撞上了，他不由讶异地问道。

“假如我猜得没错的话，‘凶手’应该已经跟周Sir那一小组的人遇上了。”看着那发白的山径，张楚凌嘴中喃喃道。

山脚的地势并没有山腰陡峭，只是杂草却有半个人高，而且很茂密，里面偶尔有一些蛇虫出没。张楚凌示意刘俊熙他们潜进草丛，跟在自己身后，本来翁晓玲想在身上擦一些药水防止被蚊虫咬，却被张楚凌给制止了，因为他无法确定“凶手”是否在附近，要是被“凶手”闻出异味而暴露自己一行人的行踪，那就得不偿失了。

很快，四个“凶手”的身影就出现在了张楚凌的眼中，还有他们手中的人质“田妮”。

因为张楚凌他们五个人一直在草丛中潜行，所以“凶手”的眼光也很少注意他们隐藏的位置，显然不能发现张楚凌等人的行踪。张楚凌等人很快绕到了一个制高点，居高临下地观察着“凶手”的身影。

“凶手有四个人，我们必须做到一击必中，你们对自己的枪法有把握么?”张楚凌待身后的四个人也看清楚了形势，才开口问道。

刘俊熙和唐勇都说自己的枪法没问题，只是李斌和翁晓玲脸上的神色有点犹疑，在近200米远的距离下，他们显然没有把握制服“凶手”，何况“凶手”还一直在移动着。

见到如此情景，张楚凌有点为难，他本来打算直接点射看守田妮的那个“凶手”，其余四个人分别负责点射另外三个“凶手”，即使这样他们还有一个人剩余。可是现在很显然他的计划是行不通了。

“唐勇，你负责右边那个穿白色衬衣的凶手，阿熙，你负责长头发的凶手，跟他们相对的那个凶手交给我了。”张楚凌果断地说出了自己的决定。

“阿凌，要不我们俩互换一下目标吧。”唐勇见自己的目标相对来说比较容易击中，他不由开口说道，毕竟在他的印象中，张楚凌的枪法是不如自己的。

张楚凌愣了一下，才明白过来自己为了力求成功，居然无意中有了这个疏忽，想了想唐勇的枪法的确还算可以，他点了点头。

“阿凌，田妮还在对方的手中，要是凶手迁怒于她的话，可能会杀掉她的。”刘俊熙在一边担心地提醒道，虽然凶手“杀”田妮不是真的杀，但是却会影响到田妮的个人得分，对整个小组的得分也有影响。

“凶手不会这么傻的，要是杀了田妮，他就相当于是投降了。”对于犯罪心理学有着深刻研究的张楚凌说道。

听到张楚凌冷静的分析，刘俊熙有点迷茫了。难道张楚凌真的如他自己所说的那样，对田妮没有一点感觉，不然他怎么对田妮的生死一点都不

顾忌呢?

“我数三声，你们就开枪，都清楚自己的目标了么?”张楚凌用枪瞄准了那个白色衬衣的“凶手”，嘴里出声道。

“No Problem!”刘俊熙和唐勇同时出声道。

李斌在一边观察着张楚凌的一举一动，脸上满是欣赏的表情，张楚凌此时的一举一动，这种面对危机自信而笃定的神情，无不透露出一种领导的风范。

翁晓玲则紧张地看着田妮所在的方位，手心里捏了一把汗。心里却有点责怪张楚凌不懂得怜香惜玉。

“一……二……三，开枪。”张楚凌的三字刚吐出嘴，他手中的枪就响了起来，与此同时，唐勇和刘俊熙两人也开了枪。

开枪的结果让张楚凌松了一口气，三个负责放风的“凶手”不出意料地倒下了，剩下的那个看守田妮的“凶手”看到自己的三个伙伴同时倒下，他一下也慌了神，一边用枪指着田妮，一边粗暴地把田妮从地上拉了起来，面朝着枪声响起的地方，大声地吼道：“出来啊，你们都给我滚出来，不然我就开枪毙了她。”

因为三声枪声几乎同时响起，所以剩下的“凶手”很容易地就推断出了对方不止一人。

虽然田妮的耳朵和眼睛都被蒙上了，可是“凶手”突然粗暴反常的举动和“凶手”因为激动而颤抖的左手，她还是猜测出肯定是“凶手”跟自己的人遇上了。

田妮见时机已到，她的头猛地后扬，那个凶手的注意力此时全部集中在他对面的山坡上，根本没想到自始至终都乖巧得如猫一般的田妮会突然发难，猝不及防之下他张开的嘴就被田妮撞上了。而且因为身高的差距，田妮的头刚才撞在他的下巴上，“凶手”差点把自己的舌头咬断了。

“张楚凌，现在可全靠你了啊。”田妮在内心大喊道。她此时双手双腿都被绑住，除了头部可以自由活动外，可以说跟木乃伊没两样。她之所以敢突然对“凶手”发难，是建立在对张楚凌的信任基础上的。

在经历了跟张楚凌一起制服那群准备劫狱的持械匪徒后，田妮对张楚凌的枪法就开始有着盲目的信任，而后来她问起张楚凌是否枪法很好时，虽然张楚凌没有承认，但是他却也没有再否认了，所以田妮相信只要自己现在给张楚凌制造一个机会，他一定可以在第一时间内制服钳制自己的"凶手"。

张楚凌等人被田妮突然的动作吓了一大跳，特别是翁晓玲，她差点就叫出声来，而刘俊熙、唐勇和李斌三个人更是着急得不得了，他们现在想的是如何平息"凶手"的情绪，尽量避免田妮被杀，却没想到田妮会突然惹怒凶手。

要知道警队一直强调的都是团结合作，还有就是保护人质的安全，而此时田妮的行为无异于是自杀。正当刘俊熙等人提心吊胆地等待着"凶手"对田妮开枪时，他们却听到耳边一声脆响，然后就看到了"凶手"不甘心倒下的身影。

刘俊熙四人的目光齐齐集中到了张楚凌身上，目瞪口呆地看着他慢慢地收起了手中的枪。张楚凌讪讪然地笑了一声："不好意思，枪走火了。"

刘俊熙等人闻言更是为之倾倒，他们本来很奇怪张楚凌的枪法怎么会这么准，而且机会把握得这么好，可是张楚凌的话却把他们所有的疑问都堵在了心中。

"枪走火都能走出这个效果来，阿凌，看来这一次的 Best PC 非你莫属了啊。"刘俊熙高兴地拍了拍张楚凌的肩膀，笑道。因为此时"凶手"全部被歼，演习已经可以算是结束了。

郭军伟和费亚林两队人马急急忙忙地赶到马头岭时，张楚凌五个人刚刚解开田妮身上的束缚，当然，这些事情都是翁晓玲搞定的。

"周明强，你详细汇报一下刚才的情况。"张楚凌在呼叫器里跟郭军伟汇报时，仅仅说他们这一组已经歼灭了全部的"凶手"，其他的并没有细说，所以此时郭军伟还不清楚所有的"凶手"都是张楚凌五个人搞定的。

周明强眼神怪异地看了一眼张楚凌五人，然后脸红脖子粗地叙说了事件的大概过程，此时饶是脸皮再厚，他也是不敢贪功的。

听到是张楚凌率领的小分组歼灭了全部"凶手"，郭军伟和费亚林两组人都用怀疑的目光打量着张楚凌，"事情是这样的么?"郭军伟的眼光又看向了刘俊熙、唐勇、李斌和翁晓玲四个人，唐勇在打靶训练中出色的成绩和刘俊熙在体能训练中出色的表现显然让郭军伟对他们留下了深刻的印象，至于张楚凌就没给他留下什么印象了。

刚才是周明强在汇报工作，李斌没敢插嘴，此时见郭军伟向自己四人佐证，李斌的嘴可就闲不住了，他添油加醋地把张楚凌怎么奋不顾身地抢救自己、怎么敏锐地发现田妮留下的记号、怎么部署大家潜藏前行、怎么明确射击目标、最后又是怎么天衣无缝地配合田妮开枪“击毙”最后一个“凶手”的事情述说了一遍。

李斌的口才非常好，而且张楚凌五个人的行动的确算得上是完美，所以在场的二十几个人都听得津津有味，没有一个人打岔。只是听完了李斌的叙说后，他们才反应过来，“这是在讲张楚凌么，怎么感觉像是在讲一个无所不能的英雄一般?”

虽然他们心中怀疑，不过当他们的目光落在张楚凌手上缠绕的厚厚纱布时，他们又不得不信，而且李斌在讲述事件的过程中，刘俊熙和唐勇也不时地或点头或说是，更是增添了李斌话的可信度，即使性格内向的翁晓玲，在迎向大家询问的目光时也是头点得就像啄米的鸡一般。

张楚凌没想到李斌会有着这样的演说天赋，周明强的那点口才跟他比起来简直就是程咬金的三板斧啊。

“张楚凌，是这样的么?”郭军伟凝视了这个看起来一点都不出众的警员，轻声问道，他内心感慨不已，每一个人都有自己的长处啊，要不是有这一次的演习，说不定这么优秀的一个指挥人才就这么淹没了。

张楚凌苦笑着摇了摇头说道：“郭 Sir，我做的一切都是警校教导有方，而且在这种危机的情况下，换了任何一个人都会比我做得更好的。”

“好，胜不骄败不馁，年轻人要的就是这种心境。”郭军伟看到张楚凌此时一点都不居功，他心里对张楚凌更加满意了，要是换了别的人立了如此大功，估计早就找不到北了吧，他高兴地拍了拍张楚凌的肩膀：“你这一次做得很好，以后出了学校，最需要的就是随机应变的本事了，这次的变故，你处理得非常好。”

在这三个月的训练过程中，郭军伟一直都是一副扑克脸，一张嘴更是吝啬得很，从来就不夸人，而今天居然激动之下让他说出了这么多话，即使是个瞎子，也能看得出张楚凌被郭军伟看重了，他这一学期的最佳警员怕是跑不了了。

第三分队取得了演习的最终胜利，郭军伟作为第三分队的第一指挥官，承诺了解枪绳后跟大家一起举办一个宴会，就当是庆祝大家合作愉快，大家这才想起来，因为张楚凌的立功，他们也间接地获得了一些好处。

每个警员都渴望能够经历解枪绳的仪式，就仿佛成年仪式一般，这是一种独立的象征，更是对能力的一种认可。而且对所有的警员来说都是一种荣誉，因为这一天，学校会邀请所有警员的亲友团前来参观整个仪式。

解枪绳仪式的那一天，随着集合哨声的响起，所有的警员以最快的速度整理了自己的装扮，迅速地到达了训练场。

每个人都在最短的时间内站到了自己的位置，每个人的脸色都是那么肃穆和神圣，从他们来 PTU 的那一刻起，他们就在盼望着这么一天，而现在，这一天终于到了。

训练场的外围，有一大批人比他们来得还早，那就是 PTU 成员的亲友团，当他们看到一个个从营房涌出来的英勇不凡的 PTU 成员时，他们不断地喊叫着，兴奋的声音使得整个训练场一派喜气洋洋，比过节还热闹。

远远地，张楚凌就看到了父亲和妹妹们的身影，他们努力地挥舞着双手，希望引起自己的注意，张楚凌朝着那个方向露出了甜蜜的笑容。

“大家好，很高兴能够看到如此整齐的一支队伍出现在我们面前。我想说的是，此时还能够坚持站在这里的警员，你们都是最优秀的，经过千锤百炼的，在过去的三个月中，我们训斥过你们当中的很多人，我知道那时你们都心存怨恨，可是在你们走出这个学校后……”警校的校长黄警司在主席台上声音洪亮地说道。

以前大家都觉得校长的训话很枯燥无味，可是此时他们却希望校长能够多讲几句，他们从来就没这么认真地听过校长的训话。训话很快就完结了，然后就是教官走向队伍，一个警员挨着一个警员地解下他们腰间的枪绳。

教官每解下一跟枪绳，都会轻轻地拍下学员的肩膀，或微笑、或鼓励一两句，学员则回以恭敬的军礼。

解枪绳仪式的时间有点漫长，100 多个学员，整整过了两个多小时才全部解完枪绳，不过此时所有的人没有表现出一点不耐烦，自始至终大家都安安静静的，脸上一片肃穆。

解枪绳仪式后，就是颁发最佳警员奖、最佳团队奖、最佳指挥奖等奖励，此时，无论是得到奖励的，还是没有得到奖励的，大家都一脸的激动，训练场的氛围此时可谓达到了巅峰。

得到奖励的个人或团体，都可以跟亲友团一起合影，可以说，学校邀请亲友团来学校这一招，在很大的程度上满足了警员的虚荣心，也获得了亲友团对警方的支持，有着一箭双雕的效果。

张楚凌不出意料地拿到了那个“Bset PC”的奖牌，当张楚凌抱着奖牌的那一刻，等待了好久的张父终于忍不住一瘸一拐地走到了张楚凌的身边，抱住儿子就喜极而泣起来。

“爸爸，别哭了，那么多人看着呢，来，笑一个，我跟您合张影。”张楚凌拍了拍父亲有点佝偻的背部，在父亲耳边轻轻说道。

张父听到儿子的话，连忙抬起头来，慌忙地擦了擦眼角的泪水，脸上换上了欣慰的笑容，“阿凌，你有出息了，爸爸是在替你高兴啊。”张父一边说话，一边认真地打量着儿子，不时地替张楚凌整整衣角，不时地捏捏张楚凌的脸蛋，心里感慨不已。

第七章 妹妹危机

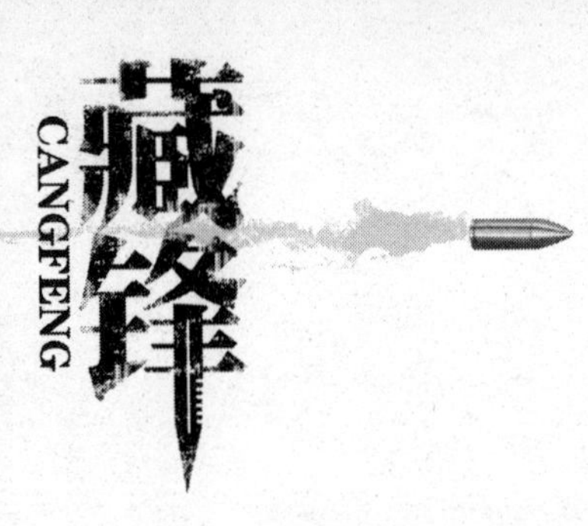

接受PTU训练的警员在培训完毕后，并不是立即返回各部门，而是要以连为单位被派往不同的总警区，完成一些PTU任务，比如在暴乱时期立即形成防暴小队进行平乱工作，平常在总区内负责反罪恶巡逻，在查牌行动时做支援，大型公众活动执行人群管理，一些大型灾难或罪案发生时，可立即调动最少数十名人员前往支援。另外在大型保安行动时，负责会场外围保安。

执行这些任务期间，PTU跟在职上班时没什么两样，照常地上下班，平时PTU会按连队指挥在街上巡逻，一般是4人一组（基本上警区本身的值日官安排巡警时是不考虑PTU的，他们是额外的警力）。由于一般巡警是1至2人一组的，以4人协同行动的PTU有较大的震慑力。如果有大行动，如枪战，又或搜查色情场所，刑事部门可调动PTU协助搜索现场证据及维持秩序。简单而言，PTU可以在不影响分区警力的情况下，给有需要的部门提供警力。

“从今天开始，我们就要正式前往西九龙总区了，到了那里后，希望大家放机灵点，以后你们面临的是真枪实战，而不是学校里面的演习……”郭军伟对着自己的分队四十几个警员说道。

随着一声响亮的“Yes，Sir!”大家同时爬上了停靠在路边的警车。

在学校里封闭式训练了三个月，突然之间被放了出来，有如脱笼的小鸟一般，大家的心情都说不出的愉悦，而且顺利地完成训练，意味着他们以后的前途无限美好，这在很大程度上也让警车上的PTU警员心里都充满

了优越感。

只是他们的这种优越感在到达西九龙总区后，很快就消失无踪。因为看到他们这群新面孔的突然出现，那些迎接他们的老警员并没有想象中的热情，相反的，他们眼中还若有若无地有一丝敌意，而且他们转身的时候，偶尔还能听到一句“军装警”的辱称。

要不是因为几个教官在一旁阻挠，PTU 里面好几个脾气暴躁的警员差点就跳出来生事。虽然最终没闹起来，但是这些 PTU 警员的心态也总算是有了微妙的改变。

环境的改变对张楚凌来说并没有多大的影响，他一如既往地保持着自己对外界事务的淡然，可以说，除了他的亲人和朋友，很少能够有事物引起他情绪的波动。

带着一种异样的心情，PTU 成员开始了他们新生活的第一天。由于西九龙总区暂时并没有发生什么重大事件，也不需要什么警力支援，所以他们还是在街上巡逻，只不过由原来在巡警队的两人一组变成了现在的四人一组，装束上也比原来威风了很多，走在街上吸引了众多行人的眼光。

“阿凌，你有没有觉得我穿上军靴，戴上贝雷帽，人就变得帅了很多啊?”刘俊熙见张楚凌规规矩矩地巡逻着，就像一根闷萝卜一般，他忍不住挑起了话题。

张楚凌看了他一眼，却没有说话，倒是跟他们同一组的李斌忍不住了，“不就一个肌肉男么，有什么好看的，你看人家阿凌才帅气呢，衣服穿起来刚刚合体，好像是替他量身定做的一般。”

自从被张楚凌救了一命后，李斌就成了张楚凌的跟屁虫，无论做什么事情都喜欢跟在张楚凌的后面，他跟张楚凌的交情，也迅速地超过了刘俊熙跟张楚凌的交情。

刘俊熙闻言认真地打量了一眼张楚凌，点了点头说道，“阿凌，李斌不说的话我还真就没看出来呢，怎么 PTU 训练一出来，你人都好像变帅了。”

“哈哈，阿熙看你说的，好像 PTU 成了制造帅哥的机器一般，人家阿

凌一直都有这么帅的啊。”翁晓玲听了刘俊熙的话后在一边咯咯直笑。

其实张楚凌的模样并没有大的改变，他变的是气质。原来的张楚凌是个标准的书呆子，一天到晚只知道学习，身体瘦弱，而且脸色苍白，人又不声不响，成天低着头，别人想看清他的脸都难，自然而然地，大家在心里把他的形象丑化了。但是新的张楚凌却完全不一样了，他每天都对自己的身体进行科学的极限锻炼，把原本虚弱的身体迅速地锻炼到了一个令人惊叹的地步，更主要的是，他对自己的能力非常的自信，而且看待外物有一种超然的态度，所以脸上随时挂着阳光般的笑容，整个人看起来自然就不同了。

“阿凌，你别像个闷坛子似的，倒是说句话啊，你以前真的这么帅么?”刘俊熙推了推张楚凌的肩膀说道。

“你都跟我在一起那么多年了，我是帅是丑你都不知道，也不知道是我的悲哀还是你的失败。”张楚凌叹了一口气道。

刘俊熙显然没想到张楚凌会说出这么有水准的一句话出来，他一时不由愣在了那里，不知道如何应对，逗得旁边的李斌和翁晓玲直笑。

“阿凌，我知道你哪里不对劲了，其实你的模样并没有变化，变化的是你的心。”刘俊熙愣愣地瞪了张楚凌几分钟后，突然出声道。张楚凌的脸上露出了微笑，不愧是自己最好的朋友啊，居然这么快就发现了自己真正变化的地方。

对于身体的锻炼，张楚凌从来就没有松懈过，即使在警察训练学校，他也是每天有空就往学校的健身室跑。进入西九龙总区后，张楚凌下班回来的第一件事就是走进自己的卧室捣鼓自己的那些DIY健身器材，重新拿起那些阔别了三个月的器材，张楚凌发现自己全身的力量都兴奋起来。

锻炼了大概半个小时，房外响起了敲门声，张楚凌以为是家人叫自己吃饭了，连忙收拾好健身器材走出了房间。让张楚凌感到疑惑的是，他看到妹妹站在自己的房门前，吞吞吐吐地好像有什么话要说，但是又不敢说出来。

“若男，你怎么了?”妹妹异常的表现让张楚凌担心起来，这不是她一向的作风啊。

“哥……你晚上能不能陪我去参加一个晚会啊。”张若男在哥哥的逼视下，螓首低垂，捏弄着衣角说道。

“什么晚会？晚上不在家里吃饭了么?”张楚凌问道，直觉告诉他，妹妹肯定碰上了什么难堪的事情，不然不会如此难为情。

“有人邀请我去参加他家族的一个宴会，我想让你陪我一起去。”张若男解释道，“我已经跟爸爸说好了晚上我们要出去的。”

说完这句话，张若男满脸期待地看着张楚凌，希望他能够答应自己的请求。

“你都跟爸爸说好了，才问我去不去，你这不是典型的先斩后奏么，好了，我答应你了，需要准备什么?”

是什么人邀请妹妹参加宴会呢，那个人跟妹妹又是什么关系呢，妹妹为何非要带上自己？短短的一瞬间，张楚凌的脑海中转过无数个念头，但是他看到妹妹无邪的脸蛋，压住了心中的许多疑问，而是爽快地答应了妹妹的请求。

见哥哥点头，她继续说道，“其实，今天邀请我参加宴会的是我以前的一个男友，我以前不懂事，收了他不少东西，后来我想跟他分手了，他就以此为要挟，老是对我提出种种无理的要求，还说我要是不依的话，他就向警署投诉我……我今天之所以答应去参加这次宴会，就是想跟他彻底了结我们之间的事情的，可是我又怕他要什么花样……”

听着妹妹的叙说，张楚凌终于知道妹妹为什么如此为难了，对于妹妹曾经做过的事情，他再了解不过了，因为家里经济拮据的原因，有一段时间，妹妹的男朋友走马观灯似的换，而且凡是男友送她的礼物，她只要觉得有价值就会收下，结果让人误解她是拜金女郎，喜欢贪小便宜，张楚凌却知道，妹妹之所以收下那些礼物，只是想补贴家用而已。

“放心吧，他掀不起什么风浪的。”想到妹妹为了这个家牺牲和付出了那么多，此时她遇到了麻烦，自己自然有义务替她摆平，张楚凌拍了拍妹

妹的肩膀说道。

根据张若男的介绍，她的这个曾经的男友叫李洪庆，他们家似乎在香港开了好几栋商厦，而且在浅水湾有一套价值不菲的别墅，张楚凌现在就是被妹妹张若男用摩托车载着往浅水湾驰去。

浅水湾位于香港岛南部，是香港最具有代表性的美丽海湾，浅水湾的秀丽景色，使它成为港岛著名的高级住宅区之一，区内遍布豪华住宅。这些依山傍水的建筑，构成了浅水湾独特的景区，令人流连忘返。

“若男，你的那个男友不会跟李嘉诚有什么关系吧?”坐在摩托车的后座上，感受着妹妹高超的车技，张楚凌突然打趣道。

“就他们家？给李嘉诚提鞋都不配。”张若男冷哼一声，不屑地说道，“哥，我记得你好像还从来没有参加过高级宴会，你等下可别让我出糗啊，凡事多看少说。”

张若男突然想起自己的哥哥好像没见过什么大场面，不由有点担心。不过想了想除了哥哥，还真就没有别人更适合今天的场合，她只好临时给张楚凌补课，告诉他一些需要注意的事情。张楚凌一点一滴在心里记下妹妹说的需要注意的细节。

兄妹两个一路说说笑笑的，赶到浅水湾的李氏别墅时，宴会已经正式开始了。递给了门童一张邀请帖，张若男领着哥哥走进了李氏别墅的大厅。

进了别墅的大厅后，按照先前的约定，张楚凌兄妹立即分开了，张楚凌只是负责远远地看着妹妹，在没有发生冲突的情况下，他可以自由活动。

因为宴会已经开始，所以大厅里很是热闹，近百平方米的空间，此时显得有点拥挤，看着人群中一张张虚伪的笑脸，张楚凌找了一个僻静的角落坐了下来，随便跟菲佣要了一点吃的。

一边吃着小吃，张楚凌一边打量着这栋别墅，地面上铺的全是名贵红木地板，庄重而不失华丽，而这么大的一个客厅，只是周边摆放了两圈桌子，而且也是用红木打造的，看上去古色古香。一盏巨大的水晶吊灯吊在

天花板上，散发出迷离的灯光，而左侧的落地窗几乎占据了整面墙。落地窗的边上，还有一个精致的酒柜，里面摆放着一些洋酒红酒，大约有二三十瓶。而另一边则是一排豪华的转角沙发。

打量完了房子的布局后，张楚凌不由暗暗地点头，这个房屋布置得朴素而大方，看起来一点都不俗气啊，房子的主人应该是一个有品味有修养的人才对，这样的一个人，怎么可能要挟妹妹呢？

张楚凌心中有点疑惑，到底是自己判断失误，还是妹妹对自己撒谎了？

他看到妹妹在这里似乎显得有点不安，她慌乱的眼神四处张望了一下，似乎在寻找自己认识的人，又好像是怕碰到自己认识的人。因为她的美貌，很快就有人上去跟她搭讪，都被她三言两语地打发走了。

看到妹妹此时柔弱的样子跟平时在警局时的强势判若两人，张楚凌差点忍不住走到妹妹面前保护她，不过想起路上妹妹说过的话，他又忍了下来。他知道妹妹虽然表面上看起来柔弱，她却有一颗坚强的心，她既然决定了要亲自解决问题，自己要是贸然插手她肯定会不高兴的，自己唯一需要做的就是坐在一边给她打气，在必要时站出来一下。

很快，一个西装革履的青年快步走到了妹妹的身边，只见他大概1米80的身高，有着完美的身材和俊朗的外表，而且脸上洋溢着自信的微笑，鼻子上面还挂着一副无框眼镜。

看到他的到来，妹妹的身体明显地颤抖了一下，眼睛里闪过一丝慌乱，眼镜青年走到妹妹的身边后，并没有客气地搭讪，而是亲热地拉着妹妹的手，嘴唇翕动着，微笑着跟妹妹说话，妹妹却毫不客气地摆脱了被眼镜青年抓住的手，冷着一张脸说了句话。

如此僵持了几分钟后，他们身边围观的人越来越多，让张楚凌的视线受到了阻挡，他不得不站起身子朝妹妹所在的方位走了几步，直到重新看到妹妹才停了下来。

可能因为下不了台的关系，眼镜青年在妹妹的耳边轻轻地说了一句话，然后就满脸阴鸷地离开了，而妹妹在听到那句话后却脸色一片惨白，

神情也有点恍惚。

看到妹妹这个样子，张楚凌再也忍不住了，朝妹妹站立的方向走去。可是很快他的脚步就顿了下来，因为他看到一个穿着高跟鞋的漂亮女人跌跌撞撞地跟妹妹撞到了一块，把妹妹的手提包撞掉了，她又迅速地弯腰替妹妹捡起手提包，并说了一声对不起，又继续东摇西摆地走开了。

张楚凌看到妹妹并没有被撞伤，他放下心来，只是对这个女人他却充满了怀疑，虽然在这个宴会上喝醉酒走路不稳很正常，可是张楚凌还是敏锐地发现到了，在那女人弯腰捡包的时候，她的动作是那样的灵敏，根本就不像是喝醉了的样子。

张楚凌想到这里，不由自主地又在人群中搜索刚刚撞妹妹的那个漂亮女人，很快，他就发现了不对，此时那个女人正跟先前那个被妹妹拒绝的眼镜青年亲昵地依偎在一块，他们有说有笑的，而且不时地扫一眼妹妹，脸上一丝醉意都没有。

带着满脑子的疑问，张楚凌走到妹妹的身边，关心地问道："若男，刚才他说什么了?"此时张楚凌猜出那个眼镜青年十有八九就是妹妹说的李洪庆了。

张若男虽然脸色一片苍白，却坚强地摇了摇头："哥，我们回去吧，我不想继续在这里待下去了。"

看到妹妹的情绪有点低落，张楚凌爱怜地摸了摸妹妹的头："没什么的，一切都过去了。"

当张楚凌的眼睛落到妹妹的手提包上时，他的脑中迅速闪过一个念头。刚刚那个女人故意撞向妹妹，却没有撞伤妹妹，只把手提包撞掉了，难道，那个女人在手提包上动了什么手脚?

想到这里，张楚凌再也忍不住了，要是那个女人在手提包上动了什么手脚的话，那么后面肯定还有一个阴谋在等着妹妹，自己两个人也不可能这么容易就走出别墅的大门。

张楚凌不着痕迹地走到妹妹挎着手提包的一侧，紧紧地靠近妹妹的身体，借着身体的掩护，他的手伸进了妹妹的手提包，因为在陪妹妹逛服装

市场的时候，张楚凌对妹妹手提包里面有哪些东西都很清楚了，此时他要从里面找出一件不属于她的东西自然轻而易举。

张楚凌之所以行动要如此隐蔽，是因为他发现那个李洪庆和漂亮女人不时地会把眼光瞄向妹妹，而他非常恼怒李洪庆和漂亮女人联手来对付妹妹，在心里想出了一个报复的计划。

很快，一颗坚硬的物件被张楚凌摸了出来，他迅速地瞥了一眼，发现是一颗钻石，这颗钻石晶莹透彻，足有豌豆大，而且形状规则，看起来就像一个多面体一般，他知道钻石的颜色越纯净、钻石的形状越规则，就意味着这颗钻石越稀少，价值自然也就越高了。

看到这颗价值不菲的钻石，张楚凌用脚指头都想得出来李洪庆他们是想栽赃给妹妹了。这个李洪庆还真够狠的，做不成情人就立即翻脸不认人，还好妹妹看清了他的真面貌，没有继续跟他交往。张楚凌现在暗自庆幸自己发现得早，要是等到被李洪庆揭发时才发现钻石的话，估计妹妹受到的侮辱就大了，而那时即使自己有办法解决问题，也显得相当被动。

“若男，我有点内急，你稍等我一会儿啊。”说完这句话，张楚凌立即匆匆地朝李洪庆和那个漂亮女人所在的位置走了过去，张若男因为情绪低落的缘故，并没有注意哥哥离开的方向。

当张楚凌跟张若男紧密依偎在一起的背影落入了李洪庆的眼中时，李洪庆脸上的神色变得狰狞起来，握在手中的酒杯也轻微地颤抖起来。此时看到张楚凌直直地朝自己走了过来，他不由疑惑起来，这个男人想干什么，替张若男讨回公道，还是找自己讲道理？

李洪庆不屑地看着张楚凌走近，正准备让张楚凌难堪时，张楚凌却看也没看他一眼，而是亲热地把手伸向了他身边的漂亮女人，温柔地说道：“这位漂亮的女士，我能有幸跟你共一支舞么？”

张楚凌今天可是经过张若男精心打扮的，所以此时的他跟李洪庆的帅气比起来毫不逊色，而且他的脸上多了一份李洪庆所没有的成熟和稳重，他的眼睛里似乎散发着一种蛊惑人心的光彩。

张楚凌跟张若男刚才亲密接触的样子，这个女人也看在眼中，此时看

到张楚凌舍弃张若男而来邀请她跳舞，女人的虚荣心得到了极大的满足，潜意识里这个女人就把张楚凌当成了某个大家族的翩翩公子，只见她嫣然一笑，就把自己白皙柔嫩的手交给了张楚凌。

看着身边的女人被张楚凌抢走，而且脸上还春意盎然，李洪庆气得差点摔掉手上的杯子，这个女人虽然各方面条件都不错，而且也很粘他，可是他总觉得追不到的女人才最有味道，所以一直以来李洪庆对她都爱理不理的，偶尔欲望来了才在她身上发泄一番。即使如此，却并不代表李洪庆可以容忍她跟别的男人亲热。

男人都是一种自私的动物，一旦女人跟自己发生了关系，即使那个女的自己再不喜欢，他也会把女人当成自己的禁脔，不允许别的男人碰她，而此时李洪庆显然就气昏了头，看着依然落寞地站在一边的张若男，他的嘴角浮起了一丝笑意：“既然你勾引我的女人，我就得让你的女人看清你的真面貌。”

此时李洪庆还以为张楚凌和张若男是男女朋友关系呢，也难怪李洪庆会如此认为了，他对张若男的家庭情况并不熟悉。

“若男，怎么一个人待在这里啊，是不是男朋友把你扔下不管了?”李洪庆走到张若男的身边，他甚至心里有一丝希冀，张若男在看到张楚凌跟别的女人亲热后马上就会报复他，转而跟自己和好，那样他就可以不追究张若男的责任了。

张若男疑惑地看了李洪庆一眼，显然不明白他为什么再次来到自己身边，而且态度似乎很友好的样子。

李洪庆以为自己的话说到了张若男的心里，他“愤愤不平”地指着大厅中央的舞池：“你看，你的男朋友正跟那个小妖精亲热地跳舞呢，他怎么能够这样对你呢?”

顺着李洪庆手指的方向，张若男看到了哥哥正抱着那个跟自己相撞的女人翩翩起舞，她的眼睛里闪过一丝奇异的光芒，哥哥怎么那么容易地就勾搭上了那个女人呢?

张若男闪烁不定的眼神落在李洪庆的眼中，他错误地认为张若男已经

在生她男朋友的气了，不由在一旁煽风点火道：“若男，这样的男人不要也罢，就知道到处勾搭女人，你看我多专情啊，心里一直只有你。”

“假如我没有记错的话，那个‘小妖精’似乎是你的女人?”张若男看到哥哥在舞池中抱着一个女人翩翩起舞，她沉闷的心情好了很多，脑子也变得灵活起来。

“这……都是过去的事了，这种女人哪能跟你比啊，最多只能用来玩玩。”李洪庆没想到张若男认出了自己的女人，他先是一愣，接着立即编排那个女人的不是。

听到李洪庆的话，张若男的脸上浮现出开心的笑容，一时间李洪庆感觉整个世界都变得温暖了，他脸上也露出了微笑。

“对了，那个女人叫什么名字来着?”张若男突然出声问道。

“她叫方妙娜，你说我们两个老提她干什么啊，那个女人很没劲的。”李洪庆以为张若男在吃醋，不断地贬低着自己的女伴方妙娜。

“哦，怎么个没劲法?”张若男好像突然变得很八卦，循循善诱地问道。

“她要身材没身材，要气质没气质，除了一张脸蛋勉强过得去，会黏人外……”李洪庆难得见张若男主动挑起话题，而且他此时有心想跟张若男修复关系，自然是使出浑身解数讨张若男欢心了。

“谢谢你陪我聊了这么多，我很开心，不过现在我要回家了，拜拜。”张若男见到李洪庆后面的那个女人气得都快发抖了，她才甜腻地一笑，客气地朝李洪庆招了招手。

“若男，你怎么说走就走呢，晚会还没结束啊。”本来以为自己有了转机的李洪庆没想到张若男突然就要回家，连忙放声喊道。

“你……”看到张楚凌的突然出现，李洪庆的声音戛然而止，因为张若男好像什么事情都没有发生一般，依然亲热地把手挽在了张楚凌的胳膊上，而张楚凌居然还回头朝他眨了眨眼睛，似乎在炫耀一般。

李洪庆转过头，却发现自己的女伴方妙娜正铁青着一张脸站在旁边，想起刚才张若男种种异常的反应，心里有了一个不妙的念头，难道自己刚

才说话时，方妙娜已经站在了自己后面？张若男之所以那个态度，只是想挑拨自己和方妙娜的矛盾？

不过对于方妙娜，李洪庆还真就不在乎，因为一直都是方妙娜在追他。虽然他刚才说了不少方妙娜的坏话，可是他同样记得刚才方妙娜居然敢当着他的面答应别的男人的邀舞。

“怎么，别的男人味道比我好？”见方妙娜沉着一张脸站在身边，心里本来就有气的李洪庆没好气地责骂道。

方妙娜心里也是憋屈得不行，本来看张楚凌长得高高帅帅的，身上的衣服也价值不菲，而且身上散发着一股成熟男人的味道，所以就答应了张楚凌的邀请，在她看来，有资格来参加今天宴会的，不是李洪庆的朋友就是他要巴结的对象。

进了舞池后，张楚凌优雅的舞技更是让她如痴如醉，正当她沉迷在张楚凌的有力带动中不能自拔时，张楚凌却突然冒出了一句话，让她突然间就怔住了，同时识趣地离开了舞池。

“小姐，你身上的香水味似乎太那个了。”张楚凌说这句话的时候，他捂着鼻子、皱着眉头，同时一只手不停地在鼻子前乱舞着，似乎在驱赶着某些怪味。

看到方妙娜居然对自己的问话不闻不理的，李洪庆来气了，他一把揪住方妙娜的头发，狠狠地说道，“你倒是给我说话啊，是不是见到那个男人要走你就魂不守舍了？”

头部的剧痛使方妙娜回过神来，她任由李洪庆拉着她的头发：“要是不怕丢人，你就尽管闹吧，满屋子的人都看着你呢。”对于李洪庆喜怒无常的脾气，方妙娜已经习惯了。

李洪庆看到果然有人向自己投来异样的目光，连忙放开了方妙娜的头发：“你说我丢人，你自己还不是丢人丢到家了，别人手指头一勾，你就贴上去了，整个一只发春的猫……”李洪庆压低了声音骂道。

听到李洪庆的辱骂，方妙娜心里悲愤不已，可是她却只能无奈地忍受，她知道，要是自己争这一时之气的话，晚上就得沦落街头。在滚滚红尘中滚打了这么多年，她早就会学如何才能在这个物欲横流的都市生活得更好。

从坤包里掏出纸巾，擦干了眼角的泪痕，方妙娜冷冷地说道："要是你还打算对付那个张若男的话，你现在就应该开始行动了。"说这句话的时候，方妙娜脸上一点表情都没有，似乎在说一件微不足道的事情。

李洪庆闻言却是一惊，他虽然不喜欢方妙娜这个人，可是对于她的智商和忍耐力还是很佩服的，此时听到方妙娜的话，他慌忙朝门口看去，却发现张若男挽着张楚凌已经快跨出门口了。

"张若男小姐，请留步，你暂时还不可以离开这里。"看着张若男跟那个男人亲密的样子，李洪庆眼中都冒火了，他大声地朝门口喊道。

因为李洪庆的一声大喊，客厅顿时安静下来，大家的注意力都集中到了李洪庆的身上，大家看了看面色不善的李洪庆，又看了看走到了大厅门口的俊男靓女，心里都在揣测到底发生了什么事。

"呵呵，终于忍不住了。"张楚凌闻言停住了脚步，张若男也疑惑地站在了门口。

李洪庆大步地走到了张若男的身边："对不起，因为大厅刚刚丢了一颗钻石，所以你还需在这里耽误片刻。"

李洪庆说这句话时，眼睛一直瞪着张若男的手提包看，他尽管在话中没有挑明是张若男偷了钻石，可是不少人已经看出，李洪庆就是怀疑钻石在张若男的手提包里。

张若男眉毛一竖，理直气壮地把自己的手提包从肩上取了下来，准备递给李洪庆，却被张楚凌一把给抓住了。

"你这话是什么意思？难道说你丢了钻石，就要赖在我们身上么，假如今天找不出钻石，是不是这里的朋友都不可以离开别墅？"张楚凌紧紧地瞪着李洪庆的眼睛，满脸的愤怒。

本来大家都怀疑张若男是小偷了，可是张若男理直气壮的动作让大家的疑心减弱了，此时听到张楚凌的话，客厅里的人终于骚动起来，是啊，万一钻石不在这个女孩身上，是不是所有的人都不能离开这里呢？可以

说，张楚凌的话成功地把李洪庆引到了大家的对立面。

李洪庆显然没想到张楚凌的言语会如此犀利，一下子就为自己树立了这么多敌人，看到大厅里众人议论纷纷，明显有骚动和失控的现象，他连忙大声地说道：“我们自然不会无缘无故地怀疑这位小姐偷了钻石，而是有人看见这位小姐偷了我们的钻石。”

大厅里的宾朋听到李洪庆的话后又是一阵骚动，不过此时他们却开始对张若男指指点点了。

看到众人对自己的指点和异样的眼光，张若男终于忍不住了，她指着李洪庆骂道：“李洪庆，你别以为耍花样我就会屈从你。”说完又拉了拉张楚凌的胳膊，“哥，你把包给他搜，看他搜不出来钻石还有什么好说的。”

张楚凌拍了拍妹妹的肩膀，示意她不要激动，然后才转过脸对李洪庆说道：“别人说看到她偷东西你就相信啊，那别人说你吃了屎你也同样相信了，你知不知道汉语字典里有‘口说无凭’这个词啊？”

“你……”李洪庆被张楚凌说得面红耳赤，从小到大还没有人忤逆过他的意思，更别说这样辱骂他了，不过看张楚凌明显比他高，而且自己好像口才也没对方厉害，他气急败坏地指着张若男手中的包说道：“她有没有偷东西，打开这个包让大家看一下就知道了。”

“你说检查就检查啊，你以为自己是什么身份，你有那个资格么，信不信我告你侵犯人身自由？”李洪庆越是气得抓狂，张楚凌心里就越是解气，居然敢栽赃给妹妹，不让他受点教训指不定下次还出什么阴招对付妹妹呢。

本来大家听到李洪庆的话觉得打开包检查是最好的解决方法了，可是张楚凌的话似乎也在理，一时间大家左右为难起来。

李洪庆显然是被气昏了头，他一挥手，身边立即站出了两个保镖身份的人物：“把他们的包给我抢过来。”

“是，少爷。”那两个保镖闻言就朝张楚凌和张若男走去，同时把拳头握得咯吱吱响，看向张楚凌和张若男的眼光就像猫见到老鼠一般。

张若男见状身体不由颤抖了一下，她毕竟是一个女孩，虽然在警校也练过擒拿术，可是面对的同样是两个练家子啊，而且还是高出她一头的大男人，她现在还搞不懂为什么哥哥今天突然像变了一个人一般，口齿变得如此伶俐了，以前在警署不是人家怎么说他他都忍气吞声的么？难道是因为看到别人欺辱自己了哥哥才会挺身而出，想到这里，张若男的胆子似乎大了很多，注意力也集中到了哥哥身上。

张若男奇怪地发现，此时哥哥的脸上没有一点的害怕，反而面带微笑，难道他不知道自己面临的危机么？

两个保镖本来是准备分工合作，每人对付一个人的，可是在被张楚凌凌厉的眼神扫了一眼后，他们的直觉告诉他们，张楚凌才是危险人物，互相交换了眼色后，他们一齐扑向了张楚凌。

看到张楚凌面对他们根本就没有害怕的表情，眼睛里反而流露出怜悯的目光，两个保镖认定了张楚凌绝对是一个高手，他们在心里想到了很多厉害的套路和招数来对付张楚凌，让他们意外的是，他们那些后招根本就没来得及使出，不是他们打败了，而是他们仅仅用了一招就“制服”了张楚凌。

看到张楚凌被保镖轻易地制服，李洪庆脸上露出了笑容，他迈着轻快的步伐走到了张楚凌的身边，抬起一脚就准备给张楚凌来一个阴招解气时，突然间他只听到一阵风声，然后自己伸出去的腿就被两个保镖的身体给压了下去，巨大的力道带得他的身体也倒向了地面，那一刻，他清楚地听到了自己小腿骨折的声音。

周围的人倒抽一口凉气，是个人就可以看出李洪庆的这条腿怕是彻底废了，只是大家却对李洪庆没有多大的同情心，毕竟李洪庆刚才看到张楚凌不能动弹时准备使阴招大家都看在眼中，人家好好地站在那里，你没事凑近干什么啊，而且人家连你的身体都没碰你就倒下了，怨谁呢？

只是大家心里都是疑惑不已，张楚凌明明被制服了，他怎么却突然动了呢，难道那两个保镖故意放水，可是看到那两个保镖痛苦不堪的样子，就知道张楚凌跟他们是动了真格的，心里对张楚凌的身手不由高看了几分。

事情突然发生了这样的变故，谁也预料不到，一时间客厅里安静之极，氛围显得有点诡异。方妙娜的两只眼珠一个劲地转动着，心里想着自己应该如何应付这个局面。

“啪啪啪”清脆的掌声突然在大厅里响起，只见两个身影从二楼走了下来，鼓掌的是一个老人，正是这间别墅的主人，而扶着他的却是老人的儿子，本来应该是家族的继承人而放弃了继承权的一个怪人。

见到这两个人出现，大厅里的人同时为张楚凌捏了一把汗，他们都知道这个看起来风烛残年的老头，在官场上却有着惊人的能量，他们今天之所以来参加这个宴会，主要还是看在老人的面子上，希望能够有机会接触这个老人，至于李洪庆那样的纨绔子弟，即使跪着去求他们，他们也不会来的。

两个人刚到楼下，立即有十几个人从人群中钻了出来把他们围在中间，同时虎视眈眈地看着张楚凌，显然张楚凌出人意料的身手已经让他们紧张起来。

张楚凌早就在人群中发现了这十几个人的气势，也大概猜到了他们的身份，不过这十几个人的实力他还没看在眼中，吸引他注意力的，是李家老头身边的那个年轻人。他赫然是自己认识的阿斌，只是他此时西装革履的，人也变得突然帅气了很多，让他有点不敢相认，要不是阿斌突然朝他挤了下眼睛，他还真就怀疑自己看错了。

阿斌怎么会出现在这里，他跟老头又是什么关系？也难怪张楚凌疑惑，以李家的身世，阿斌假如跟李家关系很亲密的话，随便安排一份什么工作都比当警察强啊。

见到老人不怒而威的样子，以及对方那种庞大的阵势，张若男吓得脸色惨白，她现在后悔拉着哥哥来参加这个宴会了，现在哥哥惹了大祸，恐怕想离开不是那么容易的事情了。

张若男心里担心得要命，李洪庆和方妙娜两个人却犹如见了救星一般，在方妙娜的搀扶下，李洪庆挣扎着坐了起来，龇牙咧嘴地大喊：“爸，你要替我做主啊，这人不但偷了东西，还动手打人。”

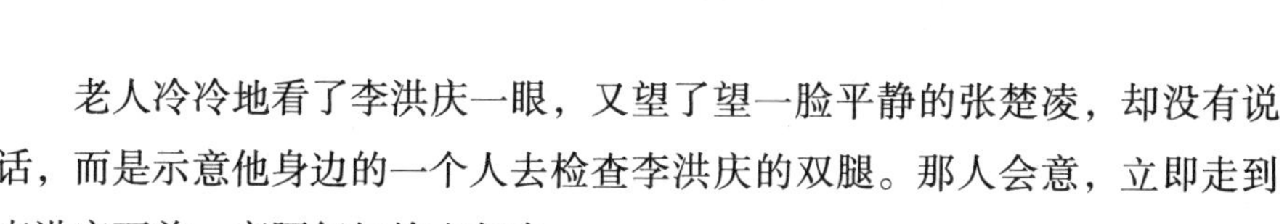

老人冷冷地看了李洪庆一眼，又望了望一脸平静的张楚凌，却没有说话，而是示意他身边的一个人去检查李洪庆的双腿。那人会意，立即走到李洪庆面前，弯腰仔细检查起来。

“老爷，双腿都是粉碎性骨折。”两分钟后，那人站起来说道，脸上满是震撼，同时也对张楚凌提高了警惕，用两个人来砸两条腿，全是粉碎性骨折而没有任何的外伤，对力量的把握实在太可怕了。

大厅里此时非常安静，所以这句话清晰地传入了众人的耳中，大家看向张楚凌的目光也就有些怪异了，跑到别人的地盘上来，还敢下这样的毒手，胆子还真够大的啊，以李家老头的护短脾气，这个人今天肯定讨不了好的。

众人都不认为张楚凌能够打赢李家老头身边的十几个保镖，毕竟这十几个人看起来可比李洪庆的那两个保镖厉害多了。

李洪庆听到自己双腿都是粉碎性骨折，脑子顿时有点眩晕感，他知道自己这辈子算是完了，要坐在轮椅上度过下半生了，很快他就怨毒地瞪了张楚凌一眼，然后大声地喊道：“爸，你一定要替我做主啊，我现在被人打断腿了，以后就没法照顾您老人家了……”

不得不说，李洪庆很好地把握了老人的心理，听到他的话，李家老头的脸部抽搐了一下，却没有搭理他，而是轻哼一声。“你们把他送到医院去吧。”老头不耐烦地说了一声。

两个保镖闻言，也不搭理李洪庆的反抗，平衡地抬着他就走出了大厅。

“这个女孩是你什么人?”李家老头在张若男的身上扫了一遍后，问张楚凌道。

张若男毕竟是女孩子，虽然平时她口舌厉害，可从来没经历过这种大场面，特别是被李家老头凌厉的眼神一扫，身子都缩到了哥哥的身后。

李家老头的问话让张楚凌一愣，同时他养气的功夫也让张楚凌有点佩服，自己儿子都被别人伤成这个样子了，居然此时还能忍得了这口气。这个老头不能轻看了，张楚凌在心里告诫自己，这么能够沉得住气的人，不

出手则已，一出手必然是雷霆万钧之势。

“她是谁不重要，重要的是，这件事谁是谁非。”张楚凌面对李家老头的瞪视，面不改色地说道。

大厅里众人同时面色怪异地看了张楚凌一眼，把人家儿子的腿都弄断了，现在来说是非是不是晚了点，而且形势比人弱，能有道理可讲么？不过他们心里同样纳闷不已，听说李家老头是个极为护短的人啊，怎么今天反应有点异常呢？

感觉到妹妹的身体似乎在颤抖，张楚凌转头看了一眼，却发现妹妹眼眶红红的，好像想哭，张楚凌安慰地摸了摸妹妹的脑袋，轻声道：“若男，没事的，一切有哥哥扛着呢。”

“嗯！”这一刻，张若男内心毫不保留地相信了哥哥，她脸上的神色也变得了坚定起来。

李家老头本来一直沉着一张脸，可是在听到张楚凌对张若男的说话后，李家老头的脸上突然露出了微笑，很和蔼的那种，让众人觉得有点诡异。

张楚凌也被老头的表情给弄懵了，开始在自己对他说了那句话后，他虽然没有立即发飙，可是从他脸上阴晴不定的表情可以看得出，他内心并没有表面上看起来平静，他现在怎么却突然笑了呢。

“你就是张楚凌吧，阿斌跟我提起过你很多次了，每次都是赞不绝口，估计现在你在他心中的地位比我这个老爸还要高呢。”李家老头突然开口道。

老人的话听得众人云里雾里，他们自然知道老人口中的阿斌就是老人身边的年轻人，也就是老人的儿子李斌，只是这个李斌脾气却相当倔强，无论什么事情都很有主见，却不喜欢跟人交往，虽然他表现出了极强的商业天赋，却无意商海，把李家老头给气了个半死，但是李家老头却十分溺爱这个儿子，所以也没有勉强他什么。

众人不解的是，李斌性格那么高傲倔强的一个人，怎么可能对眼前这个青年评价那么高呢，不过想到张楚凌敢肆无忌惮地在李家别墅里面动手

伤人，他们内心又恍然了，怪不得敢这么嚣张，原来是有原因的啊。

他们不知道的是，张楚凌的嚣张是有原因的，这个原因却并非是他知道李斌的真正身份，而是因为妹妹张若男被人欺负了，还有他自己有着超强的实力。

听到老人的话，张楚凌瞪了李斌一眼："伯父您好，我就是张楚凌，李斌在我面前从来没提过他的家庭情况，所以今天如有冒犯之处，还请见谅。"

张楚凌礼貌得体的话语和不卑不亢的态度让老人点了点头，他自然相信自己儿子在外面不会乱说身世，儿子一向讨厌惹麻烦上身，就是家族的宴会，他也是能躲则躲。

"你救了我一个儿子的命，却又废了我另外一个儿子的腿，你说这笔账怎么算？"老人刚刚还微笑的脸突然一变，凌厉地问道。

"伯父，你一定要替洪庆做主啊，这两个人不但偷了你送给洪庆的生日礼物，还废了他的双腿……"方妙娜看到这个伤了李洪庆的男人居然是李斌的朋友时，她心里有了一种不妙的感觉，以为报仇无望了，毕竟这个男人给她的侮辱让她很难受，而且她必须抱紧了李洪庆才有好日子过，此时听到老人的凌厉的训斥，她立即就哭着跪倒在地上。

张若男见到情况朝自己意料之外的方向发展，她的一颗心也是落了又起，起了又落，此时眼看方妙娜开始诬陷自己偷了珠宝，她再也忍不住了，从哥哥手中抢过自己的手提包就扔在了方妙娜的面前，"你们不但诬陷我们偷珠宝，而且还出手伤人，倒是有理了，现在我的包包给你搜，你倒是给我找出一颗钻石来啊。"

方妙娜看到张若男如此嚣张，她愣了一下，立即一声冷笑，然后打开了张若男的手提包，她有万分的把握从里面拿出一颗钻石，可是很快她的脸部就僵硬了，然后把包凑到了自己的面前，一边找一边说道："不可能的，怎么会没有呢，不可能的……"

看到方妙娜那状若疯狂的样子，张楚凌轻轻地问道："你是不是放错了地方啊？"

方妙娜不假思索立即回答道：“我明明放到了她的包里面啊，不可能出错的。”等她意识到不对时，脸色突然变得苍白。

“你是不是把钻石放到自己的兜里想据为己有啊?”张楚凌鄙夷地说。

方妙娜下意识地，手就放到了自己的兜里，然后掏出了一粒硕大的、炫目的钻石。“是你干的，肯定是你干的，你跟我跳舞就是为了把钻石放到我兜里。”方妙娜突然疯狂地大喊起来。

到了这个时候，大家都清楚整个事情的经过了。“丢人现眼，把她扔出去。”李斌不屑地说了一句，立即有两个人站了出来，抢过她手中的钻石，然后架着她走出了别墅。

因为这个宴会本来就是为了给李洪庆庆祝生日而举办的，此时李洪庆这个宴会的主人都不在了，宴会自然也就没了继续下去的必要。李家老头诚意地跟大厅里的众人道了一声歉，同时邀请他们三天后到游艇上开一个周末 Party，那些人一听还有机会跟李家老头接触，立即兴高采烈地走了。

打发走了大厅里的众人，李家父子邀请张楚凌兄妹上了二楼。

今天张楚凌给他的惊讶实在太大了，其实从李洪庆叫住张楚凌的那一刻，老人就已经走出了房间，所以接下来发生的事情他都看在眼中，他看到张楚凌为了一个女孩挺身而出时，眼中有了赞赏的意思，觉得这个男孩有担当，不是一个遇到什么事就退缩的主，这也让他对张楚凌接下来的行动充满了期待；待看到李洪庆的两个保镖抓住张楚凌的胳膊、李洪庆准备出阴招时，他又有点惋惜了，没有一点能力却强出头，实在是莽夫所为啊！正当他在儿子李斌的催促下准备出口制止李洪庆的胡来时，张楚凌却出人意料地把两个保镖给抡了起来，那两个身手并不差的保镖在张楚凌的手上居然毫无还手之力，张楚凌的实力让他惊讶得张大了嘴；只是张楚凌把自己的小儿子的双腿给砸坏了，这让他很没面子，即使李斌在一旁求情，他还是觉得应该给张楚凌一点教训。

在老人看来，张楚凌和张若男是情侣关系，而自己儿子李洪庆无疑是在跟张楚凌争风吃醋引起了一些争端，从而发生了这些不愉快的事情，对

他来说，那些男男女女之间的事情他并不看重，但是对于亲情，他却非常地执著，这是他为什么看到张楚凌把李洪庆的腿砸坏后变脸的原因，同样也是他为什么在知道张楚凌和张若男是兄妹后突然绽开笑脸的原因。

“伯父，我来给你介绍一下，这是我的妹妹张若男。”张楚凌拉过妹妹把她介绍给了李斌父子，然后又给张若男介绍了李斌。

“哇，你这身材也能进机动部队啊。”心直口快的张若男见到李斌的第一反应就是觉得他身体有点超标，当她听到李斌居然是哥哥在机动部队的同学时，她不由惊讶出声，待意识到在别人面前这么做好像不礼貌时才连忙掩上了自己的嘴巴。

张楚凌不由瞪了妹妹一眼，自己这个妹妹还真够心直口快的，他只好朝尴尬不已的李家父子道歉。

“哎，没什么的，我都习惯了。”李斌丝毫不在意张若男的说法，很多人见他的第一反应就是身体太胖，可是他也拿自己的身体没办法。

让张楚凌感到奇怪的是，李家老头很快就和自己的妹妹打成了一片，他似乎对自己非常好奇，事无巨细都要问一遍，而张若男似乎也比较兴奋，不断地出卖着自己的“隐私”，只见他们两个一边谈话，一边不时地瞅自己一眼，直把张楚凌看得心里发毛。

“喂，阿斌，你爸爸是怎么回事，今天我怎么感觉浑身不对劲啊？”过了一会，张楚凌实在忍不住了，把李斌拉到了一边。

自己打断了李洪庆的腿，这俩父子不但不对付自己，还对自己兄妹这么客气，也难怪张楚凌心里没底了，要是说这是因为自己救过李斌的缘故，说什么他也不相信的。见到时间一点点地过去，李家父子始终东扯西扯的，张楚凌实在憋不住了。

“哈哈，我还以为你能够一直沉住气呢。”难得见到张楚凌着急的模样，李斌笑道，“我知道你在想什么，我弟弟的事对吧？”

见张楚凌点了点头：“其实李洪庆并非我的亲弟弟，而是我父母从孤儿院认领的，小时候他很乖巧，也很听话，可是长大了以后，他却慢慢地变得有心机起来，尤其是最近看到我父亲身体不怎么好时，他变得有点急

躁起来，生怕我父亲不让他当接班人一般，老是在背后搞一些小动作……”

听完李斌的话，张楚凌终于知道为何李家老头对于李洪庆的受伤变得如此冷漠了，原来即使自己今天不出手对付李洪庆，李家老头也会出手教训李洪庆啊，这么说来自己反而帮了他一个忙。想到这里，张楚凌对李洪庆和方妙娜两个人只有一个评价：“自作孽不可活！”

第八章 『将军』死了

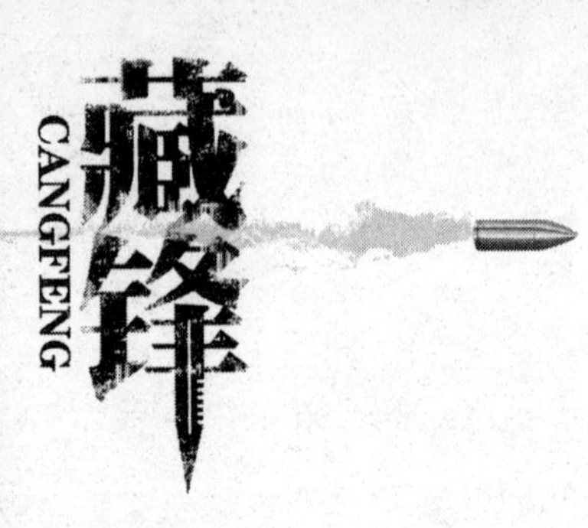

顺利地解决掉李洪庆这个大麻烦，张若男心情特别愉快。看着妹妹雀跃的身影，张楚凌脸上露出了笑意，对于威胁到自己家人幸福的人，只有狠狠地教训他们，直到他们恐惧害怕为止。

“若男，我看你今天跟那个阿斌聊得蛮开心的，有没有打算把他纳入你的计划啊?”张楚凌微笑道。

“什么叫纳入计划啊，难听死了。”张若男没好气地瞪了哥哥一眼，“不过呢，他人很幽默风趣，而且头脑很灵活的样子，要是他的啤酒肚能够……”

“原来这样啊，回头我跟他说说，你不要忘记我们现在都在机动部队哦，什么事情都有可能发生的。”见妹妹认真的样子，张楚凌笑得更开心了。

“你敢……我的事情不用你管啦，你自己先把嫂子搞定再说，免得爸爸每天都在饭桌上唠叨。”张若男朝哥哥挥了挥她的小拳头威胁道。

听到妹妹的话，张楚凌有点头痛，他虽然欣赏田妮的美貌，可是说要喜欢她的话，却还有点距离，这也是为什么他对田妮总是避而远之的原因，不能给予她，就不接受她。

“怎么了你，垂头丧气的，嫂子的条件没那么差吧?”张若男自然早就看出了田妮对哥哥有意思，只是哥哥的反应却有点异常。

面对妹妹的疑问，张楚凌摇了摇头，妹妹才从学校走出来一年不到，两个人的人生阅历是完全不同的，对感情的理解自然也不同了。

“不说这些了，感情的事还是顺其自然吧。”张楚凌叹道。

西九龙总区简报室中，郭军伟对PTU成员这段时间的表现进行了一个小结，指出了一些人的不足，也表扬了一些人。

其实这段时间西九龙总区并没有发生什么大事，所以PTU成员也闲散得很，每天都是例行巡逻，哪个地方需要维持秩序或者控制人群就往哪个地方走，工作琐碎无聊之极，所以大家听得也是昏昏欲睡，他们加入PTU，可是为了获得更多的立功机会啊。

“……另外，近期SDU可能会在你们中间挑选出十几个人，希望你们这段时间好好表现……”郭军伟话锋一转，突然提到了SDU，大家的精神一下子就兴奋起来了。

大家都知道PTU之下的特别任务连（Special Duties Unit，简称SDU），是经过特殊训练而组成的特警队。负责应付拥有大型杀伤力武器的犯罪分子。由于外形威猛，被称为“飞虎队”，是香港警方的一张王牌，到目前为止已有三十多年的历史，主要对付岛内和国际重大恐怖活动和重特大案件。警员可谓是百里挑一，个个有高强的武艺，凡是热血的香港警员，没有一个不以加入SDU为荣。

“阿凌，飞虎队啊，太激动人心了，我一定要加入飞虎队。”南昌街上，刘俊熙激动不已地说道。

“拜托，你有点出息好不好，不就一个飞虎队么，就让你激动这么半天，要是真让你进了飞虎队，你还不直接兴奋死啊。”自从简报会结束后，刘俊熙嘴中就喋喋不休地念着飞虎队，巡逻的大半个上午，他都提了不下百次了。饶是张楚凌再能忍，此时也受不了他的唠叨了。

“阿凌，难道你就不想加入飞虎队么?”唐勇问道，其实自从早会结束后，他的心里也一直激动得很，只是他情绪内敛，没像刘俊熙那样一直把飞虎队挂在嘴边而已。他还以为张楚凌也跟他一样激动呢，此时听到张楚凌如此说，而且脸上一本正经的，也不像是在开玩笑，他不由有点好奇。

“要是我们人人都去飞虎队了，谁去教育那些小流氓啊，再说了，香港有那么多重大恐怖活动和重特大案件么，飞虎队有你们就够了，我还是敲打敲打街头小流氓就行了。”张楚凌回答道。

张楚凌的话让刘俊熙等人陷入了沉思，是啊，香港法治环境这么好，哪有那么多恐怖活动和重特大案件呢，不然飞虎队也不会几年才补充一次人啊。想到这里，大家不由对张楚凌高看了几分，心态，光是这份平淡的心态他们就远远比不上张楚凌。

“阿凌说得对，本来我还挺难受自己的条件进不了飞虎队，听阿凌这么一说我舒服多了。”沉默了半天的李斌第一次开口说话道。

“各巡逻人员请注意，各巡逻人员请注意，在长沙湾道发现一持枪疑犯，该疑犯击伤一老人和击毙一条狗以后快速逃窜，据受伤老人报案，该疑犯系外国男子，白色皮肤、后脖子根有文身，身高1米90左右，穿灰色西装，正往石硖尾区逃跑……”

听到中心的呼叫信息，张楚凌心里咯噔一下：“长沙弯道不就是自己的家附近么，那个老人不会是自己老爸吧?”

张楚凌知道父亲虽然退休多年，但是却一直以警察自居，要是真让他遭遇了持枪疑犯，他绝对不会置身事外的，想到这里，张楚凌再也沉不住气了，他跟刘俊熙等人招呼了一声，立即跑到了一边的公用电话亭。

张楚凌很快就拨通了家里的电话，可是却一直没人接电话，“滴滴”的电话铃音让他感到压抑，在打了三遍家里电话还是没人接听后，张楚凌的心沉了下来，他立即拨通了妹妹张若男的手机。

“若男，你知道爸爸现在在哪儿么?”张楚凌问道。

“哥，你快点过来，爸受伤了，我们现在在医院。”电话那头张若男的声音很焦急，听到是张楚凌的电话就立即大声地喊了起来。

听到父亲受伤，张楚凌的眼睛不受控制地急跳了几下，一边在内心祈祷父亲不要出什么大问题，一边问清楚了父亲所在的病房号后，就立即请假跑到医院去了。

二十几分钟后，张楚凌赶到了医院，当他看到病床上双眼呆滞、神情憔悴的父亲时，他的眼睛都红了。仅仅一个晚上不见，父亲好像老了很多，不但脸色苍白，白头发也增加了许多。

“爸，你还好么”张楚凌关心地问道。

“将军死了……”张父呢喃道。

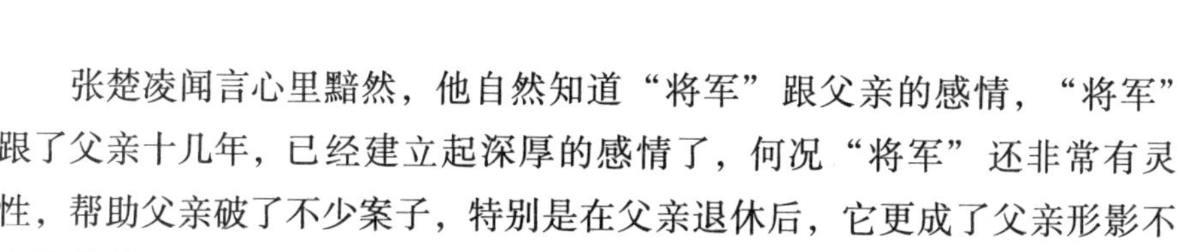

张楚凌闻言心里黯然，他自然知道“将军”跟父亲的感情，“将军”跟了父亲十几年，已经建立起深厚的感情了，何况“将军”还非常有灵性，帮助父亲破了不少案子，特别是在父亲退休后，它更成了父亲形影不离的伙伴。

“爸，你能跟我说说当时的情形么，我去给将军报仇去。”

张楚凌的话成功地吸引了张父的心神，他眼睛一亮，用力地抓住了张楚凌的胳膊，激动地说：“对，报仇，给将军报仇，要不是将军，死的就是我啊……”老人说着说着就哽咽了，两行老泪沿着脸颊流了下来。

原来张父正在长沙湾道遛狗，突然发现有一个外国人行迹有点可疑，职业的习惯让老人多扫了那人两眼，可是那老外也不是吃素的主，很快就发现张父在看他，狠狠地瞪了张父一眼，继续走自己的路，只是他瞪眼的同时，一不小心跟一个跑过来的小孩撞到了一块，在小孩摔倒的同时，张父看到了老外衣角底下隐藏的枪支。

张父在看到那支枪的第一时间内就掏出自己的电话准备报警，可惜的是那个老外根本就不给他这个机会，朝着张父就开了一枪。

就在老外扣动扳机的那一刻，张父绝望地瞪大了双眼。此时有一道黑色的闪电突然从空中划过，他看到“将军”弓着身子朝那个老外扑了过去，它的身上有着一抹刺眼的鲜红。

那个老外显然也没有料到会发生这个意外，惊慌之下连连朝“将军”开枪，可是“将军”根本就不在乎一般，吠叫着呲着一口尖锐的犬牙朝他的脖子咬去，惊魂失魄之下老外转身就逃，“将军”重重地落地，当场死亡了。

“爸，您放心吧，我一定会把那个老外找出来的。”张楚凌郑重地承诺道，光天化日之下敢在大街上开枪，这个老外胆子也够大的，张楚凌心里已经可以肯定这个老外接下来会有大动作的，不然他不会看到父亲发现他配枪后就立即想杀人灭口。

张楚凌叮嘱妹妹细心照顾好老爸，就离开了医院，他心里已经下了决心，一定要亲手抓到那个杀死“将军”的凶手，而要找到那个凶手，他现在需要做的事情很多，根据中心的信息，那个老外此时已经不在警方的监

控范围内，那么想找到他肯定就得依靠一些线索。

而此时最好的线索莫过于“将军”的尸体和现场留下的子弹。

“将军”的尸体此时已送往西九龙总区的法医科，而现场留下的子弹，却被枪械鉴证科给取走了，张楚凌接下来需要做的，就是跑跑这两个地方，想办法从“将军”的尸检报告和子弹的信息上找出凶手的一些端倪。

跟法医科和枪械鉴证科交涉的结果让张楚凌很丧气，对方见他只是一个军装警，面孔又陌生，而且跟案件无关，以保密为由拒绝给他提供相关资料。

面对这么一个结果，张楚凌一气之下真想强行抢夺资料，或者把几个知情的人绑架起来问个清楚，不过想了想那样做自己要面临的后果，张楚凌只好作罢，自己毕竟还要按照父亲的要求当一个好警察。

既然强来不行，就只好另想办法了，这起案子在第一时间内就被移交了重案组，法医科和枪械鉴证科那里找不到突破口，就只有从重案组着手了，想到重案组，张楚凌一怔，田妮不就是重案组出来的么？

此时张楚凌也顾不得跟田妮避嫌了，直接朝田妮负责巡逻的区域走去。

“你……你找我有什么事？”田妮突然见到从来没有主动找过自己的张楚凌时，连忙问道。

“嗯，是有点事情，你现在方便说话么？”张楚凌轻声说道。

田妮见张楚凌表情很严肃，她回头跟搭档说了两句，就领着张楚凌走进了一个茶室。

“你想吃点什么？”坐定后，两个人异口同声地问对方，然后同时笑了起来，认识都好几个月了，虽然好几次田妮说要请张楚凌吃饭，却都不了了之，说起来这是两个人第一次正式地坐在一块吃饭。

“一杯热咖啡，少奶。”

“一杯热柠檬，少糖。”

两个人互相看了一会儿后，几乎又是同时喊道。

见到他们两个人叫吃的都这么默契，要么不叫，要么一起叫，站在一边的服务生都忍不住笑出了声，不过田妮一瞪眼，那个服务生立即识趣地

走开了。

“我想你今天肯定是为伯父的事情来的吧?”沉默了一会儿后，田妮率先打破了沉默。

张楚凌讶然地瞪大了眼睛看着田妮，怎么自己还没开口她就知道自己的来意了，难道她有未卜先知的能力?

见到张楚凌的表情，田妮知道自己的猜测八九不离十，她甜腻地一笑，脸上露出了两个浅浅的酒窝，“要是你能够说出我怎么知道你是为伯父的事情而来的，我就帮你查找到那个老外的下落。”

说这句话的时候，田妮的眼中划过一丝狡黠的笑容。

听到田妮直接点破了自己此行前来的原因和目的，张楚凌不由对田妮另眼相看，一直以来他都以为田妮仅仅是靠着疾恶如仇的性格和出色的格斗能力才能屡屡立功的，却没想到她会如此聪慧。当张楚凌听到田妮能够查到那个老外的下落时，他简直有点喜出望外了。

“怎么，说不出来么?”看到张楚凌表情怪异地看着自己，田妮的脸上笑靥如花，一副阴谋得逞的样子，“那可别怪我不帮忙哦。”

“你是猜出来的。”张楚凌的失神也就一刹那的事情，很快眼珠一转便有了主意，说完这句话后他看到了田妮眼中的讶异，还有她那微张的诱人小嘴，已然肯定了自己的答案，“你肯定也听到了中心的呼叫信息，然后又看到我突然出现在这里，从而做出了那个推断。”

随着张楚凌的解说，田妮脸上的得意全没了，她没想到张楚凌这么快就说出了答案，不由有点气馁，“你这人真是的，就不会晚点说出答案，让人家多高兴一会儿啊。”

“呵呵，你倒是蛮会自欺欺人。你早点提醒我，说不定我会考虑让你高兴个够。”见田妮像小女孩一样撅起了嘴巴，张楚凌会心地笑了笑，“说吧，什么时候给我那个老外的资料?”

既然田妮能够直接弄到那个老外的资料，张楚凌自然没必要再东跑西跑的了。毕竟在茫茫人海中想找到一个人不是那么容易的，通过法医科和枪械鉴证科只能找到凶手使用的武器和他开枪的习惯，却无从判断他的下落，但是田妮就不一样了，她在重案组那么多年，人际关系网络肯定很广，即使她手头上没有现成的资料，也有整个重案组做她的支援啊。

“明天这个时候给你答复，可以么?”田妮认真地思考了一会儿，回答道。

“嗯，那就明天吧，这杯柠檬我请你，就当是我感谢你帮忙了。”张楚凌见两个杯子都见了底，田妮也差不多该回去巡逻了，他连忙掏出钱包付了账。

田妮在看到张楚凌绅士般地抢着付账时，脸上还洋溢着笑容，可是听到张楚凌的话后，她就高兴不起来了。她指了指桌子上的空杯子，又指了指自己：“我帮你忙，你就这样报答我啊?”

“嗯，你有意见?”张楚凌发现自己似乎很享受跟田妮斗嘴的经过，每次看到田妮撅嘴生气、大惊小怪的样子，他心里就特别舒服。很显然，他又挑衅成功了，环抱着双手，张楚凌笑嘻嘻地问道。

“意见大了，姑奶奶我……哦，没意见……”本来准备发飙的田妮看到张楚凌笑吟吟地看着自己，莫名其妙地，她的火气突然就小了，低声说道。

“没意见就好，不然我还记得某人要请我吃深井烧鹅呢。”田妮的表现让张楚凌脸上的笑容更开心了，“好啦，跟你开玩笑的，回头你想吃什么我就请你吃什么。”

虽然很奇怪田妮在关键时刻怎么能控制住自己的脾气，张楚凌还是适可而止地停止了自己的玩笑，凡事有个度，毕竟他只是很喜欢田妮生气的样子，而不是想让田妮真的生气。

第九章 搜索『疯狗』

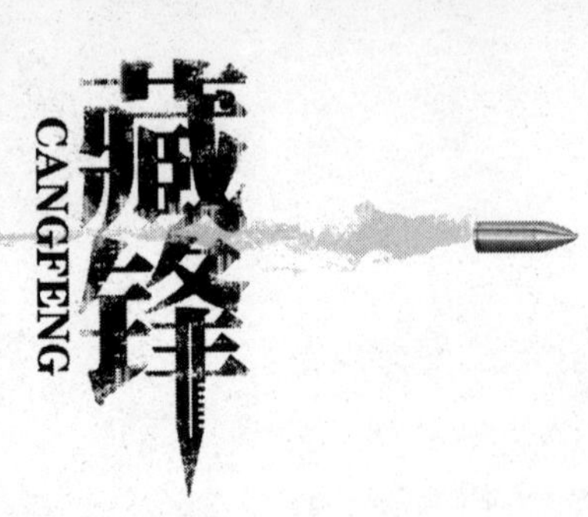

假如无法通过警署找到这个老外的资料，那又该如何去寻找他的蛛丝马迹呢？张楚凌陷入了沉思。

通过新闻媒体，发动市民的力量来找出那个老外似乎是最合适的手段了，当然也不排除另外一种可能，那就是老外以前是个穷凶极恶的罪犯，在境外留有案底，可以申请国际警方支援取得相关资料。

可是在没有确凿的证据前，肯定不可能贸然惊动国际警方的，总不能因为人家打死了你一条狗就怀疑人家是杀人犯吧？

上面的两种手段都不是张楚凌想要的，因为那样一来要惊动警方，而张楚凌却打算在警方接触凶手之前给凶手一个难忘的教训。所以张楚凌只能通过别的方法来寻找凶手的下落。

张楚凌来到医院，让父亲描述了凶手的外貌。回到家中后，他根据父亲的描述，通过画图软件，把凶手的图像一点点地勾勒了出来，当看到实在没有什么需要修改的后，他把图像拷贝到自己的手机里，然后通过彩信把图像发到了妹妹张若男的手机里，让她把图像给父亲看。

一分钟后，张楚凌的手机就响了起来，“阿凌，你见过凶手了么，抓到他了没？”电话那头，张父的声音有点激动。

听到父亲的话，张楚凌知道自己画的图像跟凶手的头像应该非常接近了，不然父亲不可能有此一问。“爸，重案组正在部署，很快就能抓到凶手的，您就放心吧。”

挂掉电话，张楚凌看着眼前这张逼真的头像，陷入了沉思。只思考了短短五分钟，张楚凌的手指头又飞快地在键盘上舞动起来，他在编写一款

支持图像输入的软件，大概十几分钟的样子，一款小巧精致的软件出现在了张楚凌的笔记本电脑上面，张楚凌把这个软件跟搜索引擎关联起来，然后试着把老外的图像输入到了软件的窗口里面，接着屏住呼吸点了一下“搜索”按钮。

让张楚凌松了一口气的是，软件完全正常地运行了，看着电脑里面搜索的进度条一点点地前进，张楚凌的心也开始揪紧。

三分钟后，图像搜索完毕，网络上出现了十几张有关老外的图像。这十几张图像都是国外网站上的。张楚凌从中随意挑选了一张图像出来，这张图像是刊登在一家报纸上面的。

看完这篇报道，张楚凌的眉头皱了起来，这篇报道中，记者对老外进行了愤怒地斥责，说他极不人道地枪杀了一个无辜的小女孩，而且在别人出声谴责他的时候，他把谴责的人也一块杀掉了，报道的最后，记者用“疯狗”这个词来称呼这个老外。

行事居然如此疯狂，“疯狗”这个外号受之无愧啊。张楚凌笑了笑，接着又点开了剩下的图片，发现这些图像都体现了“疯狗”暴虐的行为。同时从这些图片包含的信息中，张楚凌还了解到，这条“疯狗”是一家雇佣兵组织旗下的一员，他行事张扬，欺软怕硬，在组织里也极为不得人心。

“雇佣兵组织?”得到这么一个答案，张楚凌有点意外，雇佣兵组织没事跑这边来干什么，这一次是“疯狗”一个人来到香港，还是他们整个组织都来了香港呢?

迅速地把那些有关“疯狗”的图片都下载到自己的电脑里，细心地整理了一番，张楚凌就来到了客厅，习惯性地打开了墙上的等离子电视。

“……现在给大家报道一组国际简讯……阿拉伯国家的一位王储将会来到我港……”当张楚凌不断地换着频道试图找到自己想看的节目时，女主持员的话让他拿着遥控器的手停顿了下来。

“阿拉伯？王储?”这两个词实在太敏感了，特别是刚刚看过关于“疯狗”和他所在的那个雇佣兵组织有关信息后，张楚凌想无视这两个词都

不行。

根据张楚凌整理的资料，“疯狗”所在的雇佣兵组织名叫“血色咆哮”，这个雇佣兵组织在阿拉伯国家的行为极为残忍，因而遭到了阿拉伯国家军队的突袭围剿，整个组织一夜之间化为灰烬。

事情已经过去了五六年，突然之间钻出来一条“疯狗”，是不是意味着当年的围剿并没有把血色咆哮一网打尽呢？假如是那样的话，现在“疯狗”是独自一人在香港，还是在他的身边有一些同党呢？

张楚凌发现，事情开始变得复杂起来，由一起简单的持枪伤人案件，现在都快演变成一个恐怖事件了。阿拉伯国家的王储下周就要来香港，而“疯狗”在这个时候出现，这中间的关系就耐人寻味了，谁知道那条“疯狗”是不是针对阿拉伯王储而来的呢？

用不用打电话通知一下中心呢？张楚凌在心里嘀咕着，很快他就放弃了这个打算，毕竟这只是自己的一个猜想而已，要是就这样冒失地去报警，人家相信不相信且不说，自己也无法解释得出这个结论的理由。

另外张楚凌还有一个想法，那个阿拉伯王储既然来到香港，假如他真的注重自身安全的话，肯定会申请香港警方进行保护的。

“不行，自己不能坐在这里等着事情的发生，一定要在疯狗跟阿拉伯王储碰面前把他给找出来。”理清了事情的来龙去脉以后，张楚凌坐不住了，他关掉电视机从沙发上站了起来。

根据整理的资料，那条“疯狗”为人张狂，天生有着嗜血的一面，三两天就会找人决斗，而且会拼个你死我活，不然就浑身不得劲。性格如此暴虐的人，他来到香港能安静得了么？想到这里，张楚凌的脸上露出了胜券在握的微笑，因为他已经知道在哪些地方最有可能碰到“疯狗”了。

父亲是在长沙湾道跟那条“疯狗”遭遇的，也就是说，“疯狗”极有可能暂时住在九龙，至少离这里不远。而依“疯狗”的性格，他随时可能找一家搏击馆或拳馆发泄，九龙就那么点大，实力雄厚的搏击馆和拳馆只有有限的几家，张楚凌心里有数得很。

当然，“疯狗”住在九龙只是一种可能性而已，他有可能是办事恰好路过长沙湾道而跟父亲碰上了，张楚凌现在需要做的就是确认“疯狗”的大致方位。

张若男因为送父亲去医院的原因，哈雷摩托并没有被她骑走，这极大地方便了张楚凌的行动。

张楚凌先是找了一家打印社，把“疯狗”的头像打印了出来，然后才骑着摩托一家一家地问下去，让他感到奇怪的是，问遍了整个长沙湾辖区，大家都说没见过这么一个人。无奈之下张楚凌只能又走向深水埗辖区……

当张楚凌走了八个辖区，直到尖沙咀辖区时，事情终于有了名目。根据该拳馆隔壁的老板交代，两天前曾见过这么一个男子来这里踢馆，三下五除二地就把拳馆里的拳手都给打到医院去了，可是问及“疯狗”的具体下落时，那个老板却摇了摇头。

张楚凌不死心地又走了两个辖区，却还是没问到关于“疯狗”的信息，张楚凌庆幸自己有一辆摩托车，不然这样一路问下来，要是叫出租车的话，不知道得花多少钱。

虽然没有找到“疯狗”的具体下落，张楚凌至少在心里确定了两件事情，第一件事情就是“疯狗”来香港的时间并不长，他可能也是听说了阿拉伯王储要来香港的消息后，就提前来到了香港；第二件事情就是“疯狗”的确住在九龙，而且有可能就在尖沙咀，这从他现身尖沙咀的拳馆和在长沙湾跟父亲遭遇就可以看得出来。

至于他为什么只在一家拳馆晃了一下就没继续出现了，可能是因为他来香港的时间太短，而又有许多东西需要布置，另外也可能是他身边有军师在，在一定程度上制约了他的自由。

为了确认自己的结论，张楚凌又骑车跑了一下新界和香港岛的几家名气大一点的拳馆，发现“疯狗”压根没有在那边出现过，张楚凌这才放下心来。

接下来他需要做的，就是每天在尖沙咀附近守株待兔，随便买通几个

拳馆的服务生，让他们在见到“疯狗”的第一时间给自己打电话，张楚凌有着绝对的把握，像“疯狗”这样性格的人，绝对不可能一直憋在屋里不出来的。

长沙湾道一间黑暗而潮湿的廉租公寓里，里面烟雾缭绕，影影绰绰地可以看到几个人坐在屋中，只是谁也没有说话，气氛有点压抑。

“不行，我实在忍不住了，天天待在这个阴暗潮湿的屋中，简直比蹲监狱还难受，豹猫，你就通融一次，让我出去透口气吧。”一个高个突然站了起来，用流利的阿拉伯语说道，只见他满脸的急躁，眼中露出无限渴望，要是张楚凌在这里的话，一定可以认出这个人就是他苦苦寻找的“疯狗”。

“疯狗，你想死就直说，我让血虎成全你。”“豹猫”冷冷地扫了“疯狗”一眼，出声道。他的声音冰冷而尖锐，似乎把空气都凝固了起来。

被“豹猫”的眼睛一扫，“疯狗”全身的力气像被抽空了一般，他身体一软，重新坐了下来，同时开始大口地喘气，当他意识到有点不对劲时，只觉得自己的身体一轻，突然就双腿离地飞了起来，然后狠狠地撞向了墙壁。

“咳……咳……”猝不及防之下“疯狗”吃了一个大亏，被摔了个狗吃屎，他正准备破口大骂时，却发现自己的面前立着一座铁塔，他几乎能够听到对方骨头响动的声音。他脸颊不由一片潮红，却不敢有任何的异动。

“疯狗，你是不是骨头有点痒了，需要我给你松松？”“铁塔”突然出声了，嗓子嘶哑和低沉，他一边说话一边扭着脖子，“咯吱”的声音在房间里显得尤为突兀，他的脸上一片狰狞，望着“疯狗”的眼光全是不屑。

“血……血虎大哥，完全没有这个必要……要是你觉得不舒服，我就帮你揉捏揉捏。”“疯狗”在说话的时候，脸上虽然一片谦恭，身体却调整到了最佳状态，随时准备逃逸。他清楚地知道“血虎”的实力和性格，自己最擅长的是枪法，而“血虎”却是人肉战斗机，想跟他进行搏斗，除非是不想活了。

“血虎”闻言，满是丘壑的脸上露出了难看的微笑，正当“疯狗”以为自己逃过一劫时，却突然听到了让他丧胆的一句话：“我觉得非常有这个必要！”

“血虎”在说这句话的同时，蒲扇般的手掌突然变得灵巧之极，一下子就抓住了“疯狗”的脖子，直接把他拎了起来。

屋子里顿时“砰砰”声和哀嚎求饶声不断，期间有邻居疑惑地敲门想问个究竟，被早有准备的“豹猫”微笑着打发走了。

“猫哥，虎哥，我不敢了，你们就饶了我吧。”水泥地上，有几颗混合着血液的碎牙，此时的“疯狗”成了一条病狗，浑身上下血迹斑斑，没有一处皮肉是完整的，衣服全被血水和汗水给浸湿了，脸颊更是肿得像猪，走到大街上即使是张楚凌都认不出来他了。

“血虎”满脸兴奋地站在一边，疑惑地看着示意他停手的“豹猫”，他现在正打得起劲呢。不过从他的眼神可以看得出他对“豹猫”特别尊敬，“豹猫”的手一挥，他就立即停下了手中的动作，把“疯狗”扔在了地上。

“你知道自己哪里错了么?”豹猫漫不经心地问道，语气平静得好像什么事都没发生一般。

“我不该成天想着要出去。”疯狗有气无力地回答道，刚才“血虎”的一顿毒打，他还以为自己的命今天就要交在这里了呢，不过此时也好不了多少，最多只剩半条命了，即使现在“豹猫”让他出去，估计他也没法走动。

“豹猫”走到“疯狗”面前，帮他整了整衣襟，又抽出一张面巾纸擦拭了一下他脸上的血污，叹气道：“你错了，我不是不让你出去，而是你出去实在太嚣张了，老是要弄一些事情出来。”“豹猫”把“疯狗”扶到了椅子上坐好，继续说道：“其实血色咆哮‘灭亡’了这么长时间，根本就没人知道我们还活着，何况我们一直在中东一带活动，香港这边不可能有我们的底子。但是，你这样老是惹是生非，即使香港警方没有你以前的底子，照样可以以别的罪名逮捕你!”

说到后面，“豹猫”的语气突然一改温柔，变得凌厉起来，刚刚在沙

发上坐稳的“疯狗”身体一滑，差点就掉到了地上。“疯狗”知道，虽然“豹猫”论枪法没自己好，论搏击没有“血虎”厉害，可是“豹猫”有一种能力却是大家都没有的，那就是无与伦比的算计能力，凭着这种能力，每一次活动都化险为夷，而大家也自觉地从心底里开始害怕他，把他当成了一把手。

“这段时间你就在这好好养伤吧。‘血虎’照顾你。我到外面去布置一下。”豹猫说完就走出了房门。

“照顾我，监视我还差不多。”“疯狗”在心里腹诽道，其实对于“血色咆哮”的灭亡，他内心并没有太多的感触，也压根没想过要报仇，可是半个月前“豹猫”和“血虎”突然出现在了他的面前，而且他们两个人还给自己看了一些东西，让他不得不跟着一块儿来了香港。因为那些东西正是自己送给老婆和孩子的。

第二天的简报会上，田妮跟张楚凌碰头的时候，她歉然地表示自己没办法弄到那个老外的有关资料。这完全在张楚凌的意料之中，而且他现在已经对“疯狗”的资料有了一定的了解，抓住“疯狗”只是时间问题而已，所以听到田妮的答案，他并没有田妮想象中那样失望。

可是随着时间的一天天流逝，张楚凌守株待兔的行动毫无所获时，他的心里涌起了一丝不安。眼看阿拉伯国家王储就要到来，而自己却依然没有找到“疯狗”的一点下落。是自己判断失误，还是对方已经有所察觉，行动更加隐蔽起来？

张楚凌回到自己的卧室，打开了笔记本电脑。“疯狗”隐匿得越好，张楚凌心里就越担心，他现在几乎可以肯定“疯狗”的背后还有一个比他更可怕的人了。

这样一来，那个阿拉伯国家王储就危险了，一个心机这么深沉的敌人处心积虑地想对付他，他很难躲得过去的。而且，要是阿拉伯国家王储在香港死亡，对香港政府的形象是一个巨大的打击，恶劣的影响不是香港政府所能承受得起的，毕竟人家这一次是来香港洽谈投资的。

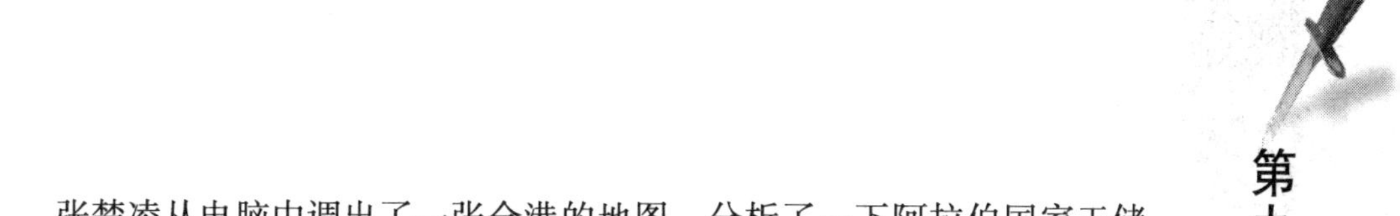

张楚凌从电脑中调出了一张全港的地图，分析了一下阿拉伯国家王储从国际机场出来后可能行走的路线，因为关系到安全问题，新闻媒体对于阿拉伯国家王储的落脚点并没有报道，所以这在很大程度上也增加了张楚凌的推断难度。

张楚凌按照自己的推断，在地图上标出了几条最有可能行走的路线，然后把自己假想成“疯狗”一行人，确定了方便下手的几处位置，让张楚凌头痛的是，这几条路线没有任何一条是安全的，要是让他出手的话，至少有上千种手法可以杀死目标人物。

瞪着自己设计出来的几条路线和路线上密密麻麻的红圈圈（红圈圈代表方便下手的位置），时间在一点点地流逝，张楚凌的脑海中闪过一个又一个的模拟袭击场景，然后在路线图的红圈圈上面画了一把又一把鲜红叉叉（红叉叉代表不可能动手的位置）。

“哥，你电脑上的那些圈圈叉叉是什么东西啊？我回来的时候看你一直弄个不停呢。”

听到妹妹的提问，张楚凌眼睛一亮，妹妹不是很聪明么，不妨让她也动动脑筋，说不定问题能有新的突破呢，不过张楚凌并不打算把事情的真相说出来，而是换了一种方式提出了自己的问题。

“若男，现在我们来假设一个案例……”张楚凌指着电脑上的路线，详细地解说了一下自己为什么弄出那么几条线路，“你现在说说，假如你是凶手，你会选择哪条路线动手，在什么地方动手？”

张若男看着电脑上密密麻麻的圈圈叉叉，她皱了皱眉头：“哥哥，你确认这样纸上谈兵有用么？”

“纸上谈兵？”听到妹妹居然给了自己这么一个评价，张楚凌有点丧气的同时也有些不服气，“你说说你的看法。”

张若男仅仅把这当成了一个假设案例在看，所以她也没什么思想上的压力，只见她晃悠着小脑袋说道：“要是我是凶手，我会找一个内应，里应外合地把目标人物干掉，所以，哪条路线和哪个地方下手并不重要，重要的是，我能否找到一个合适的内应。”

“内应?”张若男的话让张楚凌彻底陷入呆滞状态，自己辛苦思索了这么久，居然没有妹妹一分钟看得明白，的确，只要“疯狗”一行人找到一个内应的话，自己做了这么多又有什么用呢?

“哥哥，你怎么了?”见到哥哥这个反应，张若男有点奇怪，难道是自己的态度伤了哥哥的自尊心?

摇了摇头，张楚凌说道：“没什么的，谢谢你了，若男。”

张若男的话有如一道闪电击中了张楚凌的脑袋，让他思路豁然开朗，要不是张若男无意中的一席话，张楚凌都不知道还要在那个自己设置的死胡同里面转悠多久。

把妹妹送出卧室后，张楚凌重新在电脑前坐了下来，他把自己以前的思路全部推翻，然后把这件事情所涉及的所有“细节”都一点点地在电脑上列了出来，并用关系线标注明了各个因素之间可能存在的联系

你还别说，张楚凌这么一点点地把事情分解成很小的“细节”后，他还真就找出了一些以前被自己忽略的“细节”，比如，“疯狗”一行人是如何知道阿拉伯王储来香港的信息的?阿拉伯王储一行人又是如何跟香港这边的接待方联系的?香港这边到底又有谁最有可能跟这个阿拉伯国家王储合作?

其实这些问题可以说不是问题，这也是张楚凌容易忽视的原因，估计换了绝大多数人来，都可能忽视这些问题，可是这些问题，偏偏又是解决问题的关键。

寻找这些问题答案的最佳方式莫过于通过网络了。张楚凌很快就通过网络知道了自己想要知道的事情。

“疯狗”一行人之所以知道阿拉伯国家王储会来香港，而且把时间都掐得那么准，是因为阿拉伯国家王储的秘书实在太粗心了，他在把日程行动安排通过邮件的形式发到香港后，并没有把这封邮件删除，所以先后被“疯狗”一行人和张楚凌给看到了，张楚凌也是看到邮箱有入侵的痕迹才知道这件事的。

张楚凌小心翼翼地抹去了自己入侵的痕迹，然后又沿着“疯狗”一行

人入侵的痕迹跟踪了下去，结果发现对方很谨慎，不但使用了无数肉鸡，真实的 IP 地址居然在美国一所大学的图书馆里，可以说追踪就到此为止了。不过张楚凌至少确认了一件事情，“疯狗”一行人里面绝对有一个网络高手，而且心思细密。

同时通过这封邮件以及香港方面的回复邮件，张楚凌完全地了解了自己想要知道的东西，比如准确的时间、行程、路线、接待方等，而且张楚凌还了解到香港这边会申请警方的保护，当然，这也是阿拉伯方面的要求。

解决了心事后，张楚凌总算是松了一口气。

西九龙总区简报室内。

“……因为第三分队在警校演习中的出色表现，现在总区准备委托第三分队执行一个高难度任务……”讲台上，警校最高指挥官黄警司洪亮的声音在简报室中飘扬着，底下，有人欢喜有人忧。

随着简报会的结束，第三分队的人互相对望了一眼，都露出了难以掩饰的兴奋之色，坐得近的，甚至击掌相庆。虽然黄警司因为保密的需要，并没有说到需要执行什么样的任务，但是这毕竟是一个机会，一旦执行了这个任务，大家进入 SDU 的机会就大大地增加了。

散会后，第三分队的人被郭军伟留了下来，在大家嫉妒而羡慕的眼神中，他们慢慢地围拢到了一块。

张楚凌也沉浸在这个突然的惊喜之中，对于这次任务的内容，他几乎可以肯定是保护那个阿拉伯国家王储的安全了，他只是没想到自己有机会参与这次的保护任务，这样一来，他就不用动脑子如何去接近“疯狗”一行人了。

“到底是警署了解的信息多，还是自己了解的信息多呢?”想到这里，张楚凌的脸上露出了讥讽的笑容，只是在外人看来，就成了因为有机会参加这次任务而露出的欣喜笑容了。

张楚凌想得出神的时候，他突然就发现自己双手双脚腾空了，然后人

就飞到了空中，待他反应过来是怎么回事时，耳边早就响起了欢快的庆祝声。

“让开……”在被那些同事抓住四肢的时候，张楚凌条件反射地就要动手反击，可是他很快就意识到了同事们对自己没有恶意，从而放松了身体任由自己被别人扔到空中，可是看到那么多人居然把手伸向空中准备再次接触自己时，他不由大声地喊道。

别人不知道自己的体重，他自己可清楚得很，为了尽快把自己的身体锻炼到极限水准，他可从来就没有卸下过身上的载重，整整100公斤的载重啊，加上自己的体重应该有差不多180公斤了，同时，身体在下落的过程中，那个冲劲就更大了，要是对自己的体重估计不足的话而贸然伸手去接空中的他，是很容易受伤的。张楚凌着急地大喊：“快让开！”

可是此时大家太兴奋了，虽然在扔他的时候大家也觉得张楚凌有点重，但是人实在太多了，在那么多人的共同分担下，虽然有点觉得张楚凌偏重，但感觉毕竟不是很强烈。

张楚凌的话大家虽然都听到了，可是大家却没什么反应，张楚凌的这种反应实在太平常了，换了任何一个人被抛到空中，都会是这个反应，所以大家并没有立即闪开，脸上的神情反而变得更加兴奋。

张楚凌见状，心里焦急万分，此时情况紧急，他也来不及解释了，不得已之下，他不得不开始施展这段时间以来自己对身体锻炼的结果。

在大家目瞪口呆的注视下，张楚凌的身体在空中收缩、舒展、挪动，好像没有重量一般，硬生生地偏移了原来的位置一米有余，而且还是双脚朝下的。

其实此时张楚凌的脚下也有人，但是他们却没有做好接人的思想准备，猛然间见到张楚凌从空中“踩”了下来，慌忙跳到了一边。

直到自己平安落地，张楚凌才松了一口气，此时，他脸颊上全是汗水，这套动作对身体的柔韧度和协调性要求特别高，他刚才要是有一个动作做得不到位，不是自己要被摔伤，就是要砸伤同事。

“阿凌，你没事吧？”始作俑者刘俊熙看到张楚凌脸色煞白，冷汗直

流，心里有点担心，他心里却是奇怪得很，自己刚才力道把握得应该很准确啊，阿凌怎么会朝预料之外的方向飞去呢？

此时不光是刘俊熙心里疑惑，其他几个参与了这次行动的人同时被吓出了一身冷汗，心里也是疑惑不已，他们之所以会这么兴奋地抓住张楚凌往空中扔，只是因为他们知道演习之所以第三分队会取得优异成绩，跟张楚凌关键时刻力挽狂澜的行为是分不开的，所以他们的行动只是为了表达他们对张楚凌的感激之情，却没想到扔人还能扔出问题来。

不由自主地，大家就把张楚凌围在了中间，纷纷对他表示了歉意。

张楚凌微笑着摇了摇头，表示自己并没有什么，让大家担心了。

见张楚凌真的没事，大家都松了一口气，氛围突然重新变得喜庆起来，人群中突然有个声音建议晚上下班后大家一起出去 Happy 一下，就当是感激张楚凌给大家带来的机会了，对于这个建议，大家同时叫好。

“祝你们晚上玩得开心，我还有点事，就不参加晚上的行动了。”一个突兀的声音突然在众人耳边响起，让大家愣了一下。

周明强刚才清楚地听到了张楚凌喊让开时声音的焦急，同时也看到了张楚凌在空中翻滚时漂亮的动作，虽然他不清楚张楚凌为什么会突然要出这么一个高难度动作，但是直觉却告诉周明强，这个张楚凌很危险，想起了即将而来的任务，他心里有点不舒服，所以他才开口拒绝了跟众人一起玩耍的机会。

“周 Sir，晚上的事情很重要么，我们难得有机会这么多人一起 Happy 的，就别扫大家的兴了。”郭军伟看到自己的团队这么融洽，他心里也很是高兴，此时突然有一个人说不能参加集体活动，他自然要礼貌性地表示关心。

周明强说话的那一刹那起，张楚凌就已经开始注意他了，这几天上班碰到周明强，他总感觉到周明强有点古怪，要是以前他碰到自己，总是以一种敌意的眼神，可是这几天，他似乎做什么事情都心不在焉的，有时跟他迎面而过，他好像没看见自己一般，而刚才大家说晚上一起行动时，张楚凌明显地发现了周明强的脸上闪过一丝急躁和不安的神色。

“对不起大家了，我的确有事情，下次我一定参加集体活动。”周明强很为难地回答道。

见他这个神情，郭军伟也没有继续勉强，“那好吧，大家坐好，下面我给大家讲一下任务的具体内容，同时我要求大家对这次的行动严格保密，即使是最亲密的人，也不准泄露出去，不然就要被警署除名……”

第十章 王储遇刺

听完郭军伟的详细布置后，张楚凌才知道他们这一次主要是负责外围的清查和防御，保护阿拉伯王储主要还是由G4保护要人组负责。想想也是，要是轮得到第三分队的这些PTU成员来负责保护王储的主要任务的话，至少也得提前几天通知他们，让他们做好相应的准备啊。

对于这个结果，张楚凌也完全可以理解，巡警本来就是辅警，辅警就得有辅警的觉悟，不可能什么重案要案都轮得到自己，偶尔能遭遇上一两个突发案件，能够立下功勋就是撞了天大的运气了。

郭军伟严厉的话语让大家感到气氛有点紧张，同时也有点兴奋，虽然这一次保护阿拉伯王储只是负责外围的工作，却不排除他们有表现的可能。

接下来的时间，郭军伟把第三分队主要负责的区域给详细地说了一遍，给每个人都划分了具体的职责，无意中扫过周明强，张楚凌发现他的脸色有点不自然，同时迅速地在笔记本上记录着郭军伟的话。

等确认大家都记下了自己的位置和任务后，郭军伟才笑着宣布会议结束，同时宣布大家有私事的可以去处理一下私事，没事的可以提前到酒吧集合。

因为第二天有任务，晚上大家虽然都没怎么喝酒，但是却玩得非常开心，无论是划拳还是唱歌，大家都是放开了心情Happy。

晚上回到家里，张楚凌再次在脑海中模拟了一遍可能发生的情况，这时妹妹的一句话突然在他的脑海中冒起：“要是我是凶手，我会找一个内应，里应外合地把目标人物干掉，所以，哪条路线和哪个地方下手并不重

要，重要的是，我能否找到一个合适的内应。”

“内应？到底对方有没有内应呢，假如有内应，这个人又是谁呢？”张楚凌自言自语地问自己，突然，他想起了白天周明强的异常反应，难道他是内应，可是很快张楚凌就否定了自己的猜测，毕竟保护外国政要都是G4保护要人组的任务，平常根本就轮不到巡警出面的，这一次之所以PTU会参与任务，完全是临时性的决定，在这之前，周明强估计都不知道自己会参与任务吧，这么一种情况他又怎么做内应呢？

“反正自己也要参加任务，没必要在这里胡乱猜测了，到时随机应变就是了。”张楚凌见自己实在推断不出什么新的东西了，他干脆双目一闭躺倒在床上。

第二天早上，第三分队的人一大早就在西九龙总区集合了，G4保护要人组的成员早就在那里等待他们了，G4要人组的人自我介绍了一番，简单地交代了一下注意事项，然后就一齐朝赤腊角飞机场方向出发了。

看得出来G4保护要人组的人都很高傲，他们甚至有些看不起这些PTU成员，自始至终，他们都没有想认识PTU成员的打算，而且看跟PTU成员打交道时，他们似乎也存在着一种优势的心理，居高临下的。这让PTU成员兴奋的心情减弱了许多，同时也憋了一股劲想表现给G4保护要人组的人看看。

张楚凌注意到了一个微小的细节，那就是周明强似乎跟G4保护要人组的成员很熟悉，见面后，周明强就一直跟G4保护要人组的人混在一块，特别和其中一个瘦脸高个走得特别近。

因为这个异常，张楚凌注意上了那个瘦脸高个警察。假如真的有内应的话，张楚凌觉得这个人的可能性更大，但目前这仅仅是个猜测。

十点钟左右，阿拉伯王储所坐的飞机抵达（香港）赤腊角国际机场，而香港警方为了确保他的安全，已经在机场布置了重重防线。

站在防线外围的张楚凌看了看飞机航线的方向，又看了看飞机即将停留的地方，心中总是有一种不踏实的感觉，被动的应战实在太不舒服了，在“疯狗”一行人动手的时间、地点和方式都不确认的情况下，张楚凌只

能选择时刻保持警惕。

“阿凌，你觉得今天会出事么?”可能是看出了张楚凌的紧张，李斌在一旁问道。

张楚凌点了点头：“你没发现今天的天气很沉闷么，我有一种预感，今天不会太平。”

张楚凌的话让李斌和刘俊熙几个人同时笑了起来：“阿凌，你越来越幽默了，要是今天真的出了什么事，小心我投诉你啊。”刘俊熙哈哈大笑道。

“你投诉阿凌什么，诅咒?”唐勇问道。

话音刚落，刺耳的机场报警声突然毫无征兆地在大家耳边响起，划破了原本安静异常的机场，也让机场所有人的心一下子揪紧了。

机场的安全工作一直都做得很好，可以说从1998年新机场启用以来，安全警报就没响起过，而这几天，机场的工作人员更是比平时小心谨慎，检查了机场里面的每一个角落，确保没有安全隐患存在，在他们之后，G4保护要人组和PTU成员又检查了一遍，也没发现什么安全隐患，机场警报这个时候响起实在太没有道理了。

看到机场里乱成一团的工作人员，张楚凌对刘俊熙说：“阿熙，从现在开始，你紧盯着周明强，小心他的一切异常行动，唐勇，你跟阿熙一块，必要时协助他；阿斌，你随我来。”

在这紧张的时刻，大家都被四面八方响起的警报声吓坏了，他们都不知道到底发生了什么事情，乘客们四处逃散，工作人员脸上也一片慌乱。

可是张楚凌突然发现，自己的脑子比任何时候都要冷静，思维也变得空前地活跃起来，难道自己真的只适合生活在紧张刺激的生活当中?想起自己生活平静时脑子都不够用的事情，张楚凌不由苦笑。

虽然不知道张楚凌为什么会突然下达这么一个命令，但是刘俊熙三个人却没有多问，长时间的相处，他们已经对张楚凌建立了绝对的信任，而且此时张楚凌表现出来的冷静和那种不容拒绝的语气，也让他们下意识地点了点头。

在这个慌乱的时刻，没有人注意到，张楚凌这个巡逻小组突然离开了他们负责的机场出口，兵分两路地朝各自的方向走去。

“阿凌，发生了什么事情，我们为什么要离开自己负责的区域，万一那块区域发生了什么事情的话，我们担当不起那个责任啊。”李斌虽然选择了服从张楚凌，却不代表他心里没有疑惑，而且他们此时前往的方向就是G4保护要人组的方向，要是被G4保护要人组的人看到自己两个PTU的人擅自离开自己负责的区域，不知道又要被他们如何嘲笑了。

“机场的报警声可能是假的，它只是起到引起慌乱和分散大家注意力的作用。假如我是凶手，我会选择在这个时候动手。”张楚凌的脚步没有丝毫的停顿，嘴中快速吐词道。

张楚凌的话让李斌沉默了下来，一方面他需要时间来消化张楚凌的话，另一方面他也在怀疑，要是这个时候真的有凶手动手的话，有G4保护要人组的人在，自己两个PTU成员过去有用么？李斌是一个善于思考的人，而不是动不动就喜欢张嘴问，所以他没有继续开口问，而是紧紧地跟在张楚凌的后面。长时间来张楚凌的稳重让李斌相信张楚凌绝对不会无的放矢。

相对于张楚凌和李斌的紧张，刘俊熙和唐勇则显得轻松多了，毕竟周明强也是负责外围的防线，他们即使遭遇上了也没多大问题，此时他们也在议论纷纷。

“阿熙，你说阿凌让我们注意周明强是什么意思啊，难道这个时候周明强还能干出什么事情来？”唐勇说出了自己心中的疑惑。

“这个就很难说了，当年你还差点被周明强当枪使了呢，这个人心机太深沉，而且睚眦必报，他的心思不是我们能够看懂的。”刘俊熙刚进警校接受PTU训练，就被周明强当面点名，并在大庭广众之下步操，他又岂能轻易原谅周明强。

其实张楚凌之所以让刘俊熙和唐勇两个人去注意周明强，已经把他们对周明强的成见算计在内，这也是张楚凌这么放心地把任务交给他们的原因。

果然，唐勇在听到刘俊熙的话后，脸上立即露出了愤然的神色：“是啊，那个周明强就靠家里有点背景混了个警署警长职衔，尾巴就翘上天了，老是跟我们这些人不对路子，还不时地玩些小聪明，还是阿凌好啊，人聪明，而且跟大家相处得来……”

此时机场最紧张的莫过于G4保护要人组的这十几个人了，他们一行人刚刚跟阿拉伯王储碰头，刺耳的机场报警声就在他们耳边响起，虽然他们的人里三层外三层地把阿拉伯王储包围得严严实实的，可是也得知道机场到底发生了什么事情啊，要是因为机场发生火灾而响警报的话，人多反而更加碍事了。

“大家跟我来，都朝这个方向撤退，注意保护好王储。”瘦脸高个的脸色没有别人脸上的慌乱，反而隐隐露出兴奋的神情。

果然不愧是经过长久训练的队伍，在瘦脸高个的一声命令中，大家脸上慌乱的神色都消失不见，取而代之的是一片平静，他们保护着阿拉伯国家王储，有条不紊地开始跟在瘦脸高个的后面开始撤退，锐利的眼睛不时地扫过周围的环境，双手随时准备了拔枪的姿势，他们有在凶手出现的第一时间内将其击毙的把握。

耳边的刺耳警报声还在响起，人群却不再像开始那般四处奔逃，机场工作人员职业素质还是可以的，而警校的第三分队PTU成员在这时也发挥出了他们关键作用，迅速地帮助机场工作人员控制了人群，另外机场特警也发挥出了自己的用处，把大厅里混乱的人群迅速地安稳了下来。

看到机场工作人员和警察脸上一片平静地在工作，那些原先慌忙逃窜的乘客心里似乎也有了底，安静地接受了工作人员和警察的安排。

G4保护要人组的人动作很快，短短的两分钟时间不到，他们就从机场中心退出了大厅，此时他们的人马已经跟在外围负责控制和疏散人群PTU成员碰头了。

看到人群这么快就得到了控制，G4保护要人组的成员脸上都露出了讶然的神色，而瘦脸高个的脸上则露出了慌乱的神色，当他的眼神跟周明强的眼神相遇时，看到周明强点了点头，他似乎情绪安定了下来。

“我们得迅速离开这里，赶往目的地！”本来一直走在队伍前列的瘦脸高个突然转身往回走，一边靠近阿拉伯国家王储一边说道。

所有的G4保护要人组成员都没有对自己的组长产生怀疑，他们让开了一条路让组长接近了阿拉伯国家王储，在行动计划中本来就是这么安排的，可是让他们惊讶的一幕出现了，当组长和阿拉伯国家王储一行人正准备登上早就在一边准备好的轿车时，突然之间几声枪声响起，阿拉伯国家王储的几个保镖同时应声倒下。

G4保护要人组的成员亲眼看到自己的组长突然向阿拉伯国家王储的保镖开了两枪，可是保镖却有四个人，那么，还有两枪又是谁开的呢，他们为什么又要突然开枪呢，一时之间，他们愣在了那里不知所措，而此时那辆轿车却嗖地一下就窜了出去。

突然间的枪声让刚刚安静下来的人群又骚动起来，尖锐的叫喊声在机场里此起彼伏，不过此时无论是机场特警还是G4保护要人组，他们都暂时没心思去控制人群了，只剩下了几十个PTU还在努力地维持着秩序。

眼看那辆车就要消失在众人的视野中，突然间只听得“噗噗噗噗”的几声闷响，那辆车的四个轮胎就被打爆了，而车身因为失去了轮胎的支撑，在惯性的作用下向前滑了几米就停了下来。

张楚凌突然的开枪让大家那颗悬起的心落了下来，大家都满脸震撼地看着他，因为事情发生得太突然，而且出乎意料，面对自己人的背叛，很多人一时都不能接受，更别提迅速地反应了，而张楚凌居然在这个时候反应了过来，而且枪法如神，成功地拦截了准备逃窜的轿车。

瘦脸高个见车停了下来，他不由一愣，不过他很快有了决断，只见他一脚把阿拉伯国家王储踹下了车，然后自己也滚下了车，并以王储为人质迅速地在机场大厅附近找到了一个掩体，嘴里大声叫嚷着不要开枪，不然阿拉伯国家王储就得陪葬。

这个时候G4保护要人组的人终于反应了过来，似乎是他们的组长和另外一个人成了这次行动的“凶手”，而他们居然纵容了“凶手”从身边把王储带走，想到这里，他们的头顶都冒出了冷汗。

G4保护要人组很快就找到了另外一个“凶手”，因为那个“凶手”的旁边，还有一个人正用枪锁定着他们的“组长”，而那个“凶手”却被制服得丝毫不能动弹。

看着站在一边用枪锁定“组长”的两个PTU成员，G4保护要人组的人好像被人扇了一个耳光一般，脸上火辣辣的痛，自己等人一个小时前还看不起这些军装警呢，没想到关键时刻PTU比自己等人反应还要快，不但迅速地制服了两个“凶手”，还基本上控制了局面。

看到那个瘦脸高个和周明强开枪时都故意避开了阿拉伯国家王储，张楚凌心里明白，“疯狗”一行人的目的肯定是要活捉阿拉伯国家王储，而不是想要一具尸体，要是仅仅要一具尸体的话，以他们的身手，根本就防不胜防。

张楚凌虽然用枪锁定着瘦脸高个，但是他的眼睛却小心翼翼地注意着周围环境的异动，因为到目前为止，还没有出现“血色咆哮”这个组织的任何一个面孔，仅仅只是两个“内应”曝光了而已。

“对方应该还有接应的人，你们注意周围的异常！”见G4组的人注意力全部集中在了瘦脸高个身上，张楚凌不得不出言提醒道，“还有，我们应该立即疏散人群，这里随时可能发生剧烈枪战。”

张楚凌的后半句话却是对机场特警和郭军伟等PTU成员说的，虽然他此时的身份根本就没权利命令大家，可是刚才要不是他突然开枪，阿拉伯国家王储早就被人从眼皮底下劫走了，不知不觉地，张楚凌获得了大家的信任，在没人吭声的情况下，大家竟听从了他的指挥。

周明强此时脸色苍白，他原以为自己躲在人群中开两枪根本就不会被人发现，为了不被人发现，他还做了很好的掩饰，可是他没想到的是，自己刚举起枪，双臂就被人制住了，慌乱之中扣下了扳机，也不知道有没有完成“任务”。

在看到刘俊熙和唐勇以鄙视的目光看着他的时候，周明强知道，自己的人生算是彻底地完蛋了，其实从那个神秘的男人找上他的那一刻，他就知道有这种可能了，只是没想到竟这么快变成现实，侥幸心理让他自毁了前程。

周明强被刘俊熙制服得丝毫不能动弹，他眼睁睁地看着唐勇和张楚凌开枪破坏了神秘人安排的劫人计划，不过他知道事情还没有结束，这只是A计划而已，在神秘人的计划中，这是一个连环计划，失败的可能性微乎其微。

周明强不断地朝瘦脸高个使眼色，期望他能够救自己一命，他知道此时只要瘦脸高个提出要求，自己就能够脱离刘俊熙的掌控，然后跟瘦脸高个站到一块，等待着神秘人把他们接应走。不过他此时被刘俊熙看得死死的，也不敢乱动，只能在内心呼喊着。

“把他放过来，不然我就一枪崩了王储。”在周明强的“千呼万唤”中，瘦脸高个似乎听到了周明强内心焦急的呼唤，可能是想起了两人同病相怜的命运，所以他决定还是伸出援助之手。

刘俊熙听到瘦脸高个的喊话，询问的眼神望向了张楚凌，张楚凌的目光却望向了郭军伟，本来G4的负责人瘦脸高个和郭军伟才是这次保护行动的最高指挥官，可是此时瘦脸高个的背叛，让郭军伟成了这次行动的唯一最高指挥官了。

郭军伟的一张国字脸上布满了寒霜，他没想到自己一向器重的周明强会跟凶手搅和在一起，周明强的行为无疑是狠狠地甩了他一巴掌，所以在张楚凌刚刚叫他疏散人群时，他也只是下意识地点了点头。

见到郭军伟这副表情，张楚凌也知道他暂时是没办法拿主意了，他的眼光又看了看田妮和费亚林，田妮和费亚林两个犹豫了一下，同时点了点头。

见到田妮和费亚林点头，周明强松了一口气，他暗自高兴自己还能捡回一条命，他现在只想快点逃离香港，远远地躲开这个地方。

在周明强踉跄着走近瘦脸高个的同时，机场的乘客也被疏散得差不多了，让大家疑惑的是，张楚凌口中的凶手还没有出现，于是大家疑惑的眼光都看向了张楚凌，毕竟刚才是张楚凌下达的命令。

张楚凌却对那些看着自己的眼神视而不见，他一直紧张地注意着周围

的异常。

“砰”的一声枪响突然划破了宁静的机场大厅，让大家本来就绷紧的神经差点就断裂，枪声的回音在机场大厅里盘旋，大家无从判断枪声来自具体什么地方。但是大家都看到了倒在血泊中的周明强。

周明强的大腿中了一枪，鲜血汩汩地从伤口流出，看得出他是大动脉被打中了，周明强此时双眼红肿，眼中满是怨恨和不甘。

“你们都要死……哈哈……”一个阴森的声音突然在机场大厅里响起，只是这个声音在机场大厅附近四处飘荡，让人根本无法判断声源所在。

大家此时是完全相信张楚凌的话了，瘦脸高个和周明强只是内应而已，的确还有人在接应他们，只是这个接应的人实在太疯狂了，居然对“自己人”也开枪，大家同时举起了手中的枪，随时准备瞄准凶手。

“废物，留下你也没用。”伴随着这句唾骂，又是一声枪响在机场大厅响起，与此同时，刚刚还在地上挣扎的周明强闷哼一声，直接晕了过去，只见他的另外一条大腿又多了一个血洞。

此时，瘦脸高个心里也开始慌张起来，毕竟他没能带着王储成功离开机场大厅，反而为了借助掩体的掩护重新返回了机场大厅，严格来说他也是一个失败者。他跟周明强唯一的区别是，他手中有一个人质，而周明强没有。生怕“凶手”下一个开枪的目标就是他，瘦脸高个双腿开始瑟瑟发抖。

说时迟那时快，众人惶惶然四处张望想找出隐藏在机场大厅里的凶手时，张楚凌给刘俊熙和唐勇使了一个眼色，他头也不抬起朝自己的后上方开了一枪，张楚凌的枪声成功地吸引了所有人的注意力，当大家看到他脸上平静的表情时，心里疑惑不已，他怎么会突然开枪呢，难道是因为紧张而扣动了扳机?

也难怪众人心里会有这个想法，因为张楚凌面对的地方一片空旷，根本不可能藏下什么人的。只听得“砰”的一声重物落地的声音，大家发现一个人从机场二楼掉了下来。

当大家的目光集中到这个刚掉下来的人身上时，不由倒抽了一口凉

气，只见这个人手中端着一把狙击枪，身上穿着防弹衣，只是他的额头上此时多了一个血洞。

“疯狗?”看清自己击毙的人面貌后，张楚凌愕然，自己运气居然这么好，没想到开了一枪击毙的居然就是“疯狗”，这到底是怎么回事?

在张楚凌开枪吸引了大家注意力的同时，唐勇趁瘦脸高个分神的功夫击中了他拿枪的手腕，刘俊熙也闪电般地逼近了瘦脸高个，毫不客气地在他后脖子跟肘击了一下，瘦脸高个很干脆地晕倒了下去，而刘俊熙也顺利地把阿拉伯国家王储抢了回来。

大家此时已经认出了倒在地上的凶手正是警方前几天通缉的疑犯，看到疑犯这个时候在机场出现，而且全副武装的打扮，即使是傻子也知道他是这次行动的凶手了。只是这个凶手也太背了点，刚刚还那么嚣张，现在却被人一枪爆头，想到这里，大家看张楚凌的目光变得怪异起来，难道他脑后长眼了么，不然怎么头也不回就能那么准确地击中凶手的额头?

当大家的注意力从凶手身上移开时，新的变化让他们有点惊喜若狂，同时有点不敢接受事实，怎么转眼间的功夫王储就被救回来了?看着倒在地上的瘦脸高个和满脸兴奋的刘俊熙，大家脸上一片疑惑，什么时候 PTU 成员变得这么生猛了?

大家都觉得自己像在做梦一般，看着刘俊熙搀扶着王储回到了 PTU 的队伍中，而倒地昏迷的瘦脸高个则无人去多看一眼，此时，张楚凌、刘俊熙和唐勇三个人才是大家目光的焦点。

要是没有张楚凌出其不意地一枪击毙凶手，可以说大厅里谁都不敢动弹，所以他开的那一枪最为关键，而要是没有唐勇开的那一枪的话，难保瘦脸高个在被逼急的情况下会乱开枪，那样一来事情就变得错综复杂了，至于刘俊熙的反应就水到渠成了，他利索的动作向大家宣告了他的出色。

郭军伟此时已经回过神来，赞赏地看了张楚凌一眼，他的脸上也有点羞赧，作为这里的最高指挥官，居然在关键时刻思想上出了困惑，他简直不敢想象要不是张楚凌今天神乎其神的表现，事情会朝什么方向发展。

回过神来的郭军伟开始有条不紊地安排后续工作，那几个被周明强和

瘦脸高个击中的阿拉伯国家王储的保镖并没有致命，所以立即被送往了医院，而周明强和瘦脸高个也被一起送往了医院。

张楚凌此时的脸上却没有呈现出应有的轻松之色，而是依然警惕地注视着周围，他的枪依然保持着随时射击的姿势。

“张楚凌，还有什么不妥么?”看到张楚凌如此戒备，郭军伟脸上的神色也凝重起来，从张楚凌先前的表现来看，张楚凌绝对不是无的放矢之人。

“我在想，对方既然能够弄出这么大的场面来，又怎么可能这么简单地就结束了呢?”张楚凌觉得事情有点虎头蛇尾，根本就不像凶手一开始的作风。

听到张楚凌的话，郭军伟的脸色一滞，他把今天发生的事情从头到尾想了一遍，发现果然如张楚凌所说，对方既然有能力让警察系统内部的G4保护要人组组长和PTU的小组长成为他们的内应，又怎么可能事情就此了结了呢?

张楚凌和郭军伟的谈话大家也听在耳中，跟随阿拉伯国家王储一起来香港的一些专家考察团和秘书团刚刚还在不停地抗议香港警方的没用，可是在听到似乎还有更大的危险在等待他们时，他们不得不乖乖地闭上了嘴巴，即使香港警方再没用，此时他还得依赖别人的保护啊。

而那些PTU成员、G4保护要人组成员和机场特警在听到张楚凌的话后就立即高度警戒了起来，张楚凌今天接二连三地力挽狂澜，让他们对张楚凌不知不觉地就产生了一种信服的感觉，虽然此时事情并没有发生，他们却不再怀疑张楚凌话中的真实性。

“什么东西在响?”李斌突然出声问道，“不好，是炸弹，大家快跑!”

在李斌的提醒后，大家此时也听到了刺耳的“滴滴……”声在机场大厅响起，而声音的源泉，居然就是被张楚凌击毙的那个凶手，大家的脸色一时变得惨白，要是刚才张楚凌不是击中这个人的额头，而是击中了他身体的话，那后果……

大家眼神怪异地看了张楚凌一眼，张楚凌是早就知道了凶手身上有炸

弹，开枪时故意避过了凶手身上的炸弹，还是运气使然击中了对方的脑袋？不过无论怎么样，张楚凌使得他们无意中避免了一场巨大的灾难，他们对张楚凌还是心存感激的。

听到李斌的叫声后，大家就迅速地从大厅开始撤离，毕竟凶手身上绑着的有可能是一颗定时炸弹，在拆弹专家没有赶到之前，谁也不敢冒着生命危险在此久留，即使是拆弹专家，也没有绝对的把握能够拆除所有的炸弹，有些子母弹根本就没法拆除。

凶手身上“滴滴”的响声犹如催命符一般，让大家慌忙地朝大厅外涌去，此时即使是工作人员也不例外，却没有一个人敢靠近凶手去检查一下炸弹的真假和剩余时间。

“张楚凌，你要干什么?”郭军伟在组织大家撤离的时候，眼角的余光突然发现张楚凌并没有跟大家一起向外走去，而是缓缓地靠近了凶手的尸体，他不由担心地大喊了一声。

此时机场大厅里的PTU和机场特警都在组织里面的工作人员撤离，而阿拉伯国家王储已经在G4保护要人组的重重保护下远远地走到了一边，此时他们的目光也注意到了张楚凌异常的反应。

难道他除了枪法厉害，拆弹技术也很厉害？看到张楚凌脸上举重若轻的表情，大家都存在了这样的想法。

张楚凌一把掀开凶手身上的衣服，然后粗暴地把凶手身上那些乱七八糟的线扯断了，他的动作吓得机场里还没来得及撤离的众人脸色惨白，他们现在心里只有一个念头：“完了，这下真的完了，碰到疯子了!”

虽然大家不知道拆弹专家到底是如何拆除炸弹的，可是拆弹专家每次在拆除炸弹时小心翼翼的样子大家还是知道的，决不是像张楚凌这般，看都不看一眼各种不同颜色的线路就乱扯一通。张楚凌的动作让大家同时闭上了眼睛，他们在等待着死亡的到来。

郭军伟更是嘴张得老大，他一时间都忘记了出声喝止；而田妮此时更是脸色苍白，秀眸中焦急得都快流出眼泪，傻傻地站在那里，嘴里念叨着一些毫无意义的词汇……

“这颗炸弹是假的！”张楚凌的声音突然轻轻地在机场大厅里响起，虽然他的声音很轻，却传入了所有人的耳朵。

此时张楚凌已经把凶手身上的线拉得乱七八糟的，那“滴滴……”的声音也停了下来，而预想中的爆炸声却没有响起，大家想不相信张楚凌的话都不成。

“炸弹在哪里？炸弹在哪里？”拆弹专家的脚步声适时地传了过来，他们一边跑步赶来，一边焦急地大喊道，让他们纳闷的是，没有一个人搭理他们，所有人似乎都失魂落魄了一般，没有听到他们的喊声。

“郭Sir，炸弹在哪儿？”拆弹专家里面有一个人认识郭军伟，推了推他的肩膀问道。

郭军伟用力地摇了摇头，想驱除张楚凌给他带来的震撼，然后才看到身边的拆弹专家，他指了指张楚凌说道：“炸弹在那里！”

此时即使拆弹专家是瞎子也知道是怎么回事了，他们讶异地看着一身军装警打扮的张楚凌，心里却疑惑不已，什么时候拆弹技术这么大路货了？

看到炸弹是假的，所有人都松了一口气，刚才张楚凌的动作可把大家吓得不轻，此时见危机已经过去，刘俊熙和唐勇没好气地走到张楚凌身边捶了他一拳，而其他PTU成员也都笑着骂了他几句，可是出奇的，大家却没有生他的气，相反的，他们内心却羞愧不已，认不出是假炸弹就算了，居然还被吓成这副样子，难道人家张楚凌是傻子不成，没有几分本事敢那样去动“炸弹”？

“张楚凌，下次碰到这种情况时你应该首先报告，然后再采取行动。”郭军伟微笑着对张楚凌说道，张楚凌在危急时刻表现出来的冷静和决断让他赞赏不已，“还有，以后别做这种高危险动作，安全第一。”

听到郭军伟关心的话语，张楚凌内心感激，只是他对郭军伟的话却不以为然，要是我没碰假炸弹之前，我说凶手身上的炸弹是假的你们谁会相信？不过这句话他也只是在心里想想而已，却没有说出来。

“小伙子，表现不错啊，以前学过相关的知识么？”拆弹专家在仔细地检查了一遍“炸弹”后，确认没什么危险，才站起来跟张楚凌说道。

张楚凌点了点头说道：“以前看过一些这方面的书籍，还是第一次接触。”其实张楚凌之所以判断出这颗炸弹是假的，跟他有没有这方面的技术根本就没有任何关系，而是他手机里面的能量探测器明确地告诉他，凶手身上根本就没有什么大的能量源，所以他才判断出凶手身上没有炸弹。

“嗯，不错，好好干，有机会到重案组来，我们就成为同事了。”拆弹专家听说张楚凌只是看了一些书籍就能判断出炸弹的真假，有点惊讶他的天赋之强，不由鼓励道。

说完这些话，拆弹专家似乎就有离开的意思了，张楚凌这时却开口道，“你们可能暂时还不能走，我觉得我们有必要再检查一遍机场大厅，包括楼上，毕竟刚才人群混乱的时候凶手想扔点什么东西在机场大厅里实在太容易了。”

张楚凌之所以说这句话，是因为他手机上的能量探测器明确地显示，在他周身100米内有巨大的能量源，而且还不止一处，此时既然拆弹专家都在这里，就有必要及时清除这些危险源。

郭军伟听到张楚凌的话后，毫不犹豫地点了点头，然后给所有的PTU成员分了工，让他们负责搜寻不同的角落。

“阿凌，你今天的表现堪称完美，要是没有你一再提醒的话，我都怀疑我这颗脑袋是否运转得过来了。”看到张楚凌并没有被自己取得的一个又一个的胜利冲昏了头脑，而是冷静地分析着各种可能存在的危险，郭军伟是越来越欣赏他了。

在PTU成员和机场特警的扫荡式搜寻下，很快就有三颗真的定时炸弹被搜了出来，让大家松一口气的是，这三颗炸弹并不是循环弹，在拆弹专家的努力下很快被拆除了。

但是定时器上显示的时间却让大家心脏猛然一跳，要不是张楚凌提醒得早，及时发现这些炸弹的话，都不知道三颗炸弹的爆炸会造成多少的人员伤亡和经济损失，因此而造成的间接损失就更不用说了。

想想这些损失，再看看依然一脸平静站在那里的张楚凌，所有人都对

张楚凌生出了感激之情，可以说，张楚凌的这一次立功，不仅仅挽救了很多机场人员的生命，同样也避免了香港的国际形象受损。

张楚凌的脸上依然没有一丝的变化。他的推断告诉他，“疯狗”绝非是一个人来到香港的，他的身后隐藏着比他厉害十倍的人，可是到目前为止就“疯狗”一个人的行迹暴露了出来，那么其他人呢，他们躲在什么地方，又在酝酿着什么阴谋？

张楚凌击毙了“疯狗”后，他教训“疯狗”的愿望算是实现了，可是他也知道，自己的出色表现可能为自己招惹来了更大的麻烦，而这些麻烦，会给自己或自己的家人带来生命危险，想到这里，他叹息一声，脸上神情一片忧郁。

张楚凌表现得越是平静，大家就越是觉得他神秘莫测，此时换成任何一个人立了如此大功，估计激动得找不到北了，可是张楚凌却偏偏像什么事情都没发生过一般，还是如此的平静，不过大家想了想今天他的一系列表现，心里也就坦然了，估计也只有他这样的心境，才可能从容而理智地做出那么多准确的判断吧。

“阿凌，你看起来好像有什么心事？”郭军伟在炸弹被搜出来并拆除后，他狠狠地舞了一下拳头，怎么说他也是这次保护行动的指挥官，要是这次保护任务出了大问题，他肯定要承担不少责任，而此时虽然不可避免地发生了一些小事情，总体来说保护任务可以算是成功的。而这一次的保护任务之所以能够成功，完全是张楚凌力挽狂澜才得到的结果，难怪郭军伟会这么关心张楚凌了。

“我总觉得这件事还没完。”张楚凌说道，到了此时他不得不这么说，毕竟自己个人的力量是有限的，只有依靠警方的力量才可能抓获剩余的凶手，但是他并没有说出这是自己的推断，而说这是自己的一种感觉。

“还没完？”郭军伟兴奋的脸色一滞，“你有什么依据没？”对张楚凌的话他现在可不敢有丝毫的怀疑，但是他还是想听听张楚凌判断的依据。

“这里有一张光盘！”法证事务科的人突然大声喊道。

在发生枪击事件后，PTU 成员就跟中心取得了联系，要求得到重案

组、法医和法证事务科的支持，所以此时机场大厅里混合了好几个警种。

“赶紧播放出来。”重案组的刘 Sir 看到法证事务科从凶手的身上搜出一张光盘后，他意识到这张光盘绝对不简单，不由立即喊道，而他的命令，也是所有人的心声。

机场工作人员接过法证事务科同事手中的光盘，跑进了机场的工作间，跟随在他后面的，是郭军伟、G4 保护要人组、机场特警和重案组的几个长官，在郭军伟的坚持下，张楚凌也跟了进去，虽然张楚凌此时的身份跟去有点不妥，但是此时大家却没有去思考他身份的问题，而是觉得他跟上去了才是理所当然的事情。

机场工作人员打开了工作间里的影碟机，小心翼翼地把从“疯狗”身上搜出来的光盘放了进去。

当光盘里面的内容被读出来后，所有的人一愣，因为他们看到十几个人被困在一个狭小的空间里面，他们双手双脚都被绑着，甚至连嘴也被塞住了，他们的眼睛满是惊恐，不安地打量着四方，鼻子里哼哼有声。

“那不是嫂子么?”G4 保护要人组的一个成员突然惊讶地喊道，他指着画面中的一个神色憔悴的女人，“还有，旁边是她的儿子和父母……”

屋里的人闻言眼皮一跳，他们开始还疑惑瘦脸高个为什么会突然成为对方的内应，此时什么都明白了，老婆、儿子、父母都在别人手中，想不屈服都不行啊。

郭军伟此时也看出了十几个人中有一个是周明强的弟弟，他心中对周明强的怨恨也减弱了几分，相反的，此时他反而有点同情周明强了。周明强为了职衔而做的努力他可是一直看在眼中，可是因为他的这次错误抉择，不但毁了自己的前程，而且还赔上了双腿。

这时郭军伟想起了张楚凌的话，他佩服地看了张楚凌一眼，心里叹了口气，事情还真的没完啊。

画面播放了一会儿，就看到一个身材高大的蒙面人出现在了众人的视野中，他那敢跟狗熊媲美的身材让张楚凌立即想起了一个外号——“血虎”，“血色咆哮”组织里有着人肉战斗机之称的“血虎”。

“血虎”的脸上戴着一张老虎的面具，他面朝摄像头做了一个手势，出声说道：“大家好，你们取得了游戏第一个回合的胜利，恭喜你们。不过我也不知道你们取得这个胜利是好事还是坏事，因为你们拿到这张光盘的那一刻起，就意味着我们有一个同伴牺牲在你们手中了，而为了祭祀他，我们会从这些人当中挑选一个出来，慢慢地……慢慢地弄死她……”

“血虎”说这句话的时候，他的脸没有对着摄像头，而是手指头在几个女人的身上指过，引起一片尖叫，他的声音低沉而嘶哑，仿佛在给人制造一中压抑而诡秘的气氛。

“好了，游戏才刚开始，祝你们好运！”在众人以为“血虎”要对其中一个女人施暴的时候，他却突然转身对着摄像头打了一个响指，大声地吼道，然后屏幕一黑，光盘播放结束。

第十一章 客串翻译

在顺利地击毙“疯狗”并拆除炸弹后，大家的心里都一阵轻松，毕竟艰难地打赢了一场硬仗，大家都以为事情算是过去了，可是在看到光盘的内容后，所有人的心情都变得沉重起来。被绑架的众人苍白的脸色和绝望的眼神一直在大家脑海中盘旋不断，“血虎”猖狂的笑声更是不时地在大家耳边响起。

“游戏才刚刚开始！”正如“血虎”说的一般，一切才刚刚拉开序幕，想要松气还早得很。

因为尹文明，就是那个瘦脸高个，和周明强家人被绑架，整个案情变得错综复杂起来，原来仅仅只需要保护阿拉伯国家王储就可以了，现在不但得保护王储，还得营救尹文明和周明强的家人，同时，警方还得随时提防凶手层出不穷的花招。

“这是一起严重的恐怖事件，这是对我们警方力量的藐视，同时也是对香港政府的挑衅，我们一定要严肃对待……”警务处处长郭天霈在动员会上激动地喊道，“为了将凶手绳之以法，维持我港良好的治安环境，我们决定这一次的行动由重案组、SDU 以及 PTU 联合行动，其他几个区的警力对你们三支队伍进行配合和支援……”

对于“血色咆哮”的挑衅，香港警方是真的怒了，有史以来还是第一次被凶手玩于股掌之中。短短的三天时间内，香港至少有六成的警力被投入了这一次的大搜捕行动。

三天后，法医科那边传来了信息，通过 DNA 基因的对比，发现被张楚凌击毙的这个凶手跟多年前阿拉伯国家的一个雇佣兵组织“血色咆哮”中

的“疯狗”DNA结构基本吻合，从而确认了“疯狗”的身份。

与此同时，重案组也通过法医科的帮助，对录像中出现的戴着老虎面具的人体型和头部进行了处理，很快“血虎”的真实面貌也给复原了出来。

随着“疯狗”和“血虎”身份的确定，案件的起因终于水落石出。虽然阿拉伯国家对“血色咆哮”的突袭已经过去了很长时间，并不代表所有的人对这件事情都没了印象，已经出现的凶手“疯狗”和“血虎”都属于“血色咆哮”组织的余孽，基本上可以确定这是“血色咆哮”有计划的复仇。

大家心中疑惑的是，当年不是说“血色咆哮”组织在突袭中全军覆没了么，怎么现在又钻出来了这么多人，既然“血色咆哮”成员没有完全被消灭，究竟又有多少人侥幸逃生了呢，这一次的绑架案件是否都是“血色咆哮”成员一手策划的呢？

无论怎么样，虽然还没有找出尹文明和周明强家人的下落，事情却总算取得了一点突破，也让大家心里有了一点安慰。

可是他们这么一丁点的好心情也没能维持多久，就立即有坏消息传过来了，阿拉伯国家王储的翻译突然“跑”了，准确地来说不是跑了，而是失踪了，因为那个翻译仅仅是出去逛了一下超市，然后进去后就没见出来过。当时正门口还有两个重案组的成员看守着，等他们感觉到情况不对时，超市里已经没了翻译的身影。

自从发生了机场劫持案后，阿拉伯国家王储的情绪就不是很稳定，每天总是在宾馆咆哮个不停，而他作为重要的客人，警方又不得不忍气吞声地安抚他的情绪，同时保护他的安全，可是此时他的私人翻译失踪了，谁知道他会发多大的脾气，而且，在没有翻译的情况下，又如何跟他交流？

想到那个王储古怪的脾气，整个警方都为之头痛，现在大搜捕行动都忙不过来，还得抽出警力来照顾他，大家想想心里就憋气得很。

“尽快找到那个翻译的下落，挖地三尺也得把那个翻译找出来。”重案组的刘Sir揉了揉额头说道。

“刘 Sir，我们另外给他找一个翻译不好么，为什么非要找到王储的那个私人翻译，万一找不到怎么办？”一个女警不解地问道。

“都好几天了，你们还没吃透那个黑炭头的脾气啊，要是他那么好说话就好了，估计随便给他找一个翻译的话，他会有敌对情绪，沟通起来就更加困难……”

翻译的突然失踪让整个警署忙得鸡飞狗跳，大家纷纷想着对策，如何能够在阿拉伯国家王储那边过关，为此重案组的高级督察刘彦博不得不把 SDU 的现任负责人高远飞和 PTU 的教官郭军伟喊到一块商量对策。

一听到是这么件破事，高远飞立即出言推脱，说他们的任务就是反恐，没精力管这些闲事，直把刘彦博气得想砸桌子。

不过想想 SDU 人手本来就少，而且现在他们身上的担子也不轻，刘彦博也只能作罢。

“老郭，这件事你说怎么办？”刘彦博求助地看想郭军伟。现在所有的重担压在重案组、SDU 和 PTU 身上，SDU 明显是不想管这件破事了，所以刘彦博只有指望郭军伟能拿个好主意了。

“还能怎么办，凉拌呗，能拖尽量先拖着，我们赶紧去寻找那个失踪的翻译，实在瞒不住了，再给他找一个新的翻译。”郭军伟翻了翻白眼说道。郭军伟的话其实说了也是白说，这是没有办法的办法，不过除了这么办，大家也实在想不出更好的办法了。

“我们就是想拖，也得有人能跟他交流啊，不然以那个黑炭头的脾气，鬼知道要发生什么事情呢。”刘彦博突然想到了一个重要的问题，他不由出声问道。

听到刘彦博的话，郭军伟心里也有种抓狂的感觉，这么关键的一个时刻，居然还为这么点小事想破头，的确也够郁闷的，“你们西九龙总区就没有一个会阿拉伯语的？”

刘彦博摇了摇头，他自然明白郭军伟话中的意思，在阿拉伯国家王储个人翻译没找到的情况下，要是突然找了一个陌生人前去跟王储交流，肯定会引起对方的怀疑，而换成一个会阿拉伯语的警察跟他交流，效果则会好很多。只是，西九龙警署会英语和粤语的人很多，要是说阿拉伯语，是一个也找不出来啊。

“哥，你是不是有什么事瞒着我们啊?”张若娴瞪着一双美丽的大眼睛问道。

也难怪张若娴会有这么一个想法，这几天无论是上下班，张楚凌都会接送她，而且一再叮嘱她注意安全，有什么事情第一时间内给他电话，这还不算，张楚凌还跟张若娴的同事打成一片，跟他们搞好了关系，让他们多多照顾张若娴。

因为害怕机场发生的绑架案会带来负面影响，所以政府把消息封锁得很严密，事情的真相只限于任务参与人知道，普通市民根本就不清楚发生了如此重大的事情，所以张若娴自然会对张楚凌的行为作出胡乱的猜测。

“阿凌，要是有什么事情，你就说出来啊，别老一个人闷在心中。”在医院住了两天后，张父看到自己的腿也没什么人碍，他就待不住了，宁愿回家面对那些花花草草也不愿意闻医院那些刺鼻的药味儿。

看到儿子这几天一下班就老老实实地待在家里，连个应酬也没有，老人自然也有点担心，毕竟老人还指望张楚凌多跟女孩交往，给他带个媳妇回来呢。

张楚凌也是心里紧张家人的安全，所以每天都是下班就往家里跑，但是因为保密的关系，他又不能泄露事情的真相，所以唯有叮嘱家人没事少出去了，同时他还在家中安装了不少防御性设施。

“爸，你们也别胡思乱想了，其实什么事情都没有，我只是突然间觉得自己以前老是下班就往学校跑，跟你们相处的时间太少了，现在想多跟你们在一起而已。”张楚凌见全家人都眼神怪异地看着自己，他只能如此说道。

“没什么事就好，全家人生活得健健康康平平安安的就好啊。”张父听到儿子的话，心中却想起了失去的将军，他不由感慨道。

张父的话给了张楚凌很大的触动，同时也促使他下定了决心要尽快把

“血色咆哮”一行人抓获，只有那样才能拔出自己心中的那根刺，这段时间因为害怕“血色咆哮”的人找自己家人麻烦，张楚凌可没少操心。

只是以一个 PTU 的身份似乎办起事情来很不方便啊，自己是不是应该想办法到 SDU 或者重案组去客串一下？

张楚凌在想办法去重案组和 SDU 的时候，重案组和 SDU 也正在打他的主意，毕竟张楚凌在警校的表现可圈可点，而且他在机场的一系列表现更称得上是惊讶，试问在人手紧缺的情况下，这么一个优秀的人才谁不抢着要呢？

“……你们有谁会阿拉伯语？”简报会上，郭军伟在布置完当天的任务后，随口问道。

其实郭军伟对 PTU 队员也没抱多大信心，毕竟阿拉伯语不是热门外语，会的人并不多，一般人没事是不会钻研这门外语的，何况是眼前这些在职的巡警。

郭军伟的话一问完，底下鸦雀无声。

看到底下这个反应，郭军伟失望地摇了摇头，他说了一声解散，然后大家就开始了新一天的工作。

“郭 Sir，假如是缺少一个阿拉伯语翻译的话，我可以去试试。”大家各自散去后，张楚凌并没有立即离去，而是跟刘俊熙等人招呼了一声，然后就追上了郭军伟。

郭军伟正垂头丧气地准备给刘彦博回复呢，突然间听到有人说会阿拉伯语不由一愣，待他回头看到是张楚凌时，心里就更惊讶了，“阿凌，你刚才说什么，你会阿拉伯语？”

“嗯，我会一点。”迎向郭军伟疑惑的目光，张楚凌回答道。张楚凌对语言特别感兴趣，所以对几种语言他都认真钻研了一些。此时为了尽快抓获“血色咆哮”组织的成员，他也顾不得高调不高调了。

得到了肯定的答案，郭军伟先是高兴不已，可是很快他就皱了皱眉头，因为他想起了高远飞刚刚还跟他借人的事情，他觉得 SDU 更适合张楚凌的发展，可是此时阿拉伯王储那边也急需一名翻译啊。

“郭 Sir，有什么问题么?”张楚凌见郭军伟脸色犹疑，心里纳闷，刚才看他眼神焦虑的样子，应该是急着要一名翻译才对啊，怎么听说自己会阿拉伯语反而犹疑起来了。

其实郭军伟为什么要找一名阿拉伯语翻译的事情张楚凌已经知道了，这几天只要有什么风吹草动的，立即就会在人群中散播开来，对于王储的私人翻译失踪事件，张楚凌在简报会开始之前就通过小道消息获知了。

张楚凌之所以站出来说自己会阿拉伯语，就是为了接触阿拉伯国家王储，因为凶手的最终目标绝对是王储，至于被绑架的尹文明和周明强家人，凶手只是为了分散警力而已。只有跟在王储身边，才可能有跟凶手直接对决的机会。

“老郭，不好了，那个黑炭头闹翻了……”郭军伟正准备好好地跟张楚凌交流一下，想问他自己到底是愿意去 SDU 发展还是去重案组发展呢，刘彦博就急匆匆地跑了过来，看他气喘吁吁的样子，就知道事情闹得挺凶的。

刘彦博个子不是很高，也就 1 米 70 左右，身体微胖，但是人却显得很精干，用他自己的话来说就是浓缩的都是精华，在带领重案组的几年时间中，他的确用自己的能力证实了这句话的正确性。

“嗯，怎么了?”郭军伟还从来就没见到过刘彦博如此狼狈过，不由好奇不已。

“那个阿拉伯王储和他的专家团嚷嚷着要走呢，具体说些什么也听不明白，你们这边找到会阿拉伯语的人了没有，找到了就赶紧去救火吧。”刘彦博之所以如此着急，是因为现在非常时期，他们不得不保护阿拉伯王储的生命安全，要是换在平时，阿拉伯王储要走根本就不关他的事。现在的问题是，他明明知道这些恐怖组织就是来找王储复仇的，他还没办法让对方知道。

“刘 Sir，你运气好，我就把我们的 Best PC 借给你用了，你可得好好地照顾他啊。”郭军伟见刘彦博急成这个样子，知道现在不是跟张楚凌交流的时候，只有等他救完火再说了，于是把张楚凌往刘彦博面前一推，有

点不舍地叮嘱道。

“我要你们的 Best PC 干什么，我要的是会阿拉伯语的人啊……”当他的眼睛留意到郭军伟脸上得意的笑容时，他突然难以置信地指着张楚凌道：“难道张楚凌会阿拉伯语?”

见郭军伟点头肯定了自己的猜想，刘彦博二话不说拉着张楚凌就跑。他们赶到王储所在的房间时，正好看到王储不顾几个 PTU 成员的阻拦而一个劲地往门外闯，同时他嘴里大声嚷嚷着要回国。他身边的几个专家也大声地指责香港警方的无能，说连他们的保镖都没法保护好，现在又把他们的翻译给弄丢了。

不过很显然他的那些 PTU 队员们是没法听懂他们在说什么的，只是从他们脸上愤怒的表情知道他们很生气，所有的 PTU 和重案组成员都挤着一副笑脸，耐心地用中文或英文跟他们解释着。

见到阿拉伯王储和他的随行们自以为是的样子，而自己的同事们却满脸焦急和无奈的模样，张楚凌的心中不由有了一丝怒火。

他大步地走到阿拉伯王储面前，大声说：“狗屎，你们就是一群狗屎，香港因为你们的到来而惹来很多苍蝇，要是可以的话，我们宁愿把你们都扔到太平洋去，那样香港就会干净很多，也会清净很多……”

流利而响亮的阿拉伯语让正在吵闹的双方同时静了下来，大家都目瞪口呆地看着张楚凌。重案组和 PTU 感到惊讶的是，张楚凌怎么突然会说阿拉伯语了，而阿拉伯王储一行人惊讶的是，香港警方怎么突然间对他们的态度大变了。

张楚凌理直气壮的态度和恶毒的语言骂得阿拉伯王储一行人一时间都愣住了，他们都瞪大眼睛看着张楚凌，他们实在无法理解张楚凌为什么这样骂他，张楚凌在机场时漂亮的枪法和机智的头脑让在场的阿拉伯人都很欣赏他，阿拉伯王储更是因为张楚凌对他有着救命之恩而对他心有好感，可是就是这么一个大家都很有好感的人突然站出来用如此恶劣的语言骂他，让他们一时间不知道该如何反应才好。

“厉害，简直太厉害了。”虽然在场的重案组成员和 PTU 成员都不知道

张楚凌嘴中说的是什么，可是看看张楚凌神气的样子，再想想他们在这里窝囊了半天大气都不敢透一口，想不服气都不行啊。从张楚凌的口气和态度看得出他嘴里说的肯定不是什么好话，可是偏偏却让阿拉伯人无话可说，他们甚至不无恶意地想到，难道阿拉伯人就是喜欢受虐？

“这位阿 Sir，虽然你救了我的命，可是你也不可以这样辱骂我们……”阿拉伯王储在张楚凌凌厉眼神的逼视下有点心虚，看着张楚凌高大的身材和满脸凛然不可侵犯的神色，他没敢乱发脾气，而是在心里想好了措辞才开口道。

阿拉伯王储身边的一行人听到王储开口说话了，也附和着点了点头，鼻子里发出哼哼的声音，似乎在认同王储的说话。

“怎么，你们都以为我是在骂你们么，我说的是事实，注意，是事实！”张楚凌不屑地哼了一声，大声地斥责道，“你们这些人都见过在机场被我击毙的那名凶手么，你们看出他的身份了么，你们还记得几年前在贵国横行的‘血色咆哮’么……”

张楚凌的问题一个紧扣一个，声音一声盖过一声，偌大的房间里，顿时只听到他一个人在咆哮，而先前还嚣张跋扈的阿拉伯王储一行人却噤若寒蝉，只是两眼发直地瞪着张楚凌看。

刘彦博看了看越骂越激动的张楚凌，他心里忐忑不已：“老大，我是叫你来帮忙的，不是叫你来惹事的啊，要是骂出个三长两短，谁来承担这个责任啊。”

谁知道当他的眼睛看向郭军伟时，却发现他脸上没有一点担心的神色，反而满脸的微笑，刘彦博心里不由有点疑惑，难道张楚凌就真的这么大的本事，郭军伟对他一点都不怀疑？

听完张楚凌的斥责，阿拉伯王储面显迷惘神色，不过很快他身后就站出来一个人在他耳边轻语了一番，然后他的脸色变得震惊起来，过了好一会儿，他似乎确认了张楚凌话的真实性，诚恳地对张楚凌说道：“阿 Sir，我现在代表我们一行人对你及你的伙伴们道歉，请原谅我们先前的无礼……”

既然知道了凶手的确是因为自己一行人的到来而引来的，那么自己就没有任何理由怪罪香港警方，相反的，人家费心费力地保护自己，自己应该感激香港警方才对。在意识到了自己的错误后，阿拉伯王储很干脆地向张楚凌一行人道歉了。

阿拉伯王储的突然动作让很多重案组成员和PTU成员都摸不着头脑，他们并不知道张楚凌跟阿拉伯王储一行人到底说了什么，他们看到的只是张楚凌非常粗暴地骂了阿拉伯王储一番，然后对方就很恭敬地给自己等人鞠躬了，这也太不可思议了吧。

刘彦博更是瞪大着眼睛看着张楚凌，仿佛在看外星人一样，自己等人卑躬屈膝，受尽委屈，半天却没取得一点成效，人家过来趾高气扬，神气活现，三言两语地就把问题解决了，人比人简直气死人啊。

"老郭，你是不是早就料到会是这种情况了?"刘彦博看着旁边一直微笑的郭军伟，他凑近了问道，现在对于张楚凌的神奇，他算又多领教了一分。

其实对于张楚凌刚才的表现，郭军伟心中也捏了一把汗，只是他觉得张楚凌不是一个胡搅蛮缠的人，才始终没有阻止他的行为，此时见张楚凌瞬间取得如此成绩，他心中也是畅快不已，"刘Sir，我都说了张楚凌是我们PTU的Best PC，现在你相信了吧。"

看着郭军伟脸上洋洋得意的神色，刘彦博心里没有丝毫的不舒服，反而有点羡慕他，他眼珠一转，凑近郭军伟的耳朵说道："老郭，跟你商量件事，回头你跟张楚凌做做思想工作，让他来重案组帮忙一段时间好不好?"

"你说让张楚凌过来帮你当翻译么?"郭军伟假装没听懂刘彦博话中的意思，斜着一双老眼问道。

刘彦博望着郭军伟老奸巨猾的笑容，心里抽搐了一下，狠狠地咬牙道："晚上去'快乐时光'，我请客!"

郭军伟却不为所动："张楚凌会阿拉伯语，我也是才知道的，至于他愿不愿意做翻译，我得问过他才知道啊。"

听到郭军伟的话，刘彦博差点没吐血："这小子看来是不见兔子不撒鹰，嫌自己下的饵太小了。"心里这么想着，他开始往上加码，"德克胜豪华游轮七日游套票两张?"

郭军伟脸色一变，眼看他是心动了，可是很快他就平静了下来，"彦博啊，不是我不肯帮你说情，而是我不能替你说情啊。张楚凌的能力你也看到了，一个能力如此出众的人，又岂是他人所能左右的，高远飞其实也跟我说过让张楚凌过去帮忙的事情，当时就被我拒绝了。张楚凌愿意去哪个部门发展，得看他自己的选择。"

郭军伟和刘彦博说话的工夫，张楚凌已经跟阿拉伯王储一行人融洽地聊了起来。虽然现在阿拉伯王储是香港警方保护的对象，但是因为他所在的政府曾经跟凶手打过交道，所以对凶手资料的掌握却远远比香港政府要详细。从这个角度来看，阿拉伯王储一行人却能给香港警方提供很多帮助。

张楚凌适当地透露了部分事实真相，并强调了事情的严重性，把阿拉伯王储一行人跟香港政府绑在了同一条船上，让他们感觉只有全力配合香港政府和警方，才可能尽快捕获凶手，解除危机。

不得不说，张楚凌跟阿拉伯国家王储的谈话非常有成效，一方面，张楚凌和刘俊熙配合起来毕竟救过阿拉伯王储的命，让大家对他心存感激之情，阿拉伯王储一行人很容易接受他的谈话，要是换了另外一个人来跟他们谈，说不定他们就有抵触心理了；另一方面，张楚凌在机场里面神奇的表现他们也看在眼中，对于强者，所有的人都有一种自然的折服心理，张楚凌在他们的心中已经留下了强悍的形象，也让他们不知不觉地就跟随张楚凌的话去思考问题了。

大家虽然听不懂张楚凌跟阿拉伯王储一行人说的什么，但是看到阿拉伯王储一行人都满脸微笑地向张楚凌提着问题，而张楚凌也是从容不迫地应付着，他们就知道双方的谈话肯定进行得很愉悦。

过了大概一个小时，张楚凌终于跟阿拉伯王储一行人谈妥了，此时阿拉伯王储一行人情绪完全平静了下来，看到他们乖巧得如小猫咪一般钻进

了各自的房间，所有的PTU成员和重案组成员都松了一口气，同时感激地望向张楚凌，纷纷地表示了自己的感激和佩服。

张楚凌淡淡地笑了笑，却没有多说话，而是掏出自己身上的记事本，在上面写了起来，看到张楚凌认真记录的样子，大家都屏住了呼吸没敢打扰，他们也知道刚才张楚凌跟阿拉伯王储一行人聊了很多，既然这个时候赶着要记下来，肯定是非常重要的东西，要是因为自己的打扰而让对方分神少记录点什么，就有点承担不起那个责任了。

第十二章 人质危机

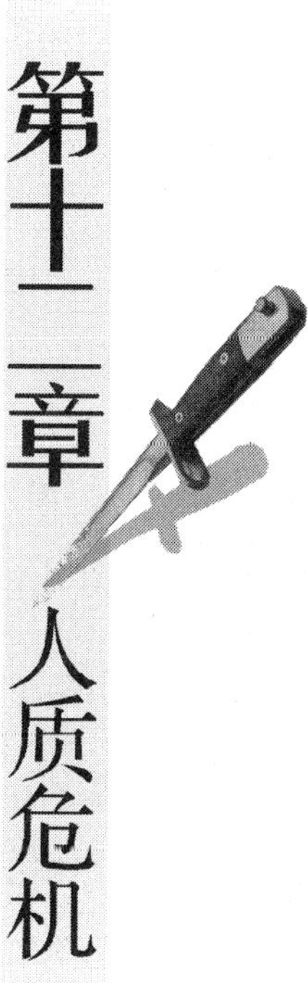

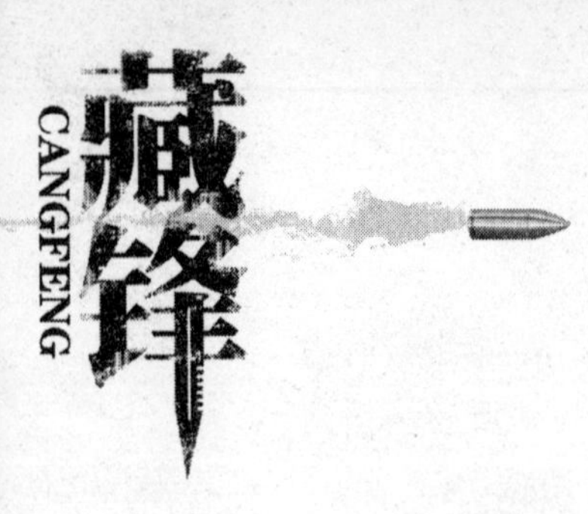

“刘Sir，这是我根据刚才阿拉伯王储一行人说的话整理出来的资料，可能会对破案有所帮助。”几分钟后，张楚凌把自己写好的东西撕下来递向刘彦博说道。

虽然一开始就猜想到张楚凌记录的东西很重要，那毕竟是一种猜测而已，此时听到张楚凌亲口说出来，大家都松了口气，刘彦博更是疑惑地接过张楚凌递过来的纸片。

刘彦博对张楚凌记录的东西期望值并不大，毕竟张楚凌刚才跟阿拉伯王储一行人的谈话很随意，而且互相之间也没有认真去问对方问题，这样又能整理出多少有用的资料出来呢，他甚至心里有点怀疑张楚凌有点夸夸其谈。

“这……”看完张楚凌记录的东西后，刘彦博一张嘴张得老大，激动得都快说不出话来了，脸上的神色也由原来的怀疑变成了现在的惊喜。张楚凌记录的东西对捕获凶手的帮助实在太大了，这是他现在最需要而没法拿到的资料啊。

“怎么了?”看到张楚凌的一张小纸片就能把一向稳重的刘彦博激动成这个样子，郭军伟内心也有点好奇，他一边问刘彦博就一边接过了他手中的纸片。其实他也跟刘彦博抱着同样的心里，不认为张楚凌能写出什么重要的东西出来。

可是当看完纸片记录的内容后，他脸上的神色立即凝固了，认真地思索了一会儿，郭军伟眼神怪异地看了张楚凌一眼，立即兴奋地掏出了手机。

“喂，高远飞啊，你立即过来一趟，我这边有点重要的东西给你看……务必过来……没有这个东西你想抓获凶手千难万难。”郭军伟打电话的声音几乎是喊出来的，因为电话的声音很大，所以他跟高远飞的谈话内容大家基本上都可以听到，即使没听到的，也可以猜出个八九不离十。

从郭军伟和高远飞的电话听得出来，高远飞那边似乎很忙，不怎么想过来，不过在听到郭军伟说跟抓获凶手有关时，他就立即挂了电话开始往这边赶。

合上电话，郭军伟重重地朝空中挥了一下拳头，才激动地拍了拍张楚凌的肩膀：“阿凌，不错，你表现得非常不错，这一次你要立大功了。”

刘彦博疑惑地看着郭军伟，这死老头什么时候这么大方了，以前可难得听到他夸奖人啊，不过想了想张楚凌纸片上的内容，他很聪明地没有开口，其实他也很想夸奖张楚凌，只是人家跟他不是同一个警种的，而且彼此之间又不熟，他连夸奖的资格都没有。

刘彦博叫重案组的人都回到原来的位置隐蔽好，做好自己的防护工作。郭军伟也趁这个功夫对PTU成员进行了一番安排，要求大家加紧巡逻，严密防范陌生面孔的出现。既然阿拉伯王储一行人不再闹事，就没必要大家都聚在一块给凶手可乘之机了。

“老郭，什么事啊，你急急忙忙地把我给叫过来。”简报室中，高远飞一进门就着急地问道，“我们那边忙得晕头转向呢，找遍了半个香港也没找到尹文明和周明强的家人被绑架在什么地方。”

“高Sir，你还是那么急性子啊，先把救人的工作放到一边，我先给你看一样东西。”郭军伟似乎没看到高远飞的急躁一般，不慌不忙地拿出了张楚凌写的那张纸片，慢吞吞地递给了高远飞。

虽然心里着急，但是自己是郭军伟教导出来的学生，所以高远飞也没敢对郭军伟的行为表示出什么不满，在接过纸片后，他开始还是不以为然地扫了一眼，可是很快他的眼睛就瞪大了，脸上的神色也变得激动起来。

“这纸片上记录的东西是真的么，这些资料是从哪里来的，可靠不?”看完整张纸片的东西后，高远飞激动地抓住了郭军伟的手问道。

也难怪高远飞会如此激动了，在张楚凌的这张小纸片上，记录了“血色咆哮”组织里每一个成员的相貌特征和习惯，以及他们擅长的领域，同时对于这个组织成员的一些特殊嗜好也列了出来，要知道当年阿拉伯政府

为了彻底剿灭这个恐怖组织，可没有少下功夫，所以张楚凌记录的这份资料自然弥足珍贵了，至少以香港警方的力量一时半会地是别想查得出来，更别说弄得这么细致。

郭军伟看到高远飞如此紧张，他跟刘彦博相视而笑，然后才不紧不慢地问道："你现在说是你的救人工作重要，还是过来这里重要?"

"哎呀，郭 Sir，你就别玩我了，救人是重要，这个更重要行了吧，下次你叫我往东，我绝对不敢往西。"高远飞知道自己开始接电话时怠慢了郭军伟，惹得对方心里不舒服了，此时有求于人，他不得不低声下气。

"呵呵，这些资料可靠不可靠，我可说不准，你问问他就知道了。"郭军伟知道高远飞的急躁脾气，见他的脾气被自己撩拨得差不多了，就把张楚凌给推了出来。

对于张楚凌，高远飞还是认识的，毕竟张楚凌在机场里的表现实在太炫目了，此时见郭军伟把张楚凌拉了出来，他疑惑地看着张楚凌，却不知道该如何开口，心里暗骂老郭不厚道，都这个时候了还整他。

张楚凌见高远飞欲说还休的样子，知道了他的尴尬，微笑着出声道："这些东西是我跟阿拉伯王储一行人交流而整理出来的东西，只要他们没有撒谎，资料上的东西就绝对可靠。"

"阿拉伯国家王储？交流，难道你还会阿拉伯语么?"高远飞脱口而出道，很快他就意识到了自己的错误，因为张楚凌装着没听到他的话，而刘彦博和郭军伟却笑出了声。

高远飞不由尴尬地搔了搔头，朝张楚凌笑了笑，然后又狠狠地瞪了一眼刘彦博。

高远飞憨厚的表现让大家同时忍不住大声笑了起来。

"假如这份资料是真的话，那简直是太好了，这一次凶手行动的策划这么缜密，应该是'血色咆哮'组织里的豹猫干的，也唯有他才能有这个本事，既然他有着出海的习惯，而且喜欢把人质放在船舱里面，那么也就可以解释为什么我们找了整整三天却没法找到那个狭小空间的原因了。现在看来，对方十有八九是把人质放在船舱里面，只是，香港周围水域这么广，我们又该如何去寻找呢?"高远飞疑惑道。

高远飞的话让郭军伟和刘彦博陷入了沉思，的确，香港本来就是一个

小岛，周边几乎到处都是水，有水的地方就可以有船，对方又会藏在什么地方呢？虽然说有了这份资料搜捕有了一个大概的方向，搜捕范围也缩小了很多，但是人质一天没被救出来，他们就一直不能掉以轻心啊。

“其实事情并没有你想象得那么复杂，不知道你认真研究了凶手给我们‘带来’的光盘没有，虽然那个光盘里面的背景和声音都经过处理了，可是有些东西他们却忽视了，而这些东西却恰好可以帮助我们确认人质所在的具体位置！”张楚凌见屋里陷入了沉默，他缓慢地出声道。

正在沉思的郭军伟等三人听到张楚凌的话，猛然抬起头，双眼射出精芒，同时出声道：“你真的根据光盘内容可以找出人质所在位置？”

虽然他们说话的语句有点出入，可是表达的意思却完全一致。也难怪他们如此激动，光盘的内容他们都看过，不光在机场时大家一起看了一遍，就是事后他们还研究了很多遍，可是由于里面太多的东西经过处理，无法从里面找出真正有用的东西出来。

“可以说说你们先前是怎么样的一个行动思路么？”张楚凌并没有急于发表意见，而是询问的眼光看向了在场的三人。

“这……”高远飞心里有点犯嘀咕，毕竟张楚凌的身份还没到一定层面，有些东西是不方便向他透露的，他为难地看向郭军伟，张楚凌现在算得上是郭军伟的人，郭军伟的意见很重要。

对于高远飞的犹豫，张楚凌并没有表现出什么不满，而是微笑着等待他们的答复。

郭军伟和刘彦博互相看了一眼，几乎是同时点了点头，高远飞见状也没有再犹豫什么，而是把光盘重新开始播放，并在关键的时刻暂停画面进行解说。

“我们开始时没法确定这个狭小的空间到底是什么东西，所以只能判断他们所在的大概方向进而搜寻。”高远飞指着一个暂停的画面说道，“你看这个老人手上有一块劳力士手表，上面显示的时间是傍晚五点左右，而从这个狭小空间缝隙里透进来的阳光可以看出此时太阳是西斜照射进来的，我们判断出人质的方向应该是在港岛的东边，所以这三天我们一直在搜索港岛东部的仓库、集装箱等可能藏人的狭小空间……”

听着高远飞的叙说，张楚凌点了下头，这一幕落在郭军伟和刘彦博的

眼中，给他们一种很怪异的感觉，好像张楚凌是一个上级，而自己三个人则是在跟他汇报工作一样，可是想了想在进入PTU受训之前他不过是深水埗警署一个毫无名气的小巡警而已，他们又把内心这种荒谬的感觉驱除出去了。

高远飞很快就把自己的行动思路和判断依据说完了，然后两眼瞪着张楚凌看，想看他是否能提出一些新的看法。就如他自己所说的那般——从光盘里的内容确认出人质的具体位置。

此时不光是高远飞瞪着张楚凌看，郭军伟和刘彦博也是满脸希冀地看着张楚凌，毕竟张楚凌已经给了他们太多的惊喜了，即使再多一个他们也不会觉得奇怪。

"你们的搜捕方向从一开始就可能错了，这样搜下去你们把港岛东部掘地三尺也不一定能够找到人质。"张楚凌果断地说道，"你们的判断方法没错，问题是你们判断的前提是凶手故意留给你们的，这样又怎么可能有正确的判断结果呢?"

张楚凌的话让高远飞有一种想揍人的冲动，毕竟任何人都不喜欢自己被人否认，而且还是一个身份不如自己的人，在他憋红着一张脸正准备斥责张楚凌时，他感觉到自己的胳膊被刘彦博拉了拉，同时张楚凌的后半句话也适时地飘入了他的耳朵，让他停止了自己的冲动。

"我们的判断依据错了，这怎么可能?"郭军伟开口问道，这也是刘彦博和高远飞想问的问题。

张楚凌笑了笑，把画面定格在老人的身上："首先不说从缝隙里照射进来的那丝光线到底是不是太阳光，现在假设从缝隙里照射到这个空间里的光线是太阳光吧，那老人手上的时间你就能肯定是准确的?"

张楚凌的提问让三个人呆若木鸡，他们同时愣在了那里，感觉心里一阵苦涩。

其实张楚凌提出来的问题他们不是想不到，而是不敢去想，本来这一次凶手就来得诡异，他们不求财、不求物，要的是报复阿拉伯王储，所以除了从这张光盘上可能找出一点蛛丝马迹外，他们实在没有其他的办法找出凶手了。在看完了多遍光盘后，他们好不容易发现这两个极有可能判断出人质所在的线索，他们自然在激动的情况下就做出了判断，根本就没有

去思考这两个线索的真假了。此时张楚凌指出了这两个线索存在的巨大弊端，即使他们反应再迟钝也知道自己可能被对方给玩了。

想到警方这几天因为这个错误的判断而投入了巨大的人力物力，而凶手却可能躲在一边看戏偷笑，郭军伟三人大受打击，脸上都有种挫败的感觉。

“砰”的一声巨响，高远飞重重地一拳砸在了桌子上，殷红的血迹从他的拳头渗出，他似乎浑然没有感觉到一点疼痛，面对高远飞激动的情绪，刘彦博动了动嘴巴，却没有说什么，他此时心里又何尝好受。

唯有郭军伟心理素质过关一点，他只是深深地吸了一口气，然后才开口问道：“阿凌，我记得你刚说你能够确认人质所在的位置的，是真的么?”

郭军伟目光灼灼地瞪着张楚凌，谁都可以看得出他眼中的熊熊怒火，这一次，豹猫是真的把香港警方惹怒了。

看到郭军伟三个人如此激动，张楚凌有点过意不去，毕竟他要是早点说出自己的想法的话，情况不至于如此恶劣，但是想了想自己的身份，他也就作罢。

迎向郭军伟炙热的目光，张楚凌点了点头，他把光盘重新播放了一遍，并定格在一个画面。

“你们听，这是什么声音?”张楚凌问道，说完他又重新播放了两遍。

“就听到噪音了啊，一听就知道是凶手为了干扰我们的听觉而故意弄出来的声音。”高远飞不知道张楚凌为什么对这段噪音感兴趣，他认真地听完两遍后不以为然地说道。

郭军伟和刘彦博却没有急于回答，而是皱了皱眉头，既然张楚凌故意把这段噪音播放了两遍，肯定是他从中发现了什么线索，但是他们却也没听出什么异常。

“我知道这是噪音，可是他们为什么要弄这么一段噪音出来呢，这只有一个可能，他们身边并没有够专业的工具，不能把原本的背景声音很好地去掉，所以就弄出了这么段噪音出来，而这段噪音的用途就是为了掩盖真正的背景声音。”张楚凌缓缓地说道。

张楚凌说完这句话又把那段噪音播放了一遍，郭军伟三个人在听到张

楚凌的解释后，他们心中有了豁然开朗的感觉，所以再次听的时候，刻意地躲过了噪音，而去听噪音背后的声音。

这个道理其实再简单不过。就像一个人在舞厅里跳舞，不懂跳舞的人一般只会去欣赏歌曲的好听与否，而很少去留意到“啪啪”的节奏声，而刚学跳舞的人却会想方设法地去捕捉那“啪啪”的节奏声，至于歌曲的好听与否他们反而忽略了。

张楚凌之所以能够从噪声中听出很多不同的东西出来，就是因为他对声音特别敏感。而郭军伟三个人就不一样了，他们的耳朵有了一种惯性，分辨能力也低，自然而然地就把噪音背后的声音忽略掉了。

“我好像听到了鞭炮声……”

“我好像听到了锣鼓声……”

“我好像听到了歌舞声……”

因为有张楚凌在一边，而且他看起来好像知道答案的样子，郭军伟三个人心中也就没了什么心理负担，而是随意地说出了自己可能听到的声音。当他们听到彼此说的居然不一样时，不由有点尴尬，难道自己听错了？他们每个人的心中不由都有了这么一种想法。

听到他们的回答，张楚凌微笑着点了点头，郭军伟三人的表情他也看在眼中：“你们三个人都没有听错，这段噪音的确就是为了掩盖鞭炮声、锣鼓声和歌舞声而弄出来的，既然有了这几种声音，还愁找不出人质所在的地方么？”

张楚凌自信满满的话语让郭军伟三人一怔，很快他们脸上就露出了恍然大悟的神色，异口同声地说道：“縻城商厦！

要说香港这几天最热闹最喜庆的地方是哪里，大家都会回答是荃湾的縻城商厦。縻城商厦在一周前开业，自开业的那天起，商厦就鞭炮声不断，商厦同时还请了一个乐队在那里从早到晚演奏个不停。

虽然张楚凌没有说出是什么地方，但是郭军伟三个人却是心中了然。他们不由暗暗佩服张楚凌的细心，要不是张楚凌从噪音中听出了那么多东西来，估计他们现在还在做无用功，同时他们对于凶手的智慧也是心服口服，那么多偏僻的地方他们不选择，非要选择那么热闹的地方藏匿一群人质，还真是越危险的地方越安全啊，那里人来人往的，谁也不会怀疑会有

一大群人质藏在那里的。

想了想张楚凌刚开始听完自己话时下的结论，高远飞现在是一点脾气都没有了，人质被藏在港岛西部，自己等人在港岛东部搜索了三天，还真就是掘地三尺都不可能找出人质啊，想到这里，他激动地握住了张楚凌的手："张楚凌，我代表十几号飞虎队的同事感谢你了，要不是你，我们不知道还要承受多大的压力，做多少无用功呢。"

"高 Sir 太客气了，虽然我们现在知道了人质所在的位置，但是那附近船舶不少，查找起来也有一定困难的，而且这个光盘是凶手几天前刻录的了，他们现在也有可能转移地方的。能不能找到人还是一回事啊。"张楚凌的一双手被高远飞握得隐隐生痛，不由暗叹飞虎队的人力气之大，嘴中不是很乐观地回答道。

张楚凌的话让三个人刚刚兴奋的心情冷静下来不少，毕竟张楚凌说的这种情况完全可能出现，不过他们还是很快地平静了心境。

"话虽然这么说，但我们总算是有了一个方向，而且你提供的资料上面不是写得很清楚么，那个豹猫是个非常自负的人，他又怎么可能随便就更换地方呢。所以我建议接下来的搜捕行动不宜过于张扬，而应该神不知鬼不觉地接近那些船舶，最好是以一种合理的身份，不会引起对方的怀疑……"刘彦博出声道，此时张楚凌提供的线索已经是他们唯一的一丝线索了，无论对方有没有转移人质，都应该全力以赴的。

听到刘彦博的话，高远飞和郭军伟同时点了点头。既然有了这么一条线索，自然得全力去搜寻一下，即使对方真的转移了人质也得搜寻完了才知道，说不定就找到人质了呢。要知道人质一天没有被救出来，香港警方身上的重担就一天不能放松。

"张楚凌，我现在郑重邀请你加入 SDU，不知道你愿意不？"高远飞此时看向张楚凌的眼睛已经没有了开始时的怀疑，而是像看到稀世珍宝一般，舍不得离开了。

刘彦博见高远飞居然这么快就下了手，有点后悔自己太爱面子，没有及早当着张楚凌的面提出这个邀请，此时见高远飞率先提出了邀请，他有点紧张地看着张楚凌，生怕他就此答应了高远飞。

让刘彦博松了一口气的是，张楚凌并没有立即回答，而是微笑不语。

“张楚凌，我邀请你加入重案组，以你的才能，只有重案组才可以给你足够的施展空间啊，去SDU会很沉闷的，一年到头难得碰到几个重大事件。”见自己也有机会，刘彦博连忙出声道，此时他也顾不得面子不面子的了，二十一世纪什么最重要？人才啊。跟张楚凌接触以来，张楚凌表现出来的各方面素质无不表示他是一个高素质的警察，依他看来，张楚凌升职只是早晚的问题，不可能一直埋没在深水埗警署里当一个小小的巡警。

“刘彦博，你什么意思啊，哪有你这样挖人墙脚的？”听到刘彦博说SDU的不好，高远飞心里不舒服了，他生怕张楚凌听了刘彦博的劝就此加入重案组，急忙出声道，“重案组有SDU的条件好么，在SDU可是每天都能接受到身体极限的训练，实力会火箭般地上升，重案组每天跑来跑去的事情那么繁琐，整个就一劳碌命啊……”

刘彦博听到高远飞编排重案组的不是，他也着急了，连忙数落SDU的枯燥和无聊，而脾气急躁的高远飞自然也还以颜色，就这样，两个人你一言我一语的，互相攻击编排对方的不是，争得面红耳赤的，完全忘记了决定权是在张楚凌的手中，而张楚凌这个当事人还没有表态。

“你们这样吵来吵去的像什么话啊，哪有一点长官的样子，这不是存心让人看笑话么？”见两个人吵得实在不像话，郭军伟终于看不过去了，重重地咳嗽了一声，大声劝阻道。

刘彦博和高远飞闻言一愣，这才意识到还有外人在场，见张楚凌正笑吟吟地看着他们，他们赧然地笑了笑，人家还没到自己部门来呢，就闹出了这么大的笑话，这不是在落自己的面子么，以后张楚凌真的到了自己部门，自己在张楚凌面前还有什么形象可言？

不过张楚凌也没有打算为难他们，而是笑着摇了摇头：“我觉得现在不是谈我换警种的时候吧，长官！不过这件案子，我想一直跟下去，你们允许么？”

听到张楚凌的回答，高远飞和刘彦博心里都是一阵失落，不过张楚凌没有加入对方所在的部门，他们心里也算是找到了一点平衡。

“你愿意跟进这个案子，他们求之不得呢，怎么可能不愿意。阿凌，对于这起案子，你有什么自己的看法没有？”郭军伟的话让高远飞和刘彦博精神一振，他们也顾不得失落了，眼神同时集中在了张楚凌的身上，张

楚凌此时对于“血色咆哮”心中也有着深深的忌惮，虽然自己不惧豹猫等人，但是自己也不可能时时地保护在家人身边啊，万一他们把主意打到了家人身上，事情就麻烦了。所以郭军伟的问题正好问到张楚凌的心坎上，他赶紧说出了自己的意见：

“首先有一点我们必须要明确：凶手这一次的目标是阿拉伯王储。无论他干什么坏事，那只是他们的烟幕弹而已，都是为了吸引警方的注意力，分散警力，他们的最终目的还是为了阿拉伯王储。明白了这一点，我们接下来的行动就好办了。首先，我们的第一要务就是保护好阿拉伯王储，在他身边设下重重陷阱，凶手不出现就罢了，他们一出现，务必做到让他们有来无回；其次，我们必须尽快救出人质，不然我们永远都处于被动，而且万一这事情泄露出去了，会引起市民慌乱；最后，让各地警署加紧巡逻，把豹猫和血虎的头像都张贴出来，发出通缉令，给他们的生活造成困扰，让他们无所遁形……”

张楚凌的话说完后，简报室里陷入了短暂的沉默。

“怎么了，我的建议有什么不妥么?”见三人都脸色怪异地瞪着自己看，张楚凌疑惑地问道。

“没……没有的事，你的建议很好。”刘彦博被问得一窘，连忙说道，“高远飞，解救人质是你们SDU的事情，救人如救火，你们就赶紧行动啊，一定要谨慎，千万别把事情办砸了。”

高远飞也知道时间的紧迫性，毕竟时间过去了那么久，即使凶手不对人质做点什么，人质的心理折磨也受够了啊，他很干脆地拍了拍胸脯，“要是我把这件事办砸了，以后就不在香港混了。”

“嗯，赶紧去吧，光拍胸脯是没用的。王储这边就交给我们重案组和PTU了，我敢保证蚊子都不让飞进来一只。”刘彦博推了推高远飞的肩膀说道。

看到高远飞和刘彦博现在干劲十足，郭军伟笑了笑，他知道这两个小子也是被张楚凌给刺激了，以前怎么可能会说这些场面话呢，这完全是死要面子啊。

“阿凌，你开完简报会后去哪儿了啊，怎么老半天没见出来?”刘俊熙关心地问道，刘俊熙是巡逻小队的队长，同时又跟张楚凌是好友，所以对

张楚凌的一举一动，他都很注意。

因为张楚凌现在还没有正式借调出去，郭军伟也没有宣布他新的任务，所以在跟郭军伟等人告别之后，张楚凌依然回到了自己的巡逻小队。

“刚刚有点事情，所以耽搁了点时间，让大家担心了。”张楚凌笑了笑说道，却并没有说出自己去找郭军伟的事情，有些事情别人知道了就知道了，没必要自己献出来，那样就挺没劲的，人家会觉得你是在炫耀。

“呵呵，我还以为阿凌会阿拉伯语，去找郭 Sir 报名去了呢。”李斌闻言哈哈笑道。

张楚凌闻言一怔，正想承认时，刘俊熙却哈哈大笑道：“阿凌从来就没出过国，怎么可能会阿拉伯语呢，要是他会阿拉伯语，我就能泡到阿拉伯妞了……”

刘俊熙又搔了搔脑袋说：“阿凌，你的那个脑后甩枪爆头动作还真够帅气的啊，直接就把疯狗爆头了，当时把我看得眼都直了。唐勇一个劲地说不可能呢……”

“是啊，阿凌，你当时是怎么做到的，怎么脑后甩枪还能爆头呢，你是早就发现了凶手隐藏的位置么?”李斌对张楚凌那惊艳的一枪也是记忆犹新，此时见刘俊熙提了起来，也忍不住问道。

一直低头闷闷不语的唐勇闻言也抬起了头，一双眼睛直直地看向张楚凌，张楚凌在机场开的那一枪有如羚羊挂角，妙若巅峰，根本就不是自己所能比拟的。

晚上回去后，他想起了自己跟张楚凌比试枪法时，对方表现得不卑不亢的样子，根本就没有一点怯场的意思，而且在演习中张楚凌那力挽狂澜的一枪也起了关键的作用。唐勇越是回忆越是觉得不对劲，他总觉得张楚凌的枪法好像比自己强了太多，可是却无法解释这种感觉从何而来。

张楚凌看了看刘俊熙三个人，他很快就留意到了唐勇的眼神有点不对，直觉告诉张楚凌，唐勇是遇到心魔了，要是没有解决这个问题，他的枪法可能就此陷入瓶颈，永远都不可能前进，而且还存在倒退的可能。跟唐勇相处了这么一段时间，他觉得唐勇虽然有时为人粗了一点，人却老实，完全可以一交，所以他动了帮唐勇的念头。

“嗯，李斌说得对，其实在疯狗开枪爆周明强的右腿时，我就隐约判

断出了他的大概方向，但是为了不打草惊蛇，我没有回头看，而是借助机场里的光滑金属反光观看疯狗的行迹，在他再次露面时，我就完全锁定了他的位置，而疯狗可能不觉得有人会发现他，大意了一点，所以他才会被我给爆了头。”张楚凌毫无隐瞒地讲述了自己脑后甩枪爆头的秘密。

听完张楚凌的叙说，刘俊熙和李斌同时“哦”了一声，唐勇则露出了思索的神色，他脸上的表情开始变得丰富起来，很快，他的脸上就露出了开心的笑容，似乎解开了心结一般，他满脸感激地看着张楚凌，嘴巴却笨拙得不知道说什么好，直到张楚凌朝他微笑着点了点头，他才羞赧地摸了摸自己的后脑勺。

有些事情在不知道真相之前大家都会觉得很神秘，就像玩魔术一般，大多数人看了都会觉得魔术师很神奇，魔术师把诀窍说了出来以后，大家就会觉得不过如此，从而对这件事情失去了兴趣。

张楚凌的脑后甩枪爆头就是这个道理，在不知道他借助了金属反光观察凶手行迹时，刘俊熙三人都觉得他的那一枪有如神来之枪，实在不可思议，可是在听了张楚凌的解释后，他们觉得自己似乎也可以轻易办到。

“阿凌，听你这么一解释，表面上似乎我们都能做到脑后甩枪爆头，可是为什么当时机场大厅那么多人，却唯独你做到这一点了呢，这就是我们跟你的差距啊。”李斌是一个善于思考的人，所以他并没有简单地自以为是，而是提出了自己的见解。

张楚凌讶异地看了李斌一眼，没想到他看问题会这么透彻，其实这关系到一个心境平和以及对大局的把握问题，换了任何一个人在那种情况下，怎么可能做到跟自己一样心如止水般地冷静呢?

不过张楚凌却没有接李斌的话茬，有些东西是需要悟性的。假如李斌的话真的点醒了刘俊熙和唐勇的话，那他们的收获就大了。

李斌的话让刘俊熙和唐勇陷入了沉思，他们发现李斌说得太对了，在那种情况下，自己根本不可能注意到金属反光面上凶手的行迹，在精神高度紧张的情况下，更不可能开出那么高水准的一枪，想到这里，他们似乎领悟了点什么，满脸佩服地看了张楚凌一眼，却没有说什么。

虽然这个小队名义上是刘俊熙当小队长，实际上大家却是以张楚凌为中心，四个人一条心比什么都团结，这也是为什么在机场大厅时张楚凌仅

仅使了一个眼色，唐勇就能连着两次配合他开枪，而刘俊熙也能及时地救出被尹文明挟持的阿拉伯王储。

“笃笃”的脚步声清脆地在地上响起，四个人步伐一致，只是他们都低着头看着路面，却一个都没有吭声，整齐的装束和统一的动作，给街道增添了一道漂亮的风景，吸引了无数路人注意。

巡警虽然是最低级的警种，却也是数量最多的警种，而且是跟普通市民接触最多的警种，在普通市民的心中，巡警就是他们的保护神，在发生什么事情时，他们总是第一时间赶到的，只要看到巡警，他们心中就会很有安全感。

“大家快过来看，这是什么东西？”在路过一个垃圾堆时，李斌突然顿住了脚步，大声叫道，听得出他的声音有点颤抖，而且脸色也不怎么好看。

张楚凌几个人顺着李斌手指的方向看去，只看到一个塑料袋中露出半截血迹斑斑的东西，那东西有肉、还有骨头，给人一种毛骨悚然的感觉，同时也让人看了觉得恶心。

看到几个队友一副想要呕吐的样子，张楚凌皱了皱眉头，他靠近了那个塑料袋，弯腰捡了起来，当他打开看着塑料袋看清里面的东西时，他的心也不受抑制地狂跳起来，同时有了呕吐的感觉。

因为塑料袋里面赫然是一条断手臂，而且是一个小孩的断手臂，手臂连着的五指骨头全都粉碎，血肉模糊的样子实在让人没法看下去。

提着那小孩的断手臂，张楚凌发现自己的手都有点颤抖，要是换了另外的任何一个人，估计早就抓不住这个塑料袋了。他掏出腰间的呼叫器：“999 中心，PC31465 及其队友在南昌街垃圾站附近发现一条断手臂，请求支援。”

张楚凌看到断手臂觉得恶心，却绝非因为害怕，而是被凶手的残忍所震慑了，他实在想不到谁会对一个小孩子忍心下如此毒手。他知道不能破坏现场，于是重新把塑料袋放回原处，并小心翼翼地还原成自己刚开始看到的样子。

重案组的人来得很快，因为刘彦博等人跟郭军伟在保护阿拉伯王储的安全，这一次重案组来的都是一些陌生面孔。

“刚才我们接到中心的呼叫，说这里发现了一条断胳膊，请问是你们发现的么?”其中一个短发女孩趾高气扬地问道，张楚凌对这个女孩隐隐有点印象，好像上次自己跟田妮制服群匪时就是她和一些重案组其他人过来支援的，她似乎跟田妮关系还不错的样子，不过很看不起自己。

见到这个女孩骄傲的就像公鸡一般高扬着头，张楚凌心里没来由地一阵不舒服，他指了指垃圾堆旁边的塑料袋，淡淡地说道：“断胳膊就在那里了。”

女孩见到张楚凌的态度不由一怔，什么时候军装警也变得这么神气了，她也没说什么，而是顺着张楚凌手指的方向看了过去，鼻子里轻哼一声，人就靠近了垃圾堆，嘴里同时出声道：“什么断手臂啊，口袋都没打开就乱说，不会是报假警吧?”

看着女孩快步走近垃圾堆并拿起塑料袋，刘俊熙三人也一声不吭，毕竟女孩刚来时看向他们的眼神实在让他们有点无法忍受，他们也想看看那个女孩胆子到底大到什么地步，会不会像他们一样恶心得想吐。

“啊……”的一声尖叫，只见那个短发女警此时双颊惨白，蹲在地上大吐起来，眼泪就像断了线的珍珠一般纷纷地往地下掉。

此时重案组的另外几个人也把塑料袋里面的东西看清楚了，他们也都脸色很难看，却并没有呕吐，其中有两个更是把断手臂拿在手中翻来覆去地看，似乎在研究什么一般。张楚凌知道那两个人肯定是法医，成天跟尸体打交道，估计断胳膊在他们的眼中跟任何别的物体没什么两样。

在重案组拿着断胳膊走了不久，张楚凌就被郭军伟叫了回去。

简报室中，高远飞满脸颓丧地坐在椅子上，见到张楚凌进来，他的眼皮只是抬了一下，却没有说话。

看到高远飞这个模样，张楚凌知道十有八九是解救人质的行动失败了，“凶手在船上有没有留下什么?”张楚凌出声问道。

高远飞讶异地看了张楚凌一眼：“你怎么知道我没解救出人质，而且凶手一定会在船上留下东西的?”

“你那垂头丧气的样子好像要告诉全世界你的行动失败了一般，难道我能看不出来，至于凶手为什么要在船上留下东西就更简单了，因为凶手并不想跟我们直接接触，那样可能会暴露出他们的一些行迹，但是他们又

不得不跟我们交流，所以在船上留下东西的可能性就大了。”迎向高远飞疑惑的目光，张楚凌解释道。

听完张楚凌的分析，高远飞点了点头：“你说对了，凶手说给我们警方送来了一样礼物，同时警告我们警方不要多管闲事，尽快把阿拉伯王储交出去，不然他们就每天送我们警方一样礼物，哦，对了，他们的礼物你应该见过了吧？”高远飞在说完话后，才突然想起来张楚凌是在巡逻的时候被叫回来的，不由问道。

“不会就是那个小孩的断胳膊吧？”张楚凌的眼角一跳，犹豫着问道。

高远飞点了点头，情绪变得异常低落：“那只是一个小孩啊，他们怎么就忍心下如此毒手，小俊那么乖巧的一个孩子，经历了这件事情以后，他以后的生活怎么办啊？”高远飞说着说着流下了眼泪。

也难怪他会如此激动，他本来就跟尹文明交好，尹文明的小孩他特别喜欢，他是看着尹文明的小孩长大的，所以在看到那条断胳膊的第一眼，他就认出了胳膊的主人。

男人有泪不轻弹，只因未到伤心处。看到高远飞流泪的样子，张楚凌并没有劝阻，刚进简报室时他看到高远飞好像经受不住打击，还有点瞧不起他，觉得这人心理素质太差，心理承受能力不行，可是在了解高远飞之所以这么痛苦和颓废是因为小孩的事情后，张楚凌理解了他。

“我们立即行动吧，在天黑前一定抓到凶手！”张楚凌想起了塑料袋里面那娇嫩而惨不忍睹的胳膊，再看到眼前情深义重的高远飞，他下定决心要把凶手绳之以法。

第十二章 血色咆哮

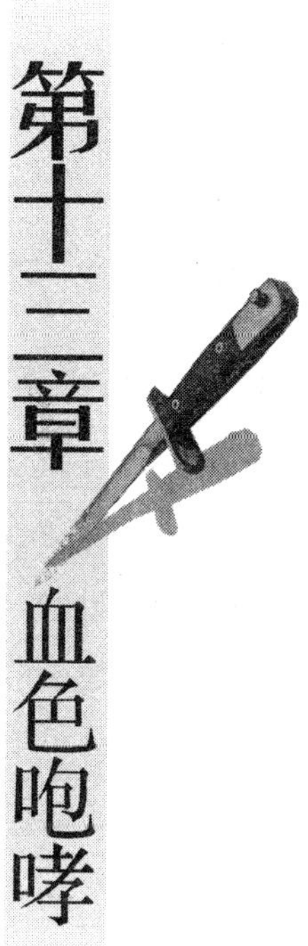

“天黑之前抓到凶手?”听到张楚凌的话，高远飞猛地抬头，瞪大了一双眼睛看着张楚凌，天黑之前抓到凶手，怎么可能?

“阿凌，你说天黑前可以抓到凶手是真的么?”虽然郭军伟一直对张楚凌看得很高，此时他也不相信张楚凌的话，SDU都忙碌了三天也没能抓到凶手，张楚凌凭什么打包票说自己可以在天黑前抓到凶手，郭军伟把这句话当成是张楚凌是在安慰高远飞了，不过当他看到张楚凌脸上坚定的神色时，他还是忍不住问了一声。

张楚凌点了点头：“凶手比想象中的更加狡猾，依我估计，他们来香港的时日不短，应该做了很多布置，狡兔还有三窟呢，更别说一向以诡计闻名的豹猫了。所以我们想找到他们，难度非常大。”

“那你还说天黑前能够抓到凶手?”听到张楚凌的分析，郭军伟觉得情况比想象中的还严重，他没好气地叱责道，自己都说找凶手的难度非常大了，你还跟我们说在天黑前能抓到凶手，这不是消遣我们么?

“虽然找到他们很难，但是我们并不一定要主动去找他们的，我们就化被动为主动，让凶手来主动送上门!”张楚凌突然话锋一转，说道，“你们要知道，凶手这一次来香港并非无欲无求……”

张楚凌的话让郭军伟眼睛一亮，高远飞也开始认真思索起来，可是很快他们便摇了摇头，“不行，我们不能拿阿拉伯王储的生命来冒险，要是王储真的有个三长两短，责任不是我们所能承担的。”

要想把凶手引出，只需要阿拉伯王储在公众场所现身一次，让凶手觉得自己有机会下手，那样就可以让凶手落网，只是那样做也存在着巨大的

风险——阿拉伯王储有可能就此丧命。毕竟谁也不能预测凶手会采取什么样的手段对付阿拉伯王储，估计凶手对阿拉伯王储采取的任何手段，都不是香港警方所能容忍的。

所以张楚凌的话没说透，郭军伟和高远飞却听出了话里面的味道，同时摇了摇脑袋拒绝了张楚凌。

看到郭军伟和高远飞同时摇头，张楚凌心里暗暗点头，他们都是好警察，富有正义感，其实张楚凌的话也是试探而已，并没有真想让阿拉伯王储出去冒险，看到郭军伟和高远飞严肃的表情，张楚凌忍不住继续逗道："你们可要想好，凶手比我们更有耐心的，自从机场的劫持案发生以后，凶手就再也没出现过。我想我们一天不给他们下饵，凶手就一天不会露面的，而且凶手会随时地送一些'礼物'过来骚扰我们……"

张楚凌提到"礼物"两个字时，高远飞的眉头跳了一下，但是他的脸色很快便恢复了平静："张楚凌，你不用说了，虽然人质的安全很重要，可是我们也不能拿阿拉伯王储的生命去赌，你还有别的办法么？"

"哎，你们都理解错了我的意思，我刚才说过让阿拉伯王储去冒生命危险么？"张楚凌见高远飞和郭军伟都苦着一张脸，他笑了笑说道，"你们太紧张了，这样是不行的，只有时刻保持轻松的心情才能更有助于思考。"

张楚凌脸上自信的笑容让郭军伟和高远飞一怔，他们似乎被张楚凌的情绪感染了一般，脸上的表情慢慢地舒展开了，同时疑惑地问道，"那你的意思是？"

郭军伟他们此时也反应过来张楚凌似乎一直都没说要阿拉伯王储去冒生命危险的话，只是说下饵而已，怪只怪自己两个人的情绪太紧张了，有点想当然，现在看样子是自己两人误会张楚凌了。

"我们通过新闻媒体放出消息，就说阿拉伯王储因为国内有要事，会即日返回。同时我们配合这个新闻做适当的布置，你说这样一来凶手还稳得住么？"张楚凌微笑着问道。

听到张楚凌的话，郭军伟和高远飞眼睛同时一亮，是啊，这么简单的一招引蛇出洞计划自己等人怎么愣是没想到呢，看来还是得如张楚凌说的

那般，保持冷静的头脑啊，要是一直被凶手牵着鼻子走的话，会永远被对方玩弄于股掌之中的。

郭军伟和高远飞衡量了一下，觉得张楚凌的这个计划堪称完美，绝对可行。香港政府这边肯定是非常乐意发布新闻的，唯一的难题就是跟阿拉伯王储沟通，取得王储及阿拉伯国家的配合，不过有张楚凌跟他们沟通，而且还关系到王储的身家性命，阿拉伯国家政府可能拒绝么?

“阿凌，要是凶手没有全部出动，而只是出动了一部分的话，那剩余的那些凶手不是更危险么，要知道我们还有人质在对方的手中啊……”不知不觉地，高远飞对张楚凌的称呼由全称变成了昵称，关系无形之中拉近了很多。

“而且，我们也不能保证只要凶手一出现，我们就能够让凶手全部落网啊。”郭军伟也补充道。

听到他们的话，张楚凌有点头痛：“这个计划已经是最具有执行力的了，我已经考虑到了各方面的因素，要是你们有更完美的计划，可以提出来讨论。”

郭军伟和高远飞闻言面面相觑，尴尬地笑了笑，张楚凌也是人啊，自己两人却把张楚凌当成了神，以为他是无所不能的，这不是为难人家么，不过看到张楚凌气恼的样子，他们觉得有点解气。

把郭军伟和高远飞尴尬的表情尽收眼底，张楚凌也叹了口气：“我知道你是在担心人质的事情，其实我何尝就不担心人质，可问题是凶手仅仅是把人质转移走，船舶却依然还停留在那里，是什么意思?法证科的同事到现场了么?”

“嗯，现场的证物他们都采集了，可是却没有任何指向性，凶手实在太狡猾了。”高远飞知道张楚凌问这句话的意思，他沮丧地回答道。

“没有指向性么?怎么可能，难道罗卡定律失效了?”听到法政科的同事居然也没能找出什么线索，张楚凌不由嘀咕了一句。

罗卡是法医界的专家，他说过凡是两个物体接触就会产生证物转移的现象。会带走一些东西、留下一些东西。他的这个发现帮助破获了很多要案重案，慢慢地成了法医界的权威定律。张楚凌对这个定律深信不疑。

“罗卡定律？阿凌你还懂法证方面的知识么？”经常跟法医法证人员打交道，高远飞自然也听说过这么一个定律，此时听到张楚凌的嘴中居然冒出了这么一个词汇出来，他不由有点好奇。

张楚凌并没有回答高远飞的问题，而是继续问道：“那艘船舶你注意保护现场了么？我想去现场看看！”

张楚凌的话是以一种不容拒绝的口气说出来的，而此时高远飞听了一点都不觉得突兀，因为他看到张楚凌的眼神中有着一种强烈的自信和执著，看不到一点别的情绪，这让他不知不觉地点了点头，“嗯，没问题，我马上安排一下。”

看着张楚凌也不征求一下自己的意见，仅仅是打个招呼就跟高远飞走了，郭军伟不由摇了摇头，第一次，他觉得张楚凌不是自己所能看透的了。希望他能够真的救出人质吧，郭军伟在心里祈祷道，同时琢磨着怎么安排张楚凌接下来的工作，让其他的PTU成员看到张楚凌突然跟重案组和SDU的人整天混在一块不会觉得突兀。

张楚凌跟高远飞赶到现场时，看到十几个警署的同事在维持现场，船舶里面，几个法证人员正忙碌着，也没有招呼高远飞和张楚凌。

高远飞把张楚凌和法证人员分别介绍了一番，并说明了张楚凌的来意。

听到张楚凌居然是来寻找线索的，几个法证人员眼中都露出了不屑的神色，毕竟他们在这里忙碌大半天了毫无所获，一个外行又能找到什么呢？何况张楚凌身上的装束也表明了他军装警的身份，那些法证人员在张楚凌的面前自然而然地就有了心理上的优势。

不过有高远飞在旁边，那些法证人员却是拿不准两个人的关系，也没敢过分讥讽张楚凌。

见大家瞪着自己神色有点不善，张楚凌也没有说什么，而是随意地在船舱里面走了几步，好几次他都弯腰去看地面的足迹，有时会伸手在地板上擦拭一下，然后放在鼻子前闻一下。

外行人看热闹，内行人看名堂，张楚凌的行动很快就让那几个法证人员对他刮目相看，在没有借助专业工具的情况下，张楚凌的做法的确是非

常到位的了，就是换了他们，都不一定比张楚凌做得更好。

本来想招呼一声让张楚凌不要破坏现场的一个法证人员也乖乖地闭上了嘴，而是不时地用眼睛扫视着张楚凌，嘴中嘀咕不已，心想这个军装警不会是有心想考法医吧，不然怎么可能这么专业呢？

看到张楚凌的动作，高远飞也松了一口气，在没到这艘船舶之前，他心里还有点忐忑，生怕张楚凌不懂法证知识，被法证事务科的人笑话。

“可以问一个问题么？”几分钟后，张楚凌已经查找完了自己想要知道的东西，他直起了身子，朝一个法证人员问道，张楚凌记得他的名字好像叫袁振。

“你说！”袁振是一个四十几岁的男人，人有点偏瘦，带着一副黑框眼镜，看起来就是那种非常干脆的人，张楚凌留意到他对自己的到来一直是不冷不热的，所以张楚凌才找他问话。

“在你们到这里之前，这个船舱里面有多少个脚印？”张楚凌看到对方果然很干脆，他笑着问道，因为船舱里面的脚印太凌乱，这是张楚凌唯一没法确认的东西。

“一共 17 个脚印。”袁振的回答简短而干脆。

“那么，我们的人质的脚印确认出来了么？”张楚凌继续问道。

“这个……”袁振犹豫了一下，当他看到高远飞在张楚凌的背后点头时，他回答道：“人质的脚印已经被分辨了出来。”

袁振在回答张楚凌的问题时，他暗暗心惊，因为张楚凌的问题直指关键，他们忙碌了半天，唯一的收获就是把凶手的脚印和人质的脚印分辨了出来，为此他们还特意跑到周明强和尹文明的家中，把他们家所有的鞋子都翻了出来，一双双地对照比较，才艰难地把人质的脚印一个个地从船舱里面凌乱的脚印中认了出来。

听到袁振的回答，张楚凌满意地点了点头，看来这些法证人员的工作效率还是蛮高的，他回头跟高远飞说了一声：“我想看看凶手的鞋印，可以么？”

高远飞没有拒绝的理由，他跟法证的一个负责人轻语了两声，那人也挺干脆的，直接从法医现场勘察箱里面拿出了张楚凌想要的东西递给他。

认真地看了几眼鞋印后，张楚凌心里已经有了结论。

“我们没必要继续在这里找线索了，再找也找不出什么新的东西出来。”张楚凌沉吟了一会，出声道。

“什么？”张楚凌的话让船舱里面的人同时愣住了，他们一个个地停下了手中的动作，瞪大了眼睛看着张楚凌，眼中充满了疑惑，都以为他是在开玩笑，有的人嘴角甚至露出了嘲笑的弧线，众人当中唯一正常一点的算是高远飞了，他仅仅是询问的眼神看向张楚凌，而没有表现出感到惊讶的意思。

也难怪众人会是这副反应，张楚凌作为一个非法证人员，来到船舱里面仅仅观察了不到十分钟，就下出了这么一个结论，难道当他们这些法证人员都是吃干饭的么？

“凶手可能从来就没有在这个船舱里面呆过，虽然那盘录像中出现了血虎的身影，那盘录像拍摄的地方却不一定就是这个船舱，当然，也不排除血虎在这里出现过却谨慎地抹去了自己来过这里的痕迹。不过有一点可以肯定的是，看守人质的人，绝对是本地人，而不是凶手中的任何一个。”

见大家都以怀疑的神色看着自己，张楚凌也不以为意，而是淡淡地说出了自己的结论。

听到张楚凌以异常肯定的口吻说出这个结论，船舱里面立即热闹起来，大家纷纷质疑张楚凌凭什么得出这么一个结论。

看着他们激动不已的样子，声音一个比一个高，张楚凌忍不住想笑，现在是说道理的时候，又不是谁声音大就能赢。

张楚凌围着船舱里面的桌子转了一圈，指着上面的茶杯和烟灰缸说道：“不知道你们有没有注意到桌子上的茶杯，里面是地道的毛尖茶叶，而且从烟灰缸里的烟蒂也可以看出，那些都是本地烟，试问一下，一个才来了香港十几天的阿拉伯人，可能这么快就入乡随俗完全本土化了么？”

张楚凌的话引起了大部分人的思考，可是还是有人不服气地问道：“从喝茶和抽烟你就得出这个结论，也未免太轻率了吧，凶手不可能带足了十几天吃的用的东西来香港吧，这又不是旅游，实在没办法了用一下香港本地的东西又怎么了？”

看到问话的人想都不想就问出这个问题，张楚凌解释道："就算他们真的没有吃的用的东西了，现在很多超市都有跨国连锁店，他们完全可以在那些超市里买到自己需要的东西，而没有必要强迫自己去适应这些本土的东西，毕竟他们不是打算在香港长期定居下去……"

"难道凶手就不能为了故意掩人耳目而这么做么？"人群中又出现了质疑的声音，张楚凌循着声音看去，发现又是刚才那个出声的。

"从这些鞋印可以看出，这三双不属于人质的鞋印应该都是深圳那边的鞋厂生产出来的，你们再看看这些鞋印踩地的深浅度，用力很均衡。"张楚凌把自己刚刚拿到手的鞋印拿了出来，说道，"这说明了什么，他们穿起来非常合脚，而且从这些鞋印我们还可以看出很多东西，比如这不是新鞋，再比如，鞋的主人经常出入娱乐场所……"

张楚凌解释的时候声音有点大，情绪也有点激动，这一点他自己都没有意识到。

那个一直出声的法证人员此时也不出声了，他憋红着一张脸站在那里，即使他再笨，也知道自己一再质疑张楚凌让对方生气了，而且此时他也的确发现自己说话前没怎么思考，虽然张楚凌的话让他有点难堪，但是人家说得在理，他却是无话可说。

看到那个法证人员理屈词穷的样子，张楚凌很快就意识到了自己的不对劲，他歉然地对那个法证人员笑了笑，同时暗暗心惊，什么时候自己变得这么控制不住自己的脾气了？

张楚凌的话让大家都陷入了沉思，所有人的目光都集中在了那三个深浅均衡的鞋印上面，同时慢慢地消化着张楚凌的话。

看到那些法证人员一个个哑口无言的样子，高远飞自然心知肚明是怎么回事，他不由在心中对张楚凌暗暗地竖起了大拇指，笑着问道："阿凌，依照你的推测，看守人质的人该是什么人呢？"

"我想这个问题你问荃湾分区警署的同事会更好点，他们肯定会告诉你更准确答案的。"听到高远飞的提问，张楚凌笑着回答道。

"问他们？"高远飞的头脑一时有点反应不过来，不过想了想张楚凌开始说的话，鞋子的主人可能经常出入娱乐场所，他似乎又明白了点什么，

“你是说看守人质的，可能是本地的小混混？”

张楚凌点了点头：“从现场的痕迹来看，人质转移很仓促，他们可能是提前得到了什么风声才转移人质的，所以你行动快一点的话，很快就能够把人质救出来。”

知道高远飞心中的焦虑，张楚凌提示道。

听到张楚凌肯定的回答，高远飞脑中一直绷紧的一根弦突然就松了下来，人质在恐怖分子手中和在本地的小混混手中完全就是两个概念，本地的小混混就是再狠，也不至于有恐怖分子那么变态，动不动就杀人碎尸什么的，整不好还来个人肉炸弹。

本地的小混混虽然可能像泥鳅一样灵活让警方难以抓住什么把柄，可是在警署里，所有小混混的档案都详细着呢，真的一旦发生了什么大事，他们又能逃到哪里去？

“阿凌，今天的事情实在太感谢你了，我现在要立即去荃湾分区警署一趟，你是跟我一块过去，还是回西九龙总区？”高远飞有点不好意思地看着张楚凌，张楚凌刚帮了他一个大忙，他转瞬间却要把人家打发走，想想心里就有点过意不去。

张楚凌知道高远飞的询问仅仅是一种形式而已，他不以为意地笑了笑：“我还是回西九龙总区吧，预祝你马到成功，对了，你最好安排人手注意一下周围的小混混有什么异动没有，以我的估计，现在警方的一举一动都落入了对方的眼中。”

“嗯，我知道了，谢谢提醒。”高远飞感激地看了张楚凌一眼，然后跟身边的几个荃湾分区警署的巡警交流了一番，才跟张楚凌转身告辞。

看着高远飞匆匆而去的背影，张楚凌的眼光却望向了石硖尾分区的方向，他知道凶手并没有花多大心思放在人质身上，住在石硖尾的阿拉伯王储才是他们的真正目标，人质只是凶手手中的一个砝码而已。

从凶手故意把一支断胳膊“交”到警方手中，张楚凌就看得出来凶手也有点沉不住气了，他们想通过这种手段来逼迫警方有一个取舍，同时也起到了让警方慌神的作用，可谓是一箭双雕。

事实正如张楚凌猜测的一般，看守人质的的确是荃湾本地的一帮小混

混，他们在豹猫的威逼利诱下很快地就屈服了。

只要看守好了十几个人，他们就有几十万的现金可以拿，而假如不听话的话，却面临着失去生命的危险，两相权衡之下，他们很明智地选择了看守人质，在他们看来，看守十几个人而已，又不犯法，凭空就能得一大笔钱，这么好的一笔生意到哪去找啊。

在让这帮小混混看守人质的时候，豹猫一再警告他们不许跟人质说话，不然的话见到一次就断一条胳膊，所以在新闻媒体没有披露的情况下，那帮小混混也压根就不知道自己看守的到底是一群什么身份的人，只知道每天给他们胡乱弄点吃的，三个人轮流在船舱里面守着，十几个人一直在外面放风，开始的几天，他们还紧张兮兮的，可是慢慢地看到豹猫一直没怎么出现过，他们也就慢慢地轻松了起来，该乐的乐，该玩的玩，只是看守人质的任务，他们却是一点不敢放松。

可是在今天早上豹猫突然下令让他们截断人质中小孩的一条胳膊时，他们才意识到自己等人惹了大麻烦，在被对方的枪顶着脑袋的情况下，他们不得不照做。

发生断胳膊事件后，小混混突然又紧张了起来，他们也不出去玩乐了，而是紧张地在外面放风，生怕警察就此找上门来。所以在看到似乎有人在一艘艘地搜查船舱时，他们便神不知鬼不觉地把人质转移了，同时留下了一艘空空如也的船舶给警方。

在他们看来，那只是一艘再平常不过的游船而已，警察不可能怀疑到他们的身上，所以他们此时躲的地方并不远，甚至还派人在一边看戏，想看警方到底能查出点什么。他们此时还不知道高远飞在张楚凌的一番分析下，早就把他们吃定了。

长沙湾，廉租公寓中。豹猫和血虎两个人都瞪着电视看，电视中的漂亮女主播正在播放阿拉伯王储一行人的行程安排。

“砰”的一声，豹猫把烟灰缸砸在了电视机上面，电视屏幕应声而碎，屋子立即陷入了一片沉寂。

“大哥，阿拉伯王储马上就要返国了，我们按原计划行动么?”半天后，血虎嘶哑着声音问道。

“电视里面的东西有可能是假的……”豹猫嘴中吐出了一串烟圈，轻轻地说道，“新闻媒体可能被政府控制了，这是他们放出来的烟幕弹而已。”

豹猫慵懒的身体蜷缩在沙发中，病怏怏的仿佛没有一点力气，可是血虎却不敢小觑这个大哥，虽然豹猫的体力不一定强过自己，可是他却有着“雷霆万钧”的一击，到目前为止他还没见过谁能够在豹猫的一击之下活过命来。

听到豹猫的话，血虎犹豫了一下：“那我们坐视不管，让他们自己跳舞去？”

跟在豹猫身边的时间长了，血虎也从他的身上学会了很多东西，比如思考，比如一些词汇。

豹猫闻言摇了摇头：“虽然这则新闻可能是假的，我们却不得不信，毕竟在现在的情况下，阿拉伯王储坚持要强行回国的话，香港政府也拦不住的。”

豹猫随手打开了身前的一台笔记本电脑，手指在键盘上飞舞着，麻利的动作让血虎觉得目不暇接，同时他心中也羡慕不已，唯有如此修长灵活的十根手指，才可能发出那么致命的一击吧。

“你看，这是阿拉伯政府方面的意见，还有他们给香港政府发的邮件记录……”豹猫指着电脑屏幕对血虎说道。

豹猫对于血虎是绝对的信任的，一方面，他对血虎有过救命之恩，另外一方面，他知道血虎对于力量有着执著的疯狂，而自己却恰恰有着让他害怕的力量。

血虎弓着身子看完电脑上的内容，心里虽然也怀疑着可能是假的，他却很聪明地没有出声，这则消息是真是假根本就用不着自己来判断，有豹猫存在，自己只需听话就足够了。

果然，他很快就听到了豹猫的声音：“我知道你心中在怀疑这些东西是不是阿拉伯政府和香港政府联合起来欺骗我们的，我很高兴你对我的尊重和信任，没有把这份怀疑问出来，可是，你觉得我们现在还有时间去赌么？”

豹猫说这句话的时候声音充满了悲哀：“死了，都死了，曾经在一起生活了那么多年的兄弟，一场偷袭就让我们只剩下三个人了，现在连疯狗也去了，面对这刻骨铭心的仇恨，我们却无能为力，你说那些死去的兄弟们会安息么?”

血虎叹了一口气，却没有说话，只是静静地倾听着豹猫的感慨。

“……所以，这一次无论对方到底是下的诱饵，还是真的如此，我都决定亲自出马，给敌人一个深刻的教训。”豹猫说到这里时，他突然从沙发上站了起来，声音也变得大了起来，整个人从刚刚的慵懒无力，突然变得盛气凌人，仿佛要择人而噬一般。

血虎诚恳地说：“大哥，要是真的需要我们出面的话，就让我出面吧，不用你亲自出马。”

豹猫的眼中迅速地闪过一丝阴鸷的笑容。目送自己最后一个兄弟离开后，豹猫的眼神不由出现了短暂的失落，他知道血虎这一去，是绝对不可能活着回来的，现在香港警方把自己等人当成了头号大敌，肯定会在前面设置重重死亡陷阱。

想到这里，豹猫先前心中算计成功的得意也没了，想起这么多年的兄弟一个个离自己远去，他都为自己的行为感到害羞，都到了这个时候了，还在想着如何保全自己，利用兄弟，这样的人生有意义么？突然之间，豹猫就有了一个新的决定，那就是不让血虎白白送死，自己一定要替死去的弟兄们报仇，完成他们多年的夙愿。

十分钟后，装扮一新的豹猫重新走出了房门，只见他身材瘦高，大约四十岁左右，看起来很斯文的样子，但是一双略为凹陷的双眼和鹰钩鼻子却使他透出一丝阴险。豹猫快步朝荃湾走去，那里有他最后的依仗和砝码，关键时刻可以用来救自己和血虎的命。

可是当他赶到荃湾时，看到的景象让他傻眼了，只见自己控制的那群小混混一个个垂头丧气地被警察押进了警车，人质们却互相拥抱着，重见天日的机会让他们喜极而泣。

用怨毒而不甘的眼光看了那群警察一眼，豹猫迅速地消失在了人群之中，仿佛从来就没有出现过一般。

第十四章 王储被劫

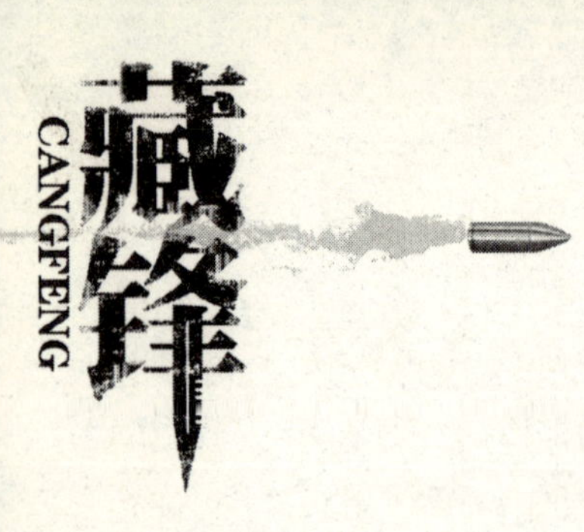

西九龙总区，郭军伟已经正式宣布了张楚凌和李斌暂时被借调到重案组一事，与此同时，刘俊熙和唐勇暂时被借调到了SDU，其他的PTU成员也被借调到了各部门帮忙，所有人都围绕着阿拉伯王储一案忙碌起来。

“阿凌，刚刚高远飞给我打电话，让我好好地感谢你，人质全部被救了出来，他现在正送小俊去医院。”重案组办公室中，郭军伟满脸高兴地对张楚凌说道。

在接到高远飞的电话时，郭军伟的第一反应就是觉得不可思议，接着就是不停地感慨，他们兴奋地挂断电话，很快就把这个好消息传播开了，而张楚凌却是最后一个知道的。

虽然早就知道人质肯定会被救出来，当亲耳听到这个消息时，张楚凌心中还是松了一口气。既然人质能够轻松地营救出来，至少可以说明一件事情，那就是凶手的人手并不多，可能只有有限的几个“血色咆哮”组织的余孽。

“我们的人没什么损伤吧?”张楚凌淡淡地问道，表现出了自己的关心。

“嗯，高远飞感到讶异的是，预料中的冲突根本就不存在，凶手自始至终没有出现，而那群小混混一见到警察就慌了神，根本就没敢反抗，所以营救人质的行动轻松得出人意料。”郭军伟高兴地说道。

不过当他留意到张楚凌脸上的微笑时，郭军伟却尴尬地笑了笑，营救人质的行动真的轻松吗？那为什么警方花了整整三天的时间却毫无所获呢，要不是张楚凌出马，估计警察现在还在到处瞎转悠吧，想到这里，郭军伟很明智地转移了话题。

“阿凌，你觉得我们的行动计划有问题么，凶手会不会自投罗网?”其实整个行动计划已经经过重案组和 PTU 的高层反复讨论验证了，郭军伟之所以问张楚凌，也就是心里图一个安稳而已，毕竟张楚凌好多次都能出人意料地表现出他独特的见解。

整个行动安排张楚凌在动员会上听得很仔细，虽然计划算不上完美，对现在的情况来说却已经是最好的了，所以张楚凌在听到郭军伟的话后，他并没有提出什么相左的意见，而是点了点头。

“有一件事我们需要注意，凶手不一定会亲自动手，他们可能人手不够，所以有可能指使当地的黑社会当他们的炮灰，我们的人员最好加强对黑社会的监控力度。”张楚凌想了想还是说出了自己内心的判断。

郭军伟闻言一怔，不过却很快地就明白了张楚凌话中的意思，他笑着重重地拍了拍张楚凌的肩膀，然后大步地走进了自己的办公室，看得出来他是去安排人手去了。

所有的人员都被分成了两组，一组人员护送“阿拉伯王储”前往机场，另一组人马依然留在原地保护阿拉伯王储的安全。

为了不让凶手看出虚实，警方在人手的安排上丝毫不敢大意。虽然前往机场的“阿拉伯王储”仅仅是一个陷阱而已，却有可能遭遇到真枪实弹的战争，所以护送人员大都以有着丰富的战斗经历的 SDU 人员为主；而留在原地保护阿拉伯王储的人马更是丝毫大意不得，毕竟在警力紧张的情况下，分散警力就意味着多一分风险。

郭军伟率领着大部分的 PTU 成员保护“阿拉伯王储”前往机场去了，为了让事情看起来更真实，他们不得不如此做。而张楚凌和刘彦博的重案组，却全部坐镇原地，担负起了保护阿拉伯王储安全的重任。

原本还觉得压力有点大的刘彦博在听到张楚凌的调令后，他的心情就变得轻松起来，有张楚凌陪同自己一块镇守原地，把握仿佛大了很多似的，他自己都不知道这种信心从何而来。

时间在一点点地流逝，眼看就要到晚饭时间了，凶手却迟迟没有露面，而这时“阿拉伯王储”却马上就要登上班机，郭军伟和刘彦博一直保

持着联系，他们心中不由疑惑起来，这是怎么回事，难道凶手突然放弃了自己的行动么？

不过在人质被营救出来以后，相当于是警方赢了一局，他们心中也没有了先前的压力，所以一个个都有条不紊地执行着自己的职责，并没有表现出什么不安和烦躁。他们非常清楚，自己面对的是一群什么样的人，一旦自己大意，丢掉的就可能是自己的性命。

郭军伟听着机场的广播声，又看了看依然平静的机场大厅，他开始犹豫起来。在警方的预料中，应该是在去机场的途中就会遭到凶手的埋伏袭击的，为此他们在路上打起了十二分的精神，可是直到到达了机场，却依然没有跟凶手遭遇上，这跟预期相差实在是太大了。

机场自从发生了上次的劫持王储案件后，特警又增加了许多。特别是在知道有这次行动后，机场的防卫力量可以说是平时的十倍，凶手现在根本就不可能混得进来了，因为任何一个可疑国籍的外国乘客，都会在机场工作人员的“热心”帮助下登上离开香港的飞机。

时间拖得越长，郭军伟的心中就越是不安。他现在开始担心重案组那边发生状况，可是在跟刘彦博通电话后，得知重案组那边也没有丝毫的反应。

“郭 Sir，登机时间已到，你看我们是登机还是不登机？”郭军伟正在沉思到底发生了什么问题时，身边突然有一个人询问道。

郭军伟闻言一惊，登机时间已经到了么？他的嘴角泛起一丝苦笑。真正的阿拉伯王储又不在这里，登机干什么啊，难道去阿拉伯旅游不成？

他挥了挥手，示意再等一会儿，毕竟机场是提前半个小时开始催促登机的，现在自己还有半个小时的时间可以拖延。

西九龙总区，刘彦博也是焦急地在办公室里走来走去，张楚凌也坐在办公室里，他却如老僧坐禅一般，一动也不动地，脸上始终平静一片，要不是刘彦博的眼光偶尔扫过张楚凌瘦高的身躯，都怀疑张楚凌到底有没有待在办公室中。

一直以来刘彦博都以为自己够沉得住气了，不过在看到张楚凌到了现在依然没有表现出应有的急躁时，他算是认输了。

其实事情到了现在，拼的就是心境，谁沉不住气，谁就输了。这个道理刘彦博心里也明白得很，可是真正做起来却是那么艰难。

望着天色一点点地变黑，刘彦博终于忍不住出声了："阿凌，时间都过去这么久了，老郭那边应该要上飞机了，凶手却迟迟没有出现，你说是怎么回事？"

张楚凌听出了刘彦博话语中的急躁，莞尔一笑，说道："凶手没有出现的原因很多，有可能是他们识破了我们的计划；也有可能是他们正好有事情，没办法现身；还有可能是他们已经放弃了复仇计划……"

听到张楚凌分析出来的几种可能性，刘彦博嘴巴张了张，却说不出什么反对的话来。的确，人家凶手又不是在跟你演戏，什么样的套路都得按着剧本走，现在剧本是警方在自编自演，凶手只是外人而已啊，他们凭什么要配合警方？

"大哥，你又救了血虎一命！"站在豹猫那略显薄弱的身体后面，血虎哽咽着说道。

其实在踏出门的那一刻，他就有了必死的决心，所以他浑身都绑满了炸药，而且身上带了好几把枪，准备随时换着用，节省了换子弹的时间。在他看来，自己即使死了，也得多拉几个垫背的。在看到警方护送的"阿拉伯王储"经过青马大桥时，血虎都掏出了自己的手枪，关键时刻却被豹猫的一个电话给制止了。

豹猫只说了一句话，血虎立即停止了自己的行动。"行动取消，阿拉伯王储没有前往机场。"

血虎并没有问豹猫怎么知道阿拉伯王储没有前往机场的，他只是选择了无条件的信任。

来到豹猫指定的会合地点，当血虎看到阿拉伯王储的翻译时，他的眼睛一亮，终于明白了是怎么回事。

当着血虎的面，豹猫让翻译打通了阿拉伯王储的移动电话，虽然电话那头阿拉伯王储说自己在机场，但是豹猫利用先进的探测仪器捕捉到了阿拉伯王储手机的信号还在石硖尾。

面对豹猫层出不穷的绝招，血虎是发自心底地佩服豹猫了：“大哥，我们现在该怎么做？”

豹猫的眼睛眯成了一条缝，半天后才慢悠悠地说道：“既然那些警察想玩，我们就跟他们玩个够！”

当看到登机时间已过，而凶手依然没有出现时，郭军伟知道，警方的计谋肯定已经被凶手识破了。他挥了挥手，把大家召集到一块，准备回西九龙总区。

此时西九龙总区的刘彦博也知道警方的行动算是彻底失败了，看着一脸平静的张楚凌，刘彦博很想质问他一句：“你不是说天黑前能抓到凶手么，现在凶手在哪里？”

可是刘彦博没有把这句话说出口，凶手没有出现，只能说明凶手太狡猾，张楚凌的计谋本身并没有任何的问题，而且他估计现在张楚凌心中也不怎么好受。

房间里的气氛有点压抑，沉闷得让人喘不过气来，以至于办公室的大门突然被人推开时，刘彦博被吓了一大跳。

看着满脸焦急的文秘，刘彦博没好气地说道：“我不是说了叫外卖吗，怎么又进来了？”他之所以这么问，是因为几分钟前这个秘书才过来问他大家是分批进警署指定的餐馆就餐，还是叫外卖。

“刘 Sir，阿拉伯王储正在接听一个电话，你需不需要过去看一下？”漂亮的女秘书看到顶头上司发怒的样子，害怕地缩了缩脖子，犹豫了一下，还是说明了自己的来意。

女秘书的话让刘彦博和张楚凌同时从椅子上站了起来，他们话也没说一句就直接朝阿拉伯王储的房间跑去。

当他们赶到阿拉伯王储所在的房间时，却发现他已经挂上了电话，见到张楚凌的到来，阿拉伯王储表示了极大的热忱。

“张，你来了啊，我正想告诉你一个好消息呢，我的翻译没什么事，他马上就要回来了。”听得出阿拉伯王储声音里的兴奋。

“王储，恭喜你了，以后你就不需要我这个蹩脚的翻译了。”张楚凌笑了笑，表达了自己的祝福。

“不，张，你是最好的翻译，我说错了，你是最好的朋友，以后我会邀请你到我们国家去玩的。”阿拉伯王储听到张楚凌的话，生怕他误会，连忙表达了自己对张楚凌的友好。

“谢谢你的友谊，可以知道你跟你的翻译都聊了些什么吗？”张楚凌不着痕迹地转入了正题。

“张，这个很重要吗？你放心吧，我记住了你跟我交待的话，我说我正在机场，马上就要回国了，让他也尽快过来。”阿拉伯王储骄傲地说道。

“然后呢，你还有没有说别的，他又说了什么？”张楚凌继续问道。

“我没有说什么啊，我可是严格按照你的吩咐，配合你们警方行动的。我的翻译说他马上过来，就把电话挂了……我想你应该跟你在机场的那些同事打个招呼，让他们把我的翻译带回来。”阿拉伯王储邀功一般地回答道。

张楚凌闻言，有点哭笑不得，看来这个阿拉伯王储脑子反应还真够慢的，自己的翻译都出了问题他兀自不觉。

满口答应了阿拉伯王储的要求，张楚凌和刘彦博走出了他的房间。张楚凌把阿拉伯王储跟翻译的对话跟刘彦博大概地讲了一遍，才出声道：“这个翻译现在肯定落在了凶手的手中，不然不会表现得如此诡异，连什么航班都没问，就直接说自己马上过来。”

“这个也不一定吧，万一那个翻译对香港到阿拉伯国家的航班非常熟悉呢？”刘彦博闻言提出了不同的意见。

张楚凌指了指墙壁上的时间：“关键是那个翻译并没有说自己在什么地方，也没有说要阿拉伯王储等他，更没解释他突然失踪的原因，你觉得这个正常么？”

刘彦博一听还真就是那么回事，两个人的身份摆在那里，假如是两个非常要好的朋友，说一句“我马上就过来”肯定没有任何的问题，可是一个是王储，一个是私人翻译，就存在着很多的礼节问题了。

“那你说，那个翻译接下来是往我们这边来呢，还是去国际机场？”刘彦博忍不住提出了心中的疑问。

张楚凌笑了笑，说道："现在不是翻译想往哪边走就往哪边走的，而是凶手要他往哪边走他才往哪边走。"

听完张楚凌的话，刘彦博落了一个脸红。这么浅显的道理在平时自己早就想到了，没想到跟张楚凌在一块就养成了依赖心理，什么问题都忍不住先问问张楚凌，都是老郭惹的祸啊，没事叮嘱自己凡事跟张楚凌商量干什么。

不过很快刘彦博就神情变得肃穆起来，既然凶手知道通过翻译给阿拉伯王储打电话，也就是说他完全看穿了警方的计谋，老郭等人待在机场也就没有任何的意义了，想到这里，他掏出手机就准备给郭军伟打电话。

可是还没等到刘彦博按下电话号码，他的电话就先响了起来，听到已经过了登机时间，郭军伟正往西九龙总区这边赶时，刘彦博才发现自己不知不觉地就忘记了时间的流逝。他跟郭军伟说了一下张楚凌的推断，就挂断了电话。

挂掉电话后，刘彦博一时间觉得警方这回完全是白演戏了，既然凶手识破了警方给他们设置的圈套，他们肯定不会再往这个火坑里跳了。

转头看到张楚凌好像什么事都没发生一般，刘彦博真想敲开他的脑袋，看到底他脑子里面装的是什么，怎么就没有一点应有的情绪波动。

"阿凌，我们现在又变得被动起来了。"刘彦博苦笑道，"既然今天没什么事，大家就散了吧，明天再想办法。"

"应该说我们自始至终就没有主动过，当然，你要是硬要把我们给凶手设置的那个圈套说是我们主动的话，就当我没说过。不过，你觉得被动跟主动的界限真的分得很清楚么，只要我们随时做好准备，那么我们就一直都是主动的。"张楚凌自然看出了刘彦博的颓丧，出言安慰道。

不过认真地想一想，警方现在的处境的确够尴尬的。这一次凶手的确太难缠了，难道凶手一日不出现，警方就一直保护着阿拉伯王储不成？要知道 G4 保护要人组的人手本来就不够的，就是其他警力也吃紧啊。

"不用你安慰我啦，我还不至于被几个恐怖分子给打垮，怎么说我也是经历过枪林弹雨的。"刘彦博笑了笑，精神看起来也好了很多。

张楚凌拉开房间的窗帘朝外面看了看："我觉得现在不是精神松懈的

时候，假如我是凶手的话，现在就是我动手的最佳时刻。”

刘彦博看着张楚凌认真的神色，他感觉怪怪的，那就是张楚凌似乎跟别人不一样，当所有人紧张的时候，他放松得像没事的人一般，当大家都松懈的时候，他却紧张起来，只是，这一次他的话到底可信不可信呢？

“外卖到了，刘Sir，你是出去跟大家一起吃，还是我把你们两个的外卖拿进来？”漂亮的女秘书很快又一次推门进来，问刘彦博道。

刘彦博看了看张楚凌一眼，见他没什么意见，就开口应道：“出去吃吧，正好跟大家一起聊聊，放松一下心情。”

张楚凌闻言站了起来，跟在刘彦博的后面来到了外面的大厅，只见重案组的众人已经把外卖在桌子上摆好了，正嘻嘻哈哈地说笑，看到张楚凌和刘彦博来了，他们齐齐招呼了一声，纷纷给刘彦博和张楚凌让座。

张楚凌微笑地谢过，眼睛却无意中扫过那个送外卖的，直觉告诉张楚凌，这个送外卖的绝对不简单，因为一般干这种活的，要么是被生活所迫，要么就是没什么本事，可是这个送外卖的居然给他一种看不透的感觉。

“这个送外卖的，你们熟悉么？”见到送外卖的出去了，张楚凌问道。

“这家外卖店经常给我们送外卖，不过这个人的面孔很陌生，他自己说是饭店新来的伙计。”一个重案组成员闻言随口回答道。

“你们稍等，先不要吃饭，这饭可能有问题！”张楚凌一听这个是陌生面孔，他立即出声制止大家道。

众人本来都打开饭盒准备往嘴中送饭了，听到张楚凌的话手中的动作一顿。

“老兄，别开这样的玩笑好不好，会死人的。”其中一个重案组的成员嘻嘻哈哈地笑道，还不以为意地舀了小半勺汤放进嘴中，同时赞道，“今天的饭菜好香啊，大家赶紧动筷子啊”。

可是当看到大家都一个劲地瞪着他看，手中并没有什么动作时，那个重案组成员觉得有点不对劲了，他看了看张楚凌，见张楚凌满脸严肃的样子说：“喂，老兄，我们都饿了半天了，不要再开这种玩笑好不好，不吃饭真的会……”

他的话还没说完，人就“砰”的一声倒了下去。他不知道的是，众人之所以看着他没动筷子，是因为众人发现了张楚凌神色的严肃和紧张，所以怀疑张楚凌说的可能是真的，毕竟现在是非常时期，而他却一直是低着头的，所以就把张楚凌的话当成了是在跟他开玩笑。

看着自己的同事一口汤喝下去才说了两句话的工夫，人就倒了下去，重案组的人终于知道了事情的不对劲。

“开明、海涛，你们两个立即送瘦仔去医院，其余的跟我来。”刘彦博在这个时候拿出了领导的决断，有条不紊地安排了众人的行动，对于张楚凌，他并没有做任何的安排，他知道张楚凌此时比他还知道应该做什么。

见凶手居然下手这么快，而且是采用这种方式，张楚凌也开始认真起来，自己在处心积虑地算计凶手，凶手何尝又不是在费尽心机地摸警方的底，对方连警方最可能叫哪家店的外卖都知道，他们到底还知道警方一些什么呢？

走出大厅后，刘彦博又安排众人兵分两路，一路人马朝屋外搜索凶手的行迹，另一路人马却迅速地朝阿拉伯王储房间的方向冲去。

张楚凌自然而然地选择了冲往阿拉伯王储房间的方向，毕竟凶手此行的目标就是阿拉伯王储，而且对方抓住了一个很好的机遇——警方力量分散的时候，此时郭军伟和部分 SDU 人员前往了机场，留守原地保护阿拉伯王储的，就只剩下 G4 保护要人组和重案组的人了。

“希望一切还来得及！”看着刘彦博率领着十几个人在前面冲，张楚凌以一种诡异的步伐跟在后面，身体的不规律运动让凶手没法锁定自己的身体。

眼看众人就要走上楼梯时，张楚凌突然看到过道中间的天花板上面居然吊了一个黑色球状物体，而且它的一端还在“嗤嗤”地冒烟，张楚凌的心一下子就提到了嗓子眼上，“趴下！”张楚凌喊出这两个字的时候，那颗炸弹适时地从天花板上掉了下来，正好往人群中间砸去。

眼看众人就要被炸弹给炸成肉沫，关键时刻张楚凌掏出自己腰间的呼叫器直接甩了出去，这个时候，众人听到了张楚凌的声音后第一时间不是趴下，而是疑惑地朝张楚凌看去，然后就正好看到了张楚凌甩出呼叫器的

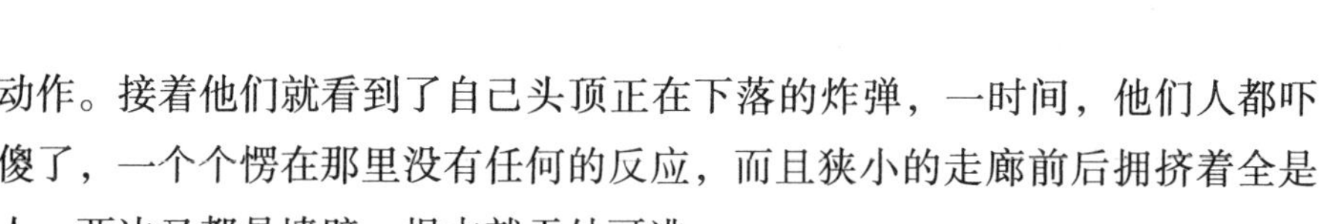

动作。接着他们就看到了自己头顶正在下落的炸弹，一时间，他们人都吓傻了，一个个愣在那里没有任何的反应，而且狭小的走廊前后拥挤着全是人，两边又都是墙壁，根本就无处可逃，。

绝望的情绪在众人的心中升起，难道就这样丧命了么?

“趴下!”张楚凌急促地又喊了一声，同时掏出手枪迅速地朝楼梯口探出的一颗脑袋开了一枪。

“啪”的一声脆响似乎把众人惊醒了，这时他们也顾不得张楚凌的这个命令到底正确与否了，同时选择了服从，但是他们的头却始终仰起，眼睛就那样瞪着呼叫器跟炸弹在空中恰好相遇，然后被呼叫器带着朝走廊的尽头飞去。

这一刻，众人感觉自己好像从鬼门关上走了一遭，浑身都出了一身虚汗。

当听到“轰”一声巨响时，他们才揉了揉耳朵，从地上爬了起来，望着被炸得粉碎的玻璃和塌了半边的墙壁，众人心中都有点发懵，人的生命还真是脆弱啊，刚才要不是张楚凌的呼叫和他出手相救，众人估计此时已经死透了吧。

张楚凌此时却没有时间去安抚众人的情绪，而是迅速地朝王储房间的方向冲了过去。看到张楚凌的动作，重案组的众人也想起了自己此行的任务，一齐跟着张楚凌冲了过去。

张楚凌上楼梯经过一具尸体时，看都没看一眼。这个凶手刚探出头来，他就看出了这正是血虎，血虎金色的头发和满嘴的络腮胡实在太有特色了，所以张楚凌才会毫不犹豫地开了那一枪，让他没想到的是，这个血虎居然反应那么慢，会被自己给击中，不过想了想当时的情景，张楚凌心里也就知道血虎死得有多冤枉了，估计他以为众人都被炸弹给吸引了心神，不可能注意到他的存在吧。

在张楚凌的后面经过尸体身边时，刘彦博安排了两个人下来维护现场，同时通知法医科和法证事务科的人前来取证，然后才继续跟上张楚凌。

张楚凌感到怪异的是，当他冲到阿拉伯王储所在的房间时，外面的G4

保护要人组的成员居然守卫很严密，好像并没有发生什么事一般，当看到张楚凌冲过来的时候，他们齐声问道："发生了什么事?"

显然，剧烈的炸弹声和枪战声已经惊动了他们，只是因为有任务在身，他们没敢随便离开自己的岗位而已。

张楚凌看了看满脸戒备的 G4 要人组的成员，心里暗自赞叹他们素质过关："凶手来了，王储没事吧?"

"我们在听到枪响后，立即就有同事进去了，王储应该没事吧，要是王储有事的话我们的同事应该早就出声了。"其中一个 G4 保护要人组成员回答道，整天看到张楚凌和郭军伟等人走在一块，他们就是瞎子也能看得出张楚凌肯定前途无限，所以他们现在丝毫没有因为张楚凌军装警的身份而轻视他。

"你确认你的同事进去了?"张楚凌眼神怪异地问道。

看到 G4 要人组的成员一起点了点头，张楚凌心中有一种不安的感觉，要是王储真的没事，G4 要人组去查看的同事应该只要问候一声就马上出来的，可是从炸弹声响起到现在足足过去了二十几秒的时间，进去查看王储的 G4 保护要人组的同事还没出来，这说明了什么?

听到张楚凌的话，G4 保护要人组的成员脸色同时一变，他们似乎也意识到了不对劲，于是一起破门而入。

当众人看到房间里只有两个倒在血泊中的同事，而王储却踪影全无时，所有人的脸色同时变了。

第十五章 意外落网

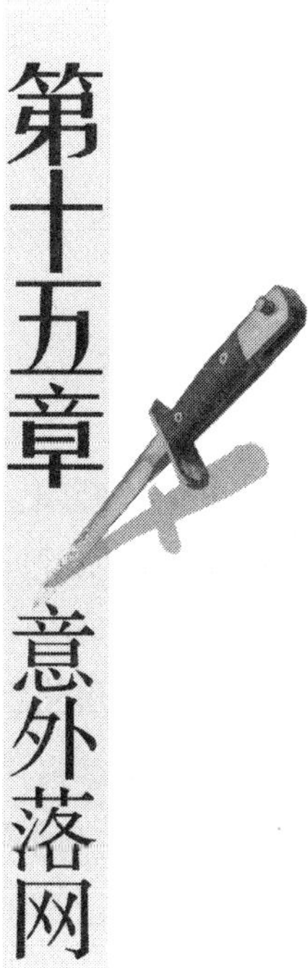

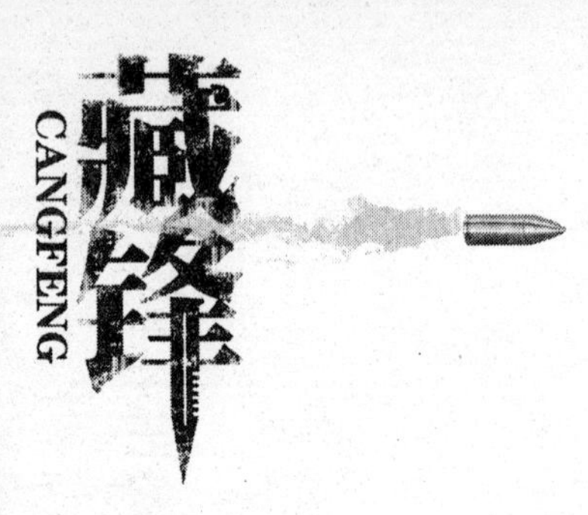

王储的房间是套间，分内外两间，外间看不出一点的异状，当众人走进内间时，终于发现了问题，内间此时已经被打通，有一个刚好能够让一个人钻过的大洞通往了另外一个房间，当众人立即冲到另外一个房间时，却发现这个房间也是凌乱一片，房间里的客人缩在床脚瑟瑟发抖，见到警察冲进房中时，他只知道用手指着窗户的方向。

众人走到窗户边往外望去，只见到一根长绳在空中晃悠着，绳子的底端，还有一个滑轮，凶手和王储已然不见人影，看得出凶手挟持着王储是借助了这个滑轮逃走的。

刘彦博第一时间拿起了腰间的呼叫器，请求中心的警力支援。与此同时，他迅速地安排了人手在宾馆附近进行地毯式搜索。

因为这个宾馆是政府专用的，所以里面居住的客人都是有一定身份的，那个凶手既然能够混进宾馆，肯定是在宾馆的某一个客人身上动了手脚。

张楚凌并没有跟着重案组的同事一起去搜索凶手，而是继续退到了阿拉伯王储起居的房屋里面寻找线索。他的目光很快就落到了躺在内间跟外间门槛上的两个G4保护要人组的同事身上。

从他们躺在地上的姿势可以看出，这两人是刚一进内间还没来得及反应就被一枪爆了头，而凶手的枪可能安置了消音器，宾馆墙壁的隔音效果很好，让在外面守卫的其他G4保护要人组成员一点声音都没有听到。

让张楚凌感到讶异的是，房间里只找到了一个子弹壳，却有两个G4

保护要人组同事是中枪死去的，这让他心中充满了疑惑。

张楚凌并没有说话，他仔细地打量了房间一眼，然后在两具尸体面前蹲了下来，他发现 G4 保护要人组中枪的两个人中，一个人的脑袋上有两个伤口，另外一个的脑袋却只有一个伤口。

张楚凌发现有两个伤口的那个头部弹孔周围留有烧焦的痕迹，且周围皮肤的颜色较深，他的伤口基本上没有流出什么血液，一个伤口大，一个伤口小；另外一个只有一个伤口的同事流的血却很多。

“凶手手中的枪穿透性很强，而且他下手非常地快，一枪就结束了两条人命。”张楚凌检查完两个 G4 保护要人组同事的伤口后，他终于明白了是怎么回事。

“一枪两命？怎么可能，你当我的同事是傻子么？”听到张楚凌的结论，G4 保护要人组的成员终于忍不住出声了，毕竟是共事了多年的同事，就这样撒手而去，让他们心中很不是滋味。

张楚凌的眼睛冷然扫过那个出声的 G4 保护要人组成员，看到他满脸的悲切时，张楚凌的脸色才变得柔和起来：“我知道在一般的情况下你的同事们肯定会注意分工合作，不可能两个人同时进入内间的，可是万一王储在内间叫他们有什么事呢？”

见法医和法证事务科的人迟迟没到，生怕因为他们的拖延而耽误了破案的最佳时机，张楚凌想了想决定自己先做一下前期的工作。

张楚凌接着说道：“我们来还原一下现场，你们三个来配合一下。”张楚凌朝 G4 保护要人组人群中点了一下，叫出两个人来，“现在你来扮演王储，我来扮演凶手，另外两位同事来扮演遇害的同事……”

虽然阿拉伯王储已然失踪，可是他的随行人员却仍然需要保护，所以 G4 保护要人组的人并没有参与重案组的搜捕行动，此时听到张楚凌郑重其事的解说，他们也就半信半疑地开始配合张楚凌的行动。

“……凶手是用枪顶着一个同事的脑袋开的枪，因为枪抵着脑袋开时，会在弹孔周围留下烧焦的痕迹，且周围皮肤的颜色也会加深。且子弹进入的洞比出来的洞小，血流的也较少一点……”张楚凌一边不停地给 G4 保护要人组的人讲解着当时的情景，一边让他们配合着还原现场。

他们反复试演了几次，才勉强还原了现场，这时 G4 保护要人组也终于相信了张楚凌话的真实性。

而此时张楚凌却被床脚的一个小药瓶吸引了注意力，那个小药瓶所在的位置很隐蔽，要不是张楚凌因为还原现场而刚好退到了那个位置，根本就不可能看到小药瓶的，看着小药瓶斜躺的位置，又想了想自己所扮演的角色，张楚凌好奇地把那个药瓶给捡了起来。

“治哮喘的?”张楚凌看完药瓶上面的使用说明后，心里疑惑，没听说阿拉伯王储有这个怪病啊，难道这个药瓶是凶手留下的?

想到这里，张楚凌变得兴奋起来，作为一个哮喘病人，凶手又怎么可能离得开药瓶呢，要是凶手没有发现自己药瓶弄丢了，那就是他合该一死，要是他突然发现自己的药瓶丢了，他所做的第一件事情肯定就是进入药店买药。

张楚凌想到这里，第一时间跟刘彦博打了电话，当他习惯性地准备呼叫中心时，却在腰间摸了个空，这时他才想起自己的呼叫器似乎已经被炸弹炸得粉碎了，无奈之下他只好拿起房间的电话拨打了 999 报警电话。

因为突然发生了很多事情，法医和法证事务科的人似乎有点忙不过来，当他们好不容易赶到王储所在的房间时，却发现现场被破坏得乱七八糟，而罪魁祸首张楚凌正徒手拿着一个药瓶看得津津有味。

法医和法证事务科的负责人眼睛冷冷地扫过 G4 保护要人组的成员，然后又落在了张楚凌的身上：“谁让你们随便破坏现场的，你们这样破坏了现场我们如何取证，这个责任你们承担得起么……”

这个负责人也就三十几岁的样子，秃顶，身体微胖，圆脸。他见到 G4 保护要人组的成员和张楚凌都没有吭声，还以为他们知道自己犯了错，已经开始害怕了，所以他说话的声音越来越大，一声盖过一声，觉得很是过瘾。

张楚凌一开始只是赧然地站在那里，并没有说什么。

张楚凌开始之所以没有出声，是因为他觉得自己的确有点越权了。毕竟这是法医法证事务科应该负责的事情，自己却给抢着办了，可是当听到对方口沫横飞地给他上纲定调时，张楚凌终于忍不住火了。

在荃湾时见识过张楚凌的两个法证人员使劲地拉了拉自己说得正起劲的上司的衣袖，希望他能够停下来，因为他们知道张楚凌绝对不是什么好惹的人，而且张楚凌那专业的法证知识的确也让他们汗颜。

可是，他们的上司并没有领略到他们的意思，而是不爽地甩了甩手，继续指责张楚凌的不是。

“你说够了么?”张楚凌出声道，“说够了就可以办事了，我们还有事情，就不在这里耽搁时间了”。

张楚凌原本还打算道歉的，在发现了这个法医和法证事务科负责人的一张臭嘴实在不怎么样后，连跟他多谈一句的心思都没有了。

“你……你是什么意思，破坏了现场就想走么，我要记下你的警号，我要投诉你!”见一个军装警居然对自己是这个态度，法医和法证事务科负责人先是一愣，接着暴怒起来，他走到张楚凌面前，眼睛瞄向张楚凌的警牌，大声地喊道。

可惜的是，他的身子似乎矮了点，而张楚凌的身体似乎又高了点，所以即使他想看到张楚凌的警牌，也必须仰着头，而当他感觉到这样做在张楚凌面前好像没有气势时，张楚凌却不屑地一个转身，道：“我的警号是PC31465，投诉的时候记得别出错啊。”

对于这样没有任何口德，只知道逞口舌之利，却半天不干实事的人，张楚凌实在讨厌得很，连跟他在一起多待一会儿都觉得不舒服，所以他才采取了一种极端的方式来对待这种人。

张楚凌离开王储的房间后，法医和法证事务科开始了他们的采证工作，只是他们做得比张楚凌更细致，更全面。让他们感到奇怪的是，G4保护要人组的人看他们的眼光都怪怪的，在G4保护要人组这些外行看来，法医和法证事务科的人根本就是在重复张楚凌先前做的事情，而且效率还没张楚凌高，自然而然地，他们就看低了法医和法证事务科的人。

因为张楚凌提供了一个极为有价值的线索，所以在短短的几分钟内，港岛所有的大小药店药房都被警察给盯上了，任何一个人进药店买有关哮喘方面的药物，都会遭到盘问或跟踪。可以说豹猫无意间掉落的一个药瓶使他走向了生命的终点。

“阿凌，真有你的，居然发现了这么有价值的一个线索，要不我们估计又要大海捞针了。”刘彦博此时已经回到了重案组，本来在发现凶手逃逸后，他就立即率领重案组的成员追了下去，找了好大一会儿却连凶手的一点痕迹都没能发现，心里正焦急呢，突然就接到了张楚凌的电话。

“现在我只担心一个问题，凶手的居所离这里远不远，万一他的居所里有这种备用的药呢，那警方就又要白忙碌一场了。”张楚凌并没有过分地乐观，而是想到了最坏的可能性。

谁知道郭军伟闻言却哈哈大笑起来，而刘彦博则颓丧地从兜里掏出了一万块钱递给郭军伟，他们上演的这一幕戏让张楚凌看不出一点头绪，到底发生什么事情了？

“阿凌，谢谢你的这句话啊，让我赢了一万块钱，有空时我请你出去玩。”郭军伟脸上红光满面，神采飞扬。

听到郭军伟的话，张楚凌隐隐猜出了他们可能拿自己在打赌，他朝刘彦博看去，却见对方望向自己的眼睛充满了幽怨，看得张楚凌心惊胆战，立即转头。

“我说郭 Sir，刘 Sir，你们拿我打赌也就算了，至少得让我这个当事人知道点内幕啊。”见他们两个一个高兴得摇头晃脑，一个郁闷得垂头丧气，张楚凌满头的雾水。

见张楚凌满脸疑惑的样子，郭军伟也笑够了，他收起笑容说道：“阿凌，其实你担心的情况根本就不存在了，在下午一点的时候，长沙湾辖区发生了一起纵火案，因为救火及时，所以房屋里面的东西并没有损坏什么，法医和法证事务科的同事当时就赶去了现场，而且在里面发现了许多有价值的线索，就在十几分钟前，法医和法证事务科的同事给了我们一份鉴定结论，说那间房屋可能是三个阿拉伯人在里面居住，而且十有八九就是警方这一次对付的凶手，开始我们还很纳闷那个房屋里怎么会有治哮喘的药物呢，在听到你的消息后，我们算是完全明白了。”

“他刚才之所以笑得这么奸，就是因为我们打赌你会不会考虑到凶手居所的问题，他说你绝对会面面俱到的，我则赌你可能会忽略这点。阿凌，你害我输了钱，晚上你得请我吃饭啊。”刘彦博哭丧着脸对张楚凌

说道。

听到刘彦博开始跟自己开玩笑，张楚凌知道他已经完全摆脱了输钱的懊丧心情，张楚凌也难得地开心起来："刘 Sir，应该是你请我吃饭才对啊，你们在没征得我同意的情况下，拿我来打赌，还有，你对我的不信任深深地伤害了我……"

刘彦博原本看到张楚凌整天像一根木头一样不苟言笑，还以为他不善言辞呢，却没想到张楚凌说起话来丝毫不逊于自己。

三个人说笑了一阵，心情都变得轻松起来，几日来的紧张和沮丧一下子全没了。

"郭 Sir，听你刚才说凶手只有三个人？"玩笑开够了后，张楚凌又变得严肃了起来，凶手一日没有抓尽，他的心头就像哽了一根刺，浑身不舒服。

"是的，从房屋中只发现了三个人生活的痕迹，而且他们的身份也都出来了，分别是豹猫、血虎以及疯狗。"说到这里，郭军伟顿了顿，眼神怪异地看了张楚凌一眼，"而疯狗和血虎先后被你一枪爆头，现在就只剩下豹猫一个人了。"

郭军伟此时对张楚凌是疑惑不已，这小子在警校的枪械训练考核中成绩也就勉强及格啊，当时自己之所以对他有着深刻的印象，完全是因为他在演习中表现出来的指挥天赋，现在怎么才出警校一个月，枪法就这么好了，一次爆头可以说是运气，难道两次也可以解释是运气么？

"阿凌，你的枪法很赞啊，什么时候我们到靶场去练练？"刘彦博也是对张楚凌的枪法佩服不已，虽然没有见过张楚凌开枪，可是两个凶手都刚好是额头中枪，这就能说明问题了。

张楚凌却仿佛没有听到刘彦博的话一般，而是陷入了沉思。

豹猫两个字给了张楚凌很大的触动，他搜集的资料中，对豹猫描述的篇幅最多，关于豹猫的介绍也最为详尽，张楚凌在看到关于豹猫的资料时，直接地把他划分为极度危险的人物，没想到这一次跟警方对阵的居然是他，难怪能够玩弄警方于股掌之中了。

"阿凌，你又想到了什么不妥之处么？"见张楚凌一直沉思不语，刘彦

博也顾不得继续比试枪法的事情了，而是紧张地问道，他现在是被豹猫给吓坏了，从张楚凌给他的资料中，他也是深知豹猫厉害的，难道豹猫还会有什么警方没有注意到的后招？

张楚凌闻言摇了摇头："你们知道哮喘病不及时用药的话会怎么样？有没有什么土方子可能暂时性地抑制哮喘？"

郭军伟和刘彦博闻言后同时摇了摇头，对于哮喘病，他们并不了解，只是知道哮喘起来只能呼气，不能吸气，会非常难受，严重的话会死人。

张楚凌仔细地回忆了一些关于哮喘病的资料，缓缓地说道："哮喘是一种慢性病，患者一天内可能多次出现症状，在身体剧烈运动后变得更为严重，假如不及时用药，就会致死。从豹猫身上的这瓶药可以看出，他的哮喘病已经不是一天两天了，肯定严重到了一定地步……豹猫劫持王储逃亡，已经做了大量运动，所以在短时间内，他的哮喘肯定会发作，即使他知道土方子的配方，时间上肯定也来不及，所以他除了进药店就只能等死了。"

"照你这么说，豹猫很快就落网了？"听完张楚凌的分析，刘彦博和郭军伟两个人同时松了一口气，异口同声地问道。

事实正跟张楚凌预料得差不多，豹猫在挟持着王储逃入自己早就准备好的一辆车后，他的车还没跑出石硖尾，人就开始胸口发闷，呼吸急促，接着双手也开始发抖，然后力量慢慢地消失，让他根本就没法驾驶车辆，他艰难地把手伸进自己的衣兜，想拿出药应付一下时，却摸了一个空。

药瓶的丢失让他慌了神，有着严重哮喘的他知道一般的药店根本就买不到自己需要的药，他感觉到自己身体力量的迅速流失，他知道自己这一次可能就把命留在香港了。这个时候他想起了自己扔在车子后备箱里面的阿拉伯王储，他原本打算把阿拉伯王储弄到一个地方慢慢地折磨他，然后再把他杀死，可是现在哮喘病的突然发作却让他连开车门的力气都没有了，更别提去打开后备箱对付王储了。

这辆歪斜停在路中央的轿车很快就被一名巡警发现了，当他发现驾驶员的相貌正是被通缉的豹猫时，他立即通知了中心要求警力支援，同时打开轿车的后备箱把阿拉伯王储给救了出来。

豹猫落网和阿拉伯王储获救的信息很快就传遍了警署，警方所有的人同时都松了一口气，他们没想到凶手来得凶猛，去得却更是迅速，有点虎头蛇尾的味道。

不过警方也知道，这一次能够迅速地抓住豹猫是多么侥幸，要不是豹猫突然哮喘病发作，而恰好他的药瓶又丢在了阿拉伯王储所住的房间，估计警方就要臭大了。可以说这一次豹猫的落网完全是意外，不是警方的功劳，而是老天在帮忙，即使如此，警方还是非常兴奋，决定内部举办一场隆重的庆功宴。

闻听豹猫落网的消息，张楚凌也松了一口气，终于不用提心吊胆地过日子了。

凶手的全部落网，虽然警方很高兴，但是有人却比警方还高兴，那就是阿拉伯王储一行人。在知道自己被“血色咆哮”组织的余孽盯上了后，他们食难下咽，寝难入眠，每天都是度日如年，虽然香港警方安排了重重警力保护他们，深知“血色咆哮”组织的阿拉伯王储一行人还是每天提心吊胆地过日子。

白色的病房中，阿拉伯王储醒来后，他尖叫一声，身体不停地发抖，嘴里大叫着“不要”，脸色惨白一片，两眼中神光涣散，看得出他处于一种深深的恐惧之中。

看到阿拉伯王储害怕的样子，张楚凌摇了摇头，心里对他无比的同情。

豹猫在利用完阿拉伯王储的翻译后，并没有放过他，而是残忍地将翻译的四肢砍断，然后弄成一根人棍放在车子的后备箱里面，而豹猫在把阿拉伯王储扔到车的后备箱里时，阿拉伯王储还是清醒的，当他看到自己的翻译血肉模糊的人棍样时，就被吓得全身酥软了，待豹猫把他跟翻译关在一块时，漆黑的空间和浓浓的血腥味让他产生了无穷的恐惧，然后因为心理承受不了巨大的折磨而直接晕死了过去。

“王储，没事了。”张楚凌双手有力地抓住了王储的肩膀，“我们已经把你救出来了，豹猫被抓了，血虎、疯狗都死了，以后你不会有任何生命危险了”。

张楚凌瞪视着阿拉伯王储的双眼，以一种尽量柔和的声音说话，慢慢地，阿拉伯王储的情绪开始稳定下来，只是他的双眼依然充满了恐惧。

“过去了，一切都过去了，现在的你是绝对安全的，有我们的保护，任何人都没法对你造成威胁的……”张楚凌的眼神变得越发柔和，他的声音也越来越轻。

张楚凌的眼神仿佛一个漩涡一般，阿拉伯王储渐渐地迷失在了他的眼神中，听着张楚凌的声音，王储慢慢地闭上了眼睛，昏沉沉地睡了过去。

看到阿拉伯王储沉睡过去，张楚凌透了一口气，好久没有使用过催眠术了，他还生怕不成功呢，好在阿拉伯王储的精神状态非常虚弱，让自己轻而易举地就催眠了。

张楚凌走出病房后，立即就有一大群人围了上来，这些人大部分是王储的专家团，还有部分是想跟阿拉伯王储合作的商界人士，张楚凌知道他们的来意，微笑着点了点头说道：“王储恢复得很好，相信很快就可以康复。”

听到张楚凌的回答，所有的人同时松了一口气。

“阿凌，这几天辛苦你了。”郭军伟看着张楚凌满脸疲惫地走了出来，知道他累得不轻，不由关心地慰问道。

张楚凌耸了耸肩膀，自从三天前王储醒来后，就精神极度不稳定，见谁打谁，任凭医生怎么检查，都检查不出来到底出了什么毛病，就在所有的人都在担心阿拉伯王储患了精神病时，奇迹突然发生了。

在张楚凌接近阿拉伯王储时，王储居然难得地没有攻击张楚凌，虽然精神还是极端不稳定，但却比之别人接触时好了很多，医院大喜过望之下，强烈要求警方把张楚凌借调过来照顾阿拉伯王储。

此时抓捕“血色咆哮”组织成员的临时任务已经完成，张楚凌等被借调出去的PTU成员又纷纷回到了自己原来的岗位，干起了巡逻的职务。郭军伟再三思考之后，决定还是委屈张楚凌照顾一下阿拉伯王储。

毕竟阿拉伯王储在香港发生了很多不愉快的事情，不但先后遭到两次劫持，而且私人翻译还惨死，香港政府并不想把阿拉伯王储在香港发生的事情张扬出去，这一件事情已经作为政府的高度机密给封存了起来，所有

的当事人都被告知了保密义务，不能把跟案件有关的事情透露出去。但是，对自己的人很容易可以做到这一点，要求阿拉伯王储一行人严守秘密难度却不少，所以香港政府得想方设法地巴结阿拉伯王储一行人。

根据警方提供的资料，张楚凌跟阿拉伯王储一行人似乎关系不错，于是，香港政府决定在阿拉伯王储离开香港之前，由张楚凌“贴身保护”阿拉伯王储，并担当王储的兼职翻译。张楚凌在接到这个莫名其妙地调令时，虽然心知肚明地知道贴身保护是假，细心照顾才是真，不过他却没法拒绝，谁叫自己还是一个小兵呢？

“阿凌，再忍耐几天，等阿拉伯王储一行人离开香港了，你就轻松了。要知道阿拉伯王储一案虽然被封存了起来，可是你在这起案件中所立的巨大功劳是抹杀不了的，一旦 PTU 实习结束，你肯定会升职的。”看到张楚凌愁眉苦脸地样子，郭军伟以为他厌烦干这份工作，只有不断地做思想工作。

张楚凌闻言笑了笑，他看着满脸愧疚的郭军伟，说道：“郭 Sir，照顾阿拉伯王储我自始至终都没有抱怨过什么啊，只是我心中一直挂念着你要请我的那顿晚饭呢，都过去三天了，话也没一句。”

郭军伟听到张楚凌的话先是一怔，接着便笑了起来，没好气地说道：“你小子现在越来越随便了，也不懂得尊重一下老人。”

“郭 Sir，你很老么，我怎么看都觉得你跟我差不多啊。”张楚凌围着郭军伟转了两圈，故作讶异地叹道。跟郭军伟相处久了，张楚凌就发现郭军伟是一个外表冷峻，内心火热的一个人，张楚凌慢慢地接受了这位亦师亦友的长官。

张楚凌的话让郭军伟的心立即飞扬起来，没有一个年龄大的人不喜欢别人称赞自己年轻的，他抬起手腕看了一看手表，说道：“阿凌，时间也差不多下班了，我们给彦博打个电话，晚上到‘快乐时光’去聚一聚吧，我知道你们年轻人都喜欢往那跑儿的。”

“什么叫我们年轻人都喜欢往那里跑啊，郭 Sir 你这不是也想到那里去么，看来你也不老啊。”张楚凌愉快地应了一声，然后拨响了刘彦博的电话，跟他说了晚上“快乐时光”聚会的事情。

刘彦博在电话那头听到有人请客到“快乐时光”，高兴得跳了起来，连忙问可不可以带家属。

“郭Sir，刘Sir问可不可以带家属？”张楚凌微笑着看向郭军伟，却发现刚刚还兴致蛮高的小老头一个趔趄差点摔倒。

郭军伟一把抢过张楚凌手中的电话，对着电话那头的刘彦博吼道：“要是你不怕你家的母老虎吃醋的话，不妨把你的情人和小蜜一起带出来……”

听到郭军伟和刘彦博在电话中互相贬损，张楚凌心里那个汗颜啊，都这么大一把年纪的人了，还这么能闹腾。不过张楚凌内心中却是极为羡慕郭军伟和刘彦博之间的交情，习惯了孤独的他发现自己这段时间跟郭军伟和刘彦博在一块，慢慢地好像也受到了他们的感染，情绪明显变得开朗起来。

挂掉电话后，郭军伟才发现张楚凌一直在看着自己，脸上还挂着若有若无的笑容，他不由尴尬地笑了笑：“阿凌，你有没有女朋友啊，叫她一起过来玩吧。”

张楚凌摇了摇头，表示自己没有女朋友。

郭军伟打趣了两句，也没多言，就开车带着张楚凌赶到了尖沙咀的“快乐时光”。

第十六章 解救林婧

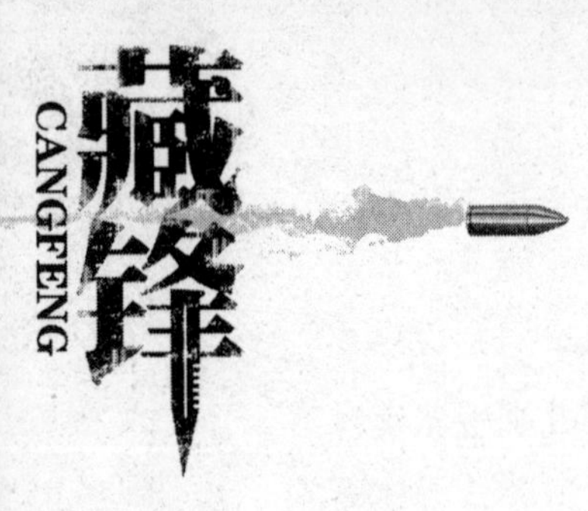

虽然时间还早，作为辖区内最热闹的娱乐中心，快乐时光里面此时却是人声鼎沸，吵吵嚷嚷的，昏暗光线的照射下，红男绿女脸上都荡漾着一种异样的神色，暧昧的氛围在快乐时光里面蔓延。

张楚凌和郭军伟在大厅找了一个位置坐下，随便跟服务生叫了一点吃的，然后就坐在椅子上享受激情的音乐。

看着舞池中央纵情舞动的年轻男女，郭军伟的脸上满是羡慕："年轻就是好啊，阿凌，要不你也下去跳跳，说不定晚上就有伴了。"

郭军伟这句话也就是打趣一下张楚凌，并没有当真，让他感到讶异的是，张楚凌听了他的话后，直接就朝舞池中央走了过去。

张楚凌的眼睛直勾勾地瞪着一个女人看，那个女人很冷、也很艳，最关键的是，她此时满脸潮红，鼻尖冒出了细密的汗珠，精致的薄唇一张一合，一双媚眼里蒙上了层层水雾。

郭军伟没想到自己随便开一个玩笑，张楚凌就真的行动了，不由有点感慨年轻人的急不可耐，可是当他看到张楚凌走到舞池中央就抱住了一个冷艳而性感的女人时，他张大的嘴巴几乎可以塞下一枚鸡蛋了。

忽明忽暗的灯光伴随着激情的音乐富有节奏地闪烁着，冷艳女郎在音乐的节奏下扭动着她玲珑有致的娇躯，生涩的动作中加入了她自己理解的一些元素，凹凸的身材在那近乎疯狂的动作中得到了极致的展现。

七八个头发橘黄色有如乱草丛的青年隐隐地把女人围成一团，不让别人靠近，他们的眼光贪婪地在女人丰满性感的身材上面扫过，不时地吞吞口水，只是他们似乎有什么顾忌一般，虽然女人的动作变得越来越香艳，

越来越有诱惑力，他们却没敢上前轻薄女郎。

张楚凌就是在这种情况下快步地走近冷艳女郎的，那几个青年淫秽不堪的眼神张楚凌清楚地看在眼中，他可以想象得出，假如自己不出面的话，这个女郎肯定逃脱不了被几个青年凌辱的下场。

张楚凌并不是一个多管闲事的人，他的爱心还没泛滥到随便看见一个女人有可能被欺辱就上去帮忙的地步，可是现在张楚凌却不得不管，因为他发现这个冷艳女郎，赫然就是他的顶头上司，平时作风正派而保守的林婧。

虽然不知道林婧为什么会出现在这里，可是张楚凌从林婧生涩的动作和泪光中透出的哀怨可以看出，来这里可能不是她自己的意愿。而且她那潮红的脸蛋及迷乱的动作说明了她肯定吃了某种药物，这一切都促使张楚凌向她走近。

林婧的动作慢慢地开始由生涩变得流畅起来，她柔软而疯狂的动作展示出了她完美的身姿，可能是心中的压抑得到了释放，也可能是药物的催化，她的动作幅度越来越大，动作也变得越来越诱人，她身边的人都慢慢地停下了自己的动作，转而开始欣赏她的扭动，一个个轻佻地吹着口哨，大声地叫好，要不是被那七八个青年拦着，说不定就趁机有人要流氓了。

看得出这七八个青年在这个舞池中还是很有震慑力的，因为很多人仅仅是被他们的眼睛一瞪，就不敢多生是非了。可惜的是，他们的震慑力是对舞池中的众人而言，对张楚凌来说完全不适用。

依靠着力量的强横，张楚凌很粗暴地挤开了挡在他前面的众人，直接走到了林婧的身边，那几个青年看到情况不对还想拦住张楚凌时，却被张楚凌轻轻一推就倒在了人群中。

“小子，你混哪条道的，招子放亮点，这里是九爷的地盘。”看到张楚凌的目标居然是林婧，那七八个青年的脸色同时一变，他们自然知道林婧的身份，正因为如此，他们虽然敢要挟林婧，却不敢玩得过火，他们生怕张楚凌把林婧当成了一般的舞女而乱来呢。

张楚凌看都没看说话的青年一眼，而是牢牢地控制住了正在胡乱舞动的林婧的胳膊，他虽然不知道林婧为什么会出现在这里，但是他却清楚得

很，一旦她在舞厅跳舞的香艳镜头被有心人利用，对她的职业前途有着不可避免的影响，这对一心想往上爬的林婧来说，打击绝对是致命的。

林婧显然已经神智昏迷，完全不知道自己在干什么，只是下意识地挣扎，想要摆脱双手的束缚，只是她软绵绵的动作在张楚凌面前根本就没一点效果。

见到林婧被人弄成这个样子，知道林婧悲惨身世的张楚凌不由动了怜悯之情，同时对于整蛊她的人也动了怒气。他用手指头在林婧的鼻子前探了一下，然后放到自己的鼻前闻了一下，又用舌头舔了一下，接着就一只手掌控住林婧的身体，另一只手飞快地在她的身上游离，或轻或重，或拳或掌，林婧在张楚凌手掌的刺激下很快就呻吟出声，柔软的娇躯更是不安地扭动着，脖子根香汗淋漓。

张楚凌知道林婧中了一种药性很强的春药，要是得不到及时的发泄，脑神经都会受到影响，而张楚凌又知道林婧一直是一个特别保守的女孩，即使在如此强的药力前，她也没有去随便搂抱一个男人亲热，而是依靠疯狂的舞蹈来迷失自己。

张楚凌也是通过一种物理的手段，让林婧体内的药效最快地散发出来，同时刺激她的神经，让她变得清醒。

张楚凌自始至终心里都没有任何的邪念，而且他跟林婧之间的动作也没有任何调戏之意。可是在旁人眼中看来却完全不是那么一回事。

在众人看来，张楚凌的每一个动作都表现得男人气十足，一开始横冲直撞地不顾任何人的阻拦走到冷艳女郎的身边，接着不屑别人的盘问就霸道地拥抱住了冷艳女郎，更让人大呼过瘾的是他居然敢在大庭广众之下"耍流氓"。

所有的人都被张楚凌的动作给震撼了。

刘彦博不知道什么时候来到了"快乐时光"，他跟郭军伟坐在一块，"学着"郭军伟张大了嘴看着在舞池中央大展男人雄风的张楚凌，眼中满是难以置信的神色。

"老郭，你确认舞池中央那个最拉风的男人就是张楚凌?"刘彦博吞了吞口水，以一种极度怀疑的口气问道。

“我老了，什么都看不懂，你别问我啊。”郭军伟也好不到哪里去，他没想到自己随便跟张楚凌开了一个玩笑，然后就可以看到如此香艳的镜头，他甚至在想，是不是自己的一句话被张楚凌给当成了命令，他现在是在奉行命令泡妞，只是这个命令执行得太完美了。

“老郭，你跟阿凌是一块过来的，赶紧跟我说说，阿凌是怎么勾搭上如此够劲的女人的?”在这种娱乐场所，平时再正经的男人都会露出自己本性的一面，刘彦博脸上带着猥琐的笑容，十分八卦地向郭军伟请教道。

“干吗，你也想试试啊?”郭军伟闻言回头看了看快流口水的刘彦博，瞪着眼睛严肃地问道。

“没……没有的事……”被郭军伟威严的眼光一瞪，刘彦博不由自主地缩了缩脖子，心里暗骂道，这个老不死的，现在还假正经，“我只是在想，阿凌平时那么木讷的一个人，怎么就突然变得如此豪放起来了呢?”

“什么叫木讷，你看阿凌现在的动作，简直如行云流水啊，性格木讷的人会有如此娴熟的动作，人家叫该出手时就出手，豪放也得有选择性，难不成让他对你也豪放?”郭军伟说着说着绷紧的脸色就变得柔和了，同时哈哈大笑起来。

刘彦博这才知道自己被郭军伟给耍了，他看了看张楚凌的一双手掌还在那个女人的身上摸来摸去的，想起要是他对自己也这样豪放一把，不由自主地打了个寒战，“你个老不死的，说话越来越流氓了……”

“阿凌可能要遇到麻烦了。”郭军伟没有理刘彦博，他虽然在跟刘彦博说话，眼睛却始终没有离开过张楚凌，当他看到舞池中发生的事情时，他突然皱起了眉头。

原来那几个流氓青年见张楚凌始终不搭理自己，刚开始时还忌惮他的力量没敢动手，可是看着张楚凌的动作变得越来越肆无忌惮，而且不时扫向自己的眼神中居然还夹杂着不屑和怒意，这让他们火气冲天，在接到动手的暗示后，他们打了一个眼色，同时靠近了张楚凌，准备以多欺少，迅速制服张楚凌。

见到几个流氓青年开始动手了，原先看热闹的人群生怕遭受无妄之灾，一个个争先恐后地散开了，而一直坐在椅子上没有动弹的郭军伟和刘

彦博却忍不住同时站了起来，在他们看来，张楚凌高度是有了，可是却不壮实，不一定能够干得过那七八个青年。

“慢着，先看看情况，等阿凌实在不行了我们再出动，别忘了这里还有我们的同事，阿凌吃不了亏的。”郭军伟指了指窗外走过的巡警，拉住了刘彦博的胳膊说道。

舞厅的音乐不知道什么时候关掉了，闪烁的镁光灯同样也没有了，现在舞池在水晶吊灯的照耀下亮如白昼，而原先在舞池中跳舞的众人为了避免受伤，也都逃到了一边，整个舞池中央，只剩下了七八个青年和张楚凌以及他怀中的林婧。

只见七八个流氓青年有如猛虎出笼，一下子就欺近到了张楚凌的身边，他们在出手的同时，嘴中也没闲着，一个个大骂着，似乎在给自已助威呐喊，眼看无数拳脚就要落到张楚凌的身上，而张楚凌却丝毫没有动弹，胆小的人已经尖叫出声，有的甚至闭上了眼睛，他们甚至可以想象得到张楚凌悲惨的下场。

张楚凌的心神此时全部放在林婧的身上，只差五个穴位了，再揉按完五个穴位，林婧体内的药力便会随着汗渍一起排出体外，那样他就不用再这样尴尬地抱着这个可怜的女上司了。

张楚凌之所以觉得尴尬，是因为他没想到平时看起来毫无情趣可言的上司身体会如此敏感，随着手掌的移动，他能够清晰地感觉到林婧因为快感的袭击而颤抖的身体，望了一眼怀中软绵温玉的美人，张楚凌心中激烈震荡起来。

抱着怀中起伏玲珑、美妙绝伦的娇躯，触手处饱满丰盈、滑腻动人，特别是坚挺高耸的胸部，让他惊心动魄。再加上下面翘挺美臀的气势，是那么迷人和充满诱惑。张楚凌发现自已真有点心猿意马了。

正在这个时候，他听到了耳边的风声，然后眼睛的余光就看到了七八个青年乱拳打来的情景，鼻子里轻哼一声，张楚凌一手搂紧林婧，脚步诡异地动了一下，同时闲着的那只手快若闪电，有如蝴蝶穿花一般，在空中留下一串幻影。

“砰砰砰……”连着八声巨响，八个混混全部满脸痛苦地躺到了地上，

而张楚凌因为动作过快，众人都未能看清他到底做了什么，只看到他还是抱着林婧站在原地，继续侵犯着那个冷艳的女郎。

看到预料中的场景并没有出现，众人忍不住揉了揉眼睛，这怎么可能？七八个年轻力壮的青年还打不过一个高高瘦瘦的怀中抱着一个女人的人，这也太匪夷所思了吧？众人心中都难以接受这个结果。

郭军伟和刘彦博的眼睛却同时亮了起来，张楚凌出色的搏斗技能实在让他们大开眼界，刘彦博扯了扯郭军伟的衣袖问道："老郭，你是不是知道张楚凌特别能打才不让我出手的？"

郭军伟老实地摇了摇头："你也看到了，张楚凌的搏斗技巧跟警校里教的完全不一样，更加简练，也更加直接，似乎走的都是狠辣的路子，那几个小混混怕要受苦了。"

郭军伟和刘彦博在这边惊讶不已，大厅中一个角落中有一个人却腾地站了起来，两眼死死地瞪着张楚凌和林婧，他大概五十几岁的样子，头上稀稀疏疏地几根头发，脸上一片阴鸷神色。

"九爷，点子似乎有点棘手，我们该怎么办？"他身旁的一个人轻声问道，满脸的谄媚一看就是拍马屁之流。

"先暂时不用动他，找几个机灵点的，盯紧点，看他到底什么来路，要是仗义出手的话，就算了，要是真跟那个姓林的女人有什么关系，我们再慢慢想办法。"九爷的眼睛瞪着跌倒在地上一直哼哼不已的八个手下，慢悠悠地说道。

张楚凌丝毫没有搭理外人或讶异或惊恐的目光，他的双手迅速地在林婧的身上游动着，很快就把剩下的几个穴位揉按完了，伴随着张楚凌最后一个动作的完成，林婧嘤咛一声，完全清醒了过来。

林婧神志清醒过来后，她转头看了看周围发生的一切，慢慢地似乎回想起了一些事情，到了最后她才发现自己还被一个大男人抱着。

从来没有被任何男人这样亲密拥抱过的林婧身子下意识地颤了一下，一张俏脸已经红得要渗出血来，瞪着一双清澈明亮的眼睛看清楚了拥抱自己的男人是谁时，她难掩心中的惊讶，张楚凌怎么会在这里出现，他不是一向不喜欢热闹的么？

见张楚凌关心地看着自己。一股男人气息扑面而来，阵阵痒麻自膝窝边缘滑腻的粉腿袭来，林婧面颊上泛起一片迷人的绯红，不禁出声斥责道："还不放开我！"

张楚凌见林婧已经没事了，闻言松开了搂抱林婧的手，轻声问道："Madam，你怎么会在这里，而且还被人下药了，他们又是什么人？"张楚凌一边说话一边用手指了指躺在地上呻吟不止的八个小混混。

林婧听到自己被人下药时，她的脸色变得苍白起来，但是她很快就发现自己并没有吃什么亏，虽然在神智迷失的情况下她不知道自己都做了什么，但是正常的身体状况和周围人惊恐的目光很快就让她做出了正确的判断。

"是你救了我么？谢谢你！"林婧回答的同时，眼光朝酒吧里的一个角落望了过去，眼中满是怨恨和不甘。

跟随着林婧的目光，张楚凌也看到了那边正朝自己两人走来的一行人，为首的是一个五十几岁的老头，头发银白了一半，但是脚步却很矫健，而且浑身上下透着一股邪气，让张楚凌看起来感觉怪不舒服的，他的身边还跟着十几个大块头，一个个警惕地瞪着自己看，身手似乎还不错的样子。

见到那个老头靠近，林婧脸色又难看了几分，下意识地，她的身体跟张楚凌靠近了几分，张楚凌见状不由苦笑，女人终归是女人啊，平时再坚强的女人都会有性格柔弱的一面，张楚凌伸出一只胳膊揽住了林婧的胳膊，同时给了她一个鼓励的眼神，示意她不用害怕。

看着张楚凌信心十足的样子，林婧心中涌起一种怪异的感觉，那就是这个自己认识的懦弱男孩似乎突然变了一般，让人觉得很有安全感。

"那个老头人称九爷，这个酒吧是他的场子，我父亲因为赌博欠下了他很多钱，每天都被他的人追债，为了缓些日子还债，我答应他喝下一打啤酒，接下来的事情你可能比我更清楚了。"看到张楚凌已经被自己连累了进来，林婧不得不简短明了地交代了一下事情的始末。

虽然只是简单的几句话，张楚凌心里却掀起了惊涛骇浪。张楚凌心里最在意的就是亲情，最珍惜的也是亲情。通过上次对林婧电脑的入侵，张楚凌无意中已然知晓了她的不幸家庭经历，对这个女上司为父亲付出的一切，他是从心底佩服的，他没想到的是这一次林婧又一次地被她父亲给连累了，而且还差点就要被凌辱。

林婧的话很轻，很平静，似乎不带任何的感情，可是张楚凌却从她的声音中听出了深深的疲倦和悲伤，看来，她被这个家累得不轻啊，想想她平时在警署一副女强人的形象，再看到她此时软弱无依的模样，张楚凌的心里升起了一种男人特有的保护欲望。

就当是报答她曾经对自己的照顾吧，张楚凌在心中为自己找了这么一个借口。

酒吧里发生了斗殴事件，早就有人打电话报警了，在九爷一行人靠近张楚凌两人的时候，两个附近的巡警也赶到了酒吧，他们看了看地上呻吟不止的几个混混，又看了看阵仗分明的张楚凌和九爷两拨人，心里有点疑惑，两人之间似乎并没有意料中的火药味啊。

“两位先生，请问需要我们的帮忙么?”其中一个巡警礼貌地问道，他虽然问话是问两个人，眼睛却是关心地看着张楚凌，直觉地认为张楚凌可能需要警方的帮助。

看到两个巡警如此不上道，九爷眼中的凶光一闪而过，同时有点担心地看着张楚凌，生怕张楚凌说出什么不妥的话出来给他带来麻烦，虽然他并没什么把柄可以被警方抓住，但并不代表他喜欢到警署接受审讯。

“谢谢两位阿 Sir，我们这里并不需要警方的帮助，只是朋友间发生了一点小小的误会而已。”张楚凌微笑着回答道，他很是感激自己同事的偏帮，同时对他们的效率也很满意，只是这个酒吧中现在有两个高级督察都没出面，要帮忙也轮不到两个小小的巡警啊。

而且张楚凌也知道依靠警方根本就解决不了问题，人家一不偷二不抢的，就是放点高利贷而已，名目还是借钱，你能把人家怎么样?张楚凌更喜欢用自己的方式来解决问题。

张楚凌的回答出乎两个巡警的意料之外，也出乎九爷的预料之外，两个巡警认真地看了张楚凌一眼，确认他没有任何被迫的意思，他们才缓缓地走到一边，想观察一下事情的进展再说。

见什么麻烦都没有，九爷嚣张地笑了一声，大声叫着：“没事了没事了。”同时扬了扬头，震天的音乐又在众人的耳边响了起来。

众人看到两个巡警还在酒吧里坐场，也知道今天晚上恐怕掀不起什么风浪了，原本正觉得有点扫兴的青年男女立即就着音乐的节奏扭动起来，这个酒吧里经常会有拳脚的摩擦发生，他们似乎都习惯了，而且张楚凌一直平静的表现和他的话语也让他们误认为张楚凌真的跟九爷一伙人是相识的。

九爷欣赏地看了张楚凌一眼，然后又看了看被他搂在怀中的林婧，心中满是疑惑，没听说过这个姓林的女人有什么男人啊，怎么他们动作会如此亲热？

“林小姐，可以给我介绍介绍这位靓仔么？”九爷试探性地问道。

林婧还没来得及回答，张楚凌就皱了皱眉头，抢着说道：“九爷是吧，你不觉得这个地方吵闹了一点么，要想互相认识也得找个安静点的地方啊，你说是不是？”

“好，好，假如两位不嫌弃的话，不妨跟我到三楼的雅间去坐坐？”九爷连叫了两声好，目光灼灼地瞪着张楚凌问道。

林婧闻言却是一震，张楚凌或许不知道三楼的雅间是什么，林婧却再也清楚不过了，因为她的父亲就是在三楼雅间旁边的一个大众娱乐室输了近百万进去，而那个雅间普通人根本就没资格进去，可想而知里面一掷千金的场面了。

林婧紧张地拉了拉张楚凌的衣襟，暗示他不要轻易答应，可是让她失望的是，张楚凌仿佛没有注意到她的暗示一般，而是轻轻地点了点头。

听到张楚凌答应了自己的邀请，九爷的脸上闪过一丝阴谋得逞的笑容。

随着九爷上了三楼，张楚凌抬头看了看雅间房牌上的“万富堂”三个字，眼中闪过一丝莫名的笑意，也搂着林婧的肩膀跟在九爷的身后走了进去。

进了雅间之后，张楚凌才发现这里跟自己想象的有点不一样，雅间并非单独的一个房间，而是一个很大的房间被古色古香的檀木隔离成了六七

个小包间，每个包间里面都只有一个牌桌，而且里面座无虚席。

鼻子里闻着沁人心脾的檀木香味，耳中听着悠扬的轻音乐，眼中看着美艳性感的牌官在房间里走来走去的，张楚凌不由暗暗地点了点头，这个雅间论到环境和服务质量，的确是一个休闲的好地方，远非外面那熙熙攘攘的大众娱乐室所能比拟啊。

看着张楚凌都这个时候了居然还有闲情逸致打量房间的布置，九爷心里不由冷哼一声，等下我就让你哭都哭不出来。

见到九爷进来，里面的服务生立即恭敬地打开了最里间的一个隔间，迅速地给众人泡上了茶水，“九爷，请问您今天想玩点什么?”

九爷却没有搭理服务生，而是玩味地看向张楚凌：“现在这个地方够清净了吧，不知道朋友到底是那条道上混的呢?”

也难怪九爷会有如此一问，因为张楚凌自始自终身上都散发着一种淡淡的杀气，而且在打伤自己的八个手下时出手又是那么狠辣，九爷知道有着这种气势的人，肯定是有过杀人经历的，他此时还以为张楚凌是哪个帮派的呢，所以这句话有探路的意思在里面。

“我是哪条道上的并不重要，九爷只需知道我跟你不是同一条道上的就是了。”既然已经打算跟九爷撕破脸皮了，张楚凌毫不客气地说道。

九爷热脸贴了冷屁股，脸色一时变得极为难看，他暗下决心今天一定不让张楚凌站着离开这儿，“那你想玩点什么呢?”

张楚凌看了看九爷阴沉的脸色，知道他成功地被自己给激怒了，心中暗喜，对方越是焦急，自己就越沾光。听到九爷的问话，他突然间就变得难为情起来，为难地抓了抓后脑勺：“什么简单就玩什么吧，太复杂的玩意儿我也玩不来!”

听到张楚凌的话，林婧抓住张楚凌的手不自觉地就紧了紧，她对张楚凌的信心也发生了动摇，张楚凌那么老实的一个人怎么可能会赌博呢，更可笑的是，自己刚才居然对他还有着一种莫名的信心，也不知道这种信心是从哪里来的。这个时候，林婧已经成功地从张楚凌给她的心理暗示中清醒了过来，她的脸上再次露出了害怕和担心的神色，只是此时箭在弦上不得不发，她却不好再开口阻拦了。

把张楚凌和林婧两人的反应尽收眼中，九爷脸上的笑容越发灿烂了。

“那就玩骰子吧，我们赌大小?”九爷问道。

张楚凌听到对方提出赌骰子，他心里都快笑出声来，说到对声音的辨别能力，还有比自己更厉害的么?所谓听骰就是用耳朵去辨认骰子的点数，骰子有六面分别是一二三四五六，在摇骰子的时候，这几个面和筒壁的接触面积不同，所以摩擦时发出的声音也不同，当大点面在最后接触盘面的时候，根据空气动力学它的声音尖锐一些，而小点面在最后接触盘面的时候，声音则低沉一些。一般的人很难分辨出这微小的差别，可是对于张楚凌来说，这种差距实在太容易辨别出来了。

“既然九爷喜欢赌骰子，我就陪九爷玩玩好了，只是你得把游戏规则说清楚，免得我不懂而造成误解。”虽然心里高兴，张楚凌却没有表现出任何的神情在脸上，他装成雏鸟的样子诚恳地求教道。

“这样好了，我们互相掷骰子，三颗骰子猜点数总和，如何?”看到张楚凌愣头青的反应，九爷心里也乐开了花，身手再厉害又如何，等下我让你光着屁股出去。

九爷说完这句话后见张楚凌点了点头，就让服务生去把器具拿了过来。

“你先掷还是我先掷?”九爷微笑着看了张楚凌一眼，客气地问道。

张楚凌暗骂了一句阴险，居然都不问自己要不要检查器具就开始要掷骰子了，摆明了欺负自己是菜鸟不懂这些规矩啊，一时间张楚凌不由低看了九爷几分，居然连这点小聪明都要，难道是输不起么?

“慢着，我们还没看器具，怎么知道你有没有捣鬼?”张楚凌正准备点头让对方先掷时，一直坐在他身边沉默不语的林婧突然出声道。

林婧的话让九爷一愣，他暗骂了一声林婧多事，尴尬地笑了笑：“你看我这记性，居然人老了连这点规矩都记不住了。”说完这句话，九爷大方地把器具递给了张楚凌，他可不认为张楚凌和林婧两个人能看出点什么。

张楚凌哈哈一笑，接过了九爷递过的器具，递给了身边的林婧，让她帮忙检查。林婧被张楚凌的动作搞得一窘，她凑近张楚凌的耳朵，用蚊鸣

般的声音低语道："我也不懂的，你就是做做样子也要认真看一下啊，装装噱头说不定也能吓住对方呢。"

本来因为被林婧揭破小伎俩而心里尴尬的九爷此时看到两个人头碰头地在商量着什么，他的心情立即变得飞扬起来，张楚凌的装模作样和林婧的窘态他可是看得很清楚的。

听到林婧在耳边的轻语，张楚凌差点笑出声来，在心里暗暗佩服林婧的同时，也有点高兴她此时的心态。

为了让林婧安心，张楚凌接过了林婧递回来的器具，认真地检查了起来。

其实对张楚凌来说检查不检查器具无所谓，只要让九爷多摇两次，他就能够大概地听出个所以然来，所以他才没有点破九爷的小伎俩。既然现在器具到了自己的手上，自己要是再不认真地检查一下可就有点对不住林婧的一番苦心了，想到这里，张楚凌自然就不客气了。

掷骰子的高手通过对器具的检查，能敏锐的分析出骰子和骰盅的重量，继而根据这些来判断骰子的每个面和骰盅撞击发生的声音，最后才能分辨出这骰子到底是那一面着底，从而判断出骰子的点数。张楚凌拿过骰子和骰盅轻轻的掂量了一下，再仔细观察了一下这些骰子有没有做手脚，心里有了底后，他才递还给九爷。

"既然你确认骰子和骰盅都没问题了，我们现在来说说赌注的问题吧，不知道你打算压多大的注？"九爷见张楚凌只是随便掂量了一下器具，更是肯定了他菜鸟的身份，不由奸笑着问道。

"赌注？九爷，我这个人比较穷，你看我压什么赌注比较好呢？"张楚凌很光棍地问道，因为从一开始他就看出了九爷对他有所企图，不然绝对不会想方设法地骗他进圈套赌博。

张楚凌的回答在九爷的预料之中，他先是假装沉吟了一会，然后才说道："这个问题有点难办啊，你都没赌注，我们这场赌博就很难进行下去了。"九爷一边说话一边关注着张楚凌的神色，当看到张楚凌满脸的高兴似乎有一种解脱的神色时，才继续说道："不过呢，看在你这么能打的分上，我们可以先借给你一百万赌金，如何？"

“一百万赌金啊？”张楚凌沉吟了一下，“可是万一我输了呢，我先说明我可没钱还啊。”

“输了也不用你还，你只需到时帮我一个忙就行。”九爷大度地说道。

一百万只帮一个忙，这个老头还真舍得下饵，他到底有什么棘手的问题需要自己出手呢，张楚凌心里疑惑不已。

九爷根本就不担心张楚凌不答应，因为他手上还掌握着林婧父亲这张牌，张楚凌对林婧的关心九爷早就看了出来，而张楚凌的身手正是九爷看中的地方。

林婧在听到一百万时，心脏激动地加速跳了起来，她一个月的工资才两万多点，不吃不喝也得近五年才能积攒到这么多钱啊，何况香港消费这么高，父亲又每天打牌喝酒的，家里根本就存不下钱，所以听到一百万三个字，她就想到了自己身上背负的一百多万的巨债。

这时林婧也不敢说话了，而是紧张地看着张楚凌，此时的张楚凌在她的眼中变得神秘起来，完全有别于自己在警署认识的那个无能而又不甘屈服命运的小巡警。

似乎经过了一番内心挣扎一般，张楚凌犹豫了很久才点了点头，答应了九爷的要求。

见张楚凌连问自己到底对他会有什么要求都没问，心里越发肯定了张楚凌是道上的人，一个正常人怎么可能对这个问题不好奇呢？

九爷爽快地把一百万现金推给了张楚凌，同时让张楚凌签订了一份借款协议，张楚凌扫了一眼借款协议上面的利息，眉头都没皱一下就签了，直把林婧急得差点掐他脖子。

看到张楚凌签完借款协议，九爷的眼睛笑得都眯成了一条缝。

“你看这样好么，我们赌两把，每一把五十万赌注，直到你的钱输光了，我们就不赌了。”九爷笑眯眯地征求意见道。

“九爷的这句话我是不是可以理解成为你在咒我呢？要是我一直不输的话，我是不是可以一直赌下去？”看着九爷胜券在握的样子，张楚凌微笑着问道。

九爷的笑容一僵，他这才意识到自己得意忘形之下又犯了错，连忙说

道："嗯，要是你赢了的话，自然可以一直赌下去，要是你对每把的赌注没意见的话，我们就先开始吧，你先掷还是我先掷？"

张楚凌见到九爷发窘的脸色和他眼中的怒意，不由捏了捏林婧滑腻的小手，跟她相视而笑，嘴里同时出声道："我从来没玩过掷骰子，所以还是九爷掷，我来听就是了，我说对了骰子点数，我赢，反之我输，你看如何？"

听到张楚凌突然改变了游戏规则，九爷先是一愣，接着他的脸上就露出了不屑的目光，要是让张楚凌掷骰子，他还不一定能够完全猜出骰子数，可是现在自己只掷不猜，那不代表自己稳赢不输么，整个快乐时光谁不知道自己掷骰子的手法出神入化，无人能比？

想到这里，九爷看向张楚凌和林婧的眼光中充满了怜悯。

张楚凌的话让林婧也紧张起来，虽然她不知道九爷掷骰子的水平如何，但是她却明白一个再简单不过的道理，听骰子肯定比掷骰子对技术的要求更高，掷骰子可以随便掷，骰子掷得好坏与否都没关系，反正掷了就行，可是听骰子却不能随便说，一旦说错了点数，就是五十万港币没了啊。

难道张楚凌真的想凭运气来赌博么，林婧心里开始担心，她从来就不相信运气的，可是张楚凌的满腔信心又是从哪里来的呢，他凭什么这么镇定自若地坐在这里，而且还能分神照顾自己的情绪呢？

"那我们就这样定了，你听好了啊。"九爷此时已经胜券在握，他脸上露出了开心的笑容，拿起骰子和骰盅就摇了起来。

九爷只是拿起骰盅随随便便地摇了起来，动作看起来轻松而随意，可是张楚凌却清楚地发现，九爷的手腕和手指非常地灵活，他先后利用手腕和手指的力量，控制着骰盅里面的骰子到了一个随心所欲的地步。

九爷一边摇着骰盅，一边看着张楚凌，当他发现张楚凌根本就没有凝神听骰子的声音时，他心中松了一口气，他现在已经确认张楚凌是一个不折不扣的菜鸟了。

随着九爷骰盅的放下，众人的目光都集中到了张楚凌的身上，因为他的一句话就是五十万，而且大家也很想知道张楚凌到底是在扮猪吃老虎，

还是真正的菜鸟。

让他们跌破眼镜的是，张楚凌并没有立即报数，而是掰着自己的手指头数起来，然后又问了问林婧，“我怕自己的手指头不够用呢，帮下忙好么?”

九爷差点就从板凳上滑了下去，都这个时候了还数手指头，你当这是猜谜呢?

林婧看到张楚凌朝自己挤眉弄眼的，虽然不知道张楚凌在搞什么鬼，不过看到张楚凌从容不迫的样子，她似乎也受到了感染，不再那么紧张了，只是内心却有点恼怒张楚凌的不正经，都这个时候了你还开玩笑，这不是存心吊人胃口么?不过林婧也对张楚凌接下来会干什么充满了好奇。

九爷没好气地瞪了张楚凌一眼，他现在真是不知道该佩服张楚凌的勇气呢，还是该嘲笑他的初生牛犊不怕虎，难道他就没意识到自己马上要输掉五十万了么。

“九爷，你没事吧，需不需要换一张椅子?”张楚凌强忍住内心的笑意，抢在九爷前面说话道，同时他还装模作样地检查了一下自己的椅子，直把九爷气得吹胡子瞪眼的，而林婧则坐在一边强忍着笑意。

“不用了，你还是赶紧说点数吧，我们还要马上赌下一把呢。”九爷看到张楚凌居然怀疑自己赌场的椅子有问题，气得差点吐血，这个房子里的每一样家具，不是红木就是檀木所制，而且是专门定做的，怎么可能出现质量问题啊。

不过经这么一闹，九爷心里对张楚凌也有了提防心里，他隐隐觉得这个看似憨厚的高个青年并非自己想象中的那么傻，相反的，他还有点难缠。

“既然这样我就不耽误时间了，来赌场嘛，大家都想发财，我就取个谐音发吧，嗯，点数就是8了。”张楚凌很干脆地说道。

张楚凌的这句话一说完，九爷的脸色不由一变，他自己摇的点数他自然再清楚不过，他伸出手掌就要揭开骰盅，并准备做点小动作时，却被张楚凌的一声“慢”给阻拦了。

“揭骰盅这种小事情让服务生做就行了，何必麻烦九爷你呢，对吧?”

张楚凌朝九爷眨了眨眼睛，一丝狡黠的光芒从他眼中闪过，也是在这一瞬间，九爷才明白自己被对方玩了，他没想到自己这么倒霉，随随便便遇到一个人都能是听骰盅的高手，最让自己郁闷的是，自己还没能看出对方是高手。

看了一眼房中怯生生的服务生一眼，九爷根本就懒得给他使眼色了，他知道服务生即使会做手脚，也肯定会露出马脚的，那样一来赌坊的名声就臭了。

随着骰盅被服务生揭开，几个脆生生的骰子暴露在了空气中，骰子朝上的几个鲜艳红点也映入了大家的眼帘，二、三、三，刚好是八点。

在张楚凌报出八点的骰子数时，他扯了那么一个理由，让林婧在一边狂翻白眼，来赌场的谁不想发财啊，也不见得每次掷骰子都能掷出八点来啊，不过当她看到骰子数真的是八点时，她还是忍不住尖叫起来，然后马上捂上了自己的小嘴巴，只是脸上洋溢的微笑出卖了她此时内心是多么兴奋。

张楚凌是个赌博的高手，林婧在心里给张楚凌定义了，虽然不知道他怎么会有这么神乎其神的赌技，可是想想他自始至终从容淡定的神色以及现在的骰子点数，都足以让林婧得出这个结论。

看着房屋中众人都惊讶地看着张楚凌，然后又满脸怀疑地看向自己，九爷恨不得找个地洞钻进去，自从开这个赌坊以来，他总共都没失手过几次，没想到现在自己居然失手在一个无名的青年手中，从张楚凌的话音和衣着习惯很容易地能判断出他是地道的香港人，九爷也可以确认自己在赌界从来就没听说过有这么一号人物。

“九爷，你可以继续摇骰子了。”看着九爷涣散的眼神，张楚凌知道九爷彻底完了，要是他没办法赢自己一次的话，他可能以后再发挥不出他掷骰子的高超水平了。

九爷在短暂的失神过后显然也意识到了这个问题，虽然他暂时输了五十万，不过在确认香港的确没有张楚凌这么一个赌技高超的人后，他的心里开始存在一丝侥幸心理，说不定张楚凌是哪个赌神偷偷培养出来的传人，这一次只是出来增长阅历呢？

想到这里，九爷重新燃起了斗志，他不信凭自己几十年的赌技还玩不过一个刚出茅庐的晚辈，只见他平静了一下呼吸，重新拿起了骰子和骰盅用力地摇起来。骰盅在九爷手中飞速旋转着，快速的转动配合九爷忽上忽下地移动骰盅的位子，使得骰盅与上下四周的空气发生了大量的摩擦，产生了一种嗡嗡的响声。

看着九爷肃穆而专注的神情，张楚凌的脸色也变得严肃起来，从九爷的动作和手势就知道，这老头还真有两下子，是个高手，懂得制造摩擦声来干扰对方的听觉。有了摩擦声，自己听起来的确增加了点难度，不过张楚凌脸色变得严肃并非他听不出骰子的声音，而是一种对赌技的尊重，张楚凌敢肯定，要想把掷骰子炼到这种水平，非心志坚毅之辈根本不可能办到。

看到张楚凌脸上的神色终于变得凝重起来，九爷心里也松了一口气，要是张楚凌一直表现得那么轻松的话，他都要怀疑张楚凌的水平到底有多高了。

正当张楚凌认真倾听时，九爷立即将骰蛊用力放在桌子上。骰盅与桌子的碰撞声，骰盅与空气的摩擦声又给张楚凌的听声辨点增加了一点难度，种种手段都是一个高手才应该表现出来的风范。

等到骰盅安稳地放到桌子上时，张楚凌愣愣地看着骰盅，等了半天却没有开口说那骰子的点数，顿时大家都担心地看着张楚凌，同时满脸佩服地看着九爷。

原来只是一个靠运气才猜中点数的家伙啊，还以为你有多厉害呢，所有人的心中都存了这样的念头，就是林婧，因为张楚凌神色的严肃也紧张起来，他终究还是业余的啊，技术再好，怎么可能比得过九爷这种常年沉浸在赌场里的人呢?

“你刚才不是很嚣张么，快说现在是多少点啊?”看到张楚凌的沉默，九爷身边的几个大块头以为张楚凌没有听出骰子的点数，不由大声地叫嚷道。

九爷笑了笑，却没有阻止手下小弟的叫嚷，而是对张楚凌说道：“还是服务生揭开骰盅么?”

服务生闻言，立即走到了桌子旁边，伸手就准备揭开骰盅，毕竟九爷是他的老板，他机灵与否，决定了自己的饭碗能否保持长久。

“且慢，九爷，我们的赌注可否变一下，你看我现在有一百五十万了，要不我们一局定输赢，反正你原本就是打算只玩两局的。”眼看服务生的手就要揭开骰盅，张楚凌突然出声道。

九爷闻言一怔，难道对方看出了点什么？而此时那些叫嚷的大块头也同时闭上了嘴巴，从张楚凌和九爷的神情他们看得出，情况似乎有点不对劲了。

“怎么，九爷怕了么，要是怕了的话我们还是五十万吧。”张楚凌见九爷犹豫不决的样子，他不屑地说道。

“好，一百五十万就一百五十万。”九爷咬牙说道，其实钱多钱少对九爷来说都是一个样，可是要是落了一个怕的名声就大大的不好了，所以被张楚凌的话一激，九爷就立即答应了。

见九爷答应了一百五十万，张楚凌对身边的林婧说道：“你去揭开骰盅吧，记得别紧张哦，要是你紧张使得骰子数不是三、五、六我就赔大了。”

听到张楚凌的话，本来手已经伸在了骰盅盖上的服务生悻悻然地收回了自己的手，看到九爷朝自己点头，他才走到一边，而林婧则满脸惊讶地看着张楚凌，在确认自己没听错后，战战兢兢地揭开了骰盅。

三、五、六，丝毫没有出入的点数让屋里的人同时屏住了呼吸，开始几个大声叫嚷的大块头脸部憋得通红，而九爷更是一张脸变成了死灰色。

九爷已经使出了浑身解数，结果还是输了，他还有什么好说的呢？

林婧此时已经完全呆住了，巨大的惊喜让她呆若木鸡，站在那里拿着骰盅保持着僵硬的动作，一张樱桃小嘴张得老大，一百五十万啊，自己这样简单的一揭，就是一百五十万啊，就是刚才她还生怕自己紧张而碰翻了骰子呢。

“九爷，你看我现在已经有了三百万了，除掉还你的一百万，还有两百万，我想这些够林伯父还你赌债了吧？”张楚凌微笑着说道。

九爷双眼无神地点了点头，此时他已然完全没了斗志，其实林婧的父亲欠他的钱也就八十万的样子，只是一直利滚利地就滚到了一百多万，此时张楚凌给了他两百万，连本带息的钱都够了，他哪还敢多说。他现在巴不得张楚凌这尊瘟神赶紧离开自己的赌坊，不然还不知道要被他赢去多少钱呢，毕竟自己开始夸下海口只要张楚凌能够一直赢下去就可以一直赌下去。

看到张楚凌居然无意继续赌下去，九爷万分高兴，他刚刚还在心里琢磨着假如张楚凌要一直赢下去的话自己该怎么办呢，此时既然不费任何代价就能将张楚凌赶走，他自然是求之不得了。

九爷只是一个电话，两分钟时间不到，那份林婧父亲借款的协议书便被拿到了张楚凌所在的房间，张楚凌看都没看一眼，直接递给了林婧。

望着这份差点毁了自己的借款协议书，林婧眼眶都红了，满脸感激地看了张楚凌一眼，却是说不出话来。

张楚凌拍了拍林婧的肩膀，也没有说话，搂着她的肩膀走出了雅间。

“九爷，我们要不要……”张楚凌两人的背后，九爷身边的一个大块头做了一个杀人的动作，却只见九爷摇了摇头，他的眼中闪过一丝阴鸷的笑容。

第十七章 赌鬼父亲

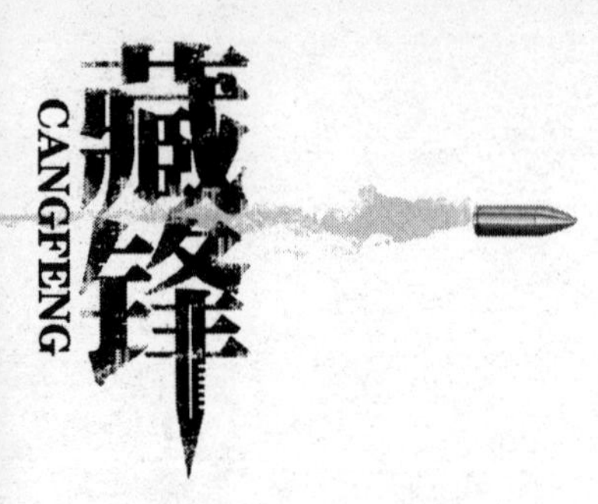

走到楼下的酒吧时，郭军伟和刘彦博已然不在底下喝酒，张楚凌掏出自己的手机一看，才讶然发现他们已经给自己发过短信了，张楚凌立即给他们每个人回了一条短信报了平安。

“阿凌，你的赌技似乎很厉害，怎么以前没有听说过？”因为去掉了一个沉重的心理包袱，林婧的心情变得飞扬起来，她笑吟吟地看着张楚凌问道。经过这次偶然的相遇，林婧发现张楚凌给了自己一个完全不同的印象，要是说以前的张楚凌还是在不甘心屈服命运而在不停地努力的话，此时的张楚凌已然脱胎换骨了。

张楚凌在走出酒吧的那一刻就松开了搂住林婧肩膀的手，他之所以在“快乐时光”中一直搂着林婧，只是为了给九爷的人造成一种错觉，自己跟林婧关系很亲密，那样一来多少可以起到一点震慑作用。

看到林婧恬静的笑脸，张楚凌也发自内心的欢愉，能够让这个命运悲苦的女上司快乐起来，他觉得自己这样做很有意义，“厉害的本事当然得藏着掖着了，要是到处去说人家说不定会怀疑你呢。”

张楚凌的话让林婧一怔，仔细地想了想好像还真就是这么回事，天天吼着自己是高手的，绝对不是真正的高手，想到这里她抬起头认真地看了张楚凌一眼，却看到了他满脸的促狭笑容，这才明白自己被张楚凌给耍了。

“哈哈，你不会把我的话当真了吧？”张楚凌见到林婧朝自己翻白眼的样子，终于忍不住哈哈大笑起来。

林婧见张楚凌居然捉弄自己，自然不依，伸出雪白皓腕就要打张楚

凌。迷离的霓虹灯光下，两道身影交叉着被越拉越长，留下一地的欢语笑声。

“阿凌，你赌技那么厉害，你说一个人的赌瘾可以戒掉么?”两个人追逐了半天，似乎都觉得有点累了，就在路旁的一家大排档摊子前坐了下来。

因为一次偶然的邂逅，林婧和张楚凌两人之间的距离不知不觉地就拉近了，要是说以前仅仅是林婧在照顾张楚凌，让他避免了被警署开除的麻烦的话，那么现在就是张楚凌在照顾林婧，让她避免了被生活的重担给压垮。

有时候想了想觉得命运还真是挺神奇的，林婧看了看眼前这个一脸淡定的大男孩，她心里这么琢磨着，你无意间为别人做了一件好事，哪天就会有好的报应落到自己的头上，只是，他是否知道自己曾经为他做过的事情呢?林婧不是那种挟恩图报的女人，特别是现在有求于张楚凌的时候，她更不会说出来了。

听着林婧的话语中夹杂着淡淡的忧伤，张楚凌知道她又想起了自己父亲的事情，看了看林婧明亮的眸子里夹杂的担忧，张楚凌动了帮她的念头。

“其实赌博并非生活的全部，没有人愿意一辈子沉溺在赌博之中的，你有没有想过伯父为什么会这么喜欢赌博?是不是在生活中受了什么刺激，我想要是能够找出他赌博的根源，问题也就迎刃而解了。”

张楚凌的话让林婧陷入了沉思，毕竟张楚凌的赌技已经给她造成了相当大的震撼，像张楚凌这种赌技如此厉害的人都没有沉溺于赌博，也就是事实证明了自己父亲沉溺于赌博之中可能真的不是赌博本身的魅力，而是父亲逃避生活自我麻醉的一种手段。

“我也不知道父亲为什么会喜欢赌博，从我懂事的时候起，记忆中他就喜欢赌博，听亲戚讲，似乎是母亲死后他就变成了这副样子……”

林婧从来没有向人敞开的心扉慢慢地向张楚凌敞开了，一桩桩辛酸往事从她的嘴中给抖了出来，让张楚凌对林婧的父亲有了一个完整的认识，同时也对林婧充满了痛苦的童年感到万分的同情，在一个缺少温暖和快乐

的环境中长大，林婧居然还能取得现在的成绩，是非常了不起的一件事情了。

看着泪水无声地从林婧的脸上滑落，张楚凌沉默了，他不知道这个坚强的女孩把这些辛酸埋藏在心里多久了，今天要不是机缘巧合，或许她这一辈子都不会向人倾诉吧？

张楚凌从来就没想过平时警署中坚强而热情的大姐大会有如此柔弱的一面，他的心里荡起了一丝涟漪。

林婧的美貌、林婧的坚强以及林婧的孝顺，都让张楚凌对她产生了一种莫名其妙的情愫，轻轻地递给林婧一张面巾纸，柔声说道："那些痛苦的往事既然已经过去了，就让它尘封吧，未来的幸福才是你需要争取和把握的。"

幸福，自己可能有幸福么？听到张楚凌嘴中提到幸福两个字时，林婧的心颤抖了一下，自己有着那么一个嗜赌如命的父亲，又怎么可能有幸福可言，要是让她放弃父亲，她是怎么都做不到的，无论父亲有多坏，自己都是他一手拉扯大的……

望着眼前这个突然变得懂事成熟的大男孩，林婧突然抓住了一根救命稻草一般，她抓住了张楚凌的胳膊，激动地说道："阿凌，你一定可以救我父亲的，对不对，你一定可以的。"

看着大排档里众人看向自己和林婧时讶异的眼神，张楚凌不由苦笑，他知道今天晚上的林婧实在太受刺激了，才会一再出现这种情绪失控的状况。换在平时，根本不可能从坚强的她身上看到如此柔弱的一面。

"Madam……林婧……"张楚凌想安抚一下林婧的情绪，却发现自己不知道如何称呼对方，叫 Madam 似乎太正式了一点，叫全名似乎又显得生分了一点，想到这里他干脆直接跳过称呼，"办法不是没有的，不过我需要见过伯父才能决定具体用什么方法来帮助伯父。"

在研究犯罪心理学时，张楚凌把有关心理学的所有课程都研究透彻了，他就不信还治不了一个人的赌瘾。

张楚凌的话有如镇静剂一般，迅速地让林婧安定了下来，此时她也意识到了周围那些人讶异的目光，伸出纤纤玉指理了一下额前的刘海，林婧

才出声说道：“我的好友都叫我婧婧，要是你愿意的话，你就这么称呼我吧。”

说这句话的时候，林婧的脸上涌起一团酡红，因为她突然想起了自己的好友也就那么有限的几个，而且还是女孩，还从来没有男孩如此亲昵地叫过自己呢。

“婧婧?”张楚凌的额头上涌起一条黑线，这个称呼怎么就感觉如此别扭呢，“我可不可以称呼你婧儿啊，我感觉这样反而顺口一点。”见林婧已经认可了自己好友的身份，张楚凌开始顺着杆子往上爬。

听到张楚凌的话后，林婧脸上的酡红颜色变得更深了，她的螓首都快垂到了桌子上面，相比婧婧这个称呼，婧儿这个称呼显得更加亲昵，同时也带了一点暧昧，“要是你愿意的话就随便你了……不过在外人面前不可如此称呼。”

鬼使神差地，林婧就答应了张楚凌的要求，然后她想到了什么一般，又补充了一句。

在这种暧昧的气氛中，张楚凌和林婧吃完了排挡，然后两个人一同朝林婧家中走去，打铁趁热，这是张楚凌对林婧说的话，自从在称呼的问题上林婧妥协了以后，她似乎突然就变得对张楚凌百依百顺起来，似乎张楚凌说什么都极有道理一般。

林婧的家在尖沙咀佐敦道，两个人走到林婧的家门口时，突然看到林婧的家中冒出了一阵阵的浓烟，而且邻居也对着房屋指指点点的。

“爸爸……”林婧尖叫一声，张楚凌让林婧别乱动，同时迅速地从她的身上摘下了钥匙。

“千万不要出命案啊!”张楚凌一边开门一边在心里祈祷道。想了想林婧父亲身负巨债，又成天被人在背后追着，没有一个人可以依靠，自杀的可能性还真的很大，想到这里，张楚凌的动作不敢有丝毫的怠慢。

当张楚凌冲进屋子时，才发现事情并没有自己想象中的那么严重，虽然满屋子都是呛鼻的浓烟，却看不到一点火花，而且这种烟味也并非东西烧焦的味道，而是一种纸钱的味道。

不过看到房屋的门窗都是紧紧地关闭着的，估计林婧父亲还真存了自

杀的念头。张楚凌在第一时间内把门窗全部打开，然后迅速抱起昏迷不醒的林婧父亲往外面跑，在抱起林婧的父亲时，张楚凌隐隐地看到他身边有一幅遗像。

“水和湿毛巾，麻烦大家借用一下。”张楚凌一边掐着林父的人中穴，一边朝围在一边旁观的邻居喊道。

看到没出人命，周围的那些邻居都松了一口气，在听到张楚凌的喊声后，大家都热情地帮起忙来。

林婧此时跑了上来，见张楚凌正用湿毛巾认真地给父亲敷脸，她被这个大男孩细腻的动作给感动了，怔怔地望着张楚凌的脸，一时间双眼变得迷离起来。

在张楚凌的努力下，林父渐渐恢复了神智，“水……咳咳……”林父的眼睛还没睁开，喉咙里咕哝出了这么几个字。

张楚凌见状，连忙把邻居准备好的水喂给他喝，林婧跟张楚凌一起搀扶着父亲，哭道：“爸，你没事吧，你可千万别吓我啊，婧儿不能没有你的。”

慢慢地，林父睁开了眼睛，看到哭得眼睛都红肿了的女儿，虚弱地喊道：“婧儿，爸爸是不行了，要去跟你妈妈团聚了，你要自己懂得照顾自己，爸爸现在只后悔一件事情，在临走前还给你留下了一笔巨债……”

林父的声音虚弱无力，看着他苍白的脸以及乱糟糟的头发，张楚凌有点可怜这个男人，现在终于懂得后悔了么？

林婧听到父亲后悔的言语，内心更是悲苦，这一句话，她足足等了二十几年才听到啊，她一直想看到父亲改掉赌博的恶习，现在她终于看到了，林婧喜极而泣：“爸，没事了，一切都过去了，阿凌已经帮忙把你的赌债给还清了，只要你没事，什么都会好起来的……”

听到女儿的话，林父讶异地看了身边的张楚凌一眼，脸上露出了一丝微笑，可是此时他连点头的力气都没有了，喉咙里艰难地哽咽了一下，却没有发出声音。

“我们得立即送他去医院。”见到林父身体状况如此之差，张楚凌简直不敢想象他这两天过的是什么日子，此时林父即使犯过天大的错误，

张楚凌都决定原谅他了，朝林婧喊了一声，他迅速地抱起林父就朝楼下跑去。

急症室外，雪白的走廊上，林婧焦急地走来走去，一见到有医生从急症室里面出来，她必然要向前询问一番。

半个小时后，主治医生终于从房间里面走了出来，在得知父亲并无生命危险，只是需要静养后，林婧激动之下跟张楚凌紧紧地抱成一团，眼泪不受控制地沿着双颊往下掉。

感受到胸前惊人的弹力，张楚凌心里却是没有半分邪念，他的手指头轻轻地穿过林婧的如云长发，沉寂了一会儿，才拍了拍她的肩膀，柔声道："好了，一切都过去了。"

林婧却仿佛没有听到一般，肆无忌惮地哭着，靠着张楚凌的肩膀，全身的重量都压在了他的身上。

在张楚凌说要送父亲到医院时，有那么一刹那，她甚至害怕父亲就此离她而去，这么多年过来，父亲虽然对她打打骂骂的，可毕竟抚养她成人了，而且她也就这么一个亲人，所以虽然她恨父亲，心里却依然有着难以割舍的感情。

哭了很长一段时间，林婧似乎把长久以来积郁在心中的悲苦都发泄出去了一般，她居然扬起了笑脸，感激地说道："阿凌，谢谢你，今天要不是你的话，我父亲可能就没救了。"

看着林婧泪痕尤在，笑靥已开的样子，张楚凌突然觉得她身上散发着一种震撼人心的美，微笑着摇了摇头，说："既然伯父没什么事，我就先回家了，改天我再来看望伯父，你也要注意保重身体。"

看看天色已晚，张楚凌想起了每天都等候在家的父亲，心里涌起一阵温暖，这一刻，他回家的心情是如此迫切。

"你就要走了么?"听到张楚凌的话，林婧的眼中闪过一丝失落，她以为张楚凌今天晚上会一直在医院陪着她的，在跟张楚凌相处的短短几个小时内，林婧发现自己对这个大男孩有了一种依赖的感觉。

"你还有事么?"急于回家的张楚凌没有察觉到林婧微妙的感情变化，疑惑地注视着林婧。

“没……没事，路上小心。”林婧的眼神躲闪了一下，迅速地回答道。

看着人情味十足的林婧，张楚凌的脸上绽开了阳光笑脸，对着林婧挥了挥手，他就转身离开了医院，他的背后，一道恋恋不舍的目光一直跟着，直到他的身影消失不见。

第十八章 若娴恋爱

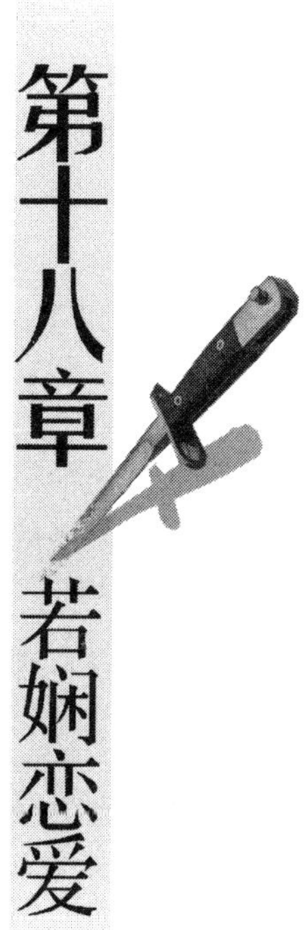

张楚凌回到家中时，发现父亲果然没睡，而且两个妹妹也没睡，他们都在客厅的沙发上坐着，电视机正播放着广告，不过众人的眼睛却都瞪着别处，并没有看电视。

见到张楚凌回来，他们一起看了张楚凌一眼，然后又很默契的同时移开了目光。

怎么了？看着家中没了往日的温馨，反而火药味十足，张楚凌心里疑惑不已：“爸，发生什么事了？”张楚凌坐到父亲的身边，揉了揉父亲的肩膀，试探性地问道。

“你问她们！”张父没好气地哼道。

虽然父亲的声音里带着怒气，张楚凌却松了一口气，因为他发现父亲并没有拒绝自己的按摩，也就是说，家里出现这种情况，问题并非出现在自己身上，想到这里，他的心情变得轻松起来，一边卖力地帮父亲按摩，一边用眼神询问大妹张若男到底发生了什么事情。

见哥哥询问的眼光望向自己，张若男连忙用手比划着事情跟自己没关系，而是跟小妹张若娴有关。

小妹那么乖巧，她怎么可能惹父亲生气呢？看到大妹张若男的动作后，张楚凌心里疑惑不已，不过当他的眼睛扫过小妹张若娴挂满了泪痕的脸时，事情还真的跟她有关。

“爸，妹妹年纪还小，不懂事，您就不要跟她生气了，她做错了什么事情，叫她改正就是，您也知道小妹在我们三兄妹当中一向最乖巧的。”张楚凌凑在父亲的耳边轻语道，他发现随着自己的按摩，父亲紧张的情绪

已经得到了舒展。

“她要是肯改就好了，我也不至于生这么大的气。”张父在张楚凌的开导下，终于肯开口说话了。

“若娴，你是不是犯了什么错啊，赶紧过来跟爸爸道歉，让爸爸原谅你，你看爸爸为我们操劳了这么多年，你就不能按爸爸的意思去做么？”张楚凌朝张若娴喊道。

张若娴听到哥哥的话，她的眼睛扫过父亲那苍老的脸庞，似乎心动了一下，可是很快脸色又变得坚定起来：“哥，我……”她的话还没说完，眼泪却止不住地涌了出来。

张若男见状，连忙从茶几上抽出两张面巾纸递给了妹妹，同时朝哥哥使了一下眼色，示意他不要乱讲。

难道小妹没错，错的是爸爸？见到两个妹妹的表情，张楚凌看了一眼满脸落寞的父亲，心里疑惑不已。他知道小妹的脾气，虽然乖巧懂事，但是一旦自己认定了的事情，就会执著地坚持下去，只是，这一次到底是什么事情呢，让父亲生这么大的气。

“爸，妹妹也长大了，有些事情孰轻孰重，她自己应该能分辨得清楚的，您是不是让她自己作一次决定，那样即使她以后后悔了，也不会怪罪您啊……”张楚凌看到小妹的思想工作可能做不通了，转而开始做父亲的思想工作。

听到张楚凌的话，张若男“扑哧”一声差点笑出声来，她从来就没有想过自己的哥哥还有做思想工作的天赋，刚刚还说小妹年纪还小，不懂事什么的，一分钟时间不到又说小妹长大了，分得清事情孰轻孰重，这不是自己掌自己嘴巴么？

不过张若娴在听到哥哥的话后，眼中却异彩连连，她感激地看了哥哥一眼，然后又有点黯然地看了父亲一眼，默不吱声地低下了头。

张父的脸上露出了沉思的神色，良久，他才叹了一口气：“阿凌，不是当爸爸的固执，而是若娴这丫头太不懂事了啊，她喜欢谁不好，偏偏去喜欢仇人的儿子，居然还要给我一个意外的惊喜，我差点就被这个意外给刺激得入了坟墓了。”

“爸……”听到父亲的话后，一向乖巧懂事的张若娴终于忍不住脆生生地喊了一声，然后扑在了父亲的怀中，“我以前不知道阿才他爸爸跟你有仇的，而且那都是上一代的恩怨了，我们也没办法啊……”

看得出，虽然张若娴心中爱着父亲，可是她同时也不想放弃自己的爱情，在跟父亲妥协的同时，她也在试图争取，希望得到父亲的谅解和支持。

听到这里，张楚凌终于知道了事情的始末，不过他却有点不知所措了。对于这些情啊爱的，他是听了就头痛。

张父虽然心疼女儿，可是他却没打算妥协：“若娴你想想，我把他的父亲送进了监狱，一关就是几十年，他的父亲也打断了我的脚指头，毁了我一辈子的梦想，这都是铁的事实，你倒是给我说说，我们两家能够走到一起吗?”

张父越说越激动。听到父亲的话，张楚凌也是默然，怎么这种事情偏偏就在自己家里上演了呢，他头痛地看向妹妹张若男，希望她能够拿个主意，可是很显然，张若男面对这种情况也束手无策，面对哥哥求助的目光，她只是表示无能为力地摊了摊手。

看到天色已晚，而这件事情显然不是一时半刻能够解决问题的，张楚凌让张若男先带妹妹回房睡觉，他也劝着父亲进了卧室休息，然后他才回到了自己的卧室。

坐在床上，张楚凌开始头痛该如何解决这个棘手的难题。从妹妹脸上那坚定的神色可以看出，要想劝妹妹放弃那个什么阿才，难度肯定不小。

然而想起了父亲的处境，张楚凌也摇了摇头，他同样理解父亲的难处，父亲的理想就是因为大脚指头的失去而毁了，此时让他把含辛茹苦养大的女儿送给仇人做媳妇，确实有点说不过去。

张楚凌打开了电脑，把二十几年前发生的那件案子从网上翻了出来。

父亲带着哨子红绳的威武模样很快就出现在了张楚凌的眼中，下面则是关于他的英雄事迹的详细报道，以及警务处处长对他的勉励之词。

看得出父亲当时的脸上虽然充满了兴奋之情，可是他的眼中同时也有

一丝失落的神色，因为就是那一次勇擒劫匪，让他拿到了最高的荣誉，同样也是那次的行动，让他失去了大脚指头，从而失去了继续获得荣耀的可能。

张楚凌发现，这一次自己遇到的难题是如此难以解决，让他有种无从下手的感觉，因为这里面同时牵扯到了亲情和爱情，而爱情又恰好是他的死穴，几十年的生活经历中，爱情都是一片盲区。

一边阅读着父亲过去的点滴，一边看着父亲那张因为荣耀而笑得灿烂的脸庞，张楚凌的心里慢慢有了一个计划，虽然还是雏形，不知道是否可行，但是他决定还是先试一试。

既然自己对爱情一窍不通，那就从亲情着手吧，心里有了这个念头，他迅速地把父亲风光时所有的照片和新闻给找了出来，然后整理分类，并拷贝了出来。张楚凌的想法很简单，冤家宜解不宜结，他打算一边让父亲解开心结，另一边着手调查一下父亲的那个所谓的仇家现在对父亲到底是一种什么样的态度，要是有和好的可能，那就让他们两个握手。

更关键的是，张楚凌现在非常好奇，爱情到底有什么魔力，能够让一向乖巧听话的妹妹变得如此叛逆疯狂起来，他决定在不让父亲为难的情况下成全妹妹一次。

因为阿拉伯王储的关系，现在张楚凌成了PTU成员里面最特殊的一个，当别人都需要在外面辛苦巡逻的时候，他只需要在阿拉伯王储每天例行治疗的时候出现在医院就可以了，这样一来，他就有了大量的空闲时间来做自己的事情，至少在阿拉伯王储还没有离开香港之前，他是相当悠闲的。

这也正是张楚凌喜欢的生活，自由、惬意。结束了对阿拉伯王储的例行治疗，张楚凌跟G4保护要人组的成员招呼了一声，就在他们羡慕的眼光中离开了医院。

张楚凌心中牵挂着妹妹的事情，现在又恰好空出了这么多时间，他自然第一件事就是想弄清楚这件事情的真相，那个阿才是不是真心喜欢妹妹？他的品性怎么样？

也难怪张楚凌会如此担心，张若娴那么单纯可爱的一个女孩，在这个

尔虞我诈的社会中被人骗是很正常的事情，而张楚凌需要做的就是，把那个阿才的真面目找出来。

要是阿才真的是一个好男孩，值得妹妹去为他付出，他再想办法成全妹妹；要是那个阿才只是因为妹妹漂亮单纯，或者是因为某种目的而接近妹妹的话，张楚凌会毫不犹豫地让阿才知道后悔两个字是怎么写的。

根据大妹张若男提供的资料，小妹张若娴的男友全名叫孙宝才，是大角咀一家名叫康发进出口贸易公司的部门经理，大概三十岁的样子，人长得高高帅帅的，出手也大方，可以称得上是年少多金。

张楚凌现在很是怀疑这个孙宝才对妹妹的感情，按理来说作为一个部门经理应该是一个善于交际八面玲珑的人，在平时的生意交往中肯定要接触到形形色色的人物，张楚凌就不信他这么多年没碰到中意的女人，妹妹张若娴虽然漂亮可爱，但并不是什么人见人爱的绝色美女，张楚凌很难想象孙宝才能够做到“万花丛中过，片叶不沾身”，而妹妹一个整天除了上班就是待在家里的女孩会引起他的兴趣。

其实张楚凌心中还有一个疑惑，那就是他已经知道孙宝才的父亲三个月前从监狱被释放出来，这个孙宝才和妹妹早不谈恋爱，晚不谈恋爱，偏偏三个月前开始谈恋爱了，事情真的会这么巧合？

孙宝才的进出口贸易公司地处大角咀深旺道，张楚凌并没有花多少工夫就给找到了。他利用各种关系对孙宝才的公司展开了调查，关于孙宝才的事情一点一滴地显露出来了。

原来这个康发进出口贸易公司根本就是一个幌子，它真正做的却是人肉生意，那就是从大陆偷渡一些女子过来，利用她们想在香港发财的念头，逼迫她们去卖淫。康发进出口贸易公司就是一个专门负责偷渡的大型犯罪团伙，在它的后面，同时还有一个卖淫团伙。

想了想孙宝才英俊帅气的背后居然隐藏的是如此肮脏的一副面孔，张楚凌心中不寒而栗，想想好多大陆偷渡过来的年轻漂亮姑娘都被孙宝才开苞后才送给“姆妈”的。想到跟妹妹谈恋爱的是这么一个淫魔，张楚凌恨不得立即就把孙宝才的根给断掉。他现在不由庆幸自己跑了康发进出口贸易公司一趟，不然的话后果真的不堪设想了。

张楚凌根据查出的消息，认为那个孙宝才异常狡猾，虽然他经营了一家偷渡公司，可是他并不经常露面，而是指使手下的小弟出面，他在背后出谋划策，在整个犯罪团伙里充当的是一个军师的角色。

张楚凌要迅速地把孙宝才背后的那个偷渡团伙和卖淫团伙的信息找出来，帮助妹妹张若娴认清孙宝才的真实面目，让她对这段感情死心。

让张楚凌郁闷的是，居然在网上没有任何关于那个偷渡团伙和卖淫团伙的信息，难道扫黄组的同事就从来没有抓获过这些人？想到这里张楚凌就忍不住要报警，可是报警也得有证据啊，自己现在无凭无据的，报警说不定还被中心怀疑自己报假警呢。

想到这里，张楚凌冷静下来。现在自己能做的，一方面是保护妹妹张若娴，尽量不让她跟孙宝才接触，另一方面则是迅速地找出孙宝才偷渡大陆妹的证据，把他尽快抓获，那样才能从根本上保护妹妹。

张楚凌给妹妹张若男发了一条短信，让她在接下来的日子里每天接送妹妹上下班，有状况就第一时间给自己打电话，然后他开始策划跟踪孙宝才的行动。

根据消息，孙宝才每天上午都要在康发进出口贸易公司露一次面，十点多的样子他就会离开公司，每个月都会有一两批大陆妹偷渡来到香港，她们先是被安顿在康发进出口贸易公司，然后就会有人隔三差五地领这些女孩出去，这些女孩接着就不知去向了。

根据得到的零碎信息，张楚凌整理出了一些有用的东西，那就是这些大陆妹，多是从深圳或上海那边偷渡而来的，她们大部分都是被大陆那边的犯罪组织欺骗过来挣钱的，然后香港这边的“蛇头”则负责运输过来，并收取偷渡费，至于那些知道自己过来肯定是卖淫的人少得可怜。

既然无法判断那些偷渡妹到底什么时候能够到达香港，张楚凌自然不能在康发进出口贸易公司门口守株待兔了，他想了一想后，决定最后还是以孙宝才为突破口，只要盯住了孙宝才，一方面可以保护妹妹张若娴，另一方面可以顺藤摸瓜，把他背后的那个犯罪团伙都揪出来。

孙宝才晚上一般在“快乐时光”里面跟几个朋友一起 Happy，过了十二点才会回家，而每天晚上他都会带一名女子回家。孙宝才跟其他蛇头碰

头洽谈业务，也多是选择在“快乐时光”里面搞定，因为在那里不容易引起怀疑。

此时时针已经指向下午五点，按照孙宝才的作息规律，他此时应该往“快乐时光”的方向走了，张楚凌正准备往“快乐时光”出发的时候，他脑海中灵光一闪，知道了孙宝才现在肯定在另一个地方。

漂亮的一个甩尾，张楚凌把自己的哈雷掉了一个头，风驰电掣般地朝大角咀警署的方向开去，因为他想到了孙宝才既然在跟妹妹“热恋”，那么他即使演戏，也得演得逼真一点，这样一来他肯定就得每天在妹妹下班后接她了，而且还能借此机会聊上两句。

要知道妹妹可是一个非常乖巧听话的女孩子，下班后从来就不会在外面逗留的，孙宝才要想追求妹妹，只有把握住妹妹下班后从大角咀警署到长沙湾的家中这一段路程跟她熟络。

张楚凌赶到大角咀警署时，远远地就看到了大妹张若男和小妹张若娴正在吵嘴，她们的身边还站着一个高大帅气的男人，他很有风度地没有说话，只是偶尔看向小妹的眼光中，流露出似水柔情。

不过张楚凌却很清楚地看到了在妹妹没有看他的脸时，他的脸上闪过的一丝阴鸷。

大妹张若男虽然很能说，不过她很显然没能拗过小妹张若娴，几分钟后，只见她气呼呼地转身而走，而小妹张若娴却满脸幸福地钻进了孙宝才为她打开的车门。

张楚凌发动了摩托车，同时戴上了安全帽，远远地跟在孙宝才的车后面。因为是下班时间，路上车来车往，所以张楚凌能够很好地借助来往的车辆掩饰自己的行踪，根本就不怕被孙宝才发现。

“哥，小妹实在太固执了，我本来想接她回家的，可是她非要坚持坐那个孙宝才的车回家，你看怎么办啊?”张若娴在气呼呼地开车走了一段路程后，意识到自己的失职，连忙打通了张楚凌的电话说了一遍自己遇到的情况。

“若男，下次碰到这种情况你别跟小妹生气，而是应该开车尾随他们，假如孙宝才真的是送小妹回家，就什么事都没有，假如他的车不是开向回

家的路，你就打电话给我。”张楚凌在电话这头认真地叮嘱道，“我现在正在跟着他们俩呢，你就先回家吧，回头再聊。”

挂掉电话后，张楚凌不紧不慢地跟在孙宝才的车子后面。可能是为了能够跟张若娴在路上多卿卿我我一番，孙宝才的车开得很慢，而且他开车时也显得心不在焉的，压根就没想到有人在跟踪他。

张楚凌的跟踪很有技巧，他并不是一成不变地跟在孙宝才的后面，他有时会抄近路超过他们，找一个地方隐蔽起来观察他们；有时却会走另一条公路，然后在两条路的交叉点又跟上了孙宝才的车子……

其实张楚凌根本就没必要这么谨慎，他的很多技巧对于车上的两个人来说都是多余的，因为张若娴现在完全沉浸在了自己编织的爱河里面，不可能注意到张楚凌的存在，而孙宝才对张楚凌的了解有限，能否认出张楚凌还是一回事。

张楚凌发现一开始孙宝才跟自己的小妹有说有笑的，车里的气氛很融洽，到了后半段路时，情况却变得有点不对劲了，张若娴跟孙宝才因为一些事情突然吵了起来，两个人闹得很僵，孙宝才气得脸色都绿了，而妹妹也是沉着一张脸坐在车里面没有说话。

接下来的时间里，两个人都没有说话，孙宝才只顾着开车，而张若娴却瞪着一双眼睛迷茫地看着前方，车里的气氛突然变得压抑起来。

孙宝才和妹妹因为什么事情吵架，张楚凌大概也能够猜得出来，小妹的性格张楚凌再熟悉不过了，虽然昨天晚上跟父亲斗气，她心里却比谁都心疼父亲，她这一次跟父亲闹翻，可能也是真的很在乎这份感情。

但是这并不代表她就想忤逆父亲的意思，所以张若娴现在肯定在跟孙宝才说起昨天晚上的事情。一个迫不及待地想生米煮成熟饭，一个却想等双方家长关系融洽后再说，估计从昨天晚上到现在，小妹一直在琢磨着如何跟孙宝才开口吧。

想想小妹也够可怜的，初恋的对象居然是这么一个人面兽心的家伙，张楚凌现在在心里暗自庆幸，还好自己发现得早，现在什么悲剧都没有发生，要是等到悲剧真的发生时才发现问题，就一切都晚了。

张楚凌之所以没有把孙宝才的真面目告诉小妹，是因为他知道即使告

诉了妹妹孙宝才的真实面目，小妹也不一定会相信，说不定她会怀疑自己站在父亲一方故意刁难她，同时她还可能找孙宝才去对质，从而有打草惊蛇之虞。

自从孙宝才和小妹闹僵后，张楚凌就没敢放松警惕了，根据资料，孙宝才的性格绝非表面上看起来这么温文尔雅，而是一个充满了暴虐倾向的大男子主义者，一旦有什么事情不顺他的心，他就会露出狂暴的一面，张楚凌现在特别担心孙宝才软的不成来硬的，在车里面对妹妹动粗。

正在这个时候，孙宝才的电话突然响了起来，他接通电话后，也不知道电话那头说了什么，孙宝才听了以后脸色大变，话都没说一句就掉转了方向，朝长沙湾相反的方向开去。

张若娴对孙宝才突然改变车的方向有点措手不及，此时她也顾不得生气了，连忙询问原因，孙宝才却懒得回答她，只是一个劲地加速，待张若娴问得急了，他直接一声大吼，把张若娴吓得坐在副驾驶的位置上不敢动弹。

张若娴的安静持续了不到两分钟，就开始使劲地拍着车窗，同时朝孙宝才喊叫，估计是想下车。因为此时车子已然穿过了深水埗，靠近了长沙湾，张若娴若是从这里下车回家会很近，而车子转向后，却是往长沙湾相反的方向开了，张若娴在不知道孙宝才想干什么的情况下，她自然不愿意在车上面继续待下去，而且，她从来就没见过孙宝才这么凶狠的一面，也让她害怕继续在车上面待下去。

张楚凌虽然不知道孙宝才接到的电话到底听到了什么，但是看他车开往的却是尖沙咀方向，他隐隐猜到孙宝才可能是想去“快乐时光”，打给孙宝才电话的那个人极有可能在“快乐时光”等着他，难道是因为卖淫团伙有什么急事找孙宝才？张楚凌心里生出了这么一个疑问。

看到一向恬静的妹妹变得狂躁不安起来，张楚凌心里暗暗着急，他害怕孙宝才会因为妹妹的吵闹而伤害她，但是张楚凌却没敢打电话或发短信通知张若娴让她安静下来。

张若娴见孙宝才突然间对她这么凶狠，她在害怕的时候又有点茫然，这个时候她想起了哥哥张楚凌的话，有什么危险要记得给他打电话。可是

她拿出电话还没来得及拨通，就被孙宝才粗暴地一个巴掌把电话打掉在车上了。

见到突然变得陌生的孙宝才，张若娴的心开始动摇了，这时她想起了父亲的话，想起了家人对她的呵护，泪水潸然而下。她不知道在前方等待她的是什么危险，然而她却没有力量去反抗，难道这就是自己坚持的结果么？

看着孙宝才依然铁青的脸色，想起他刚才嘴中骂出的恶毒言语和对自己的粗暴动作，张若娴的心里非常后悔，难道以前的一切都是假的？

张若娴无助地看着窗外，等待着命运的审判，她的脑海中，家人的面孔一张张地晃过。

突然间张若娴的眼睛一亮，因为从车子的后视镜中她看到了一个熟悉的身影，离得近了，她发现那个身影正是自己的哥哥张楚凌，而且她还清楚地看到了哥哥对着自己眨了眨眼睛。

福至心灵地，张若娴没有表现出任何的异常，她依然保持原样看着窗外，只是她的心里却没了丝毫的害怕，从姐姐张若男的嘴中，张若娴得知了哥哥特别能打，从那一刻起，哥哥就成了她心目中的保护神，见自己刚想给哥哥打电话，他就出现在了自己的身边，一股幸福的感觉从她的心中涌起。

绝处逢生的感觉让张若娴差点喜极而泣。望了望眼前刚刚还让自己害怕不已的孙宝才，张若娴突然间觉得自己跟他没有了任何的关系。今天就当是哥哥带着自己玩了一个刺激的游戏吧。

看着妹妹的情绪稳定了下来，张楚凌松了一口气。张楚凌刚才之所以现身让妹妹看到，就是让她安心，不要惹怒孙宝才而受到不必要的伤害，在现身时，张楚凌还生怕妹妹会反应异常而引起孙宝才的注意，不过很显然，蕙心兰质的妹妹没有表现出任何的异常，而孙宝才似乎心中想着什么重要的事情，也无暇顾忌妹妹的表情变化。

直觉告诉张楚凌，孙宝才赶着去处理的肯定是一件棘手的事情，可能跟偷渡或卖淫有关，而从孙宝才刚才对妹妹的粗暴态度来看，他似乎并不打算在妹妹面前继续隐瞒下去，而是准备把自己的真实面目暴露出来，而

这样一来，妹妹的处境就变得非常危险。

想到这儿，张楚凌不由摸了摸自己腰间的点三八左轮手枪，嘴角扬起了一丝耐人玩味的笑容。因为是阿拉伯王储“贴身保镖”兼“兼职翻译”的双重身份，郭军伟特意帮张楚凌申请了二十四小时佩带枪支的特权。

“说不得今天晚上就得动用枪支了。”张楚凌心里想到。

不出张楚凌的意料，孙宝才的车果然在“快乐时光”的门口停了下来，只见他很粗暴地把张若娴推下了车，然后紧紧地搂着她走进了“快乐时光”的大门。

张若娴皱着眉头挣扎了一下，当她看到紧紧地跟在身后的哥哥时，她的心变得安宁起来，警察的直觉告诉她，今天晚上可能要发生一些重要的事情，虽然她不清楚到底会发生什么事情，但是她看到孙宝才一直紧紧地抓住自己，张若娴也明白自己现在的处境极为危险。

虽然时间才刚刚傍晚，“快乐时光”里面却熙熙攘攘，人满为患。孙宝才在快乐时光里面似游鱼一般，拉着张若娴的手迅速地穿梭着，张楚凌紧紧地跟在后面，他也是第一次发现“快乐时光”里面地形如此复杂，而且在嘈杂的舞池后面，居然别有一番天地。

远远地，张楚凌看着孙宝才跟妹妹走进了一个房屋，不一会儿他走出房间，往四周看了看，没发现什么不妥，才继续朝过道深处走去。见孙宝才如此谨慎，张楚凌心里疑惑不已，这葫芦里卖的到底是什么药？

是先把妹妹救出来还是继续跟踪孙宝才？

张楚凌心里犹豫了一下立即有了决断，孙宝才的事情随时可以调查清楚，妹妹一个人独自呆在一个陌生的地方却随时可能遭遇不测。想到这里，他立即蹑手蹑脚地靠近了关押妹妹的那个房间。

张楚凌做的第一件事情不是闪身扑入房间，而是先启动自己手机上的信号干扰功能，如果自己冒失地冲进去，而房屋中又有摄像头监控的话，自己救人的画面就会被对方给发现，到时自己人没救成，反而打草惊蛇了，而这却不是张楚凌希望看到的结果。

事实证明张楚凌的做法是多么有先见之明，他一进屋子，就看到了正对门口的摄像头，让他讶异的是，房间内除了自己妹妹外，还坐着另外十

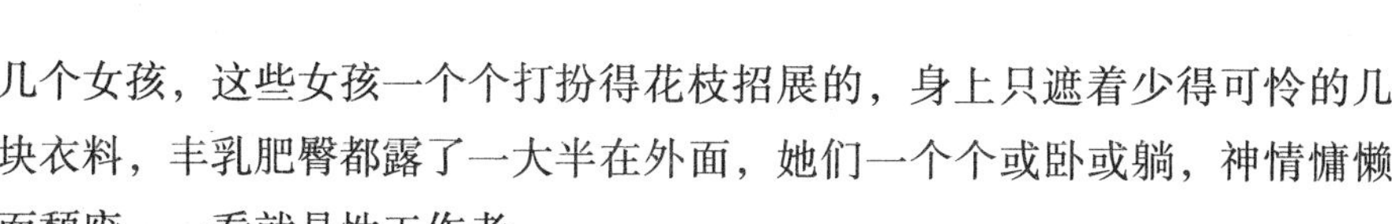

几个女孩，这些女孩一个个打扮得花枝招展的，身上只遮着少得可怜的几块衣料，丰乳肥臀都露了一大半在外面，她们一个个或卧或躺，神情慵懒而颓废，一看就是性工作者。

房屋的中央，四个衣着敞露的男子正在打牌，听到推门的声音，他们以为是孙宝才又回来了，头都没抬一下，其中一个还大声地笑道：“放心啦阿才，你的妞我们会帮你照看好的。”

张楚凌默不作声，双手一抓一合，两个来回就把四颗脑袋碰撞到一块，动作之快让那四个男子根本就来不及反应，很干脆地晕了过去。

“哥！”看到哥哥果然来救自己了，张若娴心中高兴不已，脆生生地喊道，同时脸上露出了幸福的微笑，只是眼中却隐隐有两颗泪珠在打转。

“好了，没事了。”张楚凌把妹妹抱在怀中，轻轻地拍了拍她的后背安慰道。

张楚凌对她笑着眨了眨眼睛，才转向屋子里的众女说道：“你们有什么打算，是继续待在这里，还是跟我们一起出去？”

听到张楚凌的话，屋子中的十几个女孩都愣住了，她们都是大陆偷渡过来的，对于跟她们接触的任何香港男人，她们都本能地保持了警惕的心理，此时听到张楚凌居然愿意带她们出去，她们犹豫了。跟着这个陌生男人出去，多半是被送到警署，然后罚款，再被遣送回大陆，留在这里，虽然要遭受男人的凌辱，却能挣足够的钱。

“机会我给你们了，走不走随便你们！”看到那些女人犹豫不决的神色，张楚凌失去了耐心，拉着妹妹就走出了房门。张楚凌知道，自己在这里多待一秒，危险就会多一分，他现在的首要任务是把妹妹迅速地送到一个安全的地方，而不是尽妇人之仁做那些女人的思想工作。

到了安全的地方后，张若娴问道：“哥，你是不是知道了什么啊，不然为什么今天会跟踪孙宝才和我？”

“嗯，他表面上是进出口贸易公司的经理，实际上却是一个偷渡和卖淫团伙里面的人，他跟你接近，可能是另有目的……”张楚凌简单地把自己知道的事情跟妹妹说了一遍，他之所以现在就敢把孙宝才的真实面目告诉妹妹，是因为他发现妹妹已然能够摆正心态，以客观的态度面对孙宝才

了，要是现在还不告诉妹妹真相的话，张楚凌害怕妹妹继续对孙宝才抱有幻想而坏事。

听到哥哥的话，张若娴沉默了起来，但是她的情绪波动并不大，只见她深深地吸了一口气，说道："哥哥，对不起，让你担心了，我回去会跟爸爸道歉的，接下来我也知道自己该如何做了。"

望着妹妹突然间变得成熟了的脸庞，张楚凌有点心疼。或许，每个人都要经历过一两次的感情伤害才会变得成熟起来吧，张楚凌拍了拍妹妹的脸蛋，把她给塞进了一辆TAXI，"赶紧回家吧，不然爸爸又要担心你了。"

"嗯，哥哥也注意安全。"张若娴微笑着跟哥哥挥了挥手。

张楚凌比划了一个OK的手势，朝妹妹做了一个鬼脸，才转身再次走进了"快乐时光"的大门。

第十九章 再遇九爷

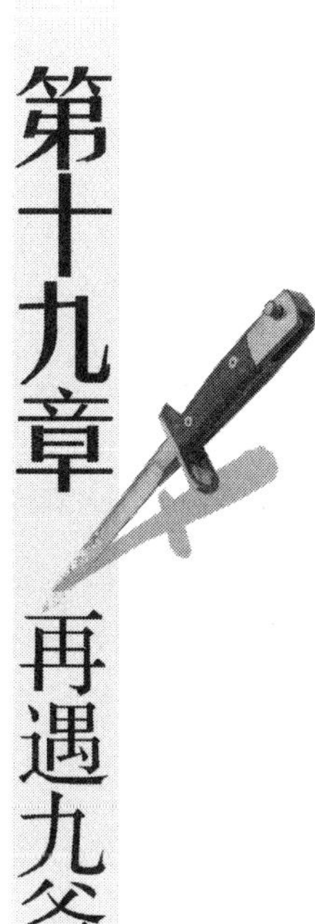

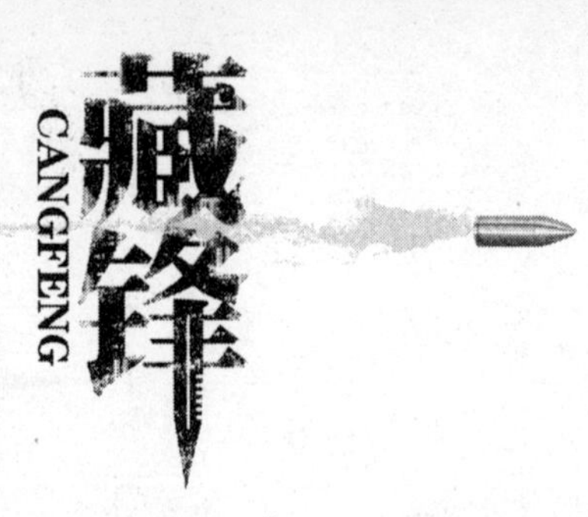

张楚凌刚走进“快乐时光”就被一个大块头给拦住了，这个大块头张楚凌看起来觉得有点面熟。

“张先生，九爷有请!”大块头目无表情地说，同时也不管张楚凌答应没答应，转身就走，开始在前面领路。

“九爷?”张楚凌心里疑惑不已，这个时候九爷找自己有什么事呢，他跟孙宝才那一伙人又有什么关系呢?

张楚凌想起了昨天晚上自己跟九爷赌博掷骰子的事情，当时九爷似乎就是想找自己做什么事情，只是被自己赢了两百万后，他的要求没有说出来而已，而且九爷当时也没有找自己和林婧的麻烦，而是很干脆地把账给结了，任由自己和林婧离开了“快乐时光”。

九爷给张楚凌留下的印象是一个很干脆的人，说一是一，说二是二，不会耍赖，也不会背后给人下刀子。而且“快乐时光”是九爷的产业，孙宝才所在的偷渡团伙所有的交易又都是在“快乐时光”里面完成的，这里面就存在很多问题了。

张楚凌一犹豫的工夫，大块头已经走出了很长一段的路了，看到九爷这么有把握把自己请去，张楚凌也动了念头想去看看九爷的葫芦里面到底卖的是什么药。直觉告诉张楚凌，这个九爷今天绝对会给自己一个震惊。

在大块头的带领下，张楚凌很快就到达了九爷所在的房间。

房间的摆设很简单，里面只有九爷一个人，看到张楚凌来了，九爷很是高兴，他立刻从椅子上站了起来，快步走到张楚凌的身边，伸出手：“今天我不知道该称呼你张 Sir 呢，还是称呼你张先生?”

听到九爷的话，张楚凌的眼睛一跳，这个九爷的能量还真不小啊，居然短短的一天时间内就把自己的底摸清了，只是他这句话又是什么意思呢？望着九爷脸上似笑非笑的神色，张楚凌神色漠然地伸出了手掌。

“你还是叫我张先生吧。”张楚凌已然听出了九爷的弦外之音，淡淡地回答道，要是自己今天在这里以警察的身份出现，估计接下来的事情就没法谈了。

似乎早就料到了张楚凌会这么回答，九爷哈哈大笑一声：“爽快，我就知道张先生不是那种刻板的人，昨天晚上张先生虚虚实实的，可把我给坑惨了啊，转瞬间两百万就不见了，我当时还以为你是哪位赌界前辈的后人呢，谁知道原来张先生居然是当差的，真是出乎意料啊。”

张楚凌只是看着九爷一个劲地跟自己套近乎，他却没有答话，张楚凌知道九爷这个时候找自己来，肯定是有求于自己，不愁他不挑明话题，至于孙宝才的事情，“快乐时光”是九爷的地盘，有九爷在，还怕抓不住孙宝才么？

看到自己的热脸贴到了张楚凌的冷屁股上，九爷讪讪然地闭上了嘴巴，沉默了一会儿，他开门见山地说道：“张先生今天过来应该是为那个孙宝才而来的吧？”

听到九爷的话，张楚凌的眼中闪过一丝寒光，对方是如何知道自己是为孙宝才而来的，张楚凌确认没有任何人留意到自己啊，要是孙宝才跟九爷是一伙的话，自己岂不危险了？

“你怎么知道的？”张楚凌冷冷地问道，只待一个回答不对就制住九爷。

九爷没想到张楚凌脸色说变就变，而且他很清晰地从张楚凌的身上感觉到了浓浓的敌意，他内心不由忐忑起来，他对张楚凌的了解有限，仅仅知道张楚凌是一个警察而已，有着出色的格斗技能和赌技，其他的一概不知，他之所以想找张楚凌合作，就是看中了张楚凌的搏斗技能，而且他不是自己的人这一点。现在张楚凌突然表现出了让自己害怕而陌生的一面，他自然有点犹豫起来，自己的决定到底是对还是错呢？

想到这里，九爷的眼神也变得凌厉起来，他并不想被一个年轻人把气

势比了下去，何况他手中还有一张王牌没有拿出来呢。

“张先生，我待你以诚，并不代表我就怕了你……”

“说，你怎么知道的？”张楚凌的脚步快若闪电地斜着向前跨了一步，躲过了大块头瞄准他脑袋的枪，同时探手掐住了九爷的脖子，另一只手掏出了腰间的枪，重重地顶住了九爷的脑袋。

大块头没想到张楚凌的胆子会那么大，即使自己用枪指着他也敢乱动，同时张楚凌的动作之快也出乎他的意料，他发现自己的眼睛都无法跟上对方的身影，等他再次找到张楚凌的身影时，九爷已经落入了张楚凌的手中。

九爷的话戛然而止，自己威胁张楚凌的话还没来得及出口，脑袋就被对方硬邦邦的枪口给顶住了，张楚凌不依不饶的声音在他的耳边响起，有如催命梵音一般，让他不得不回答，他甚至怀疑自己再不回答对方问题的话，就会有一颗子弹穿过自己的脑袋，那时即使自己手中有王牌也使不出来了。

“张先生，有话好好说，有话好好说。”此时九爷也顾不得什么颜面不颜面的了，对他来说，显然生命比面子更重要。

听到九爷的话，张楚凌稍稍放松了一下九爷的脑袋，“我怎么没发现你们的跟踪？”张楚凌心中疑惑不已，要是有人注意自己的话，自己不可能发现不了，难不成这里还有什么高科技是自己所不了解的？

见张楚凌缠着这个问题不放，九爷在感慨张楚凌危机意识的同时，也知道要是自己的回答不能让张楚凌满意的话，估计他是不会轻易放过自己的。

九爷伸手拿起面前抽屉里的一个播放器，按下了播放键。

当张楚凌听到自己和妹妹在TAXI旁边的对话录音时，才明白了是怎么回事，原来九爷发现自己的时候，却是自己以为已然脱离了危险，放松警惕的时候，突然之间他眉头一皱，抓住九爷的头发直接把他给拎了起来，眼睛冒火地问道：“那个司机把我妹妹载到哪去了？”

也难怪张楚凌如此动怒，要是TAXI的司机是九爷的人的话，岂不意味着自己亲手把妹妹送进了危险境地？这一刻，张楚凌在万分自责的同时

也第一次真正动了杀机。

剧痛从头顶传来，九爷干涸的老眼中硬是被挤出两颗老泪，同时他的脸色因为剧痛而变得惨白，九爷这才发现，张楚凌先前的杀气简直跟现在没法比，此时他只觉得自己全身如陷冰窖，被张楚凌的杀气包裹住了，他丝毫不怀疑只要自己回答错了一句话，对方会像杀一只小鸡一般扭断自己的脖子。

艰难地咳嗽了一声，九爷喘气说道："张先生请放心，那辆 TAXI 的司机是我的人，但是在没有得到我的命令前，他不会对令妹轻举妄动的。"

听到九爷的话，张楚凌脸色好看了一点，把九爷放到地上，只是他的枪却没有离开九爷的脑袋，"算你聪明，只要我妹妹出了一点事情，我就拿你的命去给她陪葬。"

张楚凌冰冷而不带丝毫感情的语气让九爷不由自主地缩了缩脖子，他这才发现自己全身都被汗给浸透了，就在几分钟前，他还以为张若娴就是他手中的王牌，只要张若娴掌握在自己的手中，那么不愁张楚凌不跟自己合作，可是现在却庆幸自己没有拿张若娴的安全来威胁张楚凌，要是真那样做了的话估计自己现在都成死人了吧。

望着张楚凌凛然不可侵犯的眼神，九爷心中有一种错觉，好像站在眼前的这个年轻人不是一个警察，而是一个杀人无数的魔王，似乎所有的生命在他的眼中都有如蝼蚁一般不值钱。

"您放心，您妹妹绝对不会出一点事情，我的人会安全地把她送到家的。"不知不觉地，九爷就用上了敬语，形势没人强，他不得不低头，现在他也不指望合作了，跟孙宝才比起来，他觉得张楚凌更加可怕，跟张楚凌合作的话，合作不成反而把自己的命给赔了进去就不划算了。

"你怎么那么快就查出了我的身份？"张楚凌对于九爷庞大的信息网络还是有点耿耿于怀，要是不弄清楚这个问题他心里总觉得不踏实。

"这个您也知道的啦，我们是混黑社会的，手段自然见不得光。我们知道林婧的底细，自然从她的身上下手了，我们的人是从她父亲的嘴中把您的身份给套出来的。"九爷这一次没有丝毫的犹豫，就把怎么查出张楚凌身份的经过给说了出来，语气中带着谦恭，生怕张楚凌听了不满意而继

续折磨他。

林婧的父亲怎么知道自己身份的，难道林婧在他面前透露了自己的身份，想到这里，张楚凌一怔，不过听到九爷打听消息的途径如此曲折，也不得不佩服他手下人的能干。

见九爷这么老实，张楚凌也知道对方完全跟自己交底了，他收起手枪，对九爷说道："既然你知道我是为孙宝才的事情而来，你却把我叫到了这里，是不是要给我一个交代?"

见张楚凌收起了对准自己脑袋的枪支，九爷心中一阵轻松，当听到张楚凌的话，才想起自己找张楚凌来这里的真正目的，同时他的心中又升起了一丝希望，自己准备了这么多事情，不就是为了对付孙宝才么，此时既然张楚凌这个煞星也想对付孙宝才，岂不意味着自己有和他合作的可能性?

想到这里九爷连忙点了点头，说道："张先生，我先前对您做的一切还请您原谅，都是因为我错估了您的实力，想逼迫您帮我办事。其实我们的关系完全不用弄得这么僵的，我想对付孙宝才，您也想对付孙宝才，我们的目标完全是一致的，只要我们相互合作，肯定可以达到事半功倍的效果。"

张楚凌闻言点了点头，自己要急于对付孙宝才，而九爷对孙宝才知根知底，今天还真就得跟九爷合作一次，所以他也没有再说别的，问道："你先把你跟孙宝才之间的恩恩怨怨全跟我说一遍!"

听到张楚凌的问话，九爷不由面显难色，毕竟张楚凌的警察身份摆在那里，而自己和孙宝才做的事情却见不得光，要是把跟孙宝才的恩怨说出来，不可避免地就要提到那些不能见光的事情。

见九爷犹豫，张楚凌很快就明白了九爷心中的顾虑，他笑了笑说道："你放心吧，今天的话，出你嘴，入我耳，不会有第三人知道的，而且现在，我只是孙宝才的敌人而已，并不是警察。"

张楚凌的保证让九爷相信了他，九爷挥了挥手，示意大块头出去。

"说起我跟孙宝才之间的恩怨，就得追溯到我跟他父亲孙安斗之间的恩怨了，当年的抢劫案后，孙安斗锒铛入狱，他老婆就跟人跑了，不得已

他把不到十岁的儿子孙宝才托付给我帮忙抚养，看在几十年的交情上，我答应了……让我气愤的是，孙宝才却是一只白眼狼，二十年来，表面上对我恭敬，暗地里却不断地侵蚀我的产业，离间我的手下，刚开始我想反正自己老了又没有子嗣，产业迟早是他的，也就睁一只眼闭一只眼了，可是三个月前孙安斗出狱后，他们父子却对我动了杀心……"

听完九爷的叙说，张楚凌才知道，九爷对自己的身份了解得并不透彻，他仅仅知道自己警察的身份而已，却不知道是自己的父亲亲手把孙安斗送进监狱的。

九爷之所以要找自己帮忙，也是被逼到了绝路上。九爷以前是一个毒品贩子，靠毒品发家以后想图个安稳日子，就开了这家"快乐时光"，同时弄了一家私家赌坊，靠着广泛的人脉，他的生意做得像模像样。可是他年纪大了想收手，孙宝才却正是有冲劲的年龄，他不但背着九爷接手了那些毒品生意，而且还做起了偷渡和卖淫的生意，把"快乐时光"弄得乌烟瘴气。等九爷意识到苗头不对时，九爷发现自己身边的心腹一个个地都被孙宝才收买，他已经被完全孤立了。

孤家寡人的滋味虽然让九爷难受，但是他也勉强能够接受，心想反正自己也活不了几年，在没法制止孙宝才的情况下，也就听之任之了，谁知道孙宝才却突然对他起了杀意，让他不得不找外援来帮忙。

"你想让我怎么帮你？"看着眼前这个只剩下可怜的老人，张楚凌的心软了下来，九爷眼中的神情没有丝毫的作伪，张楚凌可以肯定他说的话是真实的。

"我既然把该说的不该说的都说了出来，你愿意怎么办就随你了，直接报警，会有一桩天大的功劳在等着你，让你升职加薪肯定不成问题，要是不报警的话，有我提供的信息，你想抓住孙宝才也是易如反掌。"在鬼门关走了一圈，又跟张楚凌叙说了埋藏在心里多年的心事，九爷的心境发生了微妙的改变，竟是看透了生死荣辱，对一切都淡然起来。

看到九爷脸上古井无波的样子，张楚凌有点讶然，同时也为他感到高兴，他正准备安慰九爷两句时，却敏锐地察觉到外面的动静有点不对。

张楚凌的眼睛扫到了九爷放在抽屉里面的枪，又打量了一眼房屋的布

局，转瞬间有了主意。

“哐”的一声巨响，房屋的大门被人一脚踹开，“你个老不死的，居然吃里爬外，敢跟外人联合起来整我，看我今天怎么教训你。”

随着大门的打开，十几条身影冲进了房屋，孙宝才嚣张的声音也同时在屋中响起，只见孙宝才拿着一支枪瞄着九爷座位，跟他在一块的，还有刚才的那个大块头，只是大块头的脸此时已然被揍成了猪头，还被一支枪指着。

让孙宝才不安的是，他发现自己的枪瞄准的居然是空气，原本应该坐在桌子前的九爷神奇地消失了，不但是他感到不安，所有进入这屋子的人都感觉见鬼了，刚刚还清楚地听到有人在屋中说话，怎么就突然不见了人影呢，屋子空荡荡的，根本就无处可躲啊。

很快，所有人的枪支都对准了屋中唯一的掩体——桌子。

“老家伙，出来吧，你跑不了的，我已经看到你了。”孙宝才冷声说道。

“是么，我也看到你了。”一个熟悉的声音突然在孙宝才的耳边响起，与此同时，他感觉到自己的脑袋被一个硬邦邦的东西给顶住了。

缓缓地转过头，孙宝才看到九爷正冷眼看着自己，有如看着一个死人一般，九爷手中的枪正对着自己的脑袋，他一时有点反应不过来，九爷不是应该在房中么，怎么绕到自己后面去了？

“九……九爷，我跟您开玩笑呢，您老可千万别开枪啊。”脸上挂着一丝谄媚的笑容，孙宝才颤抖着声音说道，虽然九爷一向对他和颜悦色的，但是又有几个大毒枭是心慈手软之辈，现在都跟九爷闹僵了，孙宝才可不奢望九爷能够轻易饶恕自己。

“谁跟你开玩笑呢，把枪扔到地上。”九爷看到孙宝才谄媚的笑脸就生气，自己就是上了这张笑脸的当才落到今天这个地步。

被枪顶着脑袋，孙宝才不敢有丝毫的犹豫，迅速地把枪扔到了地上。

“让他们也把枪扔到地上，不然你脑袋就得开花。”九爷的枪在孙宝才的脑袋上点了点，继续厉声喝道。

“扔下，把枪都给我扔下。”生怕九爷一生气就崩了自己的脑袋，孙宝

才大声喊道。

那十几个人慑于孙宝才平日的淫威，扔下了手中的枪。

“大康，你把那些枪都收了，守住门口，凡是看着不顺眼的，来一个打一个，来两个打一双。”九爷见孙宝才的人把枪都给扔下了，才松了一口气，对着自己那个被打成猪头的手下说道。

“你们，一个个地都给我抱头靠墙蹲好，不然我的枪可不长眼。”看了看站在那里一双双贼眼到处乱看的黑衣人，大康嚣张地喊道，刚才落在孙宝才的手中，他可没少受苦，此时既然九爷占了上风，他自然得讨回一点利息了。

九爷赞赏地看了大康一眼，用枪顶着孙宝才的脑袋慢慢地回到了自己的座位上，让孙宝才跪在了地上，然后等着张楚凌的到来。

其实九爷刚才也心虚得很，因为他手中握的是张楚凌的警枪，张楚凌把枪交给他的时候只说了一句话：“最好不要开枪，外面的那些人我全部帮你搞定。”虽然他搞不明白张楚凌为什么不让他开枪，但是张楚凌在危急时刻救了他一命，而且还塞给了他一支枪，已经让他对张楚凌感激不尽了。

直到掌握了大局之后，九爷才松了一口气，在见识到张楚凌神乎其神的身法后，他对张楚凌已经充满了信心，外面的人再多也是一群乌合之众，又怎么可能拼得过张楚凌呢，他现在需要做的，就是等着张楚凌的归来，然后把孙宝才交给他发落。

与九爷不同的是，孙宝才也在等待，他等待的却是父亲孙安斗和他的手下前来接应自己，他知道九爷现在在“快乐时光”除了大康等几个死忠外就是光杆司令一个，根本就掀不起什么风浪，想到这里，他心里的底气足了很多。

“九爷，什么事情都好商量，你是不是先别用枪指着小侄的脑袋，让我站起来说话?”从来没被罚跪过的孙宝才觉得自己的膝盖有点酸痛，不由壮着胆子乞求道。

“给我老实地跪好，你有什么资格跟我商量?”九爷没好气地踹了孙宝才一脚，让孙宝才摔了个狗吃屎。

“九爷，做人要给自己留条后路，你以为凭你的那点人手能逃得出去？要知道外面都是我的人啊，只要你放过我，我保证给你一条生路。”可能是被九爷踹出了血气，孙宝才也不跪了，而是缓缓地从地上站了起来，阴狠着一张脸说道。

见孙宝才站了起来，居高临下地看着自己，这种感觉让他非常不舒服，他的手指不由自主地就扣动了扳机。

随着“砰”的一声闷响，孙宝才的膝盖上多了一个血洞，他难以置信地看了九爷一眼，痛苦地软倒在了地上。

“给我一条生路？你有那个能力时再说这话，现在是九爷不想给你生路。”可能是被孙宝才的话给气着了，九爷的脸一下子变得通红起来，瞪着瘫软在地上的孙宝才吼道。

“九……九爷……外面来了几个人，怎么办？”正在守门的大康突然转过脸来，神情古怪地问道。

“那你还犹豫什么，开枪啊！”九爷闻言没好气地喊道。

“可……可是我不能开枪啊。”大康结巴着回答道。

听到大康的话，九爷的心一沉，难道张楚凌出事了，而孙宝才的脸上却闪过一丝狰狞的微笑，看到大康结巴的样子，他还以为是自己的救兵来了。

很快，众人的脸色也跟大康一样变得古怪起来，因为大康说的那一群人已经走进了房间。只是那群人的 POSE 有点古怪：走在最前面的人满脸惶恐地双手抱头，后面的人则一个个地双手依次放在前一个人的肩上，几个人这样双手搭肩地形成了一条长龙。

“这是干什么，玩瞎子探路呢？”房间里的众人见到这幕古怪的景象都忍不住这样想到。

九爷此时终于明白了大康为什么没开枪的原因了，也懒得再理瘫软在地上的孙宝才，而是迅速地走向了门口，他知道之所以会发生这么古怪的事情，肯定是张楚凌已然搞定了所有的人。

横亘在自己心中多年的一根刺就这样轻易地被张楚凌给拔除了，九爷的心变得飞扬起来，人仿佛也变得年轻了许多。只见九爷迅捷地奔向门

口，脸上的皱纹也舒展开了。

可是当九爷看到张楚凌时，感激的话语却说不出口了，因为此时张楚凌的脸上挂着一张面具，看着那龇牙咧嘴的魔鬼面具，九爷虽然觉得有点滑稽，却笑不出来。

张楚凌见九爷很聪明地没有点破自己的身份，心里松了一口气，迅速地靠近九爷，借着跟九爷擦身而过的机会，不着痕迹地用自己手中的枪把九爷手中的枪换了回来，同时在九爷耳边说道："我到楼下去等你，这些人就交给你，你最好尽快搞定他们，下面还有一个烂摊子等着你去收拾。"

九爷点了点头，待看到张楚凌的身影已然消失不见时，他才回过头来看了看站在最前面双手抱头的孙安斗一眼，九爷的眼中闪过一丝杀意，他对着孙安斗的双腿就扣动了扳机，吓得孙安斗闭上了眼睛，腿直打哆嗦。

房间里的几个人包括孙安斗父子在内，都是偷渡和卖淫团伙的主要负责人，这些人当年也都是九爷的心腹，看着这些人一个个被自己看得心虚的样子，九爷的心里畅快起来。

九爷扭曲得变形的脸让那些人大概想到了自己的悲惨下场，他们一个个地开始哭诉求情，随着他们的诉说，昔日一起打拼江山的情景一幕幕地在九爷的脑海中浮现，让九爷的内心有了短暂的挣扎。

不过九爷很快想起了张楚凌的话，下面还有一个烂摊子等着自己去收拾呢，也就是说自己不尽快搞定这些人的话，下面的那些小喽啰时间等得久了说不定就会造反，想到这里，九爷再也没有丝毫的犹豫，端起手中消了音的 M4 对准了众人，那几个人连哀嚎都没来得及发出，就一个个地倒在了血泊中。

"九……九爷……"虽然大康知道自己是九爷的人，九爷不会杀自己，可是看到九爷满脸狰狞地看着自己时，大康还是忍不住身体开始发抖，手中拿着的枪都掉到了地上。

九爷接过大康手中的枪，拍了拍他的肩膀说道："出息点，把这里收拾好，今天的事情，给我烂在肚子里面，少不了你的好处。"

大康一听到好处，双眼就开始发光，然后狠狠地点了点头道："九爷，我绝对把这里收拾得妥妥当当的。"

九爷看到大康两眼发光的样子，满意地点了点头。

张楚凌神情淡定地坐在酒吧中，慢悠悠地给自己满上了一杯红酒，端起酒杯，浅浅地喝了一口，略带苦涩的味道顿时溢满口腔，随之而来的却是两颊生津，精神一振。

酒吧里的音乐声震天响，四楼的所有响声都淹没在震耳欲聋的音乐声中。

张楚凌可以肯定，九爷现在已然把自己押送上去的几个人全解决了，通过跟九爷的交流，他对九爷的性子已经有了充分的了解，属于那种极端憎恨别人背叛自己的人，那几个人不但背叛了他，而且还想方设法地对付他，现在栽在九爷的手中还能活命就怪了。不过想了想那些人都是该死之人，张楚凌也就不以为意了。

张楚凌原本并没有打算帮助九爷肃清内乱的，他来“快乐时光”的目的仅仅是为了把孙安斗和孙宝才父子给揪出来，然后找一个没人的角落好好地教训一番。

同时张楚凌心里还有了另外一个念头，现在他有许多事情做起来都不是很方便，九爷的势力已然让他动了心思。

九爷很幸运，今天恰好是偷渡和卖淫团伙负责人碰头的日子，所有的负责人一个不落地全部聚集在了“快乐时光”里，张楚凌适时地出现，帮他把这些人一网打尽了。至于剩下的那些喽啰，在九爷面前根本就没有反抗的心思，孙宝才虽然造反，表面上九爷还是整个团伙的最高负责人，九爷很快就控制住了形势，稳住了众人。

九爷在稳住了自己的班子后，迅速赶到了酒吧，找到了张楚凌，失而复得的感觉让九爷的内心非常激动，而现在能够和他分享这份喜悦和激动的人只有张楚凌一个人。

“张……张先生，让你久等了。”九爷看到张楚凌，语气急促地说道。他这才发现，虽然张楚凌帮了他一个天大的忙，他跟张楚凌之间的称呼却还是那么陌生。

“以后你还是叫我阿凌吧，来，喝了这杯酒，为以后的合作干杯。”张楚凌不紧不慢地给九爷满上了一杯酒，然后递到了九爷的手中，再举起自

己手中的酒杯跟九爷碰了碰。

似乎被张楚凌的从容淡定给感染了，九爷激动的心情也慢慢平静下来，跟张楚凌碰过杯以后，他才发现，自己刚才的动作是那么急躁，而张楚凌在自己的面前却是那么的稳重，这个发现让他老脸一红，仰着脖子一口气喝干了杯中的酒。

看着张楚凌也喝干了杯中酒，九爷的眼中露出了笑意，他知道张楚凌并没有看轻自己，同时他的心中已然有了一个想法，那就是无论如何要把张楚凌跟自己绑在一块。

“九爷，你似乎欠了我一颗子弹，这笔账该怎么算呢？”正当九爷在心里措词怎么跟张楚凌说起跟他合作的事情时，却听到了这么一句话。

九爷闻言心里一惊，这才记起来张楚凌的确曾经交代过自己最好不要开枪，而自己却还是没忍住朝孙宝才开了一枪，看着张楚凌笑吟吟地看着自己，九爷一时间不由愣在了那里，不知道该如何回答张楚凌了。

九爷很快就从张楚凌的眼神中看出他没有多少怪罪自己的意思，不由豪爽地笑了笑，“阿凌，你说这笔账该怎么算就怎么算吧，反正是我这个老头子的错，我都认了。”

见九爷这么干脆，张楚凌也懒得啰嗦，点了点头说道：“你也知道的，我是警察，警察开枪就得写报告，而这却是我最不喜欢做的事情，所以孙宝才的尸体一定得处理得干干净净的，不能让人看出一点痕迹。”

“哈哈，原来就这么点小事啊，阿凌你也太小看我了，要是连处理尸体这么简单的事情都办不好，我这几十年不就白混了么？这件事你只管放心，我会让孙宝才化成骨灰的，保准任何人都看不出端倪，至于你的子弹，我这有现成的，绝对跟你的那个没有两样。”

听到张楚凌居然是担心被人看出枪口，九爷在欣赏张楚凌做事谨慎的同时，也彻底地放下心来，他至少有数十种方法可以让孙宝才一点灰烬都不留下，自从上了黑道之后，这样的事情他可没少干啊，现在他既然动了拉拢张楚凌的心思，自然会对张楚凌的事情万分上心。

张楚凌闻言眼睛一亮，他原本也就想把孙宝才的尸体给处理得干净点而已，却没指望九爷还能够弄到警枪的子弹，这样一来正好省了他的另一

个麻烦，他不由高兴地说道：“既然这样，那就一切麻烦九爷了。”

九爷人逢喜事精神爽，听到张楚凌的话，他只是说了一句：“你稍等一会儿。”人就立即奔四楼而去了，看到九爷如此雷厉风行的样子，张楚凌不由笑了笑。

半个小时后，九爷再次出现在了张楚凌的面前，他的脸上带着骄傲的笑容，一边递给张楚凌一盒烟，一边说道：“孙宝才的尸体我亲手搞定了，估计警方的人口失踪调查科的档案中又得添加一些新记录了。”

张楚凌并没有打开烟盒，而是把烟盒放进了自己的兜里，他知道烟盒中肯定是自己要的子弹，不然九爷脸上不可能有那种邀功的笑容。

“好了，九爷，你今天见过我吗？”张楚凌说，九爷一愣，旋即说：“我今天一直在这里，没见你来过呀。”张楚凌点点头，转身走了出去。

第二十章 暴龙变乖

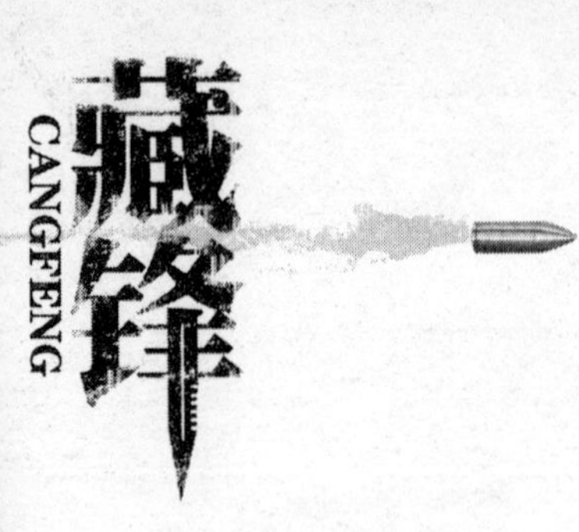

张楚凌轻轻地打开自家的房门，当他看到家人的目光一起集中在自己身上时，不由心中一暖，他发现自己也特别盼望每天晚上早早地回家了，更确切地说，他是盼望家人的等待。

看到小妹张若娴已然亲热地跟父亲依偎在一块儿有说有笑的，张楚凌知道父亲和妹妹之间的芥蒂已然不存在了。

“阿凌，回来了啊，过来坐。”见到儿子归来，张父尤为高兴，拍了拍身边的沙发，招呼儿子道。

看到父亲脸上兴奋的表情，张楚凌就势坐在了父亲的身旁：“爸，什么事呢，让您高兴成这样？”

张父高兴地摸了摸张楚凌的头，欣慰地笑道：“还有什么事能让我这个老头子高兴的，看着你们兄妹每天快乐开心就是我最高兴的事情了。”

“爸、哥，你们吃苹果。”张若娴趁着父亲和哥哥说话的工夫，双手有如翻飞的蝴蝶一般翩翩起舞，非常麻利地削好了一个苹果，然后乖巧地切成两半递给了父亲和哥哥。

满脸幸福地接过女儿递过来的苹果，张父笑道：“阿凌啊，这一次你简直做得太对了，要不是你对若娴这么关心，估计她就惨了，她从小到大还从来没受过委屈呢。”

“爸，是我太笨了，要是我早点听您的话，就什么事情都没有了。”张若娴忍不住在一边插嘴道。

“呵呵，你这孩子，希望你能够记住哥哥对你的好，以后多关心你哥哥就行了。”张父疼爱地看了看张若娴。

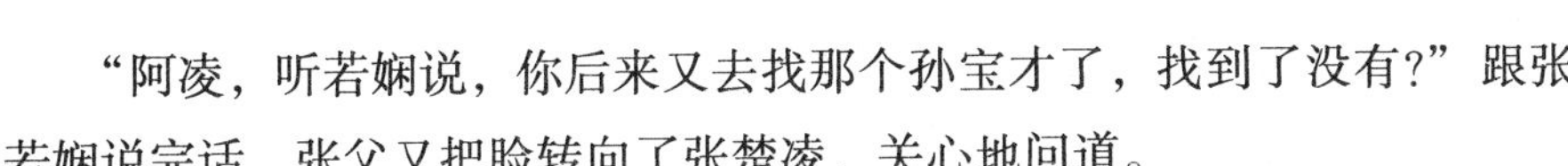

“阿凌，听若娴说，你后来又去找那个孙宝才了，找到了没有?”跟张若娴说完话，张父又把脸转向了张楚凌，关心地问道。

“是啊，哥，你抓到了孙宝才没?”张若男此时也从房间里走了出来，听到父亲的问话，她跟妹妹张若娴异口同声地问道。

“我找到他了，同时也警告了他以后不许再来骚扰若娴。”张楚凌在回家的路上已然想好了如何回答家人这个问题，所以此时回答起来没有丝毫的犹豫。

家人同时松了一口气，张若娴更是轻轻地拍了拍自己的胸脯。

“阿凌，听若娴说，你知道那个孙宝才是一个偷渡和卖淫团伙的负责人？你在发现了那么多大陆偷渡妹时，为什么没有在第一时间内报警?”张父的语气突然变得严厉起来。

张楚凌闻言心一突，他这才想起父亲可是一个疾恶如仇的好警察啊，自己的很多行为在他的眼中估计都是不称职的。

“爸，哥哥当时估计也是太紧张了，他又一心记挂着妹妹的安全，所以忘记了报警，您看哥哥现在都后悔了，你就不要责怪他了啊。”张若男看到刚才还其乐融融的气氛突然变得压抑起来，她连忙居中调停，在父亲面前为哥哥求情。

张父看到儿子低着头没有说话，重重地叹了口气，说道：“阿凌，你知道我为什么让你们兄妹当警察么?”说到这里，张父顿了顿，然后声音一扬，慷慨激昂地说道：“我之所以让你们兄妹当警察，就是希望你们兄妹能够疾恶如仇、决不姑息任何罪犯，而不是当一天和尚撞一天钟，遇到危机情况时只知道明哲保身，你们明白么?”

张父正气凛然的话语让张楚凌三兄妹同时低下了头，按照父亲的说法，他们远远没有达到父亲的要求。

“……我当警察二十几年，抓过的小偷不计其数，得罪的人也数不胜数，对我威逼利诱的人更是多如牛毛，可是我怕了么？我退缩了么？没有！我这只断脚指头就是最好的说明，人家抢劫案关我一个小巡警什么事，我完全可以当作没看见，或者打完999 就远远地躲在一边等待警力支

援，可是眼看劫匪就要逃离，我能等么？不能啊，我只知道自己是警察，自己吃的、用的都是纳税人的钱啊……”

张楚凌三兄妹一个个都面红耳赤地低着头没有出声，屋中只剩下了张父的声音在飘荡。

张父此时仿佛全身都充满了力量，他的声音抑扬顿挫，他的双手激动地在空中挥舞，此时的张父在张楚凌的眼中，已然成了正义的化身。

听着父亲问心无愧的话语，再看着父亲手舞足蹈的样子，张楚凌知道，父亲才是一个称职的警察，自己虽然空有一身本领，可是离一个优秀的警察还差得远。

“爸，对不起，我错了，以后我一定做一个好警察。”看到父亲似乎说完了，气喘吁吁地看着自己兄妹三个人，张楚凌连忙低下了头，率先出声道。

张若男姐妹听到哥哥的话也立即反应了过来，同时说出了跟张楚凌一样的话。

听到儿女的话，张父满意地点了点头，“我知道你们兄妹都是好样的，一直以来你们都是我的骄傲，今天跟你们讲这些，是爸爸太激动了，但是爸爸真的希望你们做一个好警察，随时把人民的生命和财产安全放在心上。”

张楚凌三兄妹闻言同时重重地点了点头，只是他们在看向对方的表情时却同时笑了起来，很显然，父亲的这些话他们已经听过了很多遍了。

只是他们的小动作很快就被张父给发现了，他不由没好气地笑道：“我知道你们是嫌爸爸啰嗦，这些话我也不知道跟你们重复过多少遍了，不过爸爸还是想再啰嗦一句，警察最讲究团队协作，而不是一个人的冲锋陷阵，所以你们不要光想着做一个好警察而不顾自己的生命安全，要是那样就曲解爸爸的意思了。”

“嘿嘿，我们最喜欢的就是爸爸的啰嗦了，没有爸爸的啰嗦，我们几

兄妹怎么可能这么明是非呢，是吧?”听到父亲说自己三兄妹嫌他啰嗦，张若男乖巧地走到父亲的身后，在父亲的背后轻轻地捶打起来，同时朝哥哥和妹妹眨了眨眼睛。

“老爸啰嗦了么，我怎么没发现啊，我只知道老爸既当爹又当妈地把我们抚养大，那叫耐心，不是啰嗦。”张楚凌不轻不重地拍了一记父亲的马屁，直接让张父的眼睛眯成了一条缝，而张若男则在父亲的背后对哥哥竖起了大拇指。

张若娴发现自己嘴巴没有哥哥和姐姐会说，一双灵动的眼睛扫了茶几一眼，然后很伶俐地拿起茶几上的水果刀和苹果。只见普普通通的水果刀在她手中仿佛有了生命一般，在她手心中灵巧地旋转了几圈，继而翻飞起舞，十几秒钟后，她伸出修长白皙的手指捏住果蒂轻轻一拉，一连串呈螺旋形，厚薄宽窄一致的果皮便被提了下来。

“老爸，说了这么多，您肯定口渴了，吃个苹果润润喉咙吧!”

“臭丫头，原来你嫌我说多了，想拿苹果堵住我的嘴啊。”看到小女儿心灵手巧却偏偏不擅言语，张父突然忍不住打趣道。

“不……不是这样子的。”张若娴被父亲一说，脸上的红晕更深了，她摆了摆自己的小手说道，只是在家人满脸促狭的笑脸注视下，她发现自己的嘴变得更笨了。

“哈哈……”看到小妹窘成这个样子，张楚凌也大笑起来，屋子里一时欢笑声一片。

为了庆祝行动的成功，香港警方在尖沙咀举行了一场庆功盛宴，所有的行动人员都参加了这次宴会，同样，田妮也包含在内。

田妮的身边围了很多人，一个个赔着笑脸跟她说话，试图取悦于她，可是田妮却心不在焉地东张西望着。

当田妮的目光在人群中搜索到张楚凌的身影时，她的心不受控制地跳

了一下，然后强迫自己转移了视线，她今天之所以会来参加这个宴会，就是因为听到张楚凌可能出现在这里，而真正地见到了张楚凌后，她又不知道自己该怎么办了。

“好久不见，最近过得还好么?”熟悉的声音突然在耳边响起，田妮惊慌地转过头去，发现张楚凌正微笑着凝视着自己，那深邃的目光，仿佛直刺自己的心田，让她不由地低下了头。

“可以请你跳一曲舞么?”他朝田妮伸出了手。

也许是为了躲避身边那些人的纠缠，也许是真的想跳一支舞，反正田妮柔腻的手不知不觉地就放到了张楚凌的手中，任由张楚凌牵着自己滑入了舞池。

这个宴会中，喜欢田妮的人不计其数，田妮一出现在宴会上，她的身边就立即围上了许多警署的同事，他们都费尽心机想讨得田妮的欢心，可是却始终不得要领，让他们感到惊讶的是，张楚凌走到田妮面前后，仅仅是简单的一句邀请，就把田妮给牵走了。

张楚凌没有注意到的是，当他牵着田妮的手滑入了舞池后，他的身后全是艳羡和嫉妒的眼光。

两个人都很有默契地没有说话，在优美的乐曲伴随下，张楚凌带着田妮满厅翩翩，和谐地旋转着身体，他大步的旋转使舞姿优美不停歇，尽情的飘荡感让田妮感觉自己的心都飞了起来。

田妮很快就沉浸在张楚凌的韵律当中，她的一双秀眸迷离地望着这个带着自己翩翩起舞的男人。

如星星般的灯光下，悠扬的音乐成了唯一的语言，旋转的两人默契地把自己展现在梦幻般的意境里。双臂环着那盈盈一握的细腰，鼻子里传来若有若无的芬芳，耳边是有点急促的呼吸声，张楚凌有点迷醉了，他缓缓地低下了头，嘴唇落在了田妮的额头上。

有点滑腻，有点冰凉，张楚凌似乎并不满足这点成绩，所以他的唇继

续慢慢地往下移动。

田妮开始还沉浸在一种美妙的意境里，当张楚凌的吻移动到了她的樱唇上时，她像受惊的兔子一般，猛地推开了张楚凌，挣扎着逃出了他的怀抱。

被田妮这么一推，张楚凌也清醒了过来，他才发现自己居然神不知鬼不觉地就吻了一下田妮。看着反应激烈的田妮，张楚凌并没有动弹，而是静静地凝视着她，同时伸出了自己的手。

田妮从张楚凌的眼睛里没有发现任何的欲望，她只是犹豫了一下，就把自己的身体重新交给了张楚凌。当张楚凌有力的臂膀再次揽住田妮的柔软腰肢时，田妮心里没来由地一荡："自己的初吻就这样没了？"

怅然若失的感觉让田妮心里空荡荡的，她好几次抬起头，想从张楚凌的眼中找出哪怕一丝的情欲，可是，张楚凌的眸子有若一汪深潭，让她根本就看不清里面的东西。

田妮的内心挣扎了一下，然后对张楚凌说："我们出去走走吧。"

张楚凌点点头，拉着田妮的手便向俱乐部外面走去。他们的背后，留下一片惊讶和错愕的目光。

在如水的月色中，田妮看了张楚凌一会儿，犹豫着问道："跟你认识了那么久，你会不会觉得我脾气很暴躁，人也很野蛮啊？"

田妮的话差点让张楚凌爆笑出来，他没想到田妮也会在乎别人对自己的看法，不过看到她认真的样子，张楚凌却不敢笑，而是同样很认真地回答道："在我的眼中，你是一个很直爽、正义感强的好警察。"

听到张楚凌的话，田妮心中一甜，一双手不由自主地就开始摆弄着自己的衣襟："还有呢？"她心中隐隐期盼着张楚凌能说出更多的关于自己的评价，脸上渐渐浮上了一抹酡红，一对似乎会说话的美眸中竟然隐隐噙着汪泪水。

"还有？"张楚凌闻言先是一愣，接着便看到了田妮的窘态，一丝笑意

立即从他眼角涌现，内心不由有了一个恶作剧般的想法，“还有……我真的可以说么?”

田妮看到张楚凌欲语还休的样子，她的好奇心被勾了起来，也忘记了自己的窘态，而是螓首轻点，一双会说话的美眸暗示张楚凌可以说出来。

“在警署同事的眼中，田督察既聪明又漂亮，而且还很性……是大家的梦中……”张楚凌虽然存了恶搞的心思，可是看到田妮清澈的大眼一直瞪着自己看时，他还是有点心虚，有些字眼终究是没敢说出来。

不过他躲闪的眼神落在田妮的眼中，却完全变成了另外一层意思，田妮主动地把“警署同事”的字眼换成了“张楚凌”，只见田妮的脸色突然变得欢愉起来：“谢谢你陪我度过了愉快的一个晚上，现在时间晚了，我想我们得走了。”

两个人相视而笑，接着一起转过身子，很有默契地朝车库的方向走去。

张楚凌把田妮送到她自己的车上，笑着挥手道别。田妮轻轻地“嗯”了一声，脸上露出了甜蜜的笑容。直到田妮的车子消失不见，张楚凌才转身取了自己的摩托，朝家驶去。

“阿凌，你跟田妮的事情怎么样了，什么时候把她带我们家来玩玩啊。”饭桌上，张父突然问张楚凌道。

“这个……”张楚凌没想到父亲会突然提到这个问题，一时哑火了。

张父又接着说：“阿凌啊，等有空了，带着田妮来家中坐坐啊。你看你马上就三十了，也是时候考虑该有个孩子了。”

“孩子?”听到这两个字，张楚凌的头都大了，自己连自己都照顾不好，还要孩子，这不是笑话么，“老爸，孩子的事情还早吧，你看我现在事业正处于上升期，工作又忙，所以感情的事情还是慢慢来吧。”

其实张楚凌就是想跟父亲来一个拖字诀，不想那么快就面临感情方面的事情，有些事情顺其自然地来了就来了，要是让他突然直接找一个女人

去结婚生孩子，对他来说简直是一件不敢想象的事情，可是对于父亲的要求，他还真就不敢拒绝。

“你说的这些都不是问题，成家立业，先成家后立业啊，而且田妮也是警察，她肯定能够体谅你的。”张父很粗暴地打断了儿子的话，“这事情就这么定了啊，若男，你帮我盯紧点，你嫂子的事情一搞定，你就给我把她带到家中来。”

这样也可以？张楚凌听到父亲的话后，第一次发现原来父亲也是如此霸道的一个人，不由颓丧地低下了头。

“Yes Sir，保证完成任务。”看到哥哥吃瘪的样子，张若男、张若娴在一边偷笑不已，张若男在听到父亲的叮嘱后，更是恭敬地行了一个军礼，响亮地回答道。

张楚凌幽怨地看了一眼已经结成了阵线的家人，只好埋头在桌子上大吃特吃，化悲痛为食量了。

看到儿子的吃相和他脸上心不甘情不愿的样子，张父的脸上露出了胜利的微笑，“阿凌，要是你结婚生子能有你吃饭的速度这么快就好了。”

“扑哧……”听到父亲的话，吃得正欢的张楚凌突然间一个没忍住，嘴中的饭菜全又喷回了自己的碗中，他苦着一张脸，很无辜地看着父亲，却不知道说什么好了。

“哈哈……”看到张楚凌的窘相，全家人都忍不住大笑起来。

在家人的笑声中，张楚凌狼狈地逃回了自己的卧室。

回到卧室后的张楚凌仍是一脸苦笑，以前的自己根本不可能有这么丰富的感情，更别提因为家人的几句话而情绪波动，而现在，自己的情绪却波动得太厉害了，而且自己还极为享受这种感觉，这让张楚凌很是吃惊。

“难道自己真的爱上田妮了么？”父亲的话又开始在张楚凌的脑海中盘旋，他不由开始认真考虑起这个问题来。

田妮貌美能干，而且自己对她的第一印象也不错，张楚凌似乎也挑不

出田妮的什么毛病了。一边进行着极限锻炼，张楚凌的脑海中一边回忆着跟田妮相处的每一个片段，结果张楚凌发现，田妮好像对自己也挺有好感的，只是因为自己的冷漠而让她退缩了。

“岚姐，求求你啦，你看我都在家陪你这么多天了，你也应该陪我出去购物啊，再说了，表姐这么漂亮的女孩不出去 Show 一下，老是放在家里实在太可惜了啊，说不定我们今天出去一天，晚上回来就会有意外的收获呢?”为了蛊惑表姐出去，田妮对着袁景岚摇摇晃晃的，又是乞求又是诱惑的，一副袁景岚不答应她出去她就不会罢休的架势。

“好了，骨头都被你摇散架了，我答应你就是了。”表妹的调皮虽然让她很无奈，不过为了让表妹尽兴一次，她只好牺牲一回了。

“Yeah，我就知道表姐最好了，我们赶紧去收拾东西吧。”见表姐答应了陪自己一起出去疯，田妮高兴得跳了起来，抱着表姐狠狠地亲了一口，才蹦蹦跳跳地跑到一边收拾东西去了。

十几分钟后，梳妆打扮完毕的袁景岚走出了房间，却发现田妮早就焦急地站在门口张望了，她这才想起田妮根本就没有化妆的习惯，速度自然比自己快了。

随意打扮过的袁景岚身着一套白色套装，远远地看去有如一朵白莲，人显得素雅而高贵，就是田妮看到表姐这副打扮，也禁不住有了刹那间的失神。

“表姐，你真漂亮，我决定了，今天我就做你的护花使者，任何一只苍蝇都别想靠近你。”田妮愣了一会儿后，立即接过了袁景岚手中的坤包，挽住了袁景岚的手腕，绅士风度十足。

袁景岚淡淡地一笑，却没有说什么，跟田妮手挽着手出了门。

田妮和袁景岚两个人一个好动，一个好静；一个像冰山，冷得让人不敢靠近，一个却像火山，炙热而让人敬而远之。偏偏她们两个都是那么漂

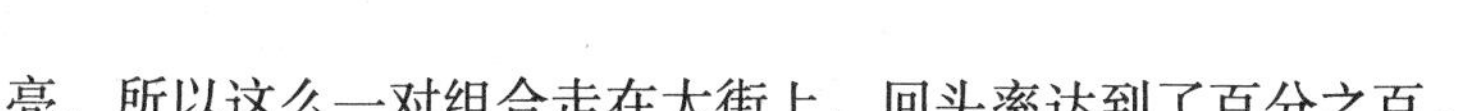

亮，所以这么一对组合走在大街上，回头率达到了百分之百。

“姐，你过来看啊，这条项链好漂亮哦。”随着田妮清脆的呼喊，商场里一大半的目光朝田妮所在的位置扫了过来，袁景岚无奈地摇了摇头，对于这个咋呼的表妹她还真就没办法，她莲步轻移，走到了田妮的身边，只是轻轻地扫了一眼，就立即被那条项链给吸引住了。

“小姐，这条项链是由著名的设计师设计的，名字叫冬日恋语，它是由三百一十六个紫水晶串联而成的，象征着高贵和典雅，最适合小姐你佩带了。”柜台小姐见袁景岚的眼睛瞪着项链一眨不眨地，她连忙把水晶项链从柜台里面拿了出来，一边解说项链的构成，一边把项链最炫目的一面展示给袁景岚看。

“请问这串项链多少钱？”在见到这串项链的第一眼，袁景岚就喜欢上了，此时听了柜台小姐的解说后，她买项链的念头就更强大了。

“这串项链价值……”柜台小姐一听袁景岚动了买项链的心思，她眼睛一亮，立即开始报价。

“对不起，这串项链我要了。”一个刺耳的声音突然从袁景岚的背后传了过来，她转身一看，却是一个打扮妖艳的女人正依偎在一个男人的身上，女人正以一种挑衅的目光看着自己。

“凡事都讲究个先来后到好不好，凭什么我们先来，项链却要卖给你啊。”田妮看到表姐好不容易相中一样东西，转眼间却要被别人抢去，她很气愤地站了出来，指着那个妖艳的女人骂道。

“你听清楚了，我是说这条项链我要了，并不是说这条项链我买了。”妖艳女人说完这句话后，还转过脸在身边男人的脸上亲了一口，“亲爱的，你说这条项链是卖给她还是留给我呢？”

男人先是被袁景岚的那种集美貌与气质于一身的绝世容颜给迷住了，待被身边的妖艳女人一亲，他才明白过来自己的身边还站着一只母老虎呢，他连忙笑了笑：“我是这儿的经理，既然老婆喜欢，这条项链当然是

留给老婆大人了。”

听到这对男女的对话，袁景岚和田妮总算明白了是怎么回事，袁景岚的眼睛留恋地看了一眼水晶项链，心里颇为失望不能买到中意的东西，而田妮在看到表姐恋恋不舍的目光后，她立即不依地喊道：“就算这家商场是你开的，你也不能这样做生意啊，大家都过来评评理，哪有顾客看中了东西却不卖的，有这样当老板的么?”

其实在田妮和袁景岚挑选项链时，她们的身边就站了不少人，而当田妮两个人跟妖艳女人发生冲突时，她们身边围观的人就更多了，不过摄于妖艳女人和她身边男人的威势，大家都没敢说什么。

在听到田妮的大喊大叫后，妖艳女人的脸色一变：“你喊什么喊，嗓门大了不起啊，有本事你也去开商场啊，反正这串项链你是别想要了。”

男人在听到田妮和老婆的对话后，他的虚荣心得到了极大的满足，他仅仅是一个商场的经理而已，离商场老板还差了十万八千里呢，不过老板很少来这里，他就说了算，这里面又有几个人知道商场的老板是谁呢?

“什么样的人戴什么样的东西，这位小姐，这么高贵的一串项链戴在你的脖子上，只会显得不伦不类，你为什么不表现得谦逊一点，把项链让给更适合戴它的人呢?”正当袁景岚准备拉着田妮离去时，她的耳边响起了一个熟悉的声音，她转头看清楚人影时，眼中满是惊讶，他怎么会出现在这里?

田妮对这个突然出现的声音比袁景岚还熟悉，因为就是前天晚上她还跟这个声音的主人共度过一段愉悦的时光，只是她的眼中同样射出了不可思议的目光，他怎么会出现在这里?

这个突然冒出来的人赫然是张楚凌。今天是周末，张楚凌给自己安排了健身和读书的计划，并没有外出的打算。可是一大早张父就出现在他的卧室中，逼着他给田妮打电话，让他晚上必须把田妮请来家里吃饭。

当着父亲的面，张楚凌无可奈何地拨响了一个电话，不过他可不敢真

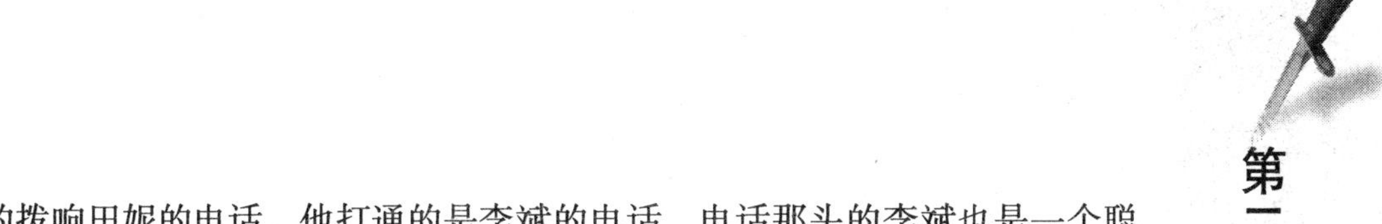

的拨响田妮的电话，他打通的是李斌的电话，电话那头的李斌也是一个聪明人，很快就猜出了张楚凌这边的苦衷，虽然肚子都笑痛了，他还是配合张楚凌演好了这场戏。

挂掉家里的座机后，张楚凌在父亲监督的目光中被赶出了家门，然后他迅速地打通了李斌的手机，把他约了出来。而李斌也有意促成张楚凌和田妮，所以把张楚凌连哄带骗地揪到了自家开的商场，想让张楚凌选一件东西送给田妮。

听到张楚凌的话，那个妖艳的女人像被踩住了尾巴一样大跳起来，可是当她转头看到气度不凡的张楚凌和李斌时，立即没了先前的嚣张，无论是张楚凌还是李斌，穿着打扮都像成功人士，而且他们看向自己的眼神，仿佛是看一个跳梁小丑一般。

不过想了想自家老公是这家商场的经理，她的底气立即就足了，她指着张楚凌的鼻子说道：“你这句话是什么意思，侮辱人也不是你这么侮辱的，你哪只眼睛看到我不适合戴这条项链了？”

气急攻心之下她也没有注意到自己老公的脸色早就变得惨白，就连老公一个劲地扯她的衣襟，她也以为老公是想息事宁人而没有搭理他。

“算了，项链既然是人家先看中的，就让给人家好了，我们再选别的。”妖艳女人的老公在李斌出现的那一刻就认出了李斌的身份，本来他准备第一时间就跟李斌打招呼的，不过看到李斌眼神一冷，同时朝自己微微摇头后，他才记起了这个大少爷似乎并不怎么喜欢公开自己的身份，所以他很及时地没有把李斌的身份叫出来，只是他的心里却叫苦不迭，好不容易陪老婆出来逛下商场，却被老板抓个正着，这下估计自己这个经理的职位是保不住了，他现在恨不得立即把老婆赶出商场，然后跪下给李斌道歉，可惜的是，平时妻管严的他此时根本没有勇气对老婆发威。

“什么？你说项链让给别人，你再说一遍，你刚刚还说项链留给我呢。”听到老公的话，妖艳女人不相信地大喊了起来，她几乎怀疑自己耳

朵出了问题，“快说，你是看上这个扫把星了，还是怎么回事?”

听到老婆的话，商场经理差点没急得哭出来，心里直呼完了完了，让老板又知道了自己的一个罪行，这下可能不但职位不保，还得被罚款了。

把商场经理乞求的眼神看在眼中，李斌走了过来，冷冷地说道：“接下来就看你的女人会不会做人了，要是她会做人，你继续当你的经理，否则，你就可以走人了。”

商场经理慌忙地点了点头，嘴中道谢不已，同时狠狠地对女人说：“这是我的老板!”女人吓了一大跳，不敢出声了。经理拉了一下自己的女人，两人慌忙走到袁景岚面前道歉。

袁景岚还没反应过来怎么回事呢，不由为难地看了一眼李斌，眼睛里满是乞求。

李斌很敏锐地捕捉到了袁景岚的目光，他朝袁景岚微笑着点了点头，迎着他深邃的目光，袁景岚的目光不由有了短暂的迷失，然后她很快地在李斌的注视下败下阵来。

“好了，看在你们态度还算诚恳的分上，今天的事情就到此为止吧。”李斌对这对男女说道，“但是，商场的纪律还是要有的，回头奖金该扣的要扣，检讨书也少不了。”

商场经理听到李斌的话后一颗悬着的心总算是放了下来，世道这么艰难，工作一点都不好找，要想找到薪水福利跟现在相当的就更是艰难了，而且凭李氏家族在圈子里的声望，他们真要对付自己的话，只要一句话自己以后就别想再找到满意的工作。

商场经理迅速地转向那个卖水晶项链的柜台小姐，递给柜台小姐一张银行卡，刷卡完毕后把紫水晶项链递到了袁景岚的手中，“这条项链请你务必收下，你男朋友说得对，什么样的人戴什么样的东西，只有你这样典雅高贵的女人才配得上这条紫水晶项链。”

说完这句话，商场经理歉然地跟张楚凌等人说了声“失礼”，就拉着

自己的女人跑到休息间去了。

他们是走了，但是他无意中说的一句话却让在场的四个人面面相觑。

李斌指了指张楚凌，又指了指袁景岚：“你，她的男朋友?”

李斌一时有点糊涂了，田妮跟张楚凌的暧昧关系他很清楚，可是这个论容颜丝毫不逊于田妮，而且气质更胜一筹的袁景岚，李斌却是第一次看到，难道张楚凌喜欢袁景岚这种气质脱俗的女人，而不喜欢田妮那种充满了野性活泼美的女人?

想到这里，李斌怀疑的目光在张楚凌、田妮和袁景岚的身上扫来扫去。

李斌的话让袁景岚的脸上抹上了一层红云，她娇嗔地看了李斌一眼，却没有辩白，田妮虽然知道表姐跟张楚凌没有什么关系，她却很乐意看到表姐的窘态，也没有出声辩白。

张楚凌虽然没想到袁景岚在生活中还有如此柔情感性的一面，被她的羞态吸引得失神了两秒钟，但是他还是很快地清醒了过来，没好气地拍了拍李斌的肩膀：“你乱说什么呢，我来给你介绍一下，这位就是在深水埗警署投诉及调查科上班的袁景岚，袁督察。Madam 袁，我身边这个猥琐的胖子呢，就是以前在油麻地上班的巡警，现在跟我一起在 PTU 部队的李斌。”

被张楚凌狠狠地拍了一巴掌，李斌感觉自己的半边肩膀都失去了知觉，此时他哪还听得清楚张楚凌说的是什么，看到袁景岚微笑着伸手跟自己问好时，连忙龇牙咧嘴地点了点头，同时伸出右手跟袁景岚的柔荑握在了一块，那样子跟张楚凌说的“猥琐”还真就有几分神似。

张楚凌和田妮看到李斌的狼狈模样，脸上都露出了开心的笑容。

“李斌，这栋茂源商厦是你家开的?”互相认识后，田妮想起刚才李斌的强势表现，不由好奇地问道，袁景岚闻言也疑惑地看向李斌，茂源商厦名气在外，但是它背后的老板是谁却只有圈子内的人才知道，要是茂源商厦真的是李斌家开的，那也太不可思议了。

“这栋商厦怎么可能是我家开的呢……”张楚凌刚准备把李斌的身份给公布出来，李斌却一只脚悄然地踩住了他的脚跟，同时右手在衣摆下朝张楚凌打了一个手势，示意他保密，张楚凌就没出声，李斌又笑着说道：“这家商厦是我一个好朋友开的，而那个商场经理恰好认识我，所以他才会有这种反应。”

田妮和袁景岚都不是那种对什么都非常好奇的小女生，对于物质方面，她们也看得不是很重，所以在听李斌说商厦是他朋友的后，就没有多嘴再问。

“你们两个怎么会一起逛商场？”田妮转移话题道。

“这个……”听到田妮的话，张楚凌一愣，他总不能回答说我之所以出来逛商场全都是因为你吧，他脸色尴尬地看向李斌。

看到张楚凌求助的目光，李斌暧昧地一笑，正准备替张楚凌解释时，他的电话却突然响了起来，看到来电显示后他面色一变，跟张楚凌三个人说了一声“对不起”，然后立即走到一边的休息间接电话去了。

“李斌是陪我来逛商场的……不是，我是被他拉着来逛商场的……”在两个大美女的注视下，张楚凌发现本来很简单的一件事情，自己居然说不清楚了，其实主要原因还是因为田妮，因为李斌拉自己来逛商场就是要买一件东西送给田妮，可现在自己跟田妮八字还没一撇，这话根本就说不出口啊。

“嗯，我们能够理解的，你不用这么难为情。”袁景岚见到表妹黯然的景色，再看到张楚凌结结巴巴的样子，她很大方地笑了笑，对张楚凌说道。

“你们能够理解？”张楚凌讶异地瞪大了眼睛，他现在根本就不知道二女已然误会了他，他纳闷的是，自己的话还没说出来，她们两个人能够理解什么？

“是啊，现在不是提倡自由么，每个人都有自己的选择，我们能够理解并尊重你们的性取向。”见张楚凌目瞪口呆地看着自己，田妮相当幽怨地说出了这句话，而且性取向几个字咬得特别重。

听到田妮的话，再看到她幽怨的眼神，张楚凌差点没有晕倒，闹了半天，眼前两个大美女把自己当成同性恋了啊。

“假如，我是说假如我不是同性恋的话，你会介意做我的女朋友么?”见田妮误会自己，张楚凌想起了父亲给自己布置的任务，晚上必须带田妮回家，张楚凌眼珠一转，脑海中已然有了一个绝妙的主意。

见张楚凌变着法子承认了自己是同性恋，田妮一时间难以接受这个事实，所以对张楚凌别有用心的问话根本就懒得搭理。反而是袁景岚莞尔一笑，接过了张楚凌的话说道：“假如你不是同性恋的话，估计追你的女孩排队能排很长吧。”

张楚凌没想到田妮没回答自己的问题，反倒是一向冷冰冰的袁景岚接过了自己的话题，他更没想到袁景岚有如此体贴人的一面，不由被她春风拂面的微笑给感染了一下，一句话不由自主地就说出了口，“要是我追你的话你也会答应么?”

张楚凌嘴中突然冒出的一句话让袁景岚脸上迅速涌起一抹殷红，她白皙嫩滑的脸颊因为有了这抹殷红，显得更加漂亮诱人。从来没有被人这么赤裸裸地调戏过的袁景岚此时是没办法继续搭腔了，她没好气地瞪了张楚凌一眼，然后把头转向了别处装着若无其事的样子，只是脖子根处的红晕说明她内心害羞之极。

田妮见表姐陷入了窘境，想也不想地脱口而出道：“追表姐你想也不要想了，追本姑娘的话你倒是可以考虑考虑。”

田妮光想着让表姐脱困了，却没想到自己的话是把表姐解救了，只是自己又陷入了窘境，说完这句话以后她脸也红到了脖子根，自己怎么可以说出这种不害羞的话呢，不过想到张楚凌是同性恋，她也就无所谓了。

听到田妮的话，张楚凌差点笑出声来："原来 Madam 袁是你表姐啊，田妮，谢谢你给我追你的机会啊，看在我们这么熟悉的分上，是不是考虑让我插个队？"

"插队？"见张楚凌的脸上洋溢着开心的笑容，此时田妮完全接受了张楚凌是同性恋的事实，心里对他的话也就有点不以为然了，她指了指商场里最贵的首饰专区，"要是你能够给我买一件满意的首饰，我就可以考虑让你排在第一个。"

张楚凌正准备说点什么的时候，李斌远远地从休息室的方向跑了过来。

"阿凌，我家中有点急事需要我马上回去一下，田妮的事情你自己搞定啊，我就不陪你给她买东西了。"李斌匆忙之中顾不得什么避讳了，声音很大地说。说完后，也不等张楚凌回答自己，就急匆匆地跑出了商场。

袁景岚听到李斌的话后脸色变得古怪起来，原来张楚凌和李斌一起出来逛商场居然是为了给田妮买东西啊，那么自己和田妮刚才岂不是一直误会张楚凌了，张楚凌刚才怎么不但不解释，反而还将错就错呢？

袁景岚仔细地回味了一遍张楚凌说的话后，才发现他说的每一句话都是若有所指，而且在引着田妮往他设置的套子里面钻，除了调戏自己的那句话外。

田妮更是目瞪口呆地看着张楚凌，一张脸红得跟猴子屁股似的，她此时显然也明白了张楚凌一直就是在逗自己玩，说来说去都拿话在绕自己，只是她心中在感到甜蜜的同时也有点莫名其妙，张楚凌怎么会突然要买东西送给自己呢，难道他一直喜欢着自己，只是不敢说出口，然后在李斌的出谋划策下想买东西给自己一个惊喜？

"不好意思啊，刚才我嘴笨，话没说清楚，两位美女千万别生气。"见到事情已经被揭穿，张楚凌诚恳地跟田妮和袁景岚道歉道。

在知道张楚凌不是同性恋后，田妮和袁景岚心中同时松了一口气，此

时再看到他跟自己道歉，两个人都在第一时间内原谅了张楚凌，毕竟刚才一直都是自己两个人在误会张楚凌，张楚凌自始至终都没肯定地说过自己是同性恋，所以也怪不得他。

不过原谅归原谅，田妮却没有打算轻易放过张楚凌："哼，刚才又是吃我表姐豆腐又是吃我豆腐的，轻轻的一句原谅就算了啊，没门。"

他朝田妮和袁景岚笑了笑说道："我承认刚才是自己不对，你们要怎么样才能原谅我呢，有什么招就尽管出吧，我都接下就是了。"

"这样吧，你要是把这栋商厦中我最喜欢的首饰送给我，然后满足我表姐的一个要求，我们就原谅你了。"田妮的眼珠子一转，故意为难张楚凌道，在她看来，这家商场里面的首饰，张楚凌肯定是一件都买不起的。

袁景岚没想到田妮会自作主张帮自己拿主意，不过看到张楚凌对表妹有意思，而表妹好像也对张楚凌很有好感的样子，她就微笑着站在一边也没吱声，想看张楚凌如何应对表妹的难题。

"没问题!"说着，张楚凌带着两位姑娘来到柜台前，向柜台小姐出示了刚才李斌塞给他的卡，柜台小姐看过卡面后，立即对张楚凌恭敬地鞠了一躬，同时用甜得腻人的声音说道："这位先生，您拥有的正是我们商厦的贵宾卡，凭此卡您可以在这个柜台免费挑选两件首饰，请问您需要现在挑选么?"

张楚凌听了这话也有片刻的失神，但他很快反应了过来，说到："当然，我的女朋友正等着要呢，麻烦你帮我女朋友挑选吧，谢谢了。"张楚凌朝田妮眨了眨眼睛，脸上露出了令人玩味的笑容。

当周围的顾客听到张楚凌的卡居然可以免费领取两件首饰时，简直不敢相信自己的耳朵，因为想得到茂源商厦的贵宾卡，不光是有钱就可以办到的，还必须具有一定的身份和地位，才能凭借贵宾卡累计积分。

茂源商厦的贵宾卡必须每消费 100 港元才能够累计到 1 分，积分只能当年内有效，第二年自动作废。而这个贵宾柜台的商品，可以说集中了全

香港最名贵的珠宝首饰，动辄就是上万积分才能够兑换领取的，眼前这个高高瘦瘦的年轻人居然能够一次性免费领取两件首饰，那他今年至少在茂源商厦消费了两百万港币啊。

当然，这里面的名堂也只有茂源商厦真正的贵宾卡持有者才知道，张楚凌这个冒牌货并不知道，因为这张卡是李斌硬塞给他的，当时李斌仅仅对张楚凌说是一张积分卡，凭此卡可以在商厦买到让田妮满意的首饰，李斌并没有告诉张楚凌这张卡的真正价值。

田妮、袁景岚就更不可能知道贵宾卡积分的事情了，只是当她们听到居然凭着一张卡可以免费领取两件名贵首饰时，也意识到了这张卡的价值，同时看向张楚凌的眼光变得异样起来。

张楚凌也意识到李斌随意扔给自己的这张卡的价值了，心里对李斌多了一分感激，也盘算着日后得想办法回报李斌。

柜台小姐很快就把田妮选中的名贵珠宝首饰包装好了，“先生，这是您的物品，请收好。你的女朋友很漂亮，我想她戴上这件首饰肯定会更漂亮的。”

“谢谢!”张楚凌微笑着接过柜台小姐递过来的首饰，然后才转向依然处于呆滞状态的田妮等人。

张楚凌微笑着伸手在田妮的面前晃了晃：“喂，你发什么呆啊，这是你喜欢的首饰，赶紧收好吧。”

准确地说，田妮此时不是在发呆，而是处于石化状态之中。

田妮先是被张楚凌的大手笔给镇住了，还没来得及清醒过来，又听到了张楚凌对柜台小姐说的话，张楚凌居然说自己是他的女朋友?

在意识到张楚凌话中的意思后，田妮立即彻底地石化了，以至于浑浑噩噩地半天没有一点反应，此时被张楚凌在眼前晃了晃手，她才下意识地接过张楚凌手中的首饰，然后两眼紧紧地瞪着他，眼中竟噙着泪花，嘴巴蠕动了一下，却没说出话来。

望着田妮完美无瑕的脸庞，望着她火爆而性感的身材，望着她翡翠般明亮的眼眸中的层层水雾，张楚凌的心弦突然被轻轻地拨动了一下，鬼使神差地就揽住了田妮的柔嫩腰肢，“怎么，首饰都给你买了，想反悔不做我女朋友啊?”

要是说张楚凌在这句话之前还是开玩笑的话，那么这句话他却是很认真地对田妮说的。

张楚凌轻轻的一句话，却在田妮的心中掀起了轩然大波，她的泪水很快就不争气地涌了出来，一直以来她都不知道自己心中对张楚凌到底是一种什么感觉，张楚凌对她若即若离的态度总是让她有点患得患失。从认识张楚凌的那一刻起到现在，她从来就不敢正视自己跟张楚凌之间那点朦胧而苦涩的感觉到底是什么，可是此时她完全明白了，原来自己在不知不觉间已然爱上了这个神秘的男孩。

“我让你欺负我，我让你欺负我……”感觉到了张楚凌对自己的情意后，想起他这段日子来让自己受的委屈，田妮在张楚凌的胸膛上擂打了起来，只是那拳头却软绵绵的没有半点力道。

这就是爱的感觉么？这一瞬间，张楚凌感觉自己仿佛拥有了全世界的幸福一般，任由田妮娇嗔和擂打，他只知道傻乎乎地笑。

袁景岚看到眼前突然发生的一幕，心中的某个角落仿佛突然被什么东西咬了一口，看到表妹满脸兴奋的样子，她由衷地替表妹感到开心，跟表妹相处的时间越长，她就越喜欢这个单纯而又疾恶如仇的表妹。

张楚凌和田妮正幸福地依偎着的时候，突然想起袁景岚还在一边站着呢。张楚凌赶紧对袁景岚说：“Madam 袁，请问这里面有您中意的首饰吗，你可以任意挑选的。”

“李先生已经送了我一条紫水晶项链，我很喜欢，谢谢。”袁景岚听到张楚凌的话后清醒了过来，然后脸色一红，迅速地回答道。

张楚凌闻言一愣，立即反应了过来袁景岚说的是那个商场经理给她刷

卡的那条项链，“那个不作数的，刚才田妮也说了，我得罪了你们，必须买件她满意的首饰，然后答应你一个要求，你们才肯原谅我的。”

“这样啊，那我的要求是……是……你说，李先生一会儿还会回来吗?”袁景岚轻轻地说，张楚凌和田妮先是非常惊诧地愣住了，看着袁景岚长长的秀发低垂下来，遮住了因害羞而晕红的美丽脸庞，过了一会儿，三个年轻人才不约而同地发出了开心的笑声……